山河策

江一雪 著

长江出版社

目录

自 序

这篇小说诞生已久，听到即将付梓上市的消息时，还是有一种不真实感。

做记者编导近十年，盲人摸象一样感受着这个世界，跌跌撞撞摸爬滚打，一路走来，积累半腹牢骚、一身矫情。时至今日，深感岁月奄忽，而我依然只是一名碌碌无为的过客。有时看着日月飞逝，会悚然而惊，惊觉时光浪潮过去，自己人生的沙滩上居然一物无存。人活着，是不是得给自己留下点什么，等年华老去回首来路，不至于茫茫然、惶惶然，只看到一片苍白寂寞？

幸好我会写一点小说。

所以，《山河策》的出版对我的意义非常重大，它是我"来过"的痕迹，也是我在写作这条路上留下的第一个足印。曾经有关于"我"的一些东西，被我以只有自己才能读懂的"密码"的形式储存在了这些文字里，此后无论多久，我重新翻阅，无论感动、发噱还是尴尬，都能看到曾经的自己，好像一场和自己跨时空的约会。更美妙的是，还有其他读者朋友的共鸣。

我是一个非常不称职的作者，常常乘兴铺纸、兴尽投笔，时长也就一半天；灵感枯竭时时有，脑洞瓶颈是常态。尤其写多了工作稿，在写故事时反而更有包袱，迟迟不肯落笔，生怕不小心就落了窠臼——别管能耐大小，我手必须写我心。

可以说是骄傲，也可以说是矫情，更可以说是一种不合时宜或者不负责任，总之我就是这么一个总跟自己较劲的人。幸运的是，有很多鼓励、支持以及帮助我的朋友，他们引导我的写作状态、启发我的创作灵感，令我受益匪浅，是我与这个世界之间的缓冲剂。感谢所有帮助过我的朋友，以及所有给我这个与大家正式见面的机会的人们。

《山河策》是一个有关家国的故事，还带着一点少年气，有点理想、有点偏执、有点一往无前的决绝。在出版之前我大刀阔斧地删减了数万字，以求更加简洁生动，但愿它写出了一丝我心目中的家国情怀与壮烈意气。

希望这本书无愧于我提笔时的初心，也无愧于您的阅读与支持。

江一雪

2020年9月

楔子　苍梧

晋隐帝昭元三年冬，江左，建邺城。

云梦人坚守数月的古泽天险，终于被大司马庞呈自帝都长安挥师南下的十万雄兵攻破，相邻较有实力与庞呈对抗的西越、荆楚诸国正忙于互相攻伐，无暇他顾。

这是诸侯四起的乱世。衣不蔽体的难民三三两两窝在各个街角互相取暖，有几个不长眼的缩成一团躺在街中，挡了结队喧嚷着过街涌向花楼酒肆的军爷们的道，被骂骂咧咧一脚踹过去，硬邦邦的，动也不动，已是冻饿而死了。时时可见面黄肌瘦的妇人，木然地将饿死的幼儿丢弃枯草间。

一队醉醺醺的士兵，专门在流民聚集的地方招摇过市，瞧见藏在父母怀里的少女略有姿色，便狞笑着一拥而上踹开老翁妪，拖了少女走向暗巷。

"浑蛋，好的都被老爷们挑走，就剩这么些货色给咱们解解馋……"

"进窑子都得三个铜铢，这都不花你一个子儿——还是云梦女人！啧啧，这水灵……"

冰冷的空气里，少女的哭喊挣扎声、男人野兽般的狞笑声，残酷地回荡。

九州最神秘的云梦，那充满着香草美人的三千里云梦泽，像一朵残花，在烽火中凋谢。

这烽烟四起的乱世，人命卑微如蝼蚁。

建邺城外三百里，苍梧山的最深处，似乎也不可避免地染上鲜血和烽火的味道。

北风呼啸，浓重的黑云在低低的天空翻涌，似乎要把苍梧山压垮。一匹瘦马，一位少年，在枯枝掩映的高高石阶前好像成了雕像。

酷寒如刀，温润的江左，今年居然冷得滴水成冰。瘦马被拴在一棵光秃秃的歪脖子树下，有气无力地嚼着几根枯草。少年满身风霜，薄薄的嘴唇干枯脱皮，几乎看不出他本来的面貌，只有一双乌黑的眼睛，像亮着永不熄灭的火。他黑色长袍早已在博杀中近乎褴褛，上面是山风都吹不去的血腥气，背上是一张长弓与一个箭囊，箭囊里放着九支雁翎长箭。

他身上多处受伤，有些地方还在出血。靠近左胸的一处，创口绷裂，暗红的血滴落在枯草的白霜上，触目惊心。少年却扯动唇角一笑——血还是热的，说明自己还没死。他撕开衣襟露出狰狞的伤口，之前被灼烧处理过，翻开的皮肉焦黑。少年掏出一株草药放在嘴里咀嚼，吐出来按在伤口上，暗红的血又渗出来。做这一切的时候，他眉头都没有皱一下。

已经第五天了。

少年揉了揉冻僵的脸颊，眯着眼看向前方十余级青石山阶之上那高高的、紧闭的门。巨石做门楣，愈显高华。上面悬挂着一面门匾，龙飞凤舞地镌刻两个大字——"苍梧"，门后是三座清雅的屋舍，里面是一位名满十四州、隐逸二十载的名士。

他是为求贤而来。

有丝丝缕缕的箫声从屋中传出，在山林之中，悠悠回响。箫声咽，箫声咽，这雅致的洞箫，在清风朗月之间，居然隐隐吹出金戈铁马之声。

少年微微闭上眼睛。

五天前，少年在寒冬的深夜叩响这扇门的时候，箫声戛然而止，有青衣童子来开门。

"君是何人？请献上名帖！"

"我是想要掌控自己的命运、扭转天下的人！"

如此狂妄……童子一怔："那，君是王孙公子、名门贵胄，还是世家子弟？"

"我孤身一人，只是乱世之中一枚被抛弃的棋子！"

童子眯起眼，打量他残破的长袍："君……你从什么地方来？"

"我从一个人间地狱归来！"

童子皱起眉："你带了什么前来？千金宝物、传世名品？"

"我只有一副百战百捷的弓箭，和将欲称雄的热血！"

青衣童子终于不耐烦了："你来做什么？"

"我请先生出山，助我定鼎天下！"

琴声重新响起，青衣童子嘭地把门甩上，啐了一口："疯子。"

第二天，少年又敲门，依然是那个青衣童子来应门，一看是他，话都没说就把他关在了外面。少年仰起头，对着紧闭的门固执地大喊："或许我如今一无所有，但十年之内，我会是惊动天下的人物！我来请先生出山，请先生见我！"

门户森然，波澜不惊。

第三天、第四天，童子已经不出来了。而名士的门前阶下，少年依然盘膝而坐，与那高大的门楣遥遥相对，倔强得像一座石像，只有箫声相伴，时有时无。

夜色沉沉地包裹了山林，这几日里一直时断时续的雪又下了起来，雪片扑扑簌簌地落下，这深山几乎混沌成一片。

想是吹箫的人也耐不住这冰冷的天气，箫声终于停了。

两名童子提着灯笼，悄悄地从门缝里偷觑。弓箭放在手边，瘦马拴在树下，对着门楣的方向，那远来的少年静静地盘膝而坐，一动不动，闭着眼睛。他身上披上了一层雪，身边是一小堆篝火灰烬，早已冰冷。

"他死了吗？"一个小童低声说。

"哎呀，万一真是死了怎么办？先生又要责怪弄脏了庭院！快快叫人去抬走吧……"

"死了吗？"

一个年轻而温润的声音响起，两个小童一惊，慌忙回过头去，来人轻轻摇手示意噤声。他的目光从门缝中透出来，落在少年身上，有着些微的遗憾。

门外的少年蓦地抬起头来。

他的目光，居然如此明亮！

在灯笼的光照，依然可以看到那少年脸色青白，似乎有一层死气。而他脸色越白，那双眼睛里火焰就越明亮，好像有什么东西在熊熊燃烧，生命的能量全部汇聚到了这双眸子里。

门后的人忍不住倒退一步。

就在这时，远处突然传来一阵奇异的声响，越来越急，越来越大，像骤雨打在树叶上，骤然打破了森然的寂静。

是马蹄声！夜深人静，故而听得格外清楚。

"至少有五十人，来得好快……麻烦了。"

门后的人喃喃自语。

这深山老林，冒雪而来的人，会是谁？强盗？追兵？杀手？

少年突然一跃而起，周围气氛突然就变了！空气仿佛凝结在了他的周围，一切更冷、更静，大风仿佛要被无形的压力压下去，在山林中呜咽徘徊。他全身的肌肉在最短的时间内绷到最紧张的状态——仿佛只要空气有丝毫波动，他就会在一眨眼间，化身最凶残的野兽，闪电般用利爪撕破对手的喉咙。

马蹄声已在一里之外！

门后的人露出不可思议的神情，他震惊地看着少年从身上撕下一条黑色的布条，慢慢地抬手，蒙上自己的眼睛。

少年在脑后把布条打成一个结，拈出一支长箭，搭上弓弦，挽起长弓。在风雪中，漆黑乌沉的硬弓慢慢被拉成满月，对准了人马奔来的方向。

迅疾的马蹄声几乎是在耳边骤然一滞，马背上的骑士们挥舞长刀，向少年站立的方向飞马冲了过来。

与此同时，少年手起箭出，雁翎长箭划出流星般的光尾，如惊雷呼啸，射破风雪！

几乎是同时，那飞马扑来的人甚至来不及反应，为首的骑士眉心突然一道血箭喷出，骏马长嘶，轰然倒地——这一箭，穿透了他的眉心！

间不容发，第二箭又闪电般射出！长箭带起的气流与大风相遇，这逆风一箭射出的瞬间，迎面而来的风雪似乎都停滞在半空。

只是一瞬，那些飞扑过来的人马，突然一片惨叫嘶鸣；明明只有一箭，可是前方一排的人纷纷滚落下马，都是眉心中箭——那是随着这一箭射出，分化出的无数箭气。

箭气与刀在半空交击，迸射出尖锐的金铁之声。剩余的骑士闪电般分成三组，变幻队形，分别从三个方位冲杀过来，居然是战场上骑兵搏杀的阵势。刀光在空中如同巨大的钢铁羽翼，冲破了无形之箭的封锁，随着暴烈的马匹冲杀过来，少年的脚都没有动一下，他微微侧了侧头，三支长箭闪电般搭上了弓弦，手指微动，长箭射出！

不知是风雪抑或是箭气，呼地吹起了他的长发与衣袍，骤然飘举。

风声过耳的一刹那，奔腾而来的人马轰然倒地。

只用三箭。

最后一名骑士见势不对，立刻掉转马头，策马奔逃。眼睛蒙着黑布的少年蓦地转过身来，对着骑士奔逃的方向，冷笑："大司马派来的人，真是越来越没用了！"

他挽起长弓，长箭如风雷呼啸直追骑士，这一箭的力道带起马背上的人轰然滚下，分明是从后面射出的箭，却依然穿过了对手的眉心。

门后的人不可思议地看着他——目不视物、以心观之，是为无色无相、空明之箭……这是空相箭诀，云梦人秘不外传的空相箭诀！

云梦人认为眼前万相只能误导判断、削弱意志，他们主张用心而非用目，认为只有这样才能达到箭术的极致。练成这种箭诀的人，平时练箭时都用黑布蒙眼，而真正练成之后，便心目为一、目视物如同心视物，蒙不蒙眼，也都一样了。

历代云梦人练成这种箭术的人极少，都是百年难得一遇的奇才。而这名面貌迥异于中州人的少年，居然掌握了云梦人的空相箭诀，虽然尚需蒙眼才能出箭，但已经有了如此强大的箭势！

少年放下长弓，摘下眼上的布条，慢慢抹去脸上的血渍。远处雪地之上，横七竖八的尸体倒了一地，汩汩鲜血在雪地上漫延，都是眉间一血洞，穿颅而过。

这一切如疾风暴雨般发生又结束，门后的童子簌簌发抖，连滚带爬地逃走。少年转过身去，突然按住左胸，脚下一个踉跄。

这种箭势耗损极大，而且那里本就是一处重创，他扯动了旧伤，如今，几乎是强弩之末了。

他摸索着从怀里掏出一个布包，慢慢打开，专注的神情像画师在创作最精致的细部工笔。布包里是一方血红的锦缎——那是一角带血的嫁衣。

少年的眼睛里慢慢浮起一丝痛楚，越来越浓，浓得像天上翻涌的黑云。他蓦地闭上双眼，将嫁衣贴近心脏的位置，久久按住，仿佛这么做，可以给他源源不断的力量。

这个乱世，如果想要掌控自己的命运，唯一的方法就是去掌控天下人的命运；如果要永不再做别人的棋子，那么就拿别人当作自己的棋子！

不，他不能死，他的功业，甚至尚未开始。

此时，箫声又响了起来。风雪之中，那箫声低回，像重云压低了苍穹，像寒冰扼住了洪流，像这风雪困住了雄鹰振翅欲飞的翅膀，哀鸣呜咽，如此悲凉。

那扇门却依旧岿然不动。

少年按住左胸，向前艰难地移动了两步，突然嘶声大吼："或许我如今一无所有，但十年之内，我会是惊动天下的人物！请先生见我！"

请先生见我！见我！

喊声一声声在山林回响。

门后又响起一阵脚步声，少年蓦地抬首，直直地盯住那扇门。

这一次来的可能是两名家丁，根本就不出来，只是隔着门战战兢兢地喊话："少……少年郎，你还是走吧！先生是不会见你的，你怎么求都没用！"

少年咬紧牙，一语不发。

"你这人，你这人怎么如此固执？说了不会见你，怎么还不走？"

少年突然激动起来："请你们转告先生，我听得到箫声，我听得懂箫声里的雄心！既然有此热血，为何不现身一会？他不见我，我就不走！"

那种雄心他太熟悉了，那是世间任何一名热血男儿，想要在这乱世之中建立一番功业的雄心！

他需要的，正是这样的人。

家丁怔了一下，两人对视一眼，嘟嘟囔囔："那箫根本不是先生吹的……"

那家丁战战兢兢地喊："少年郎，你……你快走吧！你在这里不是冻死就是饿死，我家先生不会管的。我们又不是专门做善事的，要是每个像你这样的都管，先生早就喝西北风去了……"

"到底要怎样才能见我？"少年厉声打断。

"英雄好说！好说！"门后的两名家丁腿一软几乎跪下来，"先生是第一名士，价码自然要高些……要见先生，一般首先要交笔墨之资一百金铢。英雄若拿出这一百金铢，先生自然就见你了……"

他胆战心惊地喊："这不是我们说的！规矩如此，英雄切勿动怒啊！……"

少年蓦地抬头，眼中锋芒凌厉，家丁几乎落荒而逃。

"一百金铢……"少年沉声慢慢道，"这是你们的规矩吗？"

家丁忙不迭地连连称是："是啊是啊！一百是最低的，前日秣陵司牧大人来，足足送了一千金铢，先生才见他，与他谈诗论画了半日……"

"这就是江左第一名士！"少年突然仰首大笑，骤然打断了家丁说到一半的话，"这就是让我苦守五日的江左第一名士！"

家丁身体一软："英雄息怒，息怒啊！我……我们再去通报就是！"

"不必！"少年冷冷地用眼角扫了那扇高大的门一眼，袍袖一挥，冷笑，"欺世盗名之辈，他也配见我？！"

谦逊恳切的面具碎裂，他眉间睥睨，让人不敢逼视。

这乱世烽烟四起、生灵涂炭，士子仕进无门，聪明人就想出一个法子，隐居深山、苦心经营，混个隐士的美名，以名声吸引权贵，至少可以果腹，甚至还有可能名垂青史。

少年向前走了几步，突然冷冷一笑，回过头来挽弓搭箭，电光石火间，一支鸣镝划破长空，那高高的门楣上"苍梧"二字应声而裂，碎片跌入尘土；长箭直入巨石，镞没及羽。

"铮"的一声，似金石交鸣，嗡嗡不绝。

少年收回弓箭，对着在空气中颤动的箭羽狂傲一笑，旁若无人，眼角未再扫一下这座幽雅的宅邸，牵着他的瘦马，仰首大步而去。山风吹起他宽大的袍袖和长发，翻涌如云，远远传来他的纵声长歌：

> "九州风云皆黯淡，八荒诸侯俱敛袖。
> 青霜剑，松醪酒，唯我长歌惊春秋！
> 潜龙待时跃重渊，凤雏何甘栖寒洲？
> 空负千里横江志，谁人楫我轻济舟！
> 君不见。
> 射日之弓空难挽，穿云之箭何处求！
> 王孙拔剑怒击柱，英雄惆怅拭吴钩。
> 周公一日三吐哺，朝歌钓叟泛清流。
> 乱世豺狼亦冠缨，无非成王败为寇！"
> …………

少年长歌之中，隐隐有一股天地束缚不住的霸气。阴沉的天际风起云涌，像是有一双巨手在为那个身影挥毫泼墨，做了一幕背景。

明月不知何时升了起来，高高地悬挂在半空，映着雪色，天地一片空明。两名家丁只能呆呆地凝望着山路，那个渐渐远去的背影，衣裾袍袖被山风掀起，像孤鹤振起双翼。

"啪"的一声，一枚白玉棋子轻轻放在棋盘上，发出清脆的碰撞声。

名士宅邸，一棵老枯的槐树，树下一张粗糙的青石案，案上摆放着一副棋盘，低低垂下的枯枝上悬着一盏琉璃明灯。一身粗布衣袍的老者坐在铺着座褥的石凳上，缓缓地将一枚白玉棋子置在棋盘内。在他对面，一名身着白色儒袍的少年与他对坐，腰间别着一支洞箫，但他只是静静地看，却并不下棋。他们旁边，有两名青衣童子侍立，一人捧着一只青铜金银错酒壶，一人执一盏琉璃灯。

少年一箭射碎门楣，一声巨响，白衣少年眉间一动。而那老者却恍若未闻，依旧盯着棋盘，微微皱眉，兀自岿然不动。

在他面前，是一局极其诡异的棋局。

整个棋盘上全是白子，零零落落散落几处，似乎毫无章法。再凝神看时，却恍然感觉这白子之间，竟隐含龙腾虎啸之势，但已是盛极而衰、群雄并起湮灭王气的时候了。这棋局中白子之间奇异地彼此掣肘，达到一种微妙的平衡，胶着不下——不曾厮杀，却是死局。

白衣少年笑道："先生，还不到下黑子的时候吗？"

老者微笑："子瞻，这山河之棋应天下之势，有时一年可落十余子，有时十年一子也落不得。黑子一出，天下局变，你急什么？还要再看看。"

正说话间，两名守门的家丁抹着冷汗，你推我、我推你地走上前来。老者不曾回首："那人可是走了？"

家丁赶紧施礼回话，没好气道："不仅走了，还留下一个见面礼！"

老者微笑着扬了扬手，家丁连忙将那支长箭隔着衣袖呈上，好像怕被那冷冽的精钢箭镞冻伤。

白衣少年为老者接过那支雁翎长箭，狼牙倒钩、箭镞三棱，乌沉凌厉。箭身一面赫然刻着两个行云流水的梅花小篆——穿云。

"难道是云梦的射日弓、穿云箭？！"白衣洞箫少年脱口惊呼。

传说上古之时，云梦大神以自己精血为引、骨肉为佐，引雷电之火锻造，伐大泽之中翠微山上三千年古木为材，筑成一张射日弓、九支穿云箭，震慑六合妖鬼、统率四方诸侯，被历代云梦人供奉为上古神器。

不久之前，白衣少年还亲见那少年空相箭诀的威势，再看到"穿云"二字，不由得心神震荡。

"不，这不是穿云箭。"老者拈起长箭，在犀角灯下细照，淡淡道："这只是普通的精钢倒钩狼牙箭。如果是云梦的神器，这少年郎还会如此大方地送给我们？"

他喟然低叹："何方少年，一箭穿云！"似有无限赞叹之意。

少年微笑道："那先生为何拒不见他？"

"我老了。"老者突然站起身来，放下那支长箭，淡淡一笑，"这少年，天生横霸之气。他为求贤而来，如雄鹰试飞欲借风力；可惜我老朽之躯、浅薄之学，助蝴鸠之翅、应付一州一郡之计尚可，却托不起他欲上九重的双翼了。"

他背负起双手仰望天际，突然道："你去吧！"

少年一震，抬起头来。

老者回首看他，微笑道："你是我最得意的弟子，才学谋略，假以时日，必定远胜于我。若埋没在深山古林之中，非你之愿，也非我愿。士非遇明主不出，错过了他，你不知又要等待多久——毕竟能听得懂你箫中之意，又有雄主之气的，能有几人？"

白衣少年眼波震荡，急促道："先生！"

雪早已停了，月光古槐下，老者的须发在风中萧瑟拂动。他指一指那石案上的棋局："这局棋，我下了三十年。但，这不是棋局，只是布局。"

白衣少年恭敬一礼："请先生指点！"

老者叹道："白子满局，是群雄四起。棋子之间纵横连合、杀机四伏，但没有黑子，这盘杀局，如何掀起？我等了三十年，这局山河之棋如今白子尽出，也许黑子开局的时刻，已经越来越近了！子瞻，我们这一辈的时代已经过去，之后是谁人掌控这山河之局，无人可知。你胸怀大志，我只希望你此番入世，可以为这乱世注入一脉生机，催动棋局开启。"

白衣少年眼中光华震动，面容却温文不改。他静静地凝视着老者深沉的双目，突然展袖伏地，以稽首大礼深深三拜。

老者微笑："去吧！"

明月已渐渐西沉，白衣少年下山的身影已经看不见。老者负手立在阶前，凝视着西北的天空。那里，一颗细小的星子，散发着如同新生的微弱的光，正在努力冉冉升起。这时候，它在众星璀璨的天宇之上，还毫不起眼。

老者低低道："破军。"

西北，战神之星，主杀伐！

他身后一名擎灯的童子好奇道："先生，那局棋，还接着下吗？"

老者拈动长须，怅然的神色在眼中敛去，微笑道："不用了，你去叫人给封起来吧。"

童子奇道："师兄已经下山，难道还不到出黑子的时候吗？"

老者一笑："天下群雄四起，寰宇众星争辉，眼下依然是胶着不下啊。要等有人可以一举凌驾四方诸侯之上、压倒众星光辉，恐怕，至少还需要十年蓄势。"

他挥了挥手，转身走回庭院之内："十年之后，再为我打开这局棋吧！如果我还活着的话。"

那时候，才是山河之局终于催动、群雄逐鹿的烽烟真正燃起的时刻！

第一章 寂寞雪

晋隐帝昭元十一年，冬，梁国国都，大梁城。

今年的雪格外早，才十月，就下个不停。

夜色已深，雪势小了下来。缥缥缈缈的细雪，静静地落在窗前几株横斜的梅花树上，雪声瑟瑟，像一幅淡墨山水画的留白。

一双柔软的手轻轻从琐窗探出去，那素白柔美的颜色，像初生的菡萏怯怯展开花瓣。雪片落在掌心，化成水珠，仿佛花瓣上的露。

"夜月梅花十年笛，暮雪关山一朝别。"女子的声音有着夜雪的质地，她轻轻叹息。

她跪坐在铺着金丝绣褥的席上，裹在素净的宫缎长袍里，像一朵柔怯的白花。她静静地收回那双白玉般的手，回过头来垂下眼睑，轻轻地，仿佛无意识地拨动横在膝上的古琴。断断续续的琴音，碎珠般滚落，被淹没在一片哭号混乱中。

就在这画般幽静的一隅之外，火光冲天，无数人奔走呼号，野兽般互相践踏、争抢、逃窜，惨号声、哭喊声震破耳膜，地狱般混乱。这一座座华丽的殿宇楼阁在火光中燃烧、倾颓，有种摧枯拉朽般的绝望的美。

大厦倾覆，无可挽回。

而她，仿佛独自在一个世界，与一切隔绝。

她静静地抱着琴跪坐在一隅，一动不动，任由身边的仆妇、侍女惊叫着四散奔逃，哄抢金银器皿，一些珠宝在抢夺中滚落在地上，几名仆妇叫骂着互相抢夺，踩过她拖地的长裙逃走，也无动于衷。只有几本破旧的琴谱被打落在她脚边的时候，她才露出紧张的神色，细心地拾起来，贴在胸前。

"公主，公主，快走吧，阳谷关已经被攻破了，凉州的兵马要打进来了！"
一名小侍女怀抱着一堆器物从她身边跑了出去，看她一动不动，又折进来，顾不得尊卑，拉着她的手哀求，"快走吧公主！凉州人都是魔鬼，他们喝人血、吃人肉，要是被他们抓住了，就没有活路了！公主，公主，快逃吧，宫里的人已经逃得差不多了！"

她被惊扰，大梦初醒一般。抬起头来，她对侍女轻轻笑一下："快走，不要管我。"

"公主，公主！……"小侍女见哀求无效，也顾不得太多，咬咬牙抱着细软跑进了惶乱的人群中，远远地回头又看她一眼——四散奔逃哄抢的人群隔断了侍女的视线，那个女子的身影已经看不到了。

"公主呢？公主在什么地方？"

"国君都不知道在哪儿，谁还管得了什么公主！快逃命吧，听说国君主动投降称臣都被拒绝了，凉州人眼看就要打进城了！"

"快逃吧！自己逃命要紧！谁管得了谁！"

……

一个老太监缩在一角，他头发花白，牙齿也掉了几颗，在混乱中被踢了好几脚，正嘿嘿地笑着仰望被火光照得通红的天空，吐字不清地唱着歌："今时马上称公侯，他日槛下土馒头。蒿里谁家地，枯骨无人收……"

晋隐帝昭元十一年十月，是列国诸侯皆刻骨铭心的日子，凉州虎贲铁骑以"伐无道"作为理由，兵临梁国的门户阳谷雄关之下。自云梦被灭后，帝国不到十年的虚伪、短暂的平静被再次打破。梁国富饶而兵弱，凉州虎贲卫虎狼之师以摧枯拉朽之势，锋芒直逼阳谷雄关背后的国都大梁，梁师苦战无果、伤亡惨重，十月十六，梁侯主动献表请降，与河西王结为叔侄之邦，割地献贡，却被凉州领兵的统帅断然拒绝，阳谷关破。

晋初分封郡国，九州分布大大小小五十国诸侯，只有河西王族嬴氏，地处偏远、不通教化，只封王未封国，比列国诸侯低了一级，数百年来一直如此。这时梁侯主动请求与河西王结为叔侄，其实是自降两级，不可谓不委曲求全，可惜依然被拒绝。

河西吞并梁国的狼子野心，路人可见。

大梁城中已乱成一锅沸粥，凉州人速度太快，他们还没反应过来，虎贲铁骑已经连拔三十城，铁蹄踏在了阳谷关下。阳谷关是国都大梁的门户，阳谷关破、大梁城陷，只是眼前的事了，公卿王侯们连四散奔逃的机会都没有。

"国难当头，却只想着怎么保住自己的荣华富贵，你们枉为人臣，枉为人臣！"当初力争死战的老上卿大夫一头撞死在梁侯面前的殿柱上，以死明志。他的门生阻拦不及，在大殿之上咯血昏厥。从此投降派当道，节节示弱，但只能让虎贲卫以闪电般的速度更快踏破梁国的屏障而已。

阳谷关将士尚在虎贲卫铁蹄下苦苦死战，而这些公卿王侯已经先行丢盔弃甲了。

"不到最后，我们就还有希望，我们还有简大夫不是？还有简大夫啊！"

抱有最后希望的人也不在少数，那是因为，守阳谷关的军师，是他们的简大夫。比之守关主将秦焕，梁国天策军一品文书大夫简歌，名震北陆的"梁国凤雏"，更值得信任。

那个未过三十已经两鬓生霜的男人，那个从来沉默的、肩膀比那些名将公侯瘦弱得多的男人，怎样才能撑起这岌岌可危的危局？他们从来不看他的清瘦和白发，只想推着他走上战场。

喧嚣声越来越大，火光与哭号声中，她独自坐在角落，静静不动，只是拨动琴弦。外面不知谁一声惨号，她手指一动，被琴弦划破，滚下一粒血珠。

"简大夫？简大夫哪怕有经天纬地之才，也不过是肩不能挑手不能提的书生，他计谋再好，兵都死光了，谁去守城？！"

"阳谷关已经被攻破了！梁国要亡了！简大夫？简大夫怕是再也回不来了！……"

她停了下来，抱紧了琴，慢慢闭上眼睛，伏在琴上，缩成小小一团，仿佛要努力缩进自己的世界。外面的喧嚣呼喊渐渐模糊。

"我不走。"她细细地咬住下唇，闭着眼睛，用力抑制身体的颤抖，"我不走，我不会一个人走……"

我等你回来。

她轻轻地，一遍一遍轻声念着那个名字——简歌，简歌，简歌……

仿佛只要不停地念，他就会回来。

他会回来的，他答应过，就在他奉命去守阳谷关之前，来向她拜别的时候，他答应过她一定会回来。

他向她拜别的时候，亲口答应的。

她还记得，他们第一次见面的时候，他正在用断了的手指弹奏一曲《雪月四弄》，这就是他作为她的老师，教她的第一首曲子。当年她是孤独的少女，他是冷寂的少年，他遍体鳞伤，手指断了几根又粗糙地接好，如果不是她尽心救治，他可能再无法弹琴，甚至活不下去——但那时，当他抬起头来看她的时候，她只觉得霎时整个阁室如同被芝兰玉树的光华照耀，骤然生出光彩。

那是一双多么美丽的眼睛啊！却是如此死寂。

那时她的父亲还不是国君。

她从来不是蠢笨不知世事、娇生惯养的女孩儿，虽然她被绫罗绸缎"装点"起来，以她父亲唯一的女儿的高贵身份，等着长大后找到合适的"买主"，以合适的价码"卖出去"。她的母亲被父亲几个宠姬毒死的时候，她就藏在床下，一声声听着母亲的惨号，把自己的手掌咬得鲜血淋漓。她时常看到自己身边侍女的尸体赤裸着从她父亲床上抬下来扔出去，听到半夜从父亲居住的庭院传来的一声声呻吟哭号，看到各种清秀的、美丽的少男少女被抬进去，或者被抬出来，或者再也出不来。

她想，她是知道这名死寂的少年身上的伤，是怎么来的。

但她不在乎，因为，她看到了那双死寂的眼睛里的一点光。那点光吸引了她。

那点光像灰烬里虚弱的一星火点，几乎被一片死寂淹没，虽然如此虚弱，却执着地亮着，似乎只要被风一吹，就会重新熊熊地燃起。

那星火点，到底是什么？她开始偷偷接近他，以学习古琴为由，她想知道这星火点到底什么时候才会熄灭。

慢慢地，那星火点终于一点一点消失，再也看不见，他的眼睛越来越黑，仿佛吞噬一切的海，好像终于也把那星火点淹没了——但她分明感到，那火点并没有消失，反而越来越亮，只不过，它再也没在深黑的眼睛里闪现，它，闪烁在他的骨子里。

她其实一直都明白，那星火点，是他那屈辱压不垮、重负摧不折的，藏在骨子里的孤傲。

藏得太深，以至于除了她，没有人看得到。

一直没有人懂他，就像没有人懂她，懂她在这个糜烂的锦绣地狱里，俯在窗前，仰望飞鸟掠过时眼睛里掩不去的希冀。

只有她看得到他一步一步走来的屈辱、高傲和寂寞，就像只有他看得到她眼睛里对外面那个自由的、干干净净天地的细小的渴望。

从少女到女子，他们只有彼此懂得彼此，在无数双眼睛下，在她父亲府里，再到这浮华糜烂的宫廷，私密地、却一点一点从懵懂到清晰，懂得彼此。

一如她懂他，他一直是最懂她的人，因为，他始终是最聪明的人。

梁国天策军一品文书大夫简歌，与河西王览并称"双凤雏"，声名远播。八年前，简歌还是少年的时候，是一名被当作礼物献给梁侯的默默无闻的琴师，以惊人的琴技与美貌震惊了梁国公卿。那个时候，梁国上下荒淫昏聩的公卿们，谁也不知道这个被他们视为贵族玩物的苍白沉默的少年，隐藏着如此狠辣决断的智谋。

简歌成为梁国宫廷琴师一个月的时候，梁侯的弟弟丹阳君发动兵变。宫廷琴师简歌用一把桐木琴在一个再寻常不过的夜宴上砸碎了梁侯的脑袋，抢过梁侯佩带的御剑，指挥宫廷御卫，将参与晚宴的所有公卿全部斩杀，就地埋在一片梅花树下，与丹阳君里应外合，用鲜血和阴谋让梁国换了一朝江山。

而就在新君的庆功宴上，简歌薄醉，寻到一处僻静处休憩，无意中看到两名参加宴会的贵族遮袖对坐，仪态高雅，带着彬彬有礼的笑容如是说：

"平城君适才可见，此君薄酒微醉，如淡染胭脂，令人色授魂与……"

"上阳侯，此君你我觊觎不得！谁人不知此君阴狠毒辣，如今又是新君上席之客？"

"咄！无非嬖宠之辈，以色侍人者耳。却不知，与新君床笫之间，如何销魂夺魄？……"

二十岁的少年大多热血冲动，听到这样的侮辱，怕早已怒发冲冠，誓要用对方的血来捍卫自己的尊严；而二十岁的简歌却已经知道，他出身卑贱，在这权贵盘根错节、地狱般的宫廷里毫无依仗，他只能——忍。

一个月后，新君的书案上神秘地出现了平城君、上阳侯与新君的侧夫人狎戏送递的"淫诗"，新君勃然大怒，但碍于君主的面子，只好将三人秘密处以枭首之刑。

这一切并不能阻止这个郡国的衰败，梁国像一颗生长了数百年过熟的果子，国君与公侯荒淫残暴更胜以往，上行下效，它已经从核心开始，无可挽回地迅速腐烂。

大概因为出身的卑贱与弑君的阴毒，这位年轻的谋臣被一点一点地榨出他殚精竭虑的智慧，却始终被新君与公侯们压制、忌惮。他的官位始终只是——天策军一品文书大夫。

一个没有兵权的虚衔。

其实，别人也许很难相信，他们见面很少，每一次见面，更是彬彬有礼。

而每一次的见面，她都如此深刻地记在心里，就像，就在那天，他拜别的时候。

那天，就在这个地方，他一身青色长袍，广袖逶迤，面容柔润如古玉，却有着古玉也似乎不及的清癯。而左侧眼角下一点小小的泪痣，却把他几乎出尘而去的飘逸拽回了尘世，平添一抹艳色。

那是足以让天下女子羞惭的容貌。

他竹节一般的手指拂过琴弦，等最后一个音符消失在空气里，低声道："终须曲终人散……公主，简歌就此别过。"

"从前出征，你从来不向我拜别的，因为归期有定，你胸有成竹。"良久，她轻轻道，声音也娇嫩如露珠，"这次的对手，是谁？"

她其实不懂这些，不懂政治，不懂打仗，不懂诸侯公卿争权夺利、你死我活，这些太过复杂，也太……肮脏。

她只喜欢简单的、干净的东西。

所以其实那时她根本不晓得情况多严重，事情多紧急，而他也从来不会讲这些，他们短暂而珍贵地相处时，一切都是干净的、简单的。

但是，这一次她就是想知道，如此执拗地想知道，究竟是怎么回事。

也许那个时候，她就有什么预感了。

"嬴怀璧。"他慢慢地吐出三个字。

她也忍不住为这三个字一震。哪怕她身居深宫，"凉州公子府，河西嬴怀璧"这句话，她也毫不陌生。

河西封王不封国，地处偏远，历来因此被中原诸侯鄙薄为"蛮夷"。但河西出过两个人物，一个几乎改变晋室的历史，一个正在改变晋室的历史，让世人震惊。

前者是数百年前的河西王世子公子昭阳，与晋室开国皇帝对峙十余年，在最后一战败于洛水之畔，仅二十八岁，也因此，才有了后来的大晋开国。后者，便是这位凉州公子府的主人，河西王的二弟——嬴怀璧，人称公子怀璧。

当然，这时候，世人对后者的认识，才刚刚开始。

所以，那时她只知"公子怀璧"声名煊赫，却不知，这四个字究竟意味着什么。

她只知道，眼前这个人，才是世界上最聪明的人。

"公主……"谋臣的唇动了动，终于开口，每一次这个称呼从他的唇间说出，都像古琴的音色一般悠长。他声音很低，但一个字一个字地，无比清晰："这一次不比以往，这次的对手，简歌实在难以估量。公主，简歌会尽最大的努力，但……"

他没有说下去。

她静静地坐在一袭纱幕之后，没有说话，一种绵密而哀伤的气氛却像琴架旁边的金兽博山香炉吐出的轻烟，一点一点地弥漫在阁室里。

她突然开口，只是说："我不会一个人走的。"

我想和你一起走，我不在乎荣华富贵，我不在乎这一切，我们一起走。

这是他们彼此都懂得的，藏在心底最深的地方从未说出来过的愿望——从这个浮华糜烂的锦绣地狱里，解脱。

去寻找我们自己简单的、干干净净的世界。

他一定知道她是什么意思。年轻的谋臣忽地抬起头来，隔着那层纱幕，深海一般的目光骤然与她相对。

她似乎动了一下，也许没有动，也许他也一样；他们只是隔着纱幕静静地看着对方的眼睛，是如此如此地接近，却又如此地远。

你明白我的意思吗？她心里轻声说："你知道的，我不只是说说而已。"

他向窗幔后美丽的身影深深一拜，停了很久很久。他唇角动了动，终于转身，毅然走出暖阁，踏上窗外湖沼上的长桥。

他奔赴沙场。

她一下子站了起来。她听到了，他声音低得几乎听不见，但他说——"我会回来。"

这曲曲折折的湖上木桥，有个十分缠绵美丽的名字——十里春风桥。下了雪，桥下一片湖沼一望无际，远远望去，如同一面白玉镜，一切都被造化妙手用雪包裹起来，仿佛琉璃世界。

身后突然传来一声呼喊："简歌！"

谋士的脚步顿了一顿，却没有停下。

"简歌！"

这一声包含了太多的情绪，凄厉悲哀，谋士如被抽空了全身的力气，脚步再也迈不出去。

身后的人奔过来，"啪啪啪"，她的脚步一向那么轻盈，为何这次却听得那么清楚？越来越近，越来越近，急促的呼吸声、暖馥柔软的气息，仿佛就吹在耳边——那个柔软的身体贴上了后背，一双纤细的手臂，缠上他的身体。

谋士全身僵住。

"简歌，我怕……"

那柔糯的声音响在耳边，仿佛穿越了多少年的时光而来，那时还在丹阳君府，他还是少年、她尚未及笄，他还不是谋臣、她也不是公主；依稀又是那名稚龄少女，在暴风雨的黑夜里，小小的身体紧紧依偎在他怀里，稚嫩地呼唤："简歌，我怕。简歌，我怕……"

那个时候，少年和少女冰凉的手，握得那么紧、那么紧；是谁，是谁把它们分开，远远地、狠狠地分开？

"不要怕，不要怕呵！"年轻的谋士猛地转过身来，一把紧紧抱住她，仿佛抱住记忆里那个惶恐的少女，抱住流水般逝去的光阴，抱住一个咫尺天涯的梦，恨不得把她揉进怀里，"不要怕，鸾姬，一切都会好的，相信我，一切都会好的……"

他说谎了，没有一切都好，他没有回来。

城门外，凉州铁骑用巨木攻城的声音，让这片大地都在颤抖。尸体焚烧的焦臭气息四处弥漫，千万支长箭像黑色的蝗阵，带着火光，呼啸着涌进城来，几支带着火的流矢咻咻穿破窗口，射进房内。

一切就在耳边，裹在宫缎长袍里的女子只是一动不动，像一朵苍白的花。她俯身贴着古琴，紧紧地、静静地，像贴着自己心上的情人。

远处的火光陡然冲天，呼喊声、杀伐声、哭号声……越来越大，越来越近，将这一处幽静渐渐淹没。

她捏着衣角的细长手指紧紧攥在一起，闭上眼睛，轻轻吐出三个字，一字一顿："嬴，怀，璧……"

晋隐帝昭元十一年十月，凉州虎贲卫拿下阳谷关，继而直破梁国国都大梁。"梁国"这个名词，很快继"云梦"之后，第二个在晋室的名册里，被史官用朱笔轻轻划去。

这场惊心动魄的战役，在公子府琅嬛阁里的女史江一雪笔下，只留下淡淡一句——

"晋隐帝昭元十一年，十月十六，公子自东海出奇兵，夺阳谷、破梁都。"

只是那时候，很多人还没有意识到，就是从这一天开始，"公子怀璧"这四个字，在晋室的历史上，开始留下第一笔浓墨重彩的痕迹。

第二章　镌风骨

雪还在下，纷纷扬扬、窸窸窣窣地落着，苍白而又无力。远处高岗之上，两匹骏马并排站立，那在烽火中颤抖的大梁城，尽收眼底。

梁国的都城轻易地陷落了。

"所谓山河倾覆、沧海横流，不过是强者踩着成千上万的尸体在翻云覆雨。"赤红的骏马之上的骑士身材高大，年纪很轻，穿着黑色蟠龙纹的织锦战袍，却没有着战甲。

他凝目远望，看着脚下蔓延的烽火里，士兵像密密麻麻的蝼蚁不断地簇拥而入，飞溅的鲜血和烽烟占领了这片土地，轻声叹息，声音里掩不住沧桑："不过是一将功成万骨枯。"

死的是卒子，亡的是甲士，蝼蚁般呼号挣扎的是国破家亡的平民百姓，从此九州流落，生如浮萍。而最后，踩着森森白骨、踏过层层烽烟，从战场上的尸体高举向天的双手里接过胜利的果实、登上历史和权力顶峰的人，又是谁？

就这样，一滴一滴的鲜血，汇聚成浩瀚的历史。

他身边黑色骏马上的骑士一身白色布衣，腰间别一支紫竹洞箫，一副儒士打扮。他笑道："公子怎么多愁善感起来？历史如何书写又有什么意义？定鼎山河之策只是掌握在强者的手里。可惜，无数枭雄失之太过狂傲，英雄失之太过拘泥，或成暴君，或成悲剧，皆是太过。人生苦短，只要无愧天地良心，但求酣畅淋漓，才是极境啊。"

"行了行了，又要说教。"公子怀璧轻笑打断，"子瞻，你倒是酣畅淋漓了，欠我的十九万金铢的赋税怎么还？"

谋士并不以为意，拱手笑道："公子，所谓飞鸟尽、良弓藏，刚打下了梁国，就开始对我下手了？不如把我卖了，看值得值不得这个价钱。"他摇摇头，

“倒是江女史的妹妹，很有几分刁钻手段。”

“子瞻助我拿下一个梁国，何止区区十九万？子瞻经天纬地之才，又何止区区一个梁国？”公子仰首大笑，眉间飞扬，“我有‘凉州凤雏’王子瞻，何止三年赋税，三十年也甘愿一付！”

“凉州凤雏”王览，字子瞻，与梁国天策军一品文书大夫简歌并称“双凤雏”。伏龙凤雏，得一而安天下，这是无上的赞誉。凉州王览、梁国简歌，皆以才智著称，名达诸侯，当年洛阳名士薛顾之游历天下至凉州，王览与之把酒纵谈三日，薛顾之临别之际叹道：“不意河西之地，有如此人物，可与梁国简歌并为凤雏！”

从此“双凤雏”之名不胫而走。

攻打阳谷关之时，公子怀璧以爱将云渊、奚子楚正面攻城，暗中派遣王览出使东海。梁国东面临海，在正面苦守阳谷关时，公子怀璧亲率虎贲卫从东海悄悄登陆，深入梁国腹地，与云、奚里应外合，阳谷关立破。

这场战争之前，公子怀璧已筹备一年之久，虎贲铁骑化整为零，秘密前往东海，梁国居然整整一年毫无察觉。

是以这场阳谷关之战在后世史书上赫赫有名。

王览出使东海与鲛澜族通好谈判，鲛澜族的族长阿兰若，是公子府星相师、琅嬛女史江一雪的异母妹妹，她以五年内免去鲛澜族在丝路商队的赋税一半为条件，同意出船队掩护虎贲卫运送。王览拼命把价钱砍到了三年，双方终于达成共识。

三年赋税的一半，合计约金铢十九万。

“今天早上凉州传来消息，说王府与都督府召集了一群腐儒，痛斥公子先拒羌胡、再伐梁国，穷兵黩武，致使凉州赋税耗巨，民不聊生。”王览策马立在公子身畔，有意无意般道，“公子伐梁这场硬仗打得差不多了，恐怕回到凉州，还有一场软仗要打啊。”

公子怀璧轻哼一声，眉间狂傲：“一群老废物，有何惧之？”

胡人一直是河西大忌，公子怀璧提虎贲铁骑，外抗羌胡、内慑诸侯，锋芒之盛，早已让他的兄长河西王忌惮。河西王软弱，依附他的亚父、安西都护府都督，二者掌控河西赋税财政，公子府掌控兵权，双方分庭抗礼，在凉州早不是什么新闻。

公子怀璧伐梁，用的是冠冕堂皇的"伐无道"理由，宣称一群云梦人在凉州私通羌胡，败露后逃亡梁国，被梁侯包庇。云梦自亡国之后，云梦人四处流浪、居无定所，公子怀璧这样的理由明眼人一看便是搪塞，但虚弱的晋室天子敢怒不敢言，河西王府与都护府却想趁公子远在梁国，伺机而动。

公子挑一挑眉，似笑非笑道："何止这群废物，恐怕凉州百姓如今骂我穷兵黩武的也不少。"

他一扬马鞭，蓦地回头，看着王览陡然问道："子瞻，你是河西王太傅，可知去年凉州赋税收入一共多少？"

太傅想也未想："一百一十三万金铢。"

"军费所耗几何？"

"四十二万金铢。"

"粮谷交纳多少？"

"三百七十万石。"

"军粮所耗为几？"

"一百二十万石。"

"军马多少？"

"十二万匹，每年约替代五万匹。"

"凉州九郡，外加朔方共十郡二百二十九城，人口多少？"

"不过一百余万。"

"府兵为几？"

"公子提十万虎贲铁骑，又有步卒五万，共十五万；河西王府提三万铁甲军，一万亲卫铁骑，共四万，合之共十九万，号称二十万。"

公子步步紧逼，太傅自如应对。

"为何迟迟不能拿下羌胡？"

王览笑道："粮、铁。"

二人同时抬眼，相视大笑。

公子策马而立，挥鞭指向凉州的方向："我这几年讨伐羌胡，每年军费几乎占去凉州赋税的一半，不到百万人口要供养十九万将士，更不用提精锐骑兵所需马匹与养马所耗的不菲费用。凉州城加上收复不久的朔方郡，为应付我连年征战，早已仓廪空虚，我们对丝路往来的税率也是一升再升。这样下去，自然不是长久之计。"

八年征战，胡人初定，但凉州府库已经捉襟见肘了。

河西之地多沙漠、戈壁，虽然河西走廊一带物产丰饶，但这烽烟四起的岁月，面对不断扩充的军队军备，确实越来越艰难。无数场战争的惨胜背后，是河西百姓在胡人与诸侯的夹缝中求生存的不易。

公子怀璧盯上梁国，就像狼盯上了羊圈。

梁国毗邻凉州南境、东临东海，粮食充足兼有鱼盐之利，又盛产铜铁，是精良兵器的重要来源，这一切都是对凉州的绝妙补充。

这才是公子怀璧伐梁的目的。弱小的梁国在公子怀璧眼里，就像一个暴露在饿狼眼前的粮仓。

"乱世之中，不得不铁血铁腕。"公子一笑，眉间睥睨，"雄霸者建功立业，生不五鼎食，死则五鼎烹耳！何须介怀腐儒口舌之争？子瞻，你说是不是？"

白衣太傅一笑，姿态雍容，锋芒内敛。他直视公子，慢慢道："自然。公子只需记得——有所为有所不为。"

"又要说教！"公子似笑非笑看了他一眼，"伐梁方定，你不能放我几日？走，去见识见识梁侯的宫室，看比起公子府如何！"

谋士失笑，拍马跟上。

天上的黑云低低地压下来，狂风呼啸，风中传来公子怀璧的纵声长笑："王侯将相宁有种乎？无非成王败寇耳！"

一队队武士用鞭子抽着他们俘虏的梁国士兵，马上驮着财物，马后捆着女人。还有一些士兵因为抢夺女人和俘虏而拳打脚踢，乱作一团。

一个骑在高大战马上的武士纵马过去，举起鞭子抽开打成一团的士兵们，笑骂："抢什么，抢什么！挨个来，这些财物、土地和女人都跑不了，如今整个梁国都是我们的啦！"

梁国的宫室混乱更胜。一些楼阁上烽烟还没有熄灭，混合着尸体，到处是焦臭的味道。士兵们正在争抢一堆乱七八糟的金银珠宝，分着他们俘虏的奴隶，这座昔日奢华的宫殿如今已经是遍地狼藉。

一个卷轴静静地滚落到一只马蹄前，儒生打扮的骑士急忙下马，小心地把它捡起来。

"啊，是前朝幽帝时画师公叔雾的《秋江静夜图》。"王览珍惜地轻拂去上面的灰尘，把卷轴打开，曼声吟道："明月照山涧，宿鸟惊醉眠。振衣出轻舟，已过万里川。画是好画，但这诗……公子觉得如何？"

"画有'神、妙、能、具'之分，公叔雾的山水号称神品，但太过阴柔，缺少内劲，我不喜欢。"公子并未下马，接过卷轴看了看，一笑，"诗也不怎么样，不过末两句尚可。子瞻啊，我对诗画，实在不甚精通，你应该去和子楚讨论。"

太傅微笑，并不回答。

公子府的左膀右臂——王览与奚子楚二人不和，已是尽人皆知。奚子楚是世家子弟，又满腹诗书，颇有几分孤标傲立之气，看不起出身贫贱偏偏盛名远播的王览。当年王览厉行改革，触动旧贵族利益，奚子楚对他愈加不满。幸得二人均算顾全大局，公子怀璧才不至于过于忧心。

说话间，一匹枣红战马旋风般跑过来停下，紫袍铁甲骑士跳下马来，并不理会王太傅，对公子拱一拱手："公子。"

公子怀璧看他面有难色，笑道："什么事难倒了奚将军？"

奚子楚贴近公子耳侧，有些尴尬地小声说："末将抓到了……一些女人。"

"女人？"公子挑一挑眉，"玉将军对女人不是很有一套？来问我做什么？"

虽然公子府中女乐姬妾多绝色，但公子怀璧对女色从不沉溺，征战之时俘虏的女子，也都任由属下处置。现在刚拿下梁国，公子怀璧心情显然大好，居然调侃起这个孤傲自持的将军来。

奚子楚眉目秀雅，白皙的脸皮纵横大漠多年硬是晒不黑，在河西被好事者戏称为"玉将军"。多少名媛淑女对他趋之若鹜，可惜此人脾气冷硬而且自视甚高，除了公子府琅嬛阁的江女史外，很少把女人放在眼里，对这个诨号更是深恶痛绝。

奚子楚看到王览脸上憋不住的笑意，白皙的脸皮涨得通红，如果这句话不是公子怀璧说的，怕是一定要扑上去拼个你死我活。

就在这时，远处一阵骚乱，公子皱眉："怎么回事？"

旁边一名全副铠甲的武士飞奔过来报告："公子，是梁大夫简歌求见。"

这句话一出，在场的梁国俘虏、士兵、宫人一时不由得都呆了一呆。简歌？简大夫，他还活着？

"简大夫……"

不知谁喊了一声，俘虏们像被骤然惊醒，绝望中开始哭号："简大夫，简大夫还活着！简大夫，简大夫……"

简大夫这三个字，就像在汪洋中的一根漂浮的稻草。

"简大夫没有死，简大夫活着，我梁国就有希望啊！……"

俘虏中有人嘶吼了一声，群情激昂，俘虏们身边的虎贲武士勃然大怒，一鞭子抽过去："闭嘴，闭嘴！"

公子一眼扫去，目光如电，挥手制止武士的暴行："不要伤害他们。来人，把简大夫请过来……"

公子怀璧刻意拖长了"请"字，似笑非笑地挑了挑眉："让他们见一见他们这位献关投敌的简大夫。子瞻，你也见一见你这位对手，以后，你们就是同僚了。"

这句话像一道雷一样轰然炸响。

献关投敌……简大夫献关投敌，简大夫献关投敌……

梁国人惊惶地瞪大了眼睛，不敢相信自己的耳朵，一起盯向宫门的方向。

一个瘦长的身影，在诡异的静默中，慢慢出现在宫门前，之后慢慢走了进来。他很瘦，比一般人都要瘦，一身素衣在风中摇摆，看起来像一棵深秋的芦苇。他在一片注目中走到公子怀璧马前，缓慢地拱手，施了一礼："梁天策军一品文书大夫简歌，见过公子。"

在他抬起头来的时候，好像一轮明月浮出了乌云。他的面容如同毫无瑕疵的白玉，那双忧郁沉静的眸子静如深水；左侧眼角下方有一颗小小的泪痣，打破了几乎完美的均衡，却平添一份凄艳的气质。

有人高声惨号一声："简大夫！简大夫，你为何不死！"

没有人知道他喊出这句话时究竟是什么意思，也许包含了所有的意思。但这句话让在场的梁国人从一片死寂中惊醒过来，一名虎贲卫的将军怒喝着将那个喊话的人抽倒在地，平息梁国俘虏陡然的骚动。"老实点！你们的大将军秦焕逃走了，你们的简大夫挂印献关主动投降，你们这群梁国人还不老实？"

"简大夫献关投敌……"

"简大夫没有死，他投降了，是他把阳谷关送到了凉州人手里！"

"简大夫投降了……连简大夫都投降了，哈哈！……"

梁国人像鼎中煮沸的水，惶然的，震惊的，还有嬉笑怒骂的，只有那个被抽打倒在地上的俘虏还在高喊："简大夫，简大夫，你为何不死！"

那苍白的谋士沉默地半躬着身体，拱手站在公子怀璧马前，充耳不闻，保持着行礼的姿势。

公子高高在马上，不置可否道："哦，是简大夫。不知这一身素衣，是为何啊？"

"国破家亡。"苍白的梁国谋士一字一顿道，"这一身素衣，为国，为民，为简歌，为黍离之悲！"

王览闻言一怔，骤然盯着他。奚子楚已忍不住冷笑："好一个黍离之悲，简大夫就用一个阳谷关来表达你的黍离之悲？"那弃关逃走的梁国名将秦焕，还真是铁血丹心了。

"简歌！你这不得好死的懦夫！"一个满身血污的人不知道从哪里突然冲了出来，举着一把琴向简歌砸了过去，事发突然，简歌举起手臂格挡，"咔嚓"，骨头碎裂声清楚地传了过来，厚重的桐木琴居然击碎。两人一齐摔倒在地上，那人死死掐住了简歌的脖子，眼睛里野兽般疯狂的光像要把他撕碎："你这不得好死的懦夫！叛贼！"

旁边的铁甲武士已经扑了上去，一把将那人拽了起来，那人疯狂地用破碎的琴向武士砸过去，武士手中的弯刀闪电般一闪，那人的一半脑袋的霎时飞了出去，脑浆迸射、血光飞溅。他瘦弱的身体轰然倒地，剩下的一半脸上血肉模糊，那只眼睛里赤红的光却像怒亮的星，久久不灭。

"是梁国的一个宫廷琴师。"武士羞愧地向公子汇报，"属下疏忽，这狗贼昨夜逃跑不知藏到了何处，居然现在蹦出来。属下这就去把他挂在城墙上暴尸！"

公子问道："他叫什么名字？"那武士惭愧地摇头。

"把他厚葬了。"公子看一眼地上的谋臣，慢慢道，"一个琴师尚如此刚烈，若是梁国公卿有此一半风骨，梁国也不至于此了。"

"他叫施夜白。"尘土里的谋臣慢慢爬起来，他的一只手臂被砸断，额角出了血，脸色更加苍白。这个亡国之臣狼狈地站在高大骏马下，在一片意味不明的围观的眼光里，却依然平静得像深海静波，一字一顿道，"请公子为他的墓上刻上他的名字，施夜白——梁国宫廷琴师施夜白，子夜的夜，洁白的白。"

公子眼光一闪，看着他，慢慢说："好。"

"简歌前来，是请公子看在简歌献关的微薄功劳上，请求公子。"谋臣抬起头来，灼灼的眼睛直直地盯着公子怀璧，"请公子约束虎贲武士，放了那些被俘虏的平民和女子，安抚梁国百姓；再请公子放过斩首的梁国士兵的尸体。如果梁国民心动荡，对公子百害而无一利，请公子三思！"

"你倒是处处为梁国着想。"公子眼中陡然锋芒凌厉，慢慢凝聚杀机，"那你献关投敌，是为了什么？"

"为了梁国。"谋臣声音平静，似无所觉，"公子东海一计妙绝，运筹帷幄之中、决胜千里之外；虎贲铁骑势如风雷，不可阻挡，梁国本已腐朽不堪，哪里是公子对手？我若拼命抵抗，也无非是白白送掉梁国士兵的性命。公子强行破关之后，清坚壁野或者屠城，城中百姓更是如同水火。不如献关投诚，梁国士兵和百姓也可以稍得保全。"

公子怀璧冷笑一下，刚要说什么，他身边的人拱手打断道："公子，依在下之见，简大夫所言很有道理。公子志存高远，试想，若是梁国十室九空，公子得了一个空壳又有什么意义？不如将梁国百姓按区域赏赐给诸位将士做采邑；将梁国士兵中是家中独子的放回，兄弟数人皆从军的少子放回，家中无人的也请放回。让他们休养生息，为公子种粮采桑以提供财力，结婚繁衍以壮大军队。公子以为如何？"

此人侃侃而谈，鞭辟入里，苍白的谋臣陡然抬头，看向面前的白衣人——

白衣洞箫，河西凤雏。那是与他齐名的河西王太傅，"双凤雏"之一王览！

双凤雏终于面对面站在一起。王览对他拱一拱手，微微一笑，目光交错之间，似乎有锋芒一闪而逝。

公子深深注视马前瘦削的谋臣，他一身狼狈、手臂断裂，忍着无比的屈辱与惨痛，不言不语却坚定地站在那里，脸色越苍白，那双眼睛里的火光就越明亮。恍惚间，让他想起曾经那个当年的自己，忍受着饥饿、屈辱与酷寒，五日五夜不眠不休，坚守在一扇永不向他打开的门前。

——和那时，他在心脏的位置小心藏着的……

他的手蓦地按住心脏。

这时一名武士策马过来，在奚子楚耳边一阵嘀咕，紫衣将军的脸色更加难看。

"公子，公子！"

公子怀璧蓦地回神，看到马前谋士关切的眼神，他的脸色还是苍白，却微微闭了眼睛，将几乎汹涌而出的情绪尽数敛去。

"公子，"紫袍将军凑近公子的耳朵，"末将把那群女人安置在了关押梁侯的巽雪阁外，刚才看管的百夫长来报，说她们哭哭啼啼、寻死觅活，其中一个居然砍伤了我们一名百夫长。这群女人似乎身份不低，属下不敢随意动她们，实在难以处置。"

公子轻笑："难以处置？不如这样，如果是姬妾侍女，奚将军就赏赐给自己的属下；如果是公主命妇，奚将军喜欢，就自己留下；如果她们执意为梁国守节，就让她们殉国好了。"

白衣太傅笑着接口："公子，这么对待梁侯的女眷们，未免草率了些，恐会落下诟病。再说，既然身份不低，说不定可以从她们口中探听到梁侯世子的下落，不如去看看如何？"

奚子楚轻轻冷哼一声，不屑地用眼角斜王览一眼，王览但笑不语。

谁也没有注意到，身边梁国谋臣猛然抬头，脸色一下子变得苍白起来。

就在这时，东南方向一片火光冲天而起，一名百夫长飞马疾驰过来："公子！巽雪阁烧起来了，梁侯自焚了！"

第三章　清鸾音

公子怀璧和他的两位心腹部下策马赶到的时候，冲天的烈焰正在凶狠地吞噬着这座壮丽的宫阁。

"浑蛋，这梁侯疯了！"一名千夫长刚刚指挥他的武士们把一片骚乱安定下来，他满脸的虬髯胡须被烧焦几处，显得格外滑稽。他气急败坏地喘着气擦了一把脸，回头便看到几匹奔驰过来的骏马，急忙行礼："公子！"

"怎么回事？"公子勒住马缰，勃然大怒，"为什么没有人拦住他？一群废物！"

那武士羞愧得不能言语。

他皱一皱眉："梁国世子和梁园客呢？有没有消息？"

武士更是羞愧："末将无能，没有梁侯世子夜煜的任何消息。"

"是吗？"公子冷笑，"把你们找女人的功夫用在找世子上，十个也找回来了！"

梁国世子夜煜，少年英武，师从名将秦焕，十八岁起，就和秦焕一起掌握着梁侯的秘密暗卫"梁园客"。"梁园二十四客"都是从天策军将士中千挑万选而来，搏杀之术名震北陆。大梁城破的时候，梁侯被俘，世子夜煜被"梁园客"护卫着不知所终。秦焕是梁国此次迎战的主将，阳谷关破之时，简歌献关投敌，秦焕弃兵逃走。有一种说法，"梁园有客二十四，一人可敌百万兵"，虽不无夸张，但公子怀璧也不得不忌惮几分。

王览连忙道："公子息怒，必然是梁侯把自己锁在阁中，将士们也毫无办法。此事也不是无法挽回，只要把消息压下来，在梁侯的弟兄中找一个与他肖似的，穿上国君的服饰坐在马车里在梁国街市上走一圈，然后带回河西寻个时机杀了，过几年说梁侯病逝，就足以对列国诸侯和梁国百姓交代了。至于世子，二十四名梁园客能有多大能耐？蚍蜉撼树而已。搜城十日，掘地三尺，总会找到他！"

公子叹口气："只能如此了。"

奚子楚噌地跳下马，急道："那群女人呢？"

千夫长指向一处墙角："都在那儿，这群娘们儿都吓傻了。"

那是一群无比狼狈的女人，年龄都在十八岁左右的样子，都是女官或侍女的打扮。她们紧紧挤在一起，瑟瑟发抖，像绷到极限的弦，仿佛稍加触动就会砰然断裂。她们的脸上都涂得乌黑，身上的衣服破碎肮脏，破布下却露出凝脂般晶莹丰润的肌肤；有一些已经近乎赤裸，长裙被撕成碎布挂在白玉般的胸口和大腿上。

奚子楚冠玉般的脸再次红了起来，对公子解释："末将找到她们之前，她们就是这个样子了。犯禁者，属下会查出来，军法处置！"

火光的影子在她们身上跳跃，火势越来越大，她们缩成一团，因为长久的恐惧和紧绷只会呆呆地望着前面火光里哀号的宫室。

她们也许昨夜还在为心上人绣着一枝并蒂莲花，而此时青春却被埋葬在王侯深院，更要被摧毁在烽火狼烟里。所有的美丽都是脆弱的，那样的无助，只能任人践踏。在这沧海横流的乱世，这些细碎的落花随波逐流，一不小心，就被巨浪吞噬、撕碎。

两名武士大踏步过去把她们推开，把中间被紧紧簇拥着的女子拖出来。一个披头散发粗壮的女人哀号着向武士冲上去，被武士随手一脚踢翻。

千夫长向骏马上的公子禀报："就是她，这个女人刚才抢了刀砍伤我们的一名百夫长！"他恨恨地揉了揉自己的胳膊，想必自己也吃了亏，"梁国的娘们儿也真是悍！"

周围一片武士粗野哄笑，那群女人惊恐地往一起缩，试图把自己缩成小小的一团，像狼群围绕下的白兔。

公子怀璧静静地看着被拖到面前的女子，她看起来是这群女人中身份最高贵的，所以被保护在中央。她衣衫尚且完好，脸上被涂了灰，看不出样子，但露出的一抹脖颈和双手，雪白如玉，但那纤细的身体和手臂，怎么看都不像可以举起斩马刀砍伤一名雄壮武士的样子。

公子怀璧有趣地挑了挑眉，跳下马走到她面前，用马鞭勾起她的下颌："看来你不是一般宫女啊！你是谁？"

那名女子瞪着他，眼睛里似乎能喷出火来，一语不发。

公子轻笑："有意思。你是梁侯的妃子，还是什么命妇、女官？不管你是谁，如果你知道梁侯世子在什么地方，告诉我，我就放了你。"

他像在诱哄一个孩子，女子只是瞪着他，像一个木偶。

公子站起来，看着眼前一群惊恐的女人："谁知道梁侯世子下落，请说出来。如今乱军四起，世子流落在外，必然朝不保夕，不如告诉我，我们会将他保护得万无一失，如何？"

没有人说话，那群女人只是发抖。

公子怀璧的目光冷了下来。他从来不会对任何女人有过多的耐心，他冷冷一甩衣袖转过身去："既然无用，都拖下去！"

就在这时，地上那布偶一般的女子突然跳了起来，不知从身上哪里摸出一把短剑，寒光荧荧，她的眼睛像两颗星辰陡然绽放出惊人的光华，仿佛用尽全身的力量，向那个公子怀璧的背影一剑刺了过去！

"公子！"四周一片惊呼，奚子楚比她更快，他明明在三丈之外，甚至没有人看清他如何下马、过来，紫色的闪电划过的瞬间，那把短剑啪地跌落在尘土里，他的手轻轻一挥，那个纤细的身影像一只断线的风筝，跌落在地，咳出一口血。

那群侍女惊恐地哭号起来，却没有人敢站出来。

紫袍将军疾步上前，唰地拔剑出鞘，对准了地上的女子。

那名女子蓦地抬起头，那眼光，那样冷，又那样烈，像暗夜的鬼火，又像焠毒的箭；谅是奚子楚纵横疆场多年，心中也是悚然一惊。

公子怀璧冷笑："不知好歹，杀了她！"

像是那根紧绷的弦绷断，那群女子哭号着，哆嗦着，因为恐惧和饥饿，她们几乎没有力气捂上自己的眼睛。

"不要碰她！"

"不要用你们的脏手碰我！"

两个声音同时响起，后者来自地上的女子，她的声音因缺水而沙哑，却依然有玉石的质地，强撑着公主的尊严和骄傲。

而另一个声音……

她震惊地抬起头，看到那个瘦长的、一身素衣的身影跌跌撞撞地扑过来："公子，剑下留人！"

一旁的梁国宫人瞪大了眼睛，地上的女子咳着，也瞪大了眼睛，像是看到了什么不可思议的事情。在一片惊惶的目光中，来人急声道："她就是梁侯的女儿，梁国公主！"

四周响起一片轻轻的抽气声，连王览与奚子楚也忍不住轻轻"啊"了一声："有'清音阿鸾'之誉的鸾姬公主？"

"月下人似月，雪中人如雪。冷冷五指抚，清音寂长夜。"

这是梁国乐师歌唱鸾姬公主的歌谣。梁侯姬妾众多，偏偏子息极少。两位世子一嫡出一庶出，嫡出的长子十七岁时便在与世家子弟争风吃醋的斗殴中身死；少子夜煜年方十五便以刀剑搏杀之术名震梁国，年少英武，兄长死后被立为世子，可惜却是庶出。唯有鸾姬公主不仅是嫡出，而且高贵美丽。传说在她十五岁及笄晚宴上，公主于一袭帘幕之后弹奏一曲古调《雪月四弄》，梁国第一琴师施夜白听到，叹为"清音皓质，羞惭霜雪"，从此不碰五弦琴，只弄七弦。

鸾姬公主自十五岁及笄，便有无数王孙公子登门求亲，甚至中山国的中山侯都慕名派使节前来为世子表达通好之意。鸾姬公主闭门不出、拒绝饮食，几乎香消玉殒。梁国本来就有女子晚嫁的风俗，且梁侯有意将她送去帝都天子身边服侍，只得暂时由她，一拖至今。

但"清音阿鸾"的美名却日渐传开，梁国公主鸾姬，素手有仙音、姿容若冰雪，让无数王孙公卿心驰神往，名震北陆。

梁国的简大夫跪在地上，额头上青筋剧跳，声音却努力保持平静："公主深居深宫，镇日抚琴，不问世事，没有见过这种阵仗，她只是吓坏了，并不是有意对公子无礼，而且，连我……都不知道世子在什么地方，公主更不可能知道，公子杀她也无用啊！如果杀了她，公子怎么对列国诸侯与天子交代？"

这等于间接地承认梁侯与他关系亲近更甚于公主，四周低低传来几声嗤笑，一身素衣的谋臣那孤高瘦削的脊背弯了下去，十指紧紧抠住地面。

公子冷笑道："那我更没有理由留她，公主又怎么样？"

公子怀璧不会把一个公主的命看进眼里，杀了她，有的是冠冕堂皇的理由去搪塞诸侯和天子。

简歌一顿，仰起头来："鸾姬公主，很美，很美，琴技与美貌……并称，素有'清音阿鸾'之誉，公子如果留下她……"

他这句话说得很艰难，说到"很美"的时候，声音扭曲，低得几乎听不见；到最后一个字，再也说不下去，十指已经抠进泥土。

啊，周围人恍然大悟，这个投降的梁国大夫，想把公主献给公子怀璧。奚子楚不屑地冷嗤一声，连王览也不以为然。这样的说法不可能打动公子，公子怀璧身边的人都知道，再美的女人，公子都不会多留意，这种例子太多了。

他闭上嘴，因为他看到公子动了，他一步一步走到地上的女子面前，轻轻勾起她的下颌。她的脸涂了厚厚一层灰，却可以看得出有着精致的轮廓，露出的眼睛清澈纯净，黑白分明，就像清泉里浸泡着的黑水晶。公子怀璧深深凝视着那双眼睛，然后，举起衣袖，轻轻地，一下一下，把她脸上的灰擦拭干净。

他身后的王览和奚子楚，都慢慢瞪大了眼睛，虽然，在他们两人心中，都认为有更美的女人，但是，也依然为她的美丽恍然失神。就好像一块美玉被慢慢拭去灰尘，她的面容在公子的衣袖下一点点展露出来，一点一点绽放出光华。那张雪白的脸让人联想起空灵缥缈的夜雪，或者苍白的花，柔软、脆弱。

她真的很美。

四周都安静下来。

但公子怀璧的手却慢慢地松下来，仿佛这个举动，耗尽了他的力气。

你在希冀什么呢？你想看到谁的脸？

不对，不对，你明明知道的，你再也看不到了。

不过一眨眼的时间，他身边的王览有一种错觉，仿佛有种支撑他的什么东西倒塌了，使这个英俊而强大的男人瞬间疲惫。

一时间无人说话。

公子背过身去，挥了挥手："把她带下去吧，善待她，毕竟是梁侯的女儿。"

他话音未落，忽然听到众人惊叫："公主！"

地上的那名女子突然跳了起来，她望向地上向仇人匍匐下跪的谋臣，深深地、深深地看他一眼，脸上露出一抹惨笑，然后——

她像一只归巢的小鸟展开双翅一般，向身后熊熊燃烧的宫殿飞奔过去。

这一切太快，烈火中的巽雪阁就在她身后，没有人在那里拦她。

简歌只觉得心脏像是突然停滞。他几乎可以读出她的眼神，可是又什么都读不出，这一切发生的时候，他像灵魂出窍，动也不能动，呼吸都停滞了，只能定在那里。

像被一道惊雷劈中，公子怀璧骤然转身，愣在那里。

那熊熊燃烧的大火，那飞腾四起的烽烟，那耳边仿佛还在呼啸的杀声和箭声；那个纤细的身影飞奔向烈火之中的城池，映着冲天的光焰，像一只浴火的青鸾——

他的手狠狠地按住心脏。

那么熟悉的景象，像一切又在眼前重演。心口熟悉的剧痛再一次缠绕了他的四肢百骸，绵延进他最深的血脉，像一把尖刀，搅动着他的心脏，耳边只有一个名字在不停地回响——阿鸾，阿鸾，阿鸾！

他拼命想要呼喊，声音却像发不出来，用尽了全身的力气，血液全部涌入头颅，让他眩晕，他听到自己的厉声呼喊："拦住她！拦住她！"

"轰隆"一声巨响，巽雪阁在噼里啪啦的燃烧声中轰然倒塌，化为灰烬。

一片混乱后，这一片焦土上，瓦砾狼藉、狼烟蔽空，再不复当初的风流蕴藉。那些尸体被烧成一团，变成焦炭颜色，横七竖八地倒在焦土之上。奚子楚指示几名百夫长带领士兵将这些尸体堆在一起，那批知晓梁侯自焚内情的女官侍女全部斩杀，一起就地掩埋。

那一堆焦炭一样的残尸，谁是王侯、谁是奴隶，如今又有什么分别？

第四章　丹心谋

夜色深沉，鹅毛大雪终于将整个支离破碎的城池温柔地包裹起来。遥远的夜色里传来几声狗吠，似乎一丝丝鬼泣一般的哭声若有若无地飘过。

一匹快马飞驰过寂静的街道，踏破森冷的寂静，停在了城东的宅邸前。一身素衣的骑士从马上跳下，却站立不稳，踉跄一下，一下子摔在地上。

那是一种喊不出的绝望，你为什么没有走呢？鸢姬，你为什么没有走？我已经走上这个祭坛，站到了这个风口浪尖上，唾弃和羞辱伤害不了我，唯一能伤害我的，只有你啊！

他将头深深地埋在雪地里，任由鹅毛大雪纷纷扬扬覆盖在他身上，如同濒死的人在雪地里蠕动几下，就这么伏在那里。那修长瘦削如竹节一般的手抠住地上的积雪，狠狠地抓紧，扭曲，像要把那些积雪捏碎。

箭在弦上，已不得不发；棋子落下，已无可挽回！

"什么人啊，这么晚了……"

一个守门的梳着双髻的蓝衫小童揉着惺忪的睡眼，打开门向外看过去，借着手里挑着的灯火，吓得一下子清醒过来，却一下子捂住嘴巴，差点失声尖叫起来。

"先不要过来……"那人嘶哑着低低地说。

那人一身素衣，几乎要与茫茫积雪融为一体。他伏跪在地上，头深深埋在臂弯里，像要是把自己缩小再缩小，全部埋进积雪里。似乎有种什么东西紧紧包裹住他，再向四周淹没，压得人喘不过气——

那是一种让人窒息的悲哀。

小童一下子丢了八角宫灯，大步跑了过来，拖着哭腔奔上前去扶起他："大夫！大夫！您怎么了？您怎么了？"

简歌身体震了一下，终于慢慢地挣扎着爬了起来。小童一把扶住他，素衣谋士一下子倒在了他身上，扶住了家童的肩膀，像是耗尽了力气。朦胧的天光下，他的脸上一片惨白，雪片在身上落了厚厚一层，白玉般的脸冰凉如石，却有点濡湿，好像雪水，又好像不是。

小童几乎哭了出来："大夫，您怎么了？您怎么了？"他碰到了谋士的手臂，简歌倒抽一口冷气，额角的冷汗渗了出来。小童一下子惊叫起来："大夫！您的手臂，您的额头……"

他说不下去了，他这才看清楚，大夫的素衣下掩盖了一片血渍，他一向整洁的衣衫一片狼藉，手臂断裂，额角也被打破红肿，血已经冻成血块。

他居然就这么骑着马一个人回来了！

简歌深深吸了一口气，久久地，终于慢慢站直了身体。他转过头来，对家奴勾起一丝微笑："别担心，我没事。今天可曾有人拜访？"

小童怔了一下。

他的脸色变得如此之快，刚才的悲哀绝望似乎从来没有出现过；那惨白的脸上，微微一笑，居然云淡风轻。

可那个微笑……小童的心陡然一沉，那张脸就像戴着一张完美的面具，却悄悄裂开一道缝隙，那几乎是扭曲的，仿佛有什么东西从他的身体里面汹涌地冲出来，却被这个人用全部的力量，用这张面具压制下去。

乖巧的小童深吸几口气，别过头去揉了揉眼睛，哽咽着答道："都是一些官员，来送些礼品器物，希望您能在那个……什么公子面前为他们美言几句。"

简歌慢慢道："明日，请人全部给他们退回去，一件也不要留下。"他向前走了一步，却摇晃一下，举手拒绝了身后小童伸手欲帮扶的动作，顿了一顿，终于迈步向内宅走了过去。他挥一挥手："以后，不要让任何人再进来。"

小童静静看着他的背影，有一种奇怪的感觉，仿佛眼前这个人，他那瘦削的身体承担了千钧重负，几乎再也承担不住。可是，他还是咬着牙，撑着身体站了起来。

这是一间内室，燃着一支昏黄的蜡烛，盘旋的楼梯通向上面地面的书房。除了主人，几乎没有人会发现这个隐蔽的空间。

有一丝响动从上面传了下来，里面的人呼地把蜡烛吹灭。脚步声踏着楼梯越来越近，一个修长的身影擎着一支蜡烛，从上面走了下来。

"唰"的一声，剑光划破黑暗，杀气四溢，一柄长剑已经架到了来人的脖颈上。

"你若杀了我，自己也活不下去。"简歌淡淡道，将颈边的长剑轻轻拂开，把蜡烛放在桌案旁边，看向阴暗处一身狼狈的将军。

简歌已经换了一身衣服，手臂也固定住，额角上涂了药，脸上一如既往地平静，似乎之前在门外什么也没有发生过。

那人冷哼一声，还剑入鞘，戒备地盯住简歌，恶意一笑："简大夫献关投敌，如今是公子怀璧面前的红人了，为何又和秦某这个败军之将混在一起呢？不过秦某不才，却也不会觍颜事敌！"

"你是不是很想杀了他？"

"废话！"秦焕脸上露出一丝狰狞，"这个蛮夷小子，让我成败军之将，名声扫地，我恨不得把他千刀万剐！"

"简大夫，如果你是想引我入瓮，把秦某的脑袋也献给公子怀璧，那你白费心机了。"他忽然阴毒一笑，"秦某的脑袋没有任何用处，怕死，我今天就不会来。但是我死了，梁园客会让你永世不得安宁；至于世子的藏身之处，你更不可能知道。"

"公子怀璧身边戒备森严，你们根本无法接近；你有梁园客，却只能做不见天日的老鼠。"谋士波澜不惊，轻声道，"而我，虽然可以接近公子怀璧身边，却无法取得他的信任，更没有能力杀了他。"

秦焕慢慢地皱起眉头，狐疑地盯着他："你想怎么样？"

年轻的谋士神色不变，抬头盯着他，一字一顿道："我想和你做个交易。"

一场几乎改变神州大地历史的谋划，在文书大夫府地下一间阴暗简陋的密室里，从梁侯的这两位文臣武将、郡国擎柱的手中，开始成形。

就在这梁都覆灭的第一个夜晚，这个肃杀又压抑、大雪纷飞的黑夜里。

晋隐帝昭元十一年十月，公子怀璧灭梁国，将之并入河西王府势力版图。

梁国覆灭的消息在攻破阳谷关的那一瞬间，在北方大陆上传播开来。"公子怀璧"的名字被写进书表奏折，迅速传到了列国诸侯手里。与此同时，河西王太傅王览受命写一册书表，递往帝都长安，按照礼节，向皇帝交代伐梁经过，理由是在河西通胡的云梦人逃到了梁国，被梁侯包庇。

一向被视为"蛮夷之族、不通教化"的河西，在中原诸侯间如一石激起千层浪，震动了汹涌暗潮之上伪装的平静。

伐梁一役，公子怀璧得梁国，实力大增：缴获金铢二百万，奴隶一万三千，虎贲铁骑扩充至十二万、步卒八万，势压北陆、虎视河洛。较为弱小的陈国、中山国感觉到公子怀璧的虎视眈眈，接连向北方实力最强大的北燕国派出使者，三国会盟，以求对策。

帝国北陆，北燕、陈、中山、梁、河西五位诸侯势力互相制约的局面从此被打破。

远在凉州公子府，琅嬛阁的女史江一雪静静地站在观星台上，仰望天际，东南一颗星子从天空坠下，划出一道长长的线。奇异的是，只空出一颗星的位置，整个半壁夜空的布局却仿佛全部改变，再不复之前的样子。

西北五颗明星剩下了四颗。那颗星子落下去，仿佛打开了命运转轮的缺口，三颗星宿并没有改变位置，却奇异地形成掎角之势，虎视眈眈地逼视着前方中央的破军星。

"一颗王侯命星落下去，就会改变所有的星盘。很多颗小星落下去，却只能为夜空留下一瞬而逝的光。"她轻轻叹息，看着这九州分野之上星辰映照众生命运的轨迹。

一颗暗星发着幽幽的红光，侵入西北天际破军星的轨道，阴毒无比，大有侵吞之势。

她蓦地瞪大眼睛，全身发冷。

这是一颗不祥的星，客星犯破军！

第五章　梁园客（上）

"云梦人通胡于凉州，夜开城门，窃以迎敌。未竟，公子怀璧至，破胡兵。云梦人东走，奔至梁。公子是以伐梁……"一身铁甲的将军皱着眉念着奏疏上的句子，勃然大怒，"欺人太甚！欺人太甚！蛮夷之地的狂妄小子，欺人太甚！"

在河西通胡的云梦人逃到了梁国，被梁侯包庇，所以伐梁。这样的理由，谁都知道是用来随便搪塞列国诸侯与帝都诸公的。

顿时宽大的阁室内愤懑不平之声响成一片。

此时是晋隐帝昭元十一年十一月二十六，河西的奏疏递到了长安，又引起一片震动。一向被视为边陲蛮夷的河西，罔顾帝都天子，在公子怀璧三万铁骑的雷电速攻之下，一举出兵灭了梁国。伐梁之后，又是随随便便修了一封奏疏，态度无礼之极。当日正值太尉傅璟闲宴，帝都诸公趁此机会齐聚一堂，共同商议应对之策。

太尉傅璟，浸淫帝都权力中心三十余年，是极少可以在权力争夺的浪潮中屹立不倒的老臣。

这是乱世，诸侯四起，天子的王畿之地不过帝都周围数百里。当年权臣大司马庞呈当政、架空王权，无数权贵公卿向他靠拢；庞呈制一封"丹心表"，上有每个投靠他幕府权贵的朱笔签名，借以要挟诸公。后来楚侯出兵勤王，楚侯外孙姬骦常年驻守长安，被封为"御卫将军"，赐名剑承影，锋芒压倒庞呈，大批公卿又纷纷投奔公子骦，却统统被公子骦一句"卿是'丹心表'上客，如何又事二主"给堵了回来。

只有傅璟，在公子骦问及的时候冷静地否认了自己在丹心表上的签名。原来丹心表上他签的是自己的表字"一忠"，签名的时候留了一手，在"一"字下小小留了两点，变成草字"不忠"。他应对公子骦说："臣此举非为明哲保身，实在是一心拱卫王室，以此向天子表示忠诚！"

帝都诸公纷纷感叹太尉傅璟的老辣机变，未雨绸缪，从此傅璟更加德高望重。

"这嬴怀璧，怕是有不臣之心啊！"一位两鬓斑白的老臣深深叹息。

一时寂然无语。晋室式微，当年权臣庞呈掌控十万金吾卫兵权、广招门客，在帝都长安横行无忌，仪仗僭越天子，野心勃勃，世人皆知。为了扫除障碍、孤立王室，庞呈十万铁骑挥师南下，一举剪除王室的有力臂膀云梦，三千里云梦泽与翠微山成为一片焦土荒烟。列国诸侯袖手旁观，幸得后来国力强盛的楚侯出兵勤王、常驻帝都，而庞呈在云梦一战中实力大伤，终于渐渐式微。

"小小一个蛮荒之地的小子，又能成什么气候！"一个臣子尖声道，"不过是弹丸小邦、粗蛮之兵，又不通教化、不知兵法，诸公太缩手缩脚，才会被他吓成这副模样！"

傅太尉高高坐在主座上，微闭了双眼，一言不发，任底下的公卿激烈争论，似乎都要睡着了。

"太尉，您看法如何？嬴怀璧这小子，能成什么气候？"

下面的人都看向主座。

傅璟慢慢睁开眼："什么？"

下面的宾客耐心重复一遍："太尉，你看河西灭梁，值不值得我们下注？"

"急什么？"傅璟眯了眼，示意身后的侍女温柔地为他揉捏肩背，慢慢道，"河西、梁国距离帝都数千里，公子怀璧灭梁，对我们不过是深水余波，北陆诸侯们对他倒更感兴趣。"

"太尉啊，"武将打扮的臣子道，"及早防微杜渐，未雨绸缪，也未尝不可。"

太尉懒懒道："你们也太性急了。梁国已灭，北陆中山侯与陈侯必然忐忑不安，霸主燕侯又怎么会无动于衷？让他们打吧，打不到长安，我们坐山观虎斗。何况这次又没有'丹心表'，诸公还怕什么？"

"那太尉的意思是？"

有人小心问道，却久久得不到回答。

众人沉默，各有所虑，而傅太尉，居然已经微微打鼾了。

半晌，不知是谁疑惑地问了一句："不知这次，帝都会派哪位将军做特使，去出使公子怀璧？"

一时众人又议论纷纷："啊，听说河西人食生肉、饮酪浆，茹毛饮血、民风野悍……谁愿意去出使那个蛮夷之地，还要见那个不通教化的野蛮小子！就看刀架到谁的脖子上被逼着去了……"

窗外，帝都长安上空风起云涌，浓重的黑云，舒卷着从四面八方聚集过来。

越过北燕、中山、陈，横跨茫茫北陆，东临崤山、西至潼津，就是函谷关。函谷天险像一把巨锁，把帝都长安牢牢锁在环抱之中，锁住了帝国北部半壁江山。

这个乱世，不知有谁，可以攻破这片天险，取得这片河山？

御卫将军府的高高楼阁之上，一个身影仰望天际，低声道："嬴怀璧，会是你吗？"

一把青铜重剑，卷着火焰般的杀气，直劈过去！

"锵！"

剑与剑在空中相遇，夜色中火花四溅。一眨眼之间，那把青铜重剑一声尖锐的哀鸣唰地被弹开，它的主人疾步后退，一剑插在地上，身形半跪，才稳住脚步。

那是一个火焰般明丽的女子，一身火红软甲，长发被高高束在头顶。长剑在地上划出长长的痕迹，女子挂剑半跪，瞪着眼前高大的男子，又败在他剑下。

男子一身戎甲，更显身形高大。他手执一把青铜古剑，乌沉的剑身镌刻着古兽暗纹，若有若无的暗光流溢，中央的一道剑槽因为饮血太多而呈暗红，隐隐散发着阴戾之气，是上古名剑"湛卢"。男子皱眉："站起来！继续！"

女子咬牙站了起来，长剑一声长吟，横斩过去。她的身影像夜色中的火焰，火红的软甲在一片剑光之中像蔷薇在大雨中怒放，有种逼人的艳丽。两个身影在半空交错，金铁交鸣之声震响夜空。女子的长剑终于抵挡不住对手沉重的压力，两剑相触的瞬间，女子的长剑几乎脱手飞出去，男子的长剑已经抵上她修长的脖颈。

"剑是用来杀人的，不是用来表演。"男子俯视着她，冷冷道，"你是将军，不是舞姬！白氏的后人白璧晖，就这么没用？"

如果这是在战场，眨眼间她的头颅就会成为对手刀下的勋章。

屈辱涌上胸臆，女将军咬住了牙，眼睛里的火焰要把天际的寒星比下去。她蓦地抬起头来："再来！"

涅槃之剑的威势像烈火，却挡不住对手如长河倾泻的咆哮，男子手中的长剑迎着她的剑一剑劈过，那一剑仿佛没有劈在她的剑上而是直接把她的身体劈成了两半，虎口震裂，鲜血涌出。女子的手臂仿佛麻木得没有了知觉，却迎风而上，那不顾一切的必杀之势让男子为之震动，手中的剑缓了一缓，女子的剑已经向眼前逼来；两剑相击，一声巨响，两人目光交错的一瞬间，身形交错，又乍然分开。

女子接连后退，滑出丈余，终于稳住身体。她的身体还是麻木的，整条右臂像火烧一样疼痛，喘息着瞪着眼前的男子。

"不错。"公子怀璧终于露出一丝微笑，"你记住，在战场上，剑术只是赌命的筹码，而不是保证。赌赢了，你就可以活下来。不过——"

他微笑着点了点自己的脑袋："要学会用这里，而不是蛮力。将军的搏杀之术未必是最好，却可以掌握无数搏杀之术最好的人，让他们为他取下对手的脑袋。"

"你就是如此利用属下的吗？"女子忽然打断他的话，冷笑道，"据说公子找到了梁国公主，还把她金屋藏娇。难道传言是真的，公子兴师动众灭梁国，只是为了一个女人？"

"一派胡言。"公子皱眉，"一个将军，如果像你这样容易听信逸言、扰乱军心，迟早也是败军之将。"

女子的明眸瞪着他，却无法反驳。

公子还剑入鞘，击了击掌，两名武士推着一辆小车过来，上面堆满了竹简和书册，像一座小山。他们端端正正地立在女子面前。

"这是历代梁侯收集的各诸侯国的历史、地理资料，我会把它们带回琅嬛阁让江女史逐一校对，对我们的资料做出补充。而这些。"公子随手翻了翻一本卷册，封皮上写着"晋志注"，下注小字"北燕"，"这些是北燕的一部分地理志，你七日内把它们读完。"

白璧晖瞪着那堆东西："我想领兵纵横沙场，不想在书阁里念这些东西。"

公子冷哼："你这种资历，上战场带着我的人送死吗？"

女将军眼睛里的火焰开始燃烧："你给过我多少在战场磨炼的机会？只让我在书阁里没完没了地读这些东西，我永远不会有成为名将的一天！我要重振白氏名将世家，不是做那些纸上谈兵的读书人。"她蓦地扬起明艳的脸庞，目光炯炯，"如果你是忌惮我有朝一日会超过你、取代你，为什么不直接杀了我？"

凉州白氏，将才世家。历代河西第一名将，几乎皆出于此，上一任便是白氏一名女将军。如果今日白氏尚存，公子怀璧也不得不忌惮一二。

她并不是自夸。

"取代我？很好，我等着。"公子大笑，"纸上谈兵是兵家大忌，胸无丘壑同样是。白将军，行兵打仗，依势而布形，面对敌将，须知己知彼方能胜。如果连对方底细都不清楚，如何征战沙场，如何取代我统领数十万虎贲将士？"

"我不想成为鸿儒。"女将军蓦地仰首，目光如火，"我只想重振白氏，杀你报仇！"

"你的眼光就如此短浅吗，白将军？"公子怀璧啪地将卷册扔在她面前，眼神冷厉起来，"这个世界上，搏杀之术比我高明的人很多，想杀我的人更多，你不过是其中最平凡的一个。作为白氏唯一的后人，你不思灭羌胡、振白氏，沉湎报仇不能自拔！等到你能够取代我的那天，杀了我可以；如今你什么都不是，什么能力都没有，要想杀了我，你有什么资格？"

"记住这句话，白将军！"他严厉地瞪着她，慢慢道，"征伐者，武夫以刀，将军以智，君侯以策！"

年轻的女将军脸色黯淡下来，久久无语。她咬牙站起来，昂首大步离去。公子无奈地摇摇头，示意两名推着小车的武士疾步跟上。

暗中来了一会儿的人慢慢走出来，看着女将军远去的背影，轻叹："公子，你对她太严厉了。"

那不过是个未满双十年华的少女。在寻常女子娇羞妆点、提着裙裾，在深夜悄悄奔去秋千架下，扑在情郎怀里的时候，她在西域流浪，用本应拈着一朵蔷薇花的素手握起了青铜长剑，把少女的柔媚变成了血光飞溅的锋芒。

公子凝视着那个火红的身影消失的方向，慢慢道："她是白氏唯一的血脉，必须有承担这一切的能力。如果连这一点挫折都经受不起，如何担当重任，重振名将世家的荣耀？"

公子神情悠远："当年，她的父亲，虎贲卫都统领白烈，就是这样一招一式、一字一句地教给我的。如今，我不过是替我的老师把这些还给他的女儿。"

关于白氏，他听说过一些。白璧晖的父亲，河西名将白烈曾是公子怀璧少年时的老师，后来公子叛逆弑师，致使白氏最后一支血脉断绝。这本是一段秘密，真相如何，却是谁也不知道，但公子从未否认。

这绝不是一个弑师者的语气。

白璧晖自白氏被诛之时，就被公子送离凉州，那时她才十岁。有人说她早已被公子斩草除根，有人说她被高人救走，种种说法不一而足，但公子筹谋伐梁之时，她回来了，白氏的后人重新出现在凉州。

从孩童到成年，她恰好在公子势力最弱小的时候消失，在公子铁腕稳固之时归来，而归来的时机便是公子的伐梁之战，给她一个绝好的历练机会。

公子与白氏最后一位女将军的关系，十分耐人寻味。

当然，这些只是王览自己的猜度，他无意对任何人讲。他只是看着女将军离去的方向，摸了摸鼻子。

公子转过身来，踱至楼台边栏杆，背负双手，凝神眺望夜色中隐隐远山，长发和广袖在风中飞舞。府中华灯初上，映着远处的湖沼，光影摇动。细雪隐隐，这样的夜色，是很美的。

公子笑了一下："子瞻，你认为这位白氏的后人……是个什么样的人？"

直觉他不是想让自己分析这位女将军对于时局的利弊作用之类的干巴巴的问题，公子的语调里有一种类似于对晚辈的溺爱。王览微微一笑，悠然道："很倔强……"

当然，也很美丽。

王览第一次见到女将军，是她远离故土八年之后，终于重回凉州城的时候。那时恰好一队百余人的羌胡骑兵夜袭凉州，虎贲卫追出城外百里，眼看越追越远，前方一队西域归来的客商跃马而出，居然将剽悍的羌胡骑兵当头横斩，助虎贲卫将这支胡兵顺利拦截，无一人逃脱。

那率领驼队助虎贲卫一臂之力的，是一名混在客商队伍里毫不起眼的少年。

那名少年一身极朴素的布衣短打，戴着一顶极普通的客商帽子，遮住风沙，也遮住大半面容。在其余客商欢天喜地去公子府领赏的时候，"他"冷冷地对王览如是说："我助的是凉州百姓，为的是自己的良心，与嬴怀璧无关，更不要用这些东西羞辱我。"

王览不动声色，微笑道："阁下如何称呼？"

少年慢慢摘下帽子，冷冷道："凉州白氏，白璧晖。"

帽子下，是一张明艳照人的脸。深邃的五官火焰般炫目，而那双透着碧色的眼睛，却像雪山的泉水，清冷，疏离一切。

在凉州见惯了艳丽胡姬的王览也忍不住惊艳了一下。

白氏的后人，是个什么样的人？

王览微笑。她的人像她手中的剑一样锐利，火焰般炫目，而那双眼睛却如此澄澈，倔强而孤寂。哦，就像火与冰的融合。

一阵琴声传了过来，古调铮铮，在夜色中传出很远，打断了两人难得悠闲的思绪。

琴声传来的方向是夜色掩映下的重重宫阁，那里本是梁国宫室，已经被改作"西庭都护府"，只是尚未修整，鸾姬公主就被安置在那里。

公子手臂倚上栏杆，迎着夜风长出一口气，微笑："'月下人似月，雪中人如雪。冷冷五指抚，清音寂长夜。'任我对古琴一窍不通，却也听得出这曲子深得古韵，意境清幽。这位鸾姬公主果然是国手，子瞻，我说得对不对？"

王览皱眉："公子所言倒是不错。只是，她本已取清商调，转而又作变徵之声，节节压抑，似乎胸中有死气，这琴声，实在不太吉利。"

公子皱了皱眉，不语。

王览状似无意道："公子打算如何处置这位鸾姬公主？"

"不杀了就留着。"公子转身走下台阶，顺手将佩剑扔给迎上来的武士，疲惫地揉了揉额角，"烦心事太多了，连个女人也要给我添麻烦！"

王览关切道："公子，你脸色不太好，要不要传医官看一下？"

"不必。"公子烦躁地一挥手，"梁园客一日不除，我一日不得安睡，医官有什么用？"

收复一个国家，最直接的方法当然就是打败它的军队。而当你入主它的王座之时，会突然发现，这只是最基本的、最初的一环。

一名武士匆忙赶过来，对公子和太傅一揖："梁国公卿都已经到了，在朔雪堂外等候。"

"很好。"公子怀璧立刻停下脚步，脸上露出一抹高深莫测的笑意，疲惫的神色瞬间退去，看向王览，"哈，这么快。子瞻，走吧，跟我去看一场好戏。"

第六章　梁园客（中）

诸侯宫城，按制方圆不得过九里，楼阁不得过九丈，过之则为僭越。尽管天子式微，各诸侯之间互相掣肘，倒也不曾有人敢冒天下之大不韪。于是，诸侯们便在这小小的宫室上花尽心思，力求精致而奢华，处处别有玄机。

这是一间华丽的暖阁，熏香柔馥，地上铺着厚厚雪白的羊绒细毯。侍女们静静往来，依次送上美酒珍馐，居然不发出一丝声音。菜肴上完，便小心翼翼地退开三丈。

公子怀璧一向城府深沉，又树敌众多，所有人入内之时，统统卸下了佩剑，连虎贲卫诸位将军也无一例外；而且室内温暖，连狐裘外衣和鹤氅都不用穿，客人们就跪坐在厚厚的细毯上。室外就是虎贲铁骑和重重暗卫，几乎是铜墙铁壁。

窗外便是梁国宫室里花木扶疏的园囿。隆冬时节，本应光秃秃的花木却枝叶繁茂，千树万树红艳似火，迎着风雪，格外艳烈，细看，却是用精美的西越国特产锦帛缠上金丝扎成花朵形状，中央攒上明珠，绑满千树万树。

客人们赏完花，侍女将锦帘放了下来，隔绝了寒气。

"这梁侯真是大手笔，人虽然愚蠢，品位倒还不错。"屈膝跪坐在左侧首席的白衣谋士对主座上的公子遥遥举杯，公子一笑还礼。谋士道："不过，这样的大手笔要用去多少绢帛？一匹上等锦缎，按照梁国惯例，可抵挡平民一户一年的徭役，不知对不对？"

"对对，太傅所言极是，梁侯骄奢淫逸，使梁国民不聊生！"

"幸得公子与诸公力挽狂澜，才免除梁国百姓苦难啊！"

顿时对侧客席的应和之声响成一片，生怕传达的心意高高在上的公子怀璧接收不到。

此时是晋隐帝昭元十一年十一月，公子怀璧灭梁国，并入河西王府势力版图，废除大梁城国都称号，设"西庭都护府"，取梁国宫室旧址，任命原梁国天策军都统领、老将褚伯原为都督。在已经递往帝都的书表里报上新任官员，只待帝都使者到来收回梁侯印信的时候对新任官员逐一察看，报于帝都诸公核查之后赐以印绶，就可以了。

当然这都是形式，帝都特使一般是直接带着印绶过来的。

这是公子怀璧在西庭都护府定名后第一次宴请梁国公卿的晚宴。梁国公卿齐聚一堂，他们都在都督府中担任相当的官职。

"公子，今日都督府初成，在下为公子准备了些微礼品，不成敬意。"一位梁国宗室王侯抢先站出来，胖胖的脸笑成一朵花，呈上一个礼盒。旁边侍立的武士为公子取出，原来是一尊白瓷花瓶，做成双鱼形状，最稀奇的是雪白的瓶身居然微微透明，淡淡的纹路络绎其间，美不胜收。瓶底有一方小印，上书：凝玉。

"王太傅，我孤陋寡闻，这是什么东西？"大将军云渊就坐在王览身旁，听到一片低低的惊叹，忍不住悄声问道。王览惊叹道："这是梁国国宝凝玉瓷，前朝喜帝曾御赐'凝玉'小印。这是历代梁侯呈献天子的贡品，须耗费数年之功方成一窑。"

邻座的奚子楚冷哼一声："前朝西越国诗人晏伯禽就曾咏此物'凝露滴冰破，玉屑和雪眠'，'凝玉'一名其实由此而来。后来不过是沾了皇帝的光，其实也没什么了不起。"

这二位"将相不和"非要闹到尽人皆知，云渊尴尬，瞪向他："子楚！"

王览微微一笑，神色自若："不妨事，奚将军所言极是。"

他一转头，看到被他们的动作吸引的女将军。一身火红软甲的女将军远在末席，独自跪坐那里，神色沉默，似乎和他们格格不入。但此时她沉默的脸上居然无意地带了一丝好奇的神色向这边看过来，二人目光相触，王览忍不住一笑，举杯示意，白璧晖略显僵硬地转过脸去。

主座上公子淡淡看了一眼："这礼物太贵重，彭城君客气了。"

一名官员立刻站了出来："公子，在下也带了礼品前来，以贺都督府新成之喜！"他击掌唤来随从搬上一大株珊瑚树，高近五尺，惹来一片惊叹赞颂。

剩下的公卿官员纷纷起座，各自呈上礼品，古玉名画、稀世珍宝，恨不得统统堆到公子怀璧面前，用尽招数表达自己比其他人更真诚的心意。不过片刻，整个暖阁一片珠光宝气，左侧首席上的几位河西将军瞠目结舌，喃喃自语："梁国人这么有钱……"

王览淡淡道："所以他们要亡国。"

对侧客席上诸位公卿热闹非凡，只有梁国老将褚伯原丝毫未动，静静地斟酒自酌。旁边一位公卿尖声道："褚都督将要入主都督府了，难道不曾准备礼物对公子表达忠心？"

一时间室内寂静下来。褚伯原慢慢放下酒杯，道："在下以为，无论对昔日梁侯之忠，还是今日对公子之忠，都是小忠；真正的忠心，应该是抚恤百姓、勤于政务、守卫边疆，使家国安稳，百姓免于水火。如果公子明白这个道理，在下不送礼品，天长日久，公子自然知晓在下的忠心；如果公子不明白，废黜了在下也好，这样的公子不是在下愿意辅佐的贤主。"

两鬓斑白的老将军慢慢道："诸位这么做，和昔日对雪天冻死的数百流民视而不见、用万户织妇的心血来装点花园的梁侯，有什么区别？"

公子怀璧站起来，踱到捧着瓷瓶的武士身边，挥袖拔出腰间佩剑，一剑砍下去，"嘭"的一声，所有人的心跟着抖了一抖。武士眼都没有眨一下，那尊"凝玉"瓷瓶哗啦一声变成碎片。

公子唰地还剑入鞘，冷冷扫过在座众人："其余的东西，清点一下，按价出卖，全部充作军费。虎贲卫诸位将军也一视同仁，若是有这样的私下贿赂往来，一旦核实，如同此瓶！"

大殿里针落可闻，几乎连呼吸声也听不到了。

公子突然微微一笑："我也有礼品送给诸位。"

他抬手击掌，十几名武士分别捧着描金木匣走了进来，几名侍从在中央摆放了长榻，将那十八个木匣整整齐齐地放在上面。

公子道："打开。"

武士逐一将木匣盖子打开，站在一边。梁国的公卿和士大夫中有人失声尖叫出来，更有人捂住嘴转过去开始呕吐；河西将士也是一片喧嚷震惊。

那是十八颗人头，排列得整整齐齐，须发上血肉模糊。

公子环顾一圈，冷笑道："这是这短短数日来，我在各处遇到的刺客。"

长袍佩剑、广袖高冠的公子从主座上走下来，手在那些头颅上依次拂过："这六个，是我在城东巡军归来时遇到的。他们事先得知了我要从那里经过，埋伏到路边的山顶，如果不是我事先防备，早就随马车一起被巨石砸成烂泥。这六个，杀了我的车御和车右，乔装改扮，在回营路上企图对我下杀手。当然，他们的头颅被砍了下来。还有这六个，同样事先知晓了我的去处，在我经过的路上布下箭阵，想把我射成刺猬。当然，变成刺猬的还是他们。"

他惋惜地叹口气："这些人骁勇非常，搏杀之术更是让人叹为观止，几乎堪与我那些爱将匹敌。'梁园有客二十四，一人可敌百万兵'，真是名不虚传……"

他话音未落，六个身影，从梁国公卿的客席上一跃而起，就在电光石火间，在所有人都没有明白发生什么事的时候，六支长剑，六个方位，堵住了公子怀璧所有的退路。

"公子！"

席间一片大吼声，奚子楚最为机敏，瞬间就拍案跃起，但即使他离主座最近，那高高在上的主座上的人，也已经救不及。

这一刹那，公子怀璧挥手掀翻面前的案榻，杯盏桌榻哗啦全部高高飞了出去。只这生死一瞬间的混乱，他躲过了这闪电般的一击，腰间的佩剑一声长吟，弹剑出鞘。

古剑沉沉的暗光一闪而逝，那一剑横挡，六柄剑居然一起被架住；公子怀璧怒目瞪向眼前的杀手，长剑横劈，仿佛带了山崩海啸的力量，六柄长剑加在一起居然也格挡不住，一起弹开。

这一剑毫无花哨，简单到不能再简单，却是绝杀。

与此同时，公子的部下们齐齐拍案而起，掀翻长榻，居然每一张长榻桌面下，都藏有一把长剑。

双方显然都各有准备！

三柄长剑立刻转换方向，携玉石俱焚的威势挡住了一拥而上的将军们。而哪怕只能挡住一瞬，也是为三个同伴刺杀被孤立在高台之上的公子怀璧创造绝佳的机会。

高手对决，往往只是瞬间生死。

而他们忽略了最末席上的看似最无威胁力的女将军。在三支长剑向公子怀璧再次刺过去的时候，长剑携烈火焚烧般从他们身后狂烈地穿了过去，瞬间引开了剑势。三把长剑向火红软甲的女将军横扫而过，电光石火间，白璧晖身体后仰，纤柔的腰肢弯成一弯秋虹，那剑几乎是贴着她的腰腹堪堪擦过去。火红的身影在剑雨之下如同浴火的凤凰，而这转瞬工夫，她的剑已经如烈火卷起，弹开两柄长剑，穿透一个刺客的心脏。

云渊一剑逼退一名刺客，将太傅护在身后，一边奋力搏杀一边忍不住高声道："太傅，你还有闲情看女人！你躲在书阁里出谋划策就好，公子让你来这种场合做什么！"

王览苦笑不已。

这场精密设计的刺杀变成了一场混战。因为人数占绝对优势，且事先防备，尽管梁园客都是搏杀之术高手中的高手，但六名刺客还是被全部擒获。当奚子楚一剑砍下一名刺客的头颅之时，他的脑袋滚到公子怀璧脚边，兀自瞪大双眼，怒目不闭。还有一名见事情败露，横剑斩下自己的头颅，其惨烈勇决，连公子怀璧都忍不住动容。

他们用的都是锋利削薄的软剑，缠在腰间，看上去好似玉带，所以在入暖阁的时候没有被查出来。

谋刺不成，立即自我了断。奚子楚及时制止了一个，留下一名活口。诸将军和其余的梁国公卿都不可思议地看着剩下的这名"梁园客"，居然是送"凝玉"瓷的彭城君。

"难怪有人云：'梁园有客二十四，一人可敌百万兵。'"公子怀璧走下来看着他，叹息道，"个个都是一代将才，领兵百万，如何能敌？"

彭城君肥胖的脸微微扭曲："如果不是你事先防备，你绝对不可能全身而退。"

"也许。"公子居然点点头，"只是我不明白，你为什么对一个昏庸无道的梁侯如此忠心？效命于我，同样可以给你们荣华富贵。"

"义士忠骨！"彭城君冷笑，挣扎着要站起来，被奚子楚一脚踢下去压制住，"也许他不是一个好的君侯，但是他是我们所有梁国人的国君！烈女不事二夫，忠臣不事二主，保得忠义，死有何惧！不像有些无耻之徒——"他对着褚伯原啐了一口，"摆着一副忠臣良将的面孔，觍颜事敌，不过是忘恩负义！"

老将军神色震动，他站起来走到彭城君面前，深深一拜到底："彭城君，之前多有错怪，是老朽眼拙。君有自己的忠义，老朽也有自己的忠义；老朽敬慕彭城君高义，但人各有志，而且老朽年近花甲，已无争霸好胜之心。这天下姓甚名谁，又有何意义？只希望梁国百姓安稳度日、丰衣足食，吾愿足矣！"

彭城君满脸鄙夷，冷哼一声，转向公子怀璧："我只是不甘心。你是如何得知我们的计划？是谁泄露给你的？"他顿了顿，"请让我瞑目！"

公子微笑道："把你们的谋划泄露给我的人，就是把我的行踪泄露给你们的人。"

他蓦地瞪大眼睛，欲失声惊呼，公子的手指捏上他的脖子，微微用力，咔嚓一声，他的脑袋软软倒在一边。

奚子楚一剑将彭城君的脑袋砍下来，一片暗红汩汩地在雪白的细毯上漫延开来。那些梁国公卿有的已经软倒在地上站不起来，转身呕吐。一队武士从殿门冲进来，将尸体拖出去。

一片狼藉中，一位将军长长吐了一口气："二十四颗人头已经齐了，可以睡个好觉了。"

第七章　梁园客（下）

楼梯上响起咯吱咯吱的脚步声，修长的身影擎着蜡烛照亮密闭的暗室，慢慢走下来。

"锵"的一声，寒光逼人，又是一柄长剑，架在来人的脖颈上。

"秦将军，不要每一次都是这么杀气腾腾。"简歌叹口气，将蜡烛放好，欲拂开脖子上的兵器。

那剑刃这次并没有拿开，狠狠一压，居然陷入肩头半寸，暗红的血立刻渗了出来。

"简歌！你看到了吗？都护府外，整整齐齐摆着二十四颗人头！"暗影处的人咬牙切齿，"二十四位名将！就这么不明不白地把命送在你的手里！二十四名精锐！二十四名精锐！他们死不瞑目啊，简大夫！"

他激怒填胸，又一用力，剑刃刺入皮肉。

简歌闷哼一声，却不动不躲，平静道："这不是我们约定好的吗？他们是棋子，虽然他们自己不知道，但到公子怀璧手里送死就是他们的使命。如今他们的使命已经完成了，我们已经成功了一大半，你应该高兴才是……"

那人的剑又是一压，简歌的额角渗出一滴冷汗，雪白如玉的脸上，连薄薄的嘴唇都白了。秦焕咬牙道："用他们的性命换取嬴怀璧对你的信任，这个代价，也太大了！"

他话音未落，简歌狭长的凤目中寒光逼人，厉声道："秦将军！徒有妇人之仁，能成什么大器！如果可以杀了嬴怀璧，死二十四个算什么？就是死二百四十位名将又有什么可惜！"

他顿了顿，叹气道："秦将军，再想一想，日后世子复国，你就军功独揽了。胜利者不就是踩着棋子的尸体爬上去的吗？"

秦焕的眼睛闪了闪，紧紧盯住他，想看出一丝破绽，但谋士冠玉般的脸上风平浪静，没有丝毫犹疑。他手里的长剑慢慢放下去。

"秦将军，请相信我。"谋士静静看着他，一字一顿道，"我比你，更想杀了公子怀璧！棋子的血，不会白流。"

当日在这同样的地点，同样的人，做了一个约定。

秦焕谋划梁园客行刺，由简歌将信息出卖给公子怀璧。每一颗梁园客的人头，都是简歌取得公子怀璧信任的筹码。二十四位梁园客，因这最后一次行刺，已经全部死在公子怀璧手里。

这二十四位梁国名将，自己都不知道自己做了这场政治角力的棋子。历史就是这么嘲笑弱者，他们的一腔热血，甚至没有在史书上留下一丝痕迹；他们的名字，永远淹没在这乱世权力角逐与诸侯争霸的风云动荡里。

铁血丹心，只是政治与权谋的牺牲品。

历史从来都是如此残忍，它只记下强者的名字。

秦焕冷笑，似真似假地讽刺道："简大夫，果然不负'双凤雏'之名。"

简歌一笑，竟有一丝沧桑感。

"简大夫，我做这件事是为了功名利禄、青史留名的荣耀。"秦焕不闪不避，大大方方地说出自己的心思，疑惑地看向简歌，"你是为了什么？荣华富贵？"他嗤笑一下，"不像。"

简歌久久沉默，方轻轻道："为了故国，为了我自己。"他没有再说下去，眼中锋芒凝聚，长袖下的手掌慢慢握紧。

故国……

秦焕愣了一下，谋士说出这两个字的时候，眼睛里迅速闪过种种情绪，似乎是眷恋，似乎是怅惘，又似乎是——杀机。

谋士慢慢道："秦将军，这一次，就是绝杀；破釜沉舟，不留后路！"

今年的雪，居然如此频繁。

缥缥缈缈的细雪时断时续，一片天地朦胧中，亭台楼阁影影绰绰，数枝火红的梅花疏影横斜，暗香隐隐。

公子怀璧极有闲情逸致地站在书案前，握着一支紫毫，铺着一纸，从清晨开始，就在慢慢抄写一章公叔雾的《枕寒流序篇》。身边亲自为他磨墨的，居然是河西王太傅王览。

"公子，白将军真是进步神速。"白衣谋士看着公子悠然的笔意，微笑道，"这次都督府宴上白将军锋芒过人，没有辜负公子的苦心栽培。"

公子淡淡一笑，一手牵袖一手挥毫，并不抬眼："她很有天赋，但要想成为一代名将，还要磨炼。"

"可惜公子在书法上实在没有天赋，翰墨之功十年如一日，怎么磨炼都毫无进展。"王览不客气地嘲笑道，"公叔雾书画均是一绝，笔意雅致幽深，《枕寒流序篇》更是有'谪仙篇'之誉，却被公子写得像舞刀弄枪、杀气逼人，而且……也实在写得不怎么样。如果公叔雾就写这么一手字，早该饿死了。"

公子好笑地看他一眼："子瞻，只要是涉及你们文人的闲趣，你必然尖刻得很。"

"战场上，公子运筹帷幄，我不是公子的对手。"谋士傲然一笑，"但学识上，在下的造诣，放眼河西，怕是没有人可望我项背，就算江女史也不能与我比肩。"

公子拊掌大笑："好气魄！我正愁帝都特使与北燕、中山、陈三国使者到来的时候，谁去应付这群咬文嚼字的酸文士，你和子楚就替我接待好了，见面礼就送我这一章公叔雾的《枕寒流序篇》，压一压他们的气焰。"

公子怀璧灭梁，北陆五大诸侯燕侯、陈侯、中山侯、梁侯、河西王的均衡被打破。帝都派天子特使前来收回梁侯诸侯爵位的印信，其实是为了表现天子之威，告诉世人，在诸侯之上，别忘了还有个天子。北陆上北燕、陈、中山三国纷纷派出使者追随帝都特使前来大梁，名为护送，其实是为了探听虚实。

谋士却不回答这个问题，反而轻笑："公子不是不欣赏公叔雾吗？"

公子将写着字的宣纸举高轻吹，淡淡道："厌恶和恐惧一样，都是人性的一种弱点，克服它的最好的办法就是征服它，不是吗？何况公叔雾笔意幽深，也可以磨一磨我的戾气。"

"确实如此。"太傅沉默片刻，微笑着说，"在下听说公子有将梁国公主带回凉州的打算，是真是假？"

公子依然在窗前在欣赏自己的作品，漫不经心道："是又如何？你不如多关心关心使者的事情。有人给我推荐简歌，你觉得此人如何？"

王览微笑道："公子已经把原天策军一品文书大夫简歌收为幕僚了？公子可知道他的来历？"

"嗯。他也是个人才。"公子将书法放下来，卷起收好，不在意地说，"什么来历？"

"简歌十九岁入丹阳君府，是当时梁侯的兄弟、丹阳君的奁宠。"

"哦？奁宠？"他成功勾起了公子怀璧的兴趣，公子停下手上的活计，轻笑，"真有意思……我记得他曾是梁国的宫廷琴师。"

对面的太傅微笑回话："公子没有记错。半年后，简歌因为琴艺出众，被丹阳君送给兄长梁侯做了宫廷琴师。仅仅在梁侯身边一个月，简歌就在一次宫廷晚宴上用琴将梁侯砸死，与丹阳君里应外合，发动了政变。丹阳君承袭了梁侯的爵位，简歌做了大夫，因为精于谋略、智计过人，声名就渐渐传开了。"

这短短一段话，隐藏了多少不见天日的阴谋与血腥。

"这梁国上下可真是蛇鼠一窝啊，恩客为国君，奁宠做大夫，再来个弑君政变、挂印献关，坊间说书人也未必讲得出这么精彩的故事。"公子似笑非笑道，"只是不知道这梁侯知道是他的奁宠把阳谷关献出来的时候，是什么想法？"

"现在也许不知道。"太傅慢慢道，"只怕公子有一天会和这位梁侯一样，亲自感受到了。"

公子眉宇间一下子凌厉起来，蓦地微眯双眼盯住太傅，眼睛里锋芒凛厉，杀机陡现。

他缓缓道："什么意思？"

古剑湛卢就在他手边。室内的空气霎时间几乎冷冻，杀气逼人。

太傅大步退到公子书案之前，双手交覆，对着公子怀璧行了一个稽首大礼。

"贪恋美色，是君王大忌！"太傅毫不退缩，直直盯住公子怀璧，"正是梁侯荒淫无道，今日才有公子的可乘之机；公子今日迷恋鸾姬公主，不知日后会给谁可乘之机？鸾姬公主是梁侯的女儿，公子刚杀了她的父亲，公子难道想让这个女人变成自己的弱点吗？公子心怀天下、志在九州，就不应该为女色所左右！"

霎时间室内针落可闻。

公子怀璧冷笑道："好一个心怀天下、志在九州！王太傅，你可知道，这话是僭越天子，足以诛除九族？"

太傅坦然一笑："若公子不曾心怀天下、志在九州，那在下何必自苍梧山中千里迢迢追随公子？"

公子怀璧紧紧盯住太傅镇定自若的面孔，眼睛里锋芒逼人、杀机锋利；太傅寸步不让，坦然对视。

公子突然大笑，挥起衣袖，击节长吟："九州风云皆黯淡，八荒诸侯俱敛袖。青霜剑，松醪酒，唯我长歌惊春秋！空负千里横江志，谁人楫我轻济舟？"

"太傅所言极是，我当日的胸怀，未曾一日敢忘。"他转眼看向太傅，少年时的狂傲依稀又跃上眉目，却似乎又有一丝难以察觉的沧桑，"这一生，不会再有人让我沉迷了。能成为我的弱点的人，已经不在了。"

太傅心中震了一下，蓦然抬头看向公子怀璧。这是一个城府深沉的男人，几乎从来没有人可以窥视他的内心世界；难道这样的男人，心中也有不可触及的禁忌吗？

当太傅想从他脸上读出什么的时候，对方已经完全掩去了眼睛里的情绪。他神色和蔼，大步绕到书案外躬身伸出双手，对太傅亲切道："太傅，快快请起！"

这时，公子怀璧的侍女走进来通报，午膳已经准备好了。

侍女轻盈地走上来，在桌榻上摆上几碟精致的梁国点心，还有两盘河西风味的烤得焦黄的羊腿，旁边放着两把金错小刀。斟好了酒，美丽的侍女们就躬身依次静静地退下。

行军打仗之时，公子一向不对食物有什么烦琐的要求；梁国刚刚平定，政务繁忙，午膳常常就这么简单地解决了。

刚才的暗潮汹涌似乎完全没有发生过，两位都是玩弄心机的高手，依旧谈笑晏晏、神色自若。

"快尝尝，子瞻。"公子微笑着招呼王览，"看看手艺比起公子府的厨子如何？天子特使与三国使者到了的时候，可没有机会这么悠闲地品茗用膳了。"

"啊，真是想念凉州。"太傅也不客气，一边用侍女呈上的锦帕拭了手，盘腿坐好准备大快朵颐，一边笑道，"却不知道来的天子特使是谁？这可怜的人，恐怕是被剑架到了脖子上才不得不接下这个烫手山芋。"

"人家看不起咱们，不愿意来也是对的。"公子漫不经心地挑了挑眉，"咱们这些河西蛮夷，全是些粗鄙的武夫，上马杀胡人、下马抢女子；天朝是礼乐鼎盛的文明之邦，对咱们这些杀人不眨眼的野蛮人，当然敬而远之。"

谋士大笑："这可不包括在下！公子，在下可是来自礼乐鼎盛的江左，又是文质彬彬的君子，相貌也算温文尔雅，特使总不会对我也退避三舍吧。"

"难说。"公子抬眼，丝毫不把谋士的话放在心上，微笑着指了指他的手，"没听说过近朱者赤吗？"

就见谋士盘腿豪迈地坐在席上，握着金错刀直接跳过了精致的点心直奔烤羊腿，熟练地切成肉块，也不管还带着血丝，又起来就往嘴边送——

王览一怔，举着一块羊腿肉就这么停在嘴边，唇角抽搐一下，与公子对视一眼，两人一齐大笑起来。

这时外面响起一阵急促的脚步，一个声音急问："公子在何处？"

公子与太傅交换一下目光，笑道："今日里我访客怎么这么多？不过子楚真是好福气，刚刚赶上我的午膳。"

他朗声召唤："子楚！"

身着紫色战袍的身影噔噔大步跑过来，奚子楚冲进内室，根本不管午膳不午膳，急道："公子，左千城将军的凉州急信！"

公子神色一凝，呼地长身立起，疾步走下来接过信笺拆开看。他面无表情，眼睛里的杀机却一闪而逝。

"公子，凉州有什么不妥？"奚子楚急道。

"是羌胡人。"公子将信笺递给身后已经过来的王览，谋士的神色也渐渐冷峻起来："趁凉州空虚，欲图河西！"

晋隐帝昭元十一年十二月，羌胡人秘密联合羯、戎、西狄、北蛮四族，五胡在漠北草原联军三十七万，调兵遣将、行兵布阵，锋芒直指朔方郡。

凉州告急！

"浑蛋！"奚子楚低低咒骂一声，立即拱手道，"公子，末将愿调兵立即回凉州！”

“不必。子楚，你急招各位将军前来都督府。”公子转身大步走到书案之后，立刻给留守凉州城的诸位将军修书回信，然后冷静地下令，“切勿走漏消息，以免军心动荡不安。羌胡人在漠北草原尚未有所行动，而且距离朔方郡尚有三百余里，意图不明，不可操之过急。”

奚子楚领命，刚要离开，公子叫住他：“等等，帝都特使与三国使者不日就会来到大梁城，羌胡欲犯凉州的消息，暂时不要让他们知晓。”

他长叹一声：“如果北燕、中山、梁三国欲趁此机会对我凉州落井下石，我们腹背受敌，这是最麻烦的事。我们必须在这个可能出现之前，想到可以解决的办法。”

就在这时，一名武士匆忙进来禀报：“公子，适才信使来报，帝都特使与三国使者已在城外八十里，明日就可以入城了！”

第八章　计中计（上）

雪已经停了，帝都特使与三国使者的马车到达大梁城城门外的时候，正是次日正午。使节一入城门，齐齐为眼前的场面震惊。

北风吹开城墙之上层层大旗，赤红的旗面上黑色大字“赢”迎风狂舞，几乎遮天蔽日。成千上万全副重甲的武士站立两侧，看到使者的节旄仪仗出现，齐齐高呼：“恭迎特使，圣驾安康。”一时间，声震云霄。

三国使者坐在马车里，而帝都的特使居然是骑着一匹马走在前面。奚子楚与王览一起迎了上去，拢起衣袖，双手平举至胸前，一揖道：“恭迎特使，圣驾安康！”

帝都特使身后的随扈将军变色，对特使低声道：“这公子怀璧，真是飞扬跋扈！”

特使代晋天子而来，虽然天子式微，但诸侯还是应当以九宾大礼相迎，至少也应该是行以顿首之礼；而公子怀璧仅仅派了两个人来迎接，还行了揖让礼，这只是普通宾主相见的礼节！

特使不置可否，眼睛扫过奚子楚的佩剑与王览的洞箫，微笑道：“紫金麒麟、第一名将，可是虎贲卫奚子楚奚将军？白衣洞箫、河西凤雏，可是王览王太傅？两位亲迎，公子怀璧给我好大的面子。"

王览与奚子楚名震河西，可是河西毕竟只是九州大陆小小一隅，因地处偏远又一向被正统的中原诸侯们鄙视，视为蛮夷，鲜少注意；而这位自长安千里迢迢而来的特使居然可以一眼看出两个人的身份，眼光之毒辣，不能不让人吃惊。

奚子楚与王览不禁抬眼看去，这位特使和公子怀璧年纪相仿，大约不满三十岁，却完全没有公子怀璧那种锋芒毕露的锐气，面容清癯，自有一种深潭静水般的沉静，深不见底。他长袍佩剑、发束高冠，佩剑剑柄之上镌刻着一枚火焰梅花。

奚子楚昂首，傲然道："火焰梅花、名剑承影，可是楚国白帝城公子骧？皇帝也给我家公子好大的面子。"

火焰梅花，这是楚国姬氏的标志。楚侯的外孙姬骧自幼从母姓，追随外公楚侯，封邑白帝城，提十八万水军，名震江左诸侯，号"公子骧"，与幽国公子伯雅、西越国公子桓并称"三公子"。晋室式微，帝都长安被权臣大司马庞呈一手掌控，自从庞呈当年灭了云梦，江左诸侯少有人敢与他抗衡，只有楚国可与他相抗。公子骧代表楚国率勤王师常年驻守长安保卫王室，晋天子感激，赐他名剑"承影"，封为"御卫将军"，可佩剑出入宫廷。

帝都居然派来了姬骧做特使！而更想不到的是，公子骧居然是这样的人，深不可测的眼睛里，仿佛有古潭般的沉郁。

奚子楚心下震动，脸上却不动声色。

特使身后两匹一模一样的纯黑骏马，两位全副重甲的将军都三十余岁年纪，护卫在帝都特使左右。他们一位披风领口扣着玉饰，做成流云形状；另一位手执方天画戟，左脸一道深深的剑疤。

王览笑道："帝都名将公孙翰、顾冕，久仰大名！"

公孙翰和顾冕两位将军都是帝都将门子弟，一位是金吾卫副统领，一位是殿前都检点使，战功赫赫。他们二位护送特使前来，看来帝都天子对公子灭梁真的是大为震动。

"公子怀璧呢？"一个尖锐的声音突然响起，一个胖胖的身影从特使身后的马车里走出，马车后两名随扈的武士急忙走上前去，让他踩着背跳下来，"我三国使者护驾天子特使，他居然敢不亲自迎接？"

他身后两辆马车上的使者分别跳下来，追随在这胖使者后面。他们高冠博带，都是文质彬彬的士大夫打扮，径直走上来挡在帝都特使的马前。这就是诸侯对天子仪仗的僭越了。帝都特使身后两名将军脸色一变，欲拔剑出鞘，公子骧抬手制止他们，策马侧退两步，不置一词，静静地看着。

奚子楚瞧使者一眼，冷笑："贵使可是北燕使者百里融？好大的口气，你们燕侯怎么不亲自来见我家公子？"

那使者冷笑，侧身对西南北燕方向拱一拱手，用眼角斜一眼奚子楚："果然是河西蛮夷之族，不通礼教！公子怀璧一无爵位、二无封国，我等大国上使，执天子斧钺，公子怀璧就算不亲自出城跪迎，至少也应是河西王府辖下安西都护府大都督出城相迎！你们二位蛮邦小吏，何足道哉？贵地没有其他贤人了吗？"

奚子楚一向清高自傲，当下勃然大怒，伸手就要按向腰侧佩剑；王览按住他，上前一步，挡在他面前，对使者拱一拱手："我等蛮夷之族，怠慢贵使了。"

奚子楚闻言怒道："太傅！你怎么……"

王览抬手制止他，对使者拢袖拱手，微笑道："上古《礼经·使节》有云：'使何国，遣何臣。'对什么级别的国家，国君就派遣什么级别的使臣。贵国既然认为我蛮夷之地微不足道，却又派出了贵使来做使臣，就不要怪罪公子派遣我们这两位小吏来迎接了。"

那使者一怔，顿时气得脸红脖子粗，他身后陈国的使者厉声道："公子怀璧居然如此目中无人！难道天子特使也不放到眼里了吗？"

王览转身，似笑非笑看着他："这位莫非是陈国使者？上古《礼经·邦国》又云：'天子使前，诸侯使后；天子使驷马车，诸侯使旄节仗。'诸位大国上使、礼仪之邦，对礼道自然精通；在下蛮夷之族，不通教化，莫非是在下记错了？在下适才远远望去，诸位使者坐在马车里，天子特使骑在马背上；天子特使话还没有讲完，诸位使者就一拥而上。在下没有看到天子使，只看到了——凌驾天子之上的诸侯仪仗！"

他顿了顿，冷声道："贵使难道不知——僭越天子，是为反叛！"

陈国使者一时冷汗淋漓，涨红了脸，却无言以对。

"这个倒是冤枉了诸位使者，骑马是在下的要求，在下行伍出身，不惯于坐马车。"帝都特使大笑，眼神却深不可测，"不过公子怀璧麾下门客三千、贤才无数，看来所言不虚啊。"

晋室式微，诸侯出行礼仪上僭越天子的不在少数。这位帝都特使名震江左、帝都，但既然在北陆，对北方诸侯的使者就不会苛求。

王览闻言一笑，广袖飞扬，对特使长长一揖："神州钟灵毓秀，英雄辈出。河西之地虽为九州一隅，但西接丝路，南遏崤函，东临幽燕，北连大漠，广袤数千里，公子怀璧虚怀若谷，更是贤良风至、英杰景从。我等二人，在宾客云集之中无非行绵薄之力、居区区之功，又何足道哉！"

"蛮夷之族，徒逞口舌之利；我大国上使，不屑与之为辩！"北燕使者压住怒气，"请太傅带我们去行馆！"

正说话间，西北方向却传来隐隐如滚雷般的声音，像千军万马列阵布形，又像无数铁骑衔枚疾走，空气中一股强烈的压迫感隐隐逼来。

诸位使者脸色都微微一变，他们同样察觉到了情况不对："这是怎么回事？"

难道他嬴怀璧想截杀使者，果真反叛？！

王览神色自若，彬彬有礼道："贵使不必惊慌。公子受天命伐梁，得上天庇佑而大获成功。为了表示对天子的一片耿耿忠心，今日在贵使驾临之时，祭天迎驾，以示忠诚！"

奚子楚拔剑出鞘，青铜古剑寒光乍现，士大夫们不由得齐齐举袖，怕被那刺目的光伤了眼睛。他大喝一声："虎贲听令！"

列阵四周的千百名铁甲武士齐齐一声大喝，气贯长虹，然后迅速变化队形，闪开一条通道，直通向不远处的一个空旷的广场。

那里被捆绑压制着两队士兵，都穿着梁国士兵服饰，每队约有百人，面对使者方向分别跪立南北两侧。每队身后，都立着对应的铁甲武士。

北燕使者一看之下，心中一抖。他们身后是重重铁甲军团，那雄伟的城墙上、街市空旷处、广场的四面，全部是森然肃立的黑甲骑士，全副重铠，每人都只露出一双眼睛，一丈六尺的斩马刀森林般丛立，寒光逼人。

"嬴怀璧治军居然如此严整！"他心下震惊，与陈国中山国使者对视一眼，看到了他们眼睛里一闪而过的震惊。

奚子楚策马过去，立在两队士兵面前。他眼睛缓缓扫过众人，举高手中重剑，大喝一声："举刀！"

那些跪立的士兵身后的铁甲武士齐齐举起双手，每人手中，居然都有一把长六尺的青铜长刀！

奚子楚看向北侧，喝道："破！"

铁甲武士一齐大喝一声，挥刀砍下，使者们大惊失色，忍不住纷纷举袖遮脸。

谁知一阵欢呼，铁甲武士手起刀落，那些士兵身上的绳索统统被斩断，欢呼着向远处围观的百姓奔过去。一时间人群里悲喜交集，欢呼雀跃，热闹非凡。

北燕使者擦擦冷汗，另外两位使者面面相觑，低声道："这蛮夷之人，还有点人性。"

帝都特使只是低低道："好刀法！"

奚子楚脸上浮现一抹冷笑，看向南侧，高举长剑，大喝："斩！"

刀光闪耀，百柄长刀齐齐挥起。士大夫们一口气哽在咽喉里，来不及惊叫，就只见一整排头颅整整齐齐从脖颈上滚下，一排排血箭飞溅，像无数道血泉。声音都来不及发出，那些无头尸身就滑倒在地上。

人群里一声尖叫，一名拄着拐杖的老妇软倒在地上，她身旁挺着大肚子的少妇扑过去失声痛哭起来。那里面也许有这名老妇的儿子，而她的儿媳还怀着孩子。

"公子优容，三日之后，所俘虏士兵是家中独子的放回；兄弟数人皆从军的，少子放回；家中无人的，本人放回。为取信子民，这百名士兵先行放回，每人赏赐银铢一百，回家后休养生息。"奚子楚高声道，"而这百名俘虏，屡次煽动反叛，杀害百姓、凌辱妇女，其罪可诛，处以极刑！"

特使眼神震动。那暗红的血从尸身血肉模糊的脖颈处流淌出来，还冒着热气，汩汩凝聚，几乎成了一条小河。血色在雪地上迅速渗透弥漫，格外触目惊心。浓重的血腥气扑面而来，那三位没有上过战场的士大夫已经冷汗淋漓、脸色惨白，几乎晕过去。

"好一个公子怀璧……"特使身后的两位将军大为震动，低声道，"收买人心，恩威并施，好狡猾的手段！"

这哪里是什么祭天？在帝都特使和三国使者面前大动刀兵，这种行为，叫作——下马威。

特使没有理会他，却越过这一片混乱，凝视远远隐匿在一片细雪之中的城池。西北方向，那被这"祭天"掩盖过去的、现在还能感觉到的动静，那空气里隐隐传来的巨大压迫感——帝都的特使眯起了双眼，骗得了别人，却骗不过他。四面八方的空气里弥散着咆哮雄烈的信息——那是杀气，每一个敏锐的纵横沙场的将军都熟悉到亲切——那是千军万马出征前，严阵以待、蓄势待发的杀气。

"特使尊驾。"白衣谋士拍马行至他身侧，温文有礼地说，"请特使与诸位使者速速到行馆歇息，今晚才是祭天的重头戏，请诸位欣赏一下我们河西蛮夷的郊祀傩礼。"

第九章　计中计（中）

大梁城外三十里，秋风原。夜色渐渐包裹了这片广袤的旷野，雪终于慢慢地停了下来。烽火的味道已经渐渐湮灭，偶尔几声嫠妇的啼哭，惊得乱尸岗上栖息的乌鸦一声凄厉地啼鸣。一枚惨白的月升上天空。那是打扫战场之后堆积尸首的地方，阳谷关静静矗立在远远的西北方，夷水结了冰，枯槁的芦苇在风中摇摆，像在为无数不知姓名的枯骨招魂。

"沙沙，沙沙"的声音微弱地响起，像骷髅在扒开地底。一个黑色的影子在月光下踩着积雪和夜色慢慢走来。他走上一处高岗，静静俯视这片浸透了鲜血的大地，忽然举起手，一声尖锐响亮的哨声惊破寒夜。

"沙沙，沙沙"，声音越来越多，越来越大，远处的夜色里，许多个影子从各个隐蔽的角落里出现，一齐走了过来。深沉的夜色，惨白的弯月，那些身影渐渐汇集到一处，像幢幢鬼影。乌鸦惨鸣一声，扇动翅膀，远去了。

"都准备好了吗？"高处的人低声道。

"准备好了！"

那人从怀中掏出一枚卧虎形状的青铜饰物。那是虎符。

三个时辰之前，在同一间暗室里，谋士简歌把这枚虎符交到他手上："这是虎贲兵符，可以凭借此物调一百虎贲卫，现在交给你。"

谋士再三叮嘱："帝都特使会出现，他是楚侯外孙公子骧。你不肯把世子藏身之地告诉我，但万不得已的时候，你可以托付给特使，他是帝都来压制公子怀璧的人物。"

"今晚的大傩之礼之上，你记住，帝都特使是贵客，会戴白玉面具、穿白袍；公子怀璧戴青铜面具，而且他会穿着黑衣。切切牢记！"

秦焕深吸一口气，高举虎符："一击必杀！"

窗外的烟花照彻夜空，大梁城内似乎热闹非凡。虎贲铁骑百人一队，铁甲重铠，呼喝着从各条街道飞奔过去。

一声尖锐的号角穿过黑夜远远地传来，之后东、南、西、北四个方向同时响起同样的号角，一束红色的焰火呼啸着冲天而起，伴随震耳欲聋的声响，无数各色的烟花在天空飞腾炸开，霎时间照亮了东方的夜空。

"好大的阵仗！"陈国使者放下锦帐走回室内，愤愤道，"我陈国王侯郊祀也不过如此，这个嬴怀璧，一个蛮夷而已……"

北燕使者却没有说话，他神色凝重，微微摇了摇头。

此时是晋隐帝昭元十一年十二月十六，自五百年前嬴氏在河西封王，除了天灾战乱，每年此日的郊祀大典都不曾误过。凉州地处蛮夷，各族杂居、民风彪悍，郊祀仪式上行大傩之礼，倒是没有中原天子和诸侯郊祀的种种繁文缛节，是以诸多男巫女巫载歌载舞来驱鬼献祭、告慰祖宗，保佑子民平安。久而久之，这成了一个历代河西王听风俗、知民意、与诸民同欢的节日，故而由历代河西王府的实际掌权者主持。自公子怀璧归来，这场郊祀大典的主导者，就再也不是河西王了。

如今，梁国初定，公子怀璧意气风发，就在大梁城把郊祀大典与军祭合二为一，一来迎接远道而来的贵客；二来，是为了彰显虎贲军威。

说话间，虎贲武士已经进来通报，公子怀璧请帝都特使共同主持傩礼，特使已经先行一步，请各位使者速速前去。

"让特使亲自主持傩礼？"陈国使者讽刺道，"怎么回事？这次公子怀璧可是给足了面子。"

喧闹欢呼声响彻夜空，幽深的西庭都护府都被微微震动。夜空被焰火点亮，绚丽的光迸射向四面八方。

琐窗下的女子倚在长榻上，对着一盏烛光，周身像笼罩着一层轻雾。一名侍女捧着一卷绢帛为她念诗句消遣，但她的眼神仿佛是死的，一动不动。

"榴花渐燃渐光阴，鸾镜朱颜辞旧人。九嶷山远相思断，河汉水阔梦魂沉。雨寒芭蕉卷芳心，琴冷长歌寄长恨。半世旧梦不复醒，为忆江南初见君。"

侍女轻轻吐出最后一个字，慢慢把绢帛合上。森寒的夜风吹进来，另一名小侍女急忙过去，将琐窗关好，垂帏放下。

"半世旧梦不复醒，为忆江南初见君……"她身边念诗的侍女强作欢笑，故意引她说话，"公主，您可知这诗是谁写的？有什么典故？"

鸾姬公主的面颊在烛火下像雪一样苍白，她不动不语，几乎没有一丝活气。

自从那天她在巽雪阁投火被拦住，就被公子怀璧关进了这个地方——昔日的梁国宫廷，现在名义上属于河西王治下的西庭都护府。不知是不是刻意的安排，她居住的地方，恰好是她昔日的寝宫。

但她的生命力好像在那一日被抽走了，她经常一整天不说一句话，东西也吃得很少，人越来越瘦。侍女也是梁国宫廷里的旧人，那名小侍女则是国都陷落那天求她赶快逃走的那位，未能逃脱而被俘虏回来。两名侍女于是与她相依为命，费尽心思，只博她一语，常常背着她暗自垂泪。

"公主，公主……"那名小侍女伏在她脚边，看着她的神态，忍不住默默流泪，身后的侍女也忍不住背过身去。

这个侍女年纪还小，巴掌大的小脸，眼睛显得格外大，盈满泪水，看起来格外可怜。公主被她轻扯裙角惊动，回过神来，轻轻抚上她的脸。如果自己死了，这孩子，身边的这些女孩儿，哪会有什么活路呢？

"好了，"她勉强微笑，"这首诗确实是有典故的。"

身边念诗的侍女惊喜地抬起头来，看着她。公主不易觉察地笑了一下，轻声说："当年河西嬴氏的世子公子昭阳兵临阳谷关下的时候，我们梁国的夜雪公主被当作礼物送到公子昭阳军中求和，这是夜雪公主临走前写下的诗句，本来是两首，另外一首只写下了'夜月梅花十年笛，暮雪关山一朝别'两句，送行的队伍就出发了……"

她的声音越来越低，直至消失。

侍女怔了一怔，她是真不知晓这个故事，现在听了，忽然紧张起来。

这本是历史上一段著名的佳话，公子昭阳得到梁国公主，主动退兵，换来了河西与梁国双方短暂的和平。这一对乱世的枭雄与公主，以琴瑟和谐、相爱甚笃著称，后来更是可谓同生共死。可是，与公子昭阳相爱甚笃的夜雪公主，胸中怎么会有如此压抑、绝望的悲伤？

为忆江南初见君，暮雪关山一朝别。那位夜雪公主，忆的是谁？别的是谁？

定然不是公子昭阳。

数百年前的真相没有人知道，但这样的典故，这时说出来，不是在向公主的伤口上撒盐吗？

公主勉强一笑，摇摇头："无妨，快起来吧。"

小侍女忍不住轻声道："公子怀璧，会像当年的公子昭阳那样吗？"

当日在巽雪阁，公子怀璧因为鸾姬公主大失常态，在西庭都护府落成之后，更是将公主安置在她昔日的寝宫，杜绝一切骚扰，严加保护。传说他常常在与公主寝宫眠雪阁遥遥相对的吟雪楼上，深夜不眠，听公主弹琴。

如果是这样，有公子怀璧的保护，对于她们来讲，也算大幸了。

公主蓦地抬眼看向她，目光像箭一般凌厉。小侍女这话一出口，立刻察觉失言。她扑通一声跪下，拖着哭腔道："公主……"

此刻绝对不可能重复五百年前的传奇，历史更不可能复演。当年是一段枭雄与公主的佳话，如今，却是国恨家仇的悲剧——因为，公子昭阳断然退兵，公子怀璧却长驱直入，大破阳谷关、攻破大梁城。哪里还有梁国？哪里还有公主？

公主眼睛里的火光慢慢熄灭，寂静下来，变成灰烬。她闭了闭眼睛，轻轻道："你起来吧。"

她抬眼望向窗外肃杀的夜色，隐隐有焰火的彩光照亮半壁夜空。这片土地那么熟悉，却又那么陌生；仿佛还是披着那身衣服，而人却再也不一样了。百姓在乎的是谁让他们吃饱穿暖，而不是这个人是谁；"梁"这个诸侯国的痕迹正在被时光一点一点吞没，消失在历史的缝隙中，像历史上无数个消失掉的诸侯国一样。

再无法挽回。

不到短短一个月，天地都变了，一切都变了，人心——也变了。

人心，是最容易变的，是最难猜的，是最会伪装、欺骗的，是最莫测的。

她的眼光静静落在绢帛的两句诗上——"半世旧梦不复醒，为忆江南初见君。"

夜雪公主辞别了她的心上人，登上了远赴河西的马车。她的诗并没有在历史上留下什么痕迹，留下的，是她与另外一个男人谱写下的传奇。

鸾姬公主微微颤抖一下，垂下光洁的额头，闭上了眼睛，掩去了眼睛里在烛光下闪烁的亮光。

外面的喧嚣声却突然大了起来，似乎有很多脚步声在周围跑动，虎贲卫的将军一路急促下令："传令官！传令下去，除非有公子本人印信，三日之内，大梁城所有城门关闭，任何人只准进、不准出！将与梁园客有关的梁国公卿宅邸严密监禁，只准进不准出，一旦发现可疑人，就地斩首，格杀勿论！"

整个都护府的气氛骤然紧张起来，公主所居的眼雪阁里也受到波及，众侍女尚未反应过来，门外一阵急促的脚步声，一位将军立在门外十里春风桥上，远远地大声道："末将曹英，今晚公子祭天郊祀，怕城中混乱，末将奉公子之命前来保护公主，如若惊扰公主，请公主海涵！"

虎贲卫已经密密麻麻布满了整个都护府，一片肃杀。鸾姬公主的侍女们惊慌得面面相觑，这郊祀祭天，用得着如此戒备森严？

都护府外高高悬挂着二十四颗梁园客的头颅，梁国公卿上下有异心的已经被公子怀璧屠杀殆尽，他还要做什么？

鸾姬公主却脸色一变，有掩不住的惊惶，忽地站了起来。

第十章　计中计（下）

铁甲军团像云一般，从四面八方向着大梁城的中央汇集，一支焰火呼啸着冲上夜空，照亮了整个祭祀的广场。

高台之上，一个黑袍高冠的身影慢慢站起来。他脸上戴着一张青铜面具，一身织锦沉黑的长袍，暗绣蟠龙云纹；腰间缀着环佩璎珞，一派河西风范。

在他身后，一身华贵的白色貂裘、头戴白玉面具的人坐在高台正中铺着巨大雪熊皮的主座上，他两侧是整整两列全副铠甲的武士，戴着面具，他们的任务是严密保护他。对着高台的是两列长榻，坐着同样戴着面具、手执旄节的宾客，供奉着鸡豚狗彘等祭品。

一百名头戴面具、身披璎珞的侲子由武士装扮，寒冬居然赤裸上身，身上涂满桐油，画满奇异的花纹。他们手持牛尾、竹杖，欢呼着冲向广场正中的熊熊篝火，载歌载舞；中央是身着奇异服装的男女巫师，脸上画满诡异纹路，披散长发，身上缀着铃铛，赤脚跳着驱魔的舞蹈。

黑袍高冠、戴青铜面具的人慢慢高举起右臂，高声道："受命于天，既寿永昌！"

梁国公卿们从宾客席上走过来，面向主座上戴着白玉面具的人一起伏地，居然是行稽首大礼，然后双手呈上自己的爵位印信。他们的梁国公侯印信要被收回，转而赐以西庭都护府的官职印信。

一身华贵的白色貂裘的人挥起袍袖，沉声道："受命于天，既寿永昌！"

"受命于天，既寿永昌！"

无数个声音响应着他，戴白玉面具的人扬起袍袖，缓缓扫视台下欢呼的人群，像君王俯视他的臣子。第二支焰火呼啸着腾空而起，预示着到了第一个傩礼高潮。

侲子们潮水般退了下去。一名火红软甲的女将军走到前台，在无数黑色铁甲中间像黑夜的玫瑰；以她为首，又是一百名全副铠甲的军士，从广场一侧呼喝着冲向广场的正中，然后迅速排阵，整整齐齐、队列分明。他们都头戴一模一样的面具，女将军举起长剑，直指向天，武士们齐齐大喝一声，举起在熊熊的篝火下冷光闪闪的刀。

霎时间鼓角齐鸣，奏起雄壮的乐曲。这是《昭阳破阵乐》。

据说这是五百年前嬴氏的祖先公子昭阳所制之曲。嬴氏崛起于河西平原，以四处游牧为生，备受各族欺凌。五百年前，同样是殷室衰微、诸侯四起的乱世，嬴氏第五代族长的次子昭阳，以惊采绝艳的天赋，十七岁带领族中五千青壮男子在乱世中起兵反叛，十年戎马倥偬、名震北陆，一手创建了名垂青史的嬴氏军队——"虎贲"。

公子昭阳虽然是一代枭雄，却太过多情。当年公子昭阳提十万虎贲卫攻打梁国，兵临阳谷关下。梁国上下震恐，最后选了美名传遍北陆的宗室女夜雪封为公主，带金铢三十万、马匹五万、奴隶三千，当作和亲礼物，向公子昭阳求和。公子昭阳看到前来和亲的公主夜雪，在兵临大梁城之际，居然断然偃旗息鼓，十万虎贲浩浩荡荡退出了梁国。直到公子昭阳二十八岁离世之前，河西嬴氏未曾再对梁国动过刀兵。

这个在瓦舍说书人口中为美人宁舍江山的千古佳话，到后世史官笔下自然被百般诟病，成为公子昭阳一生唯一的污点。

其后数年，公子昭阳挥师南下，与他宿命中的对手、南方诸侯晋国武烈侯对阵洛水之滨，双雄对峙，达半年之久。此时他的妻子夜雪却病逝于凉州，公子昭阳在战场闻讯呕血，晋武烈侯乘虚而入，三十万虎贲卫一朝崩溃，不久公子昭阳抑郁而终。

那本是他一生最如日中天的时候，十年霸图，却最终遗恨洛水之滨。他的对手晋武烈侯在成为晋开国雄主武烈帝多少年之后，回想起当年洛水一战，依然感慨公子昭阳为平生唯一的对手。

这首《昭阳破阵乐》传说是公子昭阳攻破当年北陆诸侯霸主秦北国之时，庆功宴后听妻子夜雪在月下抚琴，一时性起于庭中舞剑所记下的曲谱。从此每值军队征伐或军祭，都要奏这首乐曲，以示纪念。

高台之上，黑袍高冠的人走下台阶，被武士们欢呼着拥簇到中央，和那个火红的身影并列站在一起。武士们呼喝着挥舞长刀，踏起舞步。那个黑色修长的身影扬起广袖，在无数的武士中间领舞，像挺拔的孤鹤。那黑色的身影广袖飞扬，高大的身影腾迈跃转，又像苍鹰的双翅遮蔽住夜空。

将士们豪迈的歌声震彻夜空：

>"子岂无矛戟兮，随我以西征！
>
>与子同矛戟，西征以伐戎。
>
>子岂无矛戈兮，随我以北征！
>
>与子同矛戈，北征以伐胡。
>
>子岂无甲衣兮，随我以东征！
>
>与子同甲衣，东征以伐羌。
>
>子岂无袍泽兮，随我以南征！
>
>与子同袍泽，南征以伐蛮。"

黑衣人完全是主导的一方，女将军只需按照他的舞步追随。踏着阳刚豪迈的角鼓声，黑色的广袖与火红的软甲，一个大气从容，一个明艳刚烈，黑袍广袖的高大身影引领着火焰般的女子共舞，像振翅欲飞的苍鹰引导着火焰，又像舒卷自如的行云携领清风。

明艳如火的女子恍然觉得，那个人在引导她的人生。

在身形交错的刹那，他把女将军带入怀中又顺势推开，女将军修长的身体在那坚实如玉的胸膛下竟显得如此娇小。只这瞬间的交错，当没有了那个怀抱的庇护，寒风呼地吹过，她惶然抬头，恍惚间竟感觉比一刹那之前更冷。

无数铁甲武士呼喝着追随两个人的舞姿，人群中欢呼声震彻夜空。没有人注意到，一些分散的身影从各个方向混入狂欢的武士和倡子，像几滴水珠融入大海，悄无声息。

一声尖锐的响声划破天际，第三支焰火腾空而起，爆出巨大的烟花。

先前退下的倡子们高呼着又冲上广场，场面达到最高潮。一片欢腾中，似乎有两队人，渐渐顺着人流，一起向中心那个黑色和红色的身影会聚。

就在这一刹那，像蛇的冰冷悄悄爬上脊背，黑袍人的心脏因为骤然紧绷而鼓噪，他手无寸铁，而一把冰冷的剑，不知从哪里已经闪电般刺向他的背心！

但那支剑只刺破了他的衣袍——因为，他身边的女将军反手一剑，已经穿透了杀手的心脏。那个身影轰然倒下去。

似乎一下子静了下去。但只是一瞬间，铁甲武士们一声大喝，纷纷拽下面具摔向地面——他们每个人的额头，都涂成了红色！无数个铁甲武士，将黑色的身影牢牢保护在中心。

形势一下子分明。现在还戴着面具的人，不多不少，是二十四个。而即使摘下面具，他们的额头，也不可能是红色。二十四个戴着面具的人顿时怔忡一下，但已经没有更多的时间去思考，一场生死搏杀，已经开始。

电光石火间，黑衣人的肩膀骤然被一只手搭上，他一惊回头，看到一张白玉面具。那个人一剑劈过来，他身后一名举着刀的刺客应声倒地。寒光一闪，穿着华贵白袭的人扔过一把长剑，低声怒道："还站着做什么！还不快走！"

来不及答话，在他接剑的瞬间，黑白两个身影竟然同时向对方出剑，两道剑光闪电般交叉而过，他们身后两个举刀的杀手齐齐轰然倒下。

黑衣人与白衣人背对背而立，警戒地盯着四周，低声咒骂一句："浑蛋，差点成了剑下鬼！"

祭天大典变成了修罗场，断肢和血光横飞。"梁园有客二十四，一人可敌百万兵"，但在这源源不断的搏杀围堵中，这二十四位搏杀高手，就像二十四朵浪花，在大潮中悄无声息地被淹没。

是的，所有人都不知道，梁园二十四客，有着二十四个影子。二十四名在明，二十四名在暗，一明一暗，相辅相成。

梁园有客二十四，其实是四十八个。公子怀璧身边名将如云，而且生性多疑，梁园客想动公子怀璧，无疑是蚍蜉撼树。简歌出卖给梁园客一个公子怀璧的情报，同时就出卖给公子怀璧一个梁园客的情报。那二十四名梁园客只是送死的棋子，只是为了用血和头颅赢得公子怀璧对简歌的信任，给他们一个一击必杀的机会，给那二十四名暗卫铺一条一击必胜的路。

当一把长剑携风雷奔腾的力量将他的刀一剑斩飞的时候，身受七处重创的秦焕终于明白，这又是一个精心准备的陷阱。而这次，是要把他们一网打尽。

"简歌！你这不得好死的东西！"他目眦欲裂，被铁甲武士的长剑压制着轰然倒下去，"你骗了我！你骗了我！"

而这次欺骗，将让他们万劫不复。

震惊和愤怒将他的理智几乎压垮，这位伶牙俐齿而且在军营里受熏陶半生的名将，几乎将一辈子学会的所有恶毒脏话全部骂了出来，将简歌的祖爷爷祖奶奶都问候了一遍，最后筋疲力尽，只是冲着高台上的宾客席，嘶声一遍遍重复："你这不得好死的东西！你这认贼作父的混账！你骗了我！你骗了我！"

"闭嘴！"奚子楚讨厌别人说脏话，皱着眉用剑鞘砍下去，秦焕闷哼一声瘫在地上，久久说不出话来。

那个戴着白玉面具身着白色貂裘的人和一身黑底暗纹长袍的人在高台之上并肩而立，一起向他的方向看过来。

秦焕陡然想起简歌告诫过他的话：

"今晚的大傩之礼之上，你记住，帝都特使是贵客，会戴白玉面具、穿白袍；公子怀璧戴青铜面具，而且他会穿着黑衣。切切牢记！"

帝都特使是贵客，会戴白玉面具、穿白袍……

他终于明白了。秦焕恍然大悟，突然一笑。

他勉强抬起头，对着那个黑衣人拼命喊道："请你，请你过来！"

戴白玉面具的人迅速抬手拦住，但黑衣人对他摇摇头，走了下去。他慢慢踱到委顿于地的梁国将军跟前，挥手让压制着他的将军们退下。

秦焕断断续续道："你……你是帝都特使？"

黑衣人淡淡问道："你要做什么？"

"帝都来的特使……"重伤的将军眼睛里迸射出恶毒的光，"嬴怀璧，这个乱臣贼子，就是乱世的火种！狼子野心，灭我梁国，几乎将我梁国宗室屠戮殆尽！特使，请你……请你务必将此人剪除，以绝后患啊……"

"我死了，梁园客消磨殆尽……请特使务必将世子带回帝都，为梁国留下唯一的血脉吧，否则，嬴怀璧那恶贼怎么也不会放过他！"秦焕眼睛里有一丝亮光闪烁，也许，这个一辈子汲汲于名利的人，对自己的爱徒，是真的爱护。他喘息几口气，示意特使低下腰，轻声说："世子在阳谷关后乱尸岗处的密道里，距关城十五里，一棵三人合抱粗细的槐树后的石洞中……秦焕以性命相托，请特使……"

青铜面具下的眼睛微微闪动。穿黑袍广袖的人慢慢摘下面具，轻笑："多谢了，秦将军。"

秦焕蓦地住口，瞪大了双眼，久久，大笑三声，高声道："简歌，简歌，你真不负双凤雏之名！"

他一口气吐不出来，就这么瞪着双眼倒下去。

高台上宾客席，苍白沉默的谋士牵袖端坐，只是淡然凝望着远方，仿佛什么都没有看到，什么都没有听到。

公子轻叹，为梁国名将秦焕合上双目，转身喝道："虎贲卫都统领云渊、羽卫上将军奚子楚听令！"

两位将军疾步上前："末将在！"

公子大笑，袍袖一扬，扔出两支令箭："阳谷关后十五里，取孺子首级！"

第十一章　旧时颜

虎贲的铁骑如同黑色的洪流一样，铁蹄声淹没了都城，在夜色里卷过大梁城的街道，向城外呼啸而去。惶恐的气氛笼罩了整个大梁城，家家闭户、人人自危，几乎没有一家亮起灯火，人们胆战心惊地将耳朵贴到门窗上，像惊弓之鸟一样猜测——"是不是又要打仗啦？！"

虎贲大营的主将营帐，灯火通明。

当铁甲武士捧着漆盘走进营帐的时候，帝都特使已经明白是怎么回事。

"哦，这就是梁孺子。"公子怀璧无疑是鄙视这些膏粱子弟的，他直接称呼梁国的世子为梁孺子，就像和他的心腹们说起帝都天子的时候，有时直接称呼"孺子皇帝"，颇有几分轻蔑。

那颗年轻的头颅上，头盖骨被削下来之后又拼合到了一起，之前也许他进行了殊死反抗。

公子从堆积如山的案牍之后走过来，看了看那颗头颅，对武士示意道："给姬将军看一下，也算有所交代。"

武士迟疑地看向右侧尊位上坐着的人，那人一身华贵的白裘，脸上表情莫测，看不出喜怒。他对武士招手："过来。"

武士将头颅恭敬地呈给他，特使看了看，淡淡道："没错。"

"退下吧。"公子怀璧挥一挥手，"和尸体一起烧了，消息不要走漏。"武士领命而去。

"嬴怀璧。"特使慢慢吐出这个名字，看着那名武士的身影消失在门外，转过头盯住重回案牍后认真批阅的人，突然高举起手，狠狠将手里的白玉面具摔下，"你小子居然利用我！"

啪的一声脆响，白玉面具在地上碎成片。

他大步上前，一把将公子面前的案牍乒乒乓乓扫下去，隔着长榻，一把拎起公子怀璧的衣领，喘着粗气："你敢利用我！"

他狠狠甩开公子，大步走开再走回来，急怒交加，最后在案榻前站定，咬牙切齿道："你小子有能耐了！梁侯呢，是不是已经被你杀了？你让我怎么回帝都交代！投鼠尚需忌器，你眼里还有没有天子诸侯！"

"你到底有没有脑子！"公子怀璧勃然大怒，拍案而起，"不杀了他们，难道让我花钱养着，留着这些蛀虫翻云覆雨、后患无穷？！"

"梁孺子屡次谋刺于我，不杀他，还要养虎为患不成！"他冷笑道，"如何回应小皇帝是你的事，如何回应列国使者则不劳你费心！天子诸侯？诸侯算什么？天子又算什么？什么受命于天，这个天下就是物竞天择、弱肉强食！成为王、败为寇，胜者生、败者死！"

特使眼睛里闪过一丝惊诧，低喝："闭嘴！你不想活了？"

"这里是虎贲大营，不是帝都。"公子怀璧冷笑，"堂堂御卫将军、楚侯爱孙姬骧，何时变得如此畏首畏尾？当初是谁说过，一愿南破云梦、得报家仇；二愿北征五胡、一雪国耻；三愿重定礼乐、会盟南北诸侯——这些话如此大逆不道，如今倒来指责我了？"

姬骧一时怔忡，恍惚间记起，又是谁曾这么对他说："我现在什么都不想要了，做什么诸侯公卿，我只要和她在一起，看青崖白鹿，听风雪夜飞，对着一盏明烛、两杯薄酿；只要看着她就好，从此岁月静好，度此余生……"

那个少年，早已不复记忆中青涩的模样。他一身沉黑战袍上绣着蟠龙肆卷的暗纹，面带讥诮地站在他面前，眉间睥睨，铁腕雷霆。

一时间，室内居然寂静下来。

原来时间的洪流已经带走了那么多、那么多，远远地带走了那些忍辱负重的青涩少年，那同生共死、在九死一生的战场上把自己的背交给对方的鲜红的记忆……

如今，逝去的再也不会回来了。昔日兄弟多年后第一次会面，就是一场钩心斗角的交锋。

是什么，给曾经的千里龙驹套上了束缚的驭具？又是什么，让昔日肝胆相照的兄弟，变成了死敌？

他们甚至不再是那个自己熟悉的人。

窗外清晨的风，吹进内室。

良久，姬骧轻声问："梁侯真的死了？"

"他是自焚。"公子怀璧闭着眼睛，靠在铺着熊皮的坐榻上，声音微微沙哑，"就在巽雪阁后面的那丛菊花下，十几具焦尸和斩杀的知情侍女埋在一起。你有兴趣，自己带人去挖。"

姬骧疲惫地叹口气，低声道："梁国公主呢，至少有一个活着的吧。我要把她带回去，交给天子处置。"

"交给孺子皇帝？那样的美人儿，他消受得起吗？"公子怀璧没有睁眼，唇角微微一丝冷笑，慢慢道，"交给我处置，岂不是更好？"

帐外突然一阵喧闹，营帐里沉寂萧瑟的气氛骤然被打破。公子怀璧皱了皱眉，看到一位军阶不低的千夫长匆匆地跑进来，看到一边的特使，顿时收住脚步，欲言又止。

公子怀璧皱眉："讲。"

千夫长急忙凑到公子耳边，轻声道："公子，是那个梁国公主。她不知听到了什么风声，说公子要杀了她哥哥，就跑来见你……"

公子勃然变色，低声怒道："怎么让女人进来！这是军营！"

武士委屈道："末将以为她是……"

"她是什么？"公子低声冷笑，"曹英，你就是自作聪明。再有下次，军法处置！"

千夫长急忙道："那末将将她赶回去……"

"不必了。"公子怀璧垂下眼眸叹口气，坐回座椅，"既然来了，请她进来。"

他转脸看向姬骧，似笑非笑道："特使，你总得回去有个交代，就见一见这位梁国公主吧。"

营帐外一阵轻盈的脚步声，踩着积雪与月光，慢慢停在了营帐外。那脚步声很轻很慢，让人联想到落花飘到水上。

然后，脚步声在营帐外停住。

特使皱眉，看着公子怀璧靠在铺着巨大雪熊皮的椅背上，悠然道："公主，既然来了，何不进来？"

营帐的门没有拉上，只垂着厚重的垂帘。帐外的人一直沉默，在特使怀疑来人是不是已经悄悄走了的时候，一双素白的手，慢慢撩起了垂帘。

楚国已经是出美人的地方，姬骧又常年驻守帝都，更见惯了各有千秋的名媛淑女；而公子怀璧凉州公子府中容颜动人的胡姬与各族美人更是数不胜数，身边又有一位容光照人的女将军，而看到这位梁国公主的时候，两个男人还是小小地失神了一下。

她是漂亮，但并不是绝色，更比不了公子怀璧身边那火焰般的白璧晖；那是一种由梁国公主的身份与血统决定的高贵，有着在深宫被保护得不染一丝尘埃的纯净。女将军的双手不会有她那么柔软，女将军的皮肤更不会有她那么雪白，更没有公主那纯净高贵如明月映照积雪般的气质。

女将军是西域的风沙磨炼出来的带刺的蔷薇，而公主是在锦绣深宫娇养出来的幽兰。

而再高贵，她也只是亡国的公主。

她似乎瘦了很多，曾经丰润的双颊凹陷下去。她的衣饰妆容是自小就磨进骨子里的高贵洁净，甚至在最混乱无助的时候，她那如云的发髻上，也没有一丝乱发落下脸颊。

但这次她显然是经过了刻意的修饰，苍白的脸颊涂上了淡红的胭脂，蛾眉画得长长，小巧的唇瓣涂上淡淡的红色，娇嫩欲滴。

她的两名侍女被阻挡在门外，鸾姬公主拢起广袖，一步一步走了过去，站在他的桌案下。她慢慢抬起头来，对上公子怀璧的眼睛。

她站在那里没有说话，公子怀璧只是挑了挑眉，高深莫测地盯着她。

这个男人坐在正中的案榻之后，轮廓深邃的脸如同刀刻的雕像，墨蓝的眼睛像莫测的深海，仿佛随时掀起可以摧毁一切的巨浪。他微微眯了眼，远远居高临下地盯着她，锋芒闪动间，让人联想起锋利狂霸的剑光——

那是掠食者的眼睛。

这个男人，是毁了她家园的刽子手！

公子怀璧居高临下地盯着她，终于开口，不置可否："哦，是公主。不知深夜来访，找我有什么事啊？"

她就这么盯着他，毫不退缩。

特使忍不住轻叹："难怪。原来你就是梁国的鸾姬公主，'清音阿鸾'？……"

说出"清音阿鸾"这四个字的时候，特使神色有点奇怪，似乎有意无意地看了公子怀璧一眼。

公子怀璧却根本没有看他，他淡淡地看着公主，声音听不出喜怒来："公主，你是要在这里站上一晚？那恕不奉陪了。"

鸾姬公主慢慢开口，声音微微颤抖，却不是因为害怕："你是不是要对我的兄长下手？是不是正在到处找他？"

公子怀璧却迟迟没有回答。他凝视着鸾姬公主的眸子居然渐渐柔和恍惚起来，像沉浸到了什么幻境里面。

"你已经将梁园客诛灭殆尽了……"公主绝望地闭上了眼睛，她伸展广袖，屈膝伏地，行了一个宫廷的稽首大礼，"公子，鸾姬求你，放过我的兄长，为梁国留下一丝血脉吧！"

公子怀璧就这么静静地看着她，眼睛里有一丝苦痛，又有一丝迷离。他似乎完全沉浸在自己的世界里，对鸾姬公主的话充耳不闻。

那样的绝望，那样的无奈，不得不去求一个她痛恨入骨的男人……

她蓦地抬头，盯着公子怀璧，绝望地喊："你喜欢我是吗？你不是喜欢我吗？我什么都答应你，我去做你的女人，只要你放了他……"

"你喜欢我吗？我喜欢你，很喜欢，你喜欢我吗？"

是谁的眼睛明亮如初雪融化的山间清泉？那是世界上最温暖的纯粹。是谁的声音像铃铛轻触玉屑，带着羞涩却毫不掩饰的期待？

鸾姬公主蓦地住口，惊诧地看着公子怀璧突然站了起来，一步一步走下来，站在她面前，

他温柔地勾起她的精致的下颌，看着她的眼睛，微笑着说："我答应你，阿鸾，你要什么，我都答应你。"

天色已经发白，公主已经离开，营帐里却迟迟没有人说话。

良久，姬骧悠悠叹口气，道："你在骗她。"

公子怀璧闭着眼睛，突然轻笑一声："女人不就是要骗吗？"

"阿若，你以前不是这个样子……"姬骧叹息，慢慢道，"她是梁国公主，你杀了她的父侯和兄长，留着她，迟早是个祸害。"

"只不过是个女人。"公子嗤笑，"那又有什么关系？"

姬骧忍无可忍："你一定要她？你的女将军都比她漂亮！"

公子蓦地睁开眼睛，厉声道："我要她，只要她是阿鸾，我就要！"

特使瞪大了眼睛，公子怀璧就直直盯着他的眼睛，那墨蓝的眼眸里，汹涌的仇恨像积累了千年的岩浆一样汹涌而出，冲破了时间的封印，再也掩饰不住。

那仇恨仿佛是骤然燃起的大火，姬骧身体震了一下，好像全身的力气都被抽空。

原来他始终不曾忘却，多少年的光阴，时间的力量可以带走一切，却带不走仇恨！

那仇恨里又有一种掩饰不住的悲哀。

因为，他恨的人不是别人，不是任何人，而是他自己。

是他嬴怀璧自己！

是的，从来最无情的人是他，而最多情的人，也是他。

特使一句话都说不出来。

突然，一声尖锐的号角撕裂了凌晨的寂静。

公子怀璧呼地立起，脸色骤变。帝都特使正要发问，一名武士匆匆忙忙冲进来，看了一眼特使，径直大步走到公子身边，凑到他耳边——

"嬴怀璧！"武士震惊地看着帝都特使高深莫测的面具就这么崩裂，他咬牙切齿地一拍桌榻，高声怒骂，"从我昨天来到大梁城，西北大营就暗地里杀气腾腾地调兵遣将，到底出了什么事？你还想瞒我到什么时候？"

第 十 二 章　　对 群 儒

大梁城被再也压抑不住的巨大紧张和压迫的气氛所笼罩。四方号角冲破云霄，四座城门全部轰然关闭，全副铁甲的弓弩手和武士像暗夜的幽灵，潮水般迅速布满大梁城的各个角落。

一名北燕国随扈士兵打扮的武士嘭地闯进行馆内室，三名使者顿时心惊肉跳。北燕使者立刻从座席上站起来，急道："如何？打听出什么没有？"

武士急道："羌胡与羯、戎、西狄、北蛮五胡联兵三十七万兵马，势如破竹，已经攻下云中、定襄，直逼朔方了！国君犹豫不决，似乎是想要趁五胡犯凉州，对河西下手了！"

如果北燕要对公子怀璧出兵，依照公子怀璧的性格，他们北燕来的使节，还有活路可走吗？

北燕使者脸色霎时惨白，陈国与中山国使者急问："我们国君呢？我们国君有何反应？"

那武士凝重道："我国国君与贵国国君在夔丘会盟，尚未有消息传出。"

两国使者对视一眼，刚要松一口气，北燕使者厉声道："贵使与我一起出使，如今都是一根绳上的蚂蚱，最好不要另有图谋！公子怀璧刚愎多疑，如果他对我下手，还会放过你们吗？"

就在此时，门外一阵急促的脚步声和低喝声，三位使者大惊失色，从窗口看去，果然是密密麻麻的铁甲武士，已经将行馆的庭院围得水泄不通！

门嘭地被推开，一名重铠将军出现在门口，对三位使者硬邦邦道："贵使，请。"

三位使者胆战心惊地坐在马车里，一位身着重甲的将军在前面引领，他们的随扈士兵在铁甲武士中像一群羸弱的书生。

"贵使请。"面无表情的将军跳下马，将马车的垂帏拉开。后面的两辆马车里，陈国和中山国的使者都从马车上走了下来。

"将军，这……这到底所为何事啊？"北燕使者胆战心惊地看着眼前旧日的梁国宫室，已经改为了"西庭都护府"，"是公子怀璧要召见我等？还是其他什么事？这究竟是什么意思？"

铁甲将军一副铜墙铁壁模样，硬是一句话都撬不出来，只是做出请的姿势。

偌大的都护府似乎是空的，只有一尊尊铜像似的武士矗立在台阶两侧。三位使者小心翼翼地随着将军走上台阶，两侧武士森然而起，像一座座雕像，一点声音都没有发出，气氛寂静得诡异。

他们一阶阶登上一间森严的大殿。武士将门吱呀推开，道："贵使请进。"

这是一间都护府的主殿，熏日堂。里面按照惯例铺着厚厚的羊绒细毯，列着两列矮榻。正中是一架巨大的青铜虬猊壁，上面高高交叉悬挂两柄方天画戟，暗光沉沉，就像公子怀璧，锋芒凌厉，让人不能逼视。

最诡异的是，在空旷无一人的大殿中央，居然烈火熊熊地煮着一方青铜大鼎，那鼎里的水咕嘟咕嘟地剧烈翻滚，让人心魂俱颤。

大丈夫生不五鼎食，死则五鼎烹耳！

三位使者同时想到这一句话，在彼此眼睛里都看到了惊恐，急忙转过身去，发现送他们来的武士，已经不知何时消失了。

偌大的熏日堂，偌大的都护府，似乎，只剩下了这三位使节，和一尊烈火之下滚水剧烈翻涌的青铜大鼎。

就在这时，一个声音朗朗一笑，从大殿外传过来："诸位贵使久候了！在下来迟，该罚该罚！"

白衣谋士的身影出现在大殿门口，北风卷起他的长发和衣袖，犹如闲云野鹤般闲逸。

他悠然走进大殿，在离三位使者三尺处，拢起衣袖，端端正正双手交覆，施了一礼："河西王太傅王览，见过三位使者。"

北燕使者压制着怒气，道："哦，原来是王太傅！所谓君子坦荡荡，不知太傅把我们带到这里，神神秘秘，到底是所为何事啊？"

陈国使者和中山使者急忙恭恭敬敬地对王览一揖到底："王太傅！之前对太傅多有不敬，请太傅大量，多多包涵！"

"所谓'为君出使，不辱君命'，三位使者与在下各为其主，何有怪罪之由呢？"谋士朗朗一笑，对诸位还了一礼，走至那只煮着滚水的大鼎边，袍袖一扬，面对三位使节，"不过在下来迟，让贵客久候，当然是在下的失礼。不如这样，在下就给诸位讲个故事，以示赔罪，如何？"

三位使者诧异地看着谋士就在大殿中央青铜方鼎边席地屈膝牵袖而坐，端端正正对诸位伸一伸手，让他们入座："诸位可曾听过前朝喜帝之时孙林父的故事？"

三位使节陡然一震，惊惶地互相匆匆对视。他们与谋士牵袖对坐在这殿阁中央，却没有一个人回答谋士的问题。虽然热浪滚滚，冷汗还是悄悄渗了出来。

"喜帝之时，北蛮猖獗，屡犯北疆。喜帝和瑞七年九月，北蛮九万铁骑强攻夔国，夔国国君派使者窦喜前去邻国郑国求援。因郑国与夔国有世仇，郑国大夫孙林父一口咬定夔国国君是想借请求郑国出兵以消耗郑国兵力，因此坚决反对郑侯出兵援助夔国，并将夔国大夫窦喜扔入鼎中烹死。其后一个月内，北蛮攻破夔国，取得直入中原的道路，直逼郑国。郑国毫无准备，一片惊惶，七日之内，北蛮骑兵已兵临国都蒲城之下。危急之际，郑侯抓来当日妖言误国的孙林父，将他扔进当初烹死窦喜的鼎中——"

白衣谋士缓缓扫视过三国使者，三位使节心头齐齐一颤，谋士淡淡道："连煮三日，尸骨无存。"

他回首抚着青铜方鼎，轻叹："就是这只鼎。"

这个故事尽人皆知。就因为孙林父误国，小小北蛮居然大破郑、夔，直逼帝都长安，中原天子震惊。各路诸侯出兵勤王，出兵二十万，短短半个月便将北蛮赶出中原，斩首三万、俘虏四万，从此北蛮一蹶不振。

如此轻易便解决了北蛮，但郑、夔这两个诸侯国从此在九州大陆上消失，封地迅速被其他诸侯兼并，国号再也没有重现。

那方鼎咕咚一声水响，白烟热气冒出来，仿佛百年前的那两个冤魂。

三位使者已经忍不住口发干，眼发花，几乎说不出话来。

谋士幽幽道："只是不知，贵使今日是做出使而死的窦喜呢，还是来日做昏聩误国孙林父？"

三位使者几乎魂飞魄散，北燕使者勉强道："太傅此话怎讲？"

白衣谋士一笑："事到如今，三位使者还有隐瞒的必要吗？五胡联兵犯我凉州，北燕国君得知消息，在我凉州与北燕边境蠢蠢欲动。三位使者为探我河西虚实而来，探子四处活动，贵使若是执意说不曾有别的心思，自己也不会相信吧。"

陈国使者与中山国使者几乎要软倒在地上。北燕使者厉声道："两国交战、不斩来使！贵邦不会如此粗蛮残暴、罔顾诸侯礼节，连我们几个使者都不会放过吧！"

王览微笑道："君子固然有所为、有所不为，可惜贵国不顾道义，对我凉州趁火打劫，凉州百万百姓的性命与三位贵使相比孰轻孰重？既然如此，还对诸位讲什么礼节呢？"

三位使者霎时间冷汗淋漓、手脚发软，瞪着王览，却吐不出一个字。

"但，既然君子有所不为，我河西自然不会对贵使不利。贵使放心，三位贵使今日也不会成为那个出使殉国的窦喜。"太傅幽幽道，"只是不知，今日我河西放过了贵使，来日贵使的国君会不会把贵使当作孙林父呢！"

北燕使者肥胖的脸上由白转青，再由青转红，此时陡然由红转成惨白，瞪着王览失声道："你这话是什么意思！"

谋士冷冷一笑，从广袖中掏出一卷绢帛，在地上唰地展开，居然是一幅地图！

谋士对三位使者一揖："请贵使听在下拙言分辨、考虑其中利害，再做定夺不迟！"

"如今天下大势，内有晋室衰微、诸侯四起，外有五胡相持，欲犯中原。晋室天祚衰微，王师虚弱无用，诸侯各为私利、袖手旁观，是我河西虎贲铁骑夙兴夜寐、不辞辛苦，驻守千里河西屏障，日夜守护北陆江山，才有贵国国君与诸公的高枕无忧！"谋士坦然说出忤逆的言辞，缓缓扫视三位使节一圈，"贵使认为，在下这番话，是也不是？"

三国使者一时面红耳赤，居然不由自主地点了点头。

"五胡犯华，此诚危急存亡之秋也！贵国国君不但不思一致对外，反而趁火打劫，这种行为，算是明智吗？"谋士眼眸中锋芒凌厉，广袖飞扬，啪地一手按在朱红的"凉州"二字之上，"今日五胡自漠北犯我河西，贵国再自东南侵我凉州；我凉州腹背受敌，败于五胡，那谁还去保卫贵国，做贵国国君的马前卒呢？贵国与五胡从此毗邻、短兵相接，在下不才，却也可以预见，贵国五百年在我河西屏障之下安逸无忧的局面就要结束了，而烽火连天、屡受胡人骚扰之日必定不远矣！灭了我一个华夏同根的河西，却增添了五胡这个强大的敌人，贵国之不明智，此其一也！"

"遭受胡兵侵扰，尚且不算什么。"谋士抬首看过诸位使者，口气放缓，"若贵使还不明白，请看当日郑、虢亡国之鉴！五胡向来有问鼎中原之志，岂会满足于小小河西！今日五胡联兵，便是欲与河西决一死战；河西战败，北陆顿失屏障，三国诸公如何幸免？我河西南接中山、西接北燕、毗邻陈国，各国本唇齿相依；一旦凉州被破，胡兵铁蹄一鼓作气，北燕首当其冲，其次便是陈与中山！"

"唇亡而齿寒，覆巢之下，岂有完卵？"谋士眼睛里光华灼灼，让人不能逼视，"贵国之不明智，此其二也！"

"到时胡兵兵临城下，三国国君追悔莫及之时，想到当日贵使为你们国君出谋划策、对我凉州趁火打劫，贵使明知后果如何，却对国君不加劝谏！"谋士忽然冷笑，"误国之罪，与当日的孙林父何异？这个道理在下尚且得知，三国国君如何不懂？而在下对贵使晓以大义、苦口婆心，却说服不了贵使明白个中利害，自然也无颜苟活于世！贵使何必等到亡国之时国君一怒用刑，不如今日与在下一起投鼎了断，也省得落下千古骂名！"

第十三章　战黄沙

古道路漫漫，风沙今又起。

使者的仪仗出了阳谷关，将要向北燕、陈国、中山国的方向分道而去。

"太傅，不必送了。"北燕使者百里融对相送的白衣谋士拱了拱手，"融此去一定为国君尽心谋划、陈以利害，太傅放心吧。"

"贵使明辨是非、顾全大局，览深深钦佩。"王览微笑地站在车上对三位使者还礼，"览代表公子，多谢贵使了！"

"不必客气，我等各为其主，融也是为北燕考虑。"使者叹气道，"太傅胸襟谋略让在下折服，如果不是时机不对，在下愿与太傅做个朋友。如若平定五胡之后，我北燕与贵邦两相争霸、烽烟再起，那将不是融所能掌握的了。"

"沧海横流，世事无常，又是谁可以掌控得了的？"王览长叹，对使者深深一揖，"恕不远送了。"

两队人马背驰而去，一队向北燕、陈、中山，一队向大梁城。

三国使者在奔驰的马车上，转过头望向大梁城的方向，大风里，似乎传来了千军万马奔驰呼喝的声响。远远似乎有铁骑军团向着遥远的凉州奔腾而去，踏起遮天蔽日的风沙。

北燕使者深深吸了一口气。那些礼乐文治在铁蹄之下是如此脆弱不堪，世族秩序在铁血厮杀下将要被颠覆。世道已变，人心不古，彬彬有礼的文明要被野心勃勃的掠夺和厮杀所代替，世代传承的掌权贵族将要被淘汰，而风云动荡的背后，一批代表新秩序的人物将要从各个角落里崛起。

五百年的安逸平静，终于到了崩溃的一刻。

瀚海大漠之上，西坠的斜阳在遥远的天与地的交界处，逐渐变成一片惨红，血一般泼洒了半个天空。

此处是雁翎关，距离凉州城仅七十里。

羽箭曳着火光，像千万道火雨，铺天盖地射向残阳里矗立的雄壮关城。滚滚的烽烟和嘶喊遮蔽了丝绸之路的要塞，被鲜血染透的大地比残阳还要红。

号角吹响，在战场上远远传播开去，像死神的吟唱。羌胡人的骑兵名震大漠，七千名铁骑摆成的雁形大阵迅速铺展开来，如同一面巨大的黑色铁盾。而他们身后，是北蛮的石炮，高达一丈，每座由五匹牦牛驮运，士兵抬上涂满重油的铁球，然后器械拉动，铁球带着熊熊的火焰腾空而起，携千钧之力冲向雁翎关高大的城门。雁翎关的城门轰鸣，在烽火中战栗。

高高的城墙上，一身银甲白袍的将军被几名铁甲将军围在中央，执一卷羊皮地图，眉宇沉静，正凝目远望。

石炮火球凶猛地撞击城门，城墙在颤动，角楼被震得碎土从头顶扑扑落下。一名铁甲武士跌跌撞撞冲上城墙，大吼："左将军！我们的探子传来消息，各郡兵马被胡人切断，短日内无法来援。顾雍那王八羔子不愿出一兵一卒援助，说铁甲军是用来守卫凉州城，不是雁翎关！"

河西王府有铁甲军三万、亲卫一万，而公子府虎贲卫被带去伐梁的有精锐三万余，剩余十余万被顾琼率军镇守朔方。河西群龙无首，守凉州城的虎贲卫点检使左千城与诸位将军仅率不到四万人马，此时应付五胡突袭简直捉襟见肘。左千城派人请求河西王府的铁甲军援助雁翎关，居然被大都督顾雍挡了回来。

"浑蛋！"豹眼虬髯的将军桓冲破口大骂，"都什么时候了，这王八羔子还藏私！雁翎关要是扔给胡人，凉州城还守个鸟！"

城墙被石炮击中，又是一阵剧烈颤动，碎石簌簌地落下来，几位将军急忙举手挡住脑袋。城墙下，胡人像潮水一样铺天盖地向雄关汇聚过来，铁甲军团的队列越缩越小。石炮带着烈焰不断轰上城门，高大的城门上的千斤闸在扭曲。

几位将军急怒攻心，纷纷拱手请缨："左将军！雁翎关事小，但凉州城若失守，如何向公子交代！我等愿做先锋杀出一条血路，请将军退守凉州城！"

着银甲白袍的左千城啪地将地图合上，交给身边的武士，沉声道："绝不可退！雁翎关失守，凉州城就岌岌可危。哪怕横尸雁翎关，也寸土不让！"

石炮打碎了所有的角楼，士兵的尸体在箭垛边堆积，多日的拉锯战根本没有空闲收拾战场，此时已经尸臭扑鼻。胡人一轮轮攻了上来，高高的云梯在城墙下立起，被守城的士兵一轮轮打下去。但胡兵就像那源源不断的潮水，一波刚打下去，更强大的一波就会攻上来。

十七万精锐胡兵与不足四万的虎贲将士，雁翎关苦守十日，已是极限。

左千城缓缓扫视诸位将军："哪位将军愿与在下同生共死，誓死守卫雁翎关？"

几位将军大喝："末将愿追随将军！"

"很好！桓野、顾琼二位将军随我前去。"左千城大喝一声，"牵马来！"

早有武士在城下牵出一匹通体雪白的骏马，诸位将军随左千城大步下了城墙。

"开城门！"

雁翎关的大门终于轰然打开，三位将军率领三支百人队，冲出城门！

那一千铁骑如黑云汹涌，中央着银甲骑白马的将军手挽七尺七寸的梨花戟，手臂一挥，铁骑奔腾而出，像一支长枪直插胡兵雁翅大阵的心脏。

一队胡兵蜂拥而上，羌胡将军挥舞着一轮弯刀横劈过来，两匹骏马错身而过的一瞬间，银甲将军长戟像梨花一般轻灵，银光闪过，长戟刺穿他的咽喉。

"马革裹尸，护我凉州！"银甲将军大喝一声，千人队随之应和，声音震彻戈壁，"马革裹尸，护我凉州！"

虎贲卫士气大振，踏着战友与对手的尸体，迎着胡人铺天盖地的攻势重新冲了上去。雁翎关之前的战局，顿时一变。

"那是什么人？"观阵的羌胡主将忍不住悚然动容。

"虎贲卫骑兵点检使，公子怀璧得力战将，银甲白马梨花戟，河西左千城！"他身边的武士轻声回答。

"啊，是他！"主帅恍然大悟，眼睛里暗光一闪，"当年与公子怀璧敦煌一战，此人锐不可当，斩杀我爱将贺兰京，是个将才……"

当初敦煌一战，也是左千城成名之战。公子怀璧礼贤下士，号称门客三千，诸多贤良慕名前来，左千城就是众多中原门客中默默无闻的一个。一直到公子怀璧最近的第四次伐胡，老将风逸之被围困，还是一名小小步兵校尉的左千城夜袭敌营，在羌胡敌营三进三出找到了风逸之。而真正让他成名的是在最后出营的时候遇上了羌胡右将军贺兰京，贺兰京是羌胡名将，以弓马之术名震大漠。当时他带了三百重铠骑士，而左千城只带五十轻骑。左千城身中四箭，大腿中了一刀，左臂被刺一剑，浑身浴血地冲到贺兰京身边的时候，贺兰京一枪刺进他的右胸，而他一戟挑下了他的脑袋。

事后论功行赏的时候，公子怀璧问他："你不怕死吗？"

"我根本没有想过死。"左千城冷静地回答，"末将以为，战场之上，只有忘记死，才能活！"

银甲白马，轻灵如风，公子怀璧感叹："我以前是眼盲了吗？几乎错失一代英才！"

羌胡将军眯了眯眼睛："逼他回城！他是主将，趁他撤兵回城，我们一举攻下雁翎关！"

胡兵雁翅大阵队形迅速变化，前面的步卒迅速撤了下去，后面像潮水泛滥，一色的弓弩手涌了上来，整整齐齐地排列在那里，对着银甲将军的方向，令旗一挥，霎时万箭齐发。而步卒绕过了左千城与胡兵主力骑兵的交锋，向着雁翎关冲过去。

第一轮箭雨扫过的时候，前面的虎贲卫倒下去了五分之一。第二轮扫过去，又倒下去了三分之一。银甲将军率领的虎贲将士却丝毫没有退缩的意思，他们踏着同伴的尸体和鲜血，迎着箭雨，向羌胡主将的方向扑了过去。等他们离主将还有三百尺的时候，他们的人已经不到二分之一。

左千城前面掩护的铁甲武士被胡兵一刀削下了脑袋，血浆崩了左千城一脸。另一名被一箭洞穿眉心，武士的身体轰然倒塌，左千城纵马躲过，而后面马上又有两名武士替补上，用自己的身体当作左千城的盾牌，接替过保卫的任务。

左千城眼都没有眨一下。他身边的同伴一个一个死去，他头都不能回。他的任务只有一个——前方那千军万马之中稳坐的羌胡主将！

这纯粹是一搏，擒贼先擒王，左千城放弃了雁翎关，只率一千轻骑，直取攻城主将。这一赌，是赌他有没有命拿下攻城主将的人头！

羌胡人骁勇剽悍，也忍不住为这纯粹以肉身为盾甲的攻势动容。羌胡主将更想不到左千城会弃自己的命和雁翎关不顾，直取他颈上人头。左千城离他已经不到一百尺，身边只剩下了几十个人。

羌胡主将眼睛里暗光凌厉，却只是静静地坐在主座上，稳如泰山、毫不动容，而执着马鞭的手却越来越紧。

一百步，五十步，三十步！

白马高高腾跃，纵声嘶鸣，主将身边的武士大吼着冲上去，在银甲将军梨花戟下却像稻草人一般弱不禁风。左千城一戟刺穿两名步卒，再反手挑下一名骑兵，银甲白马，玉树临风，却携狂风怒吼之势，七尺七寸梨花戟，银光灼目，已到眼前！羌胡主将猛然立起，一把推开身前保卫他的卫兵，翻身上马："我来会会他！"

他的乌骓马像一道黑色的闪电，向左千城直奔过去。白马与黑马迎面交错的瞬间，羌胡主将大喝一声，手中刃长三尺的奇异长刀竖劈下去！

左千城的长戟挥起抵抗，刀与戟柄相触，左千城虎口一阵剧痛，手臂发麻，几乎弃戟。

而眨眼之间，第二刀，凌空斩来！

左千城长戟以不可思议的角度翻转，在刀锋砍到脖颈的时候，长戟刺上对手的喉咙。但双方谁也无法再深入下去，他们的力量被互相牵制住。

左千城咬牙抵挡，再无余力，而那人居然低笑一声："好小子！"他刀影回旋，第三刀，瞬间已经斩到眼前！

左千城大喝一声，弯腰后仰，身体几乎与马背贴平，险险躲过了这一刀攻势，长戟一把架住了刀锋。

刀的力量下压，仿佛泰山压顶，又像烈火焚烧。左千城算得上一代名将，但此时几乎支撑不住了。他虎口绷裂，几乎咬碎牙齿，死死盯住眼前的羌胡主将，心里无比震惊——这个人的刀术，如此凶猛狂烈！

短兵相接的刹那，左千城忽然想出了这个人是谁。那把刀刃长三尺、色泽古沉，刀柄上镌刻着流云暗纹，镶嵌着三颗硕大的血红宝石——刀名回雪，这个人是羌胡第一武士，左贤王铁图尔·翰罗。

此人是羌胡伏日部七世子，二十年前伏日部政变，大世子在路上埋伏兵，一举杀了五位狩猎归来的兄弟，二十岁的铁图尔·翰罗因未同行免遭一劫。他被大世子四处通缉追杀，却巧妙地藏到了大世子府中，在大世子寿宴的时候单枪匹马杀进筵席，一刀剁下了大世子的脑袋，扔到了他的父亲伏日王面前，说："我可以杀了兄长，也可以杀了你。权力和性命，你要哪一个？"从此，他就成了伏日部的实际掌权者。十年之后，他率领伏日部横扫大漠，再十年之后的如今，他已经是羌胡左贤王、漠北草原的第一雄鹰了。

当日敦煌一战，他曾把云渊重兵围困，却被云渊逃脱。云渊一向狡猾，但这次的"突围"计谋却实在不太光彩——他把他的两千亲卫和自己扮作女人，半夜三更冒充军妓和押送军妓的卫兵才逃出大营。

这是云渊纵横沙场至今唯一的败笔，还让他因为这次突围屡次被人嘲笑。云渊每次提及都恨得牙痒痒，却也不得不承认，虽然公子府名将如云，但如果非要在各位将军中为此人找一个对手，也许只有河西第一名将奚子楚。

原来，他是攻雁翎关的主将！

"左将军，左将军！"另外两名将军桓野与顾琼被包围切断在远处，正与胡骑拼死搏杀，眼睁睁看着这边形势危急，却根本无法过来救援。

左千城恍惚感觉，难道这就是马革裹尸的一日？

忽然，一声尖锐的号角响彻天地。

天地交界处，一队铁甲骑兵仿佛从地底涌出，铁蹄踏起漫天风沙，向雁翎关方向直奔过来。

那是虎贲铁骑！

那铁骑如万马奔腾，虽是闪电般的速度，队形阵势却丝毫不乱。虎贲速攻天下无双之名，并不是空穴来风！铁图尔·翰罗心中震动，就是这稍一闪神的刹那，左千城像游龙般翻身而起，长戟翻转，一戟刺向他的心脏。羌胡将军大喝一声，翻刀抵挡，只这转瞬工夫，却已经被他逃出杀招，纵马而去。

那队铁骑已经越来越近，高高飞扬的大旗上赫然一个"奚"字。

铁图尔·翰罗大喝一声："截住虎贲援军！"胡兵铁骑如风雷震动，他们人数本来就是绝对优势，此时更是以汹涌澎湃之势，蜂拥迎上去。铁图尔·翰罗身边的武士高举令旗，指挥若定，胡兵的队形变化自如，雁翅大阵两翼鼓动，变成一支横箭，要将两方虎贲切断隔开。

要保雁翎关，先破胡兵雁翅大阵。

铁甲军团与胡兵铁骑，终于短兵相接。

为首的紫袍重甲将军拔剑出鞘，长剑暗光流溢，大喝一声："艮！"

队形立刻变换，成为威逼之势，像黑云遮蔽了白日，铁甲军团的斩马刀寒光烁烁，所过之处如长剑横扫，硬是把胡人蜂拥而来的攻势给压了下去。

又是一批胡兵冲了上来。将军大喝一声："巽！"

虎贲铁骑立刻变成轻进之形，像风一般斜插进胡兵，胡兵措手不及，首尾不能相接，瞬间被扰乱了阵仗。将军大喝一声："震！"

像惊雷爆破，千人队陡然变成攻伐之剑，从胡兵内部向四周辐射开来，像惊涛绽放出黑色的巨大花朵，向四面八方蔓延开来，要把胡兵吞噬。

紫衣将军杀伐决断、沉着自若，指挥铁甲军团左冲右突，雁翅大阵顿时乱作一团。尽头两名领阵的将军大吼："截住他！杀了他！"

两队骑兵一起向紫衣将军迎了上去，紫衣将军冷冷一笑，纵马长嘶，不闪不避，像一道紫色的光迎着两队中央直劈过去。骏马与左右两队骑兵交错而过，只是马匹飞驰的瞬间，无数道血箭从他两侧的羌胡骑兵喉间一起喷出，像一阵血雨。两队骑兵尽头的胡将大惊失色，转身纵马逃窜，紫衣将军冷哼一声，双脚一踩，跃上马背，居然借这一踩之力腾空跃起，紫色华贵的披风像苍鹰的羽翼遮蔽了残阳的光辉，两名将军惊惧地抬头，只看到巨大的阴影下一道暗沉的光闪电般划开缺口，他们忽然有一个奇异的想法："草原上最雄壮的骏马和这个人，谁的速度会更快一些？"

"咻咻"的声音响在耳际，这个问题无法再回答。他们瞪着眼看着自己的头颅飞起，浓浊的血喷出黑洞般的脖腔。

"破阵了！破阵了！"远远观战的左千城振臂高呼，虎贲将士顿时爆发出惊天动地的欢呼，千军万马蜂拥着向胡兵阵营冲了过去！

头颅落下的瞬间，马儿嘶鸣着跑到，紫衣骑士像翩然的紫燕稳稳落在他的马匹上，却没有丝毫的停顿，骏马朝着羌胡主帅的方向冲了过去！

守卫在羌胡左贤王身边的一名将军大吼："小子，我来会会你！"

他一身胡服战甲，面容清癯，居然是中原人的相貌。

胡服将军目光凌厉，闪电般弯弓搭箭，向紫衣骑士一箭射出，紫衣将军惊隼般俯身躲过。他第二箭连珠射出，被紫衣将军一剑斩断。他咬牙射出第三支箭的时候，紫衣将军的骏马长嘶着高高跃起，斜阳下如蛟龙腾空，长剑向羌胡主将直劈过来！

剑光已到眼前！胡服将军已无间隙出箭，绝境之中举起角弓，去阻挡紫袍将军的长剑！

千钧一发间！

胡服将军背后突然一紧，在对方长剑劈斩过来的一瞬间，他的身体呼地被抛到了一边。他身后的羌胡左贤王大喝一声一步迈出——在紫衣将军挥剑的一刹那，他出手，抓住身前的武士甩到一边，同时举刀，一系列的动作在眨眼之间完成——回雪刀"锵"的一声尖锐吟鸣，火花四溅，架住了紫衣将军奔雷般的长剑！

奚子楚纵横大漠，剑术号称河西第一，那把饮血无数的剑却有个很美的名字——春水。

刀剑相触，又乍然分开，两匹骏马都被那巨大的力量震动，嘶鸣着几乎站不稳。

两个人一时之间，居然都没有力气再向对手出手。

第十四章　关山月

两帅对峙，雁翎关下的空气几乎凝固，一触即发！

杀气如山的压迫气氛中，没有人注意，一个白色的纤细身影，踩着夜色，慢慢走上雁翎关的城墙。

她长发仅用一枚玉扣扣在身后，广袖缓带，像秀逸的儒士，尔雅峭拔。她走到阵前两面巨大的牛皮战鼓边，那击鼓的武士紧绷着脸盯着城下对峙的两位将军，把鼓槌早忘到了一边。

她轻轻从他手里接过鼓槌，武士回神看到她，一惊，连忙行礼："江女史！"

高大的雁翎关下，残阳渐渐隐没在夜色里。对峙的战场上，两匹骏马盘旋对峙，一丈之内的士兵没有人敢上前，空气紧绷得似乎嘭的一声就会断。

"奚将军，左贤王刀法暴烈，你剑势刚猛，硬碰硬只会两败俱伤。羌胡的刀法自马上狩猎得来，胜在速度和力量，却输在粗俗与脆弱。左贤王回雪刀右路强劲，左路却空疏；请奚将军按照我的鼓点，不要刚猛疾进，鼓点急促时用杀招、缓慢时用守招，把步兵的守成用在骑兵的攻伐上，守他右路、攻他左路，也许尚可。"

一个略显沙哑的声音被北风传过来，声音淡淡，而且并不大，却奇异地压过了战场厮杀声。那略带沙哑的音色像月色一般柔和，两方观战的士兵忍不住齐齐抬头望去……

弦月光像一层雾气，淡淡地洒在城墙上。公子府琅嬛阁的女史江一雪，静静立在雁翎关城墙之上，在渐浓的夜色里，如同一株临渊的松。

沙场上顿时寂静无声。血腥的烽烟与风沙像是被月色压了下去，万里疆场之上，峭拔的身影在一片密密麻麻的黑色铁甲中间，格外清晰。

"女史怎么来了！"城下的虎贲卫诸位将军忍不住大吃一惊。女史江一雪居住在琅嬛阁里，常年足不出户，几乎不见天日。据说她拥有奇异的天赋，可看破天机，但代价是与生俱来的诡异命格，只有在琅嬛阁中，才能保她生命周全。

女史静静道："凉州危急，将士浴血，一雪虽身无长技，却慕松柏节操，岂能面对胡人铁蹄、主公危难而安之若素、视而不见？"

左贤王面无表情，眉宇间杀机一闪而逝。而在那个声音第一个字响起的时候，奚子楚那狭长的双眼霎时间光华流转，一下子亮了起来。

夜色中的女子像大漠弦月的清光，她对着左贤王与奚子楚的方向高举广袖、双手交覆，一身飘逸的广袖长裾，微微躬身行了一个文士揖让礼，柔声道："公子府琅嬛女史江一雪，预祝奚将军得胜归来！"

女史扬起广袖，夜色里看不清她的脸，只能看到她举起双手，露出一截雪白的皓腕。她深吸一口气，慢慢扬起鼓槌，敲在牛皮战鼓上。

"咚"的一声惊破夜色，紫袍将军长剑锋芒乍现的同时，左贤王大喝一声，挥刀劈了过去！

公子府的琅嬛女史江一雪！

鼓声时急时缓，时而奔放豪迈，时而舒缓悠长，左贤王与紫袍将军激烈交锋，刀剑在夜色里火花迸射。这本是烈火与狂风的较量，或者是惊澜遇上怒涛；而现在左贤王却发现，他的刀像被网进了一张柔韧的大网，刀式凶猛，刀锋却被处处封住了。

"好小子，你能封我多久？"左贤王冷笑。

刀剑相击，两匹战马交错过去。奚子楚冷笑道："那要看你在我剑下支撑多久！"

这一片腥风血雨的铁血战场上，虎贲卫顿时士气大振，城墙上，阵营前，无数铁甲武士跟随着鼓声，一起振臂低喝："杀，杀，杀！"

那千千万万个声音汇聚到一起，像无数溪流汇聚成暗潮，在夜色里雄关之前的广袤旷野上传播——杀，杀，杀！

白裘广袖女子眉目沉静，聚精会神地盯着城下两匹骏马上骑士的激烈交锋，手中鼓点毫不犹疑，脸色却一点一点苍白起来。

"咚！"随着最后一声鼓点完成一套攻伐之法的指点，女子双臂陡然滑下，她微微伏在鼓面上，脸色惨白。豹眼虬髯将军桓野与另外一名将军离她最近，两人胆战心惊又小心翼翼地连忙扶住她，江一雪微微一笑，摇了摇手。

刚才那一番战鼓急擂，几乎耗尽了她的力气。

奚子楚明明离她很远，却脸色一变，剑势顿时一乱，马背上驰骋挥剑的将军险险侧身，左贤王冰寒的刀光自他胸前擦身而过，几乎只是生死一线之差。雁翎关下，顿时一片低低的抽气声。

女史微微皱起修长的眉，高声道："奚将军！不能分心！"

左贤王兜转马头，拍马冲了上来；就在电光石火间，奚子楚手中青铜长剑已如惊鸿般斩起，眨眼的瞬间，"锵"地格挡住了刀光，一剑横劈，两匹战马迎面相遇又各自分开。

又是一个回合，依然不分胜负。

城墙上的几位将军一口气提了许久，终于吐了出来。江一雪撑住鼓面，终于慢慢直起身来。

左千城翻身下马，大步走到巨大的牛皮战鼓边，对江一雪拱手施了一礼，一把接过她手中的鼓槌，大喝一声："奚将军！我来为你助阵！"

银甲白袍将军眉宇沉雄，高高举起鼓槌，雄壮的鼓点，重重击下！

就在这时，远处突然一阵低沉的号角，一声接一声划破天际，左贤王脸色一变。

那是虎贲激进的号角——有虎贲大军从东南梁国的方向赶了过来！

长刀如火，重剑如风，两匹骏马在各自主人惊人的骑术下回旋奔腾，凌厉的杀气让周围各自观战的士兵无法靠近。在左贤王失神的一刹那，青铜长剑闪电般穿过他的防守，回雪刀与春水剑砰然相击，两匹骏马长嘶着后退，两个身影顿时交错分开。

左贤王被这一剑之力震得仰身后退，一把拽住马缰，差点跌下马来。战马高高跃起前蹄，长声嘶鸣。

"所谓草原第一雄鹰，也不过如此！"奚子楚策马盘旋，大笑道。他声音清朗，昂然立于雁翎关下，仿佛一夫当关，万夫莫开。胡兵一向骁勇，面对这样的气势竟十分震动，一时居然不敢有所举动。

虎贲卫斗志高涨，高喊着一拥而上，几位虎贲将军策马并肩，率虎贲骑兵纵横驰骋。胡兵顿时大乱，几名羌胡将军大怒，欲拍马冲上前去："王爷！让属下去砍了这个狂妄小子！"

"不，"左贤王扬手阻止属下，慢慢道，"你不是他的对手。公子怀璧的人居然这么快就赶了回来，虎贲铁骑速度果真了得……此人只是先锋，后面才是精锐大军。我们现在已经没有机会拿下雁翎关了，留在这里也是白白浪费时间——撤！"

羌胡武士举起令旗，策马飞奔传令，一时间撤军的号角传遍雁翎关："撤军回营！撤军回营！"

　　"嬴怀璧，朔方郡见了！"左贤王眼睛里闪过一丝暗光，拨转马头，率领大军浩浩荡荡向着朔方郡的方向而去。

　　尖锐的号角声从东南方向越来越近，远远的地平线上，隐隐约约传来奔雷般的声音，似乎有千军万马正在向雁翎关的方向疾进。

　　羌胡趁凉州空虚，自朔方大营分精锐三万急攻雁翎关，欲夺凉州城。奚子楚率先锋八千夜行疾走，自大梁城急救雁翎关，虎贲主力随军其后。胡兵放弃雁翎关，引兵退至朔方，三十七万大军在朔方城外五十里与公子怀璧强兵相持。

　　"奚将军，为什么不追？"左千城纵马来到奚子楚身边，急道。

　　紫袍将军执剑在骏马之上没有说话，远远凝望胡兵退去的方向，慢慢摇了摇头。他回过头去凝望夜色里的雁翎关，高高的"嬴"字大旗在北风中狂肆飞扬，雄关万丈，固若金汤。而那个纤细的白色身影，已经不见了。

　　左千城连忙道："奚将军放心，江女史已经先回城了。"

　　紫袍将军扯了一下唇角，忽然按住胸膛，手中的长剑滑落在了尘土里。

　　"奚将军！"左千城失声大喊。

　　紫袍将军微微伏在马背上，抬手摇了摇。铁甲武士已经聚拢过来，在手中火把照耀下，可以看到，紫袍将军按住胸膛的指缝里，暗红的血不停地渗了出来——当胸一刀，竟然直透铠甲，长有一尺！

　　奚子楚率兵千里急行，昼夜不停疾驰，来急救雁翎关。先是一场破阵恶战，紧接着就是与左贤王的生死搏杀——他本已筋疲力尽，那左贤王当胸一刀不知何时击中，血渍浸透紫锦战袍。紫袍将军竟然是依靠夜色的掩护，才骗过了左贤王，强行支撑到了现在。

　　左千城急道："快回城！快回城！"

第十五章 风波恶

一道火红的焰火在远远的夜空腾空而起。

虎贲主力在广袤的旷野衔枚疾走，长长的队伍像蜿蜒的蛇形。

西北的夜空被瞬间照亮，有两个身影骑在高高的骏马之上，仰头望去，第二道焰火也腾空而起。

"是雁翎关？"帝都特使皱着眉问。

公子怀璧沉声道："胡人已经从雁翎关退了。"

帝都特使斜他一眼："你应该高兴才是，这么沉重做什么？"

"雁翎关并不可怕。"公子怀璧凝望夜空，轻轻吐出一口气，"凉州城是我的大本营所在，兵多将广，而且又有子楚救援，必定万无一失。只希望——朔方不要出现什么问题。"

朔方是敦煌、酒泉、张掖、武威四镇之后的最后一镇，也是最大的一镇，与敦煌并称"河西双镇"。它是扭转河西战局的关键，一旦失了朔方郡，就相当于失了河西的一大半。敦煌又一直为羌胡人所把持，至今尚未收复，因此，朔方的意义就更为重大。

"朔方那里现在只有兵马十万，五胡有三十七万。你打算用谁去援助朔方？"姬骧皱眉，顿了一顿，忽然道，"这是军机大事，不必告诉我。"

"无妨，我有良才名将，足以经天纬地，又何惧这点军机？"公子怀璧执着马鞭飞扬一笑，谈笑间调兵遣将，"王览精于谋略，可做此次五胡之战的监军；云渊善于统筹大局，故作为主将；顾琼将军苦守朔方多日，对战况和朔方的形势比较熟悉，不妨做副将。就在这几日，北燕、陈、中山，三国援军也该到了。"

姬骧微笑："第一名将奚子楚，真是锋芒锐利，很像当年的你。为什么此次不用他？"

"奚子楚留守凉州。"公子顿了一顿，扬眉一笑，"我伐梁未归，不知道凉州城里顾雍那老匹夫已经如何兴风作浪了。此时是河西危急存亡之秋，绝对不允许后院失火。子楚是第一名将，也是河西豪族奚氏的长公子，他随我留守凉州，既是对那些不安分的豪族的震慑，也是争取他们投向我的诱饵。"

他眉间睥睨，在高大的骏马之上眺望北陆河山，仿佛覆手之间，风沙平息。

姬骧静静看着这位少年时的好友，他早已学会用深沉的城府掩饰少年时的狂傲不羁，但锋芒偶露，依然是掩不去的锐利。

河西王府与公子府分庭抗礼，早已不是什么隐秘了。王府以河西豪族老权贵们为主，公子府以新崛起的新生势力为主。王府豪族雄踞河西五百年，盘根错节、实力雄厚；公子府锋芒正盛、锐不可当。双方各自费尽心机，八年来在这片丝路要塞、边陲重镇争夺兵权、财权、行政权，你死我活、明争暗斗，都在等一个绝佳的契机给对方致命一击。

"人间无处不是非，小小一个河西，暗潮汹涌比起帝都长安也不遑多让。"姬骧摇头慨叹，"这个世上，哪里去找真正平静的地方？"

"平静？"公子怀璧大笑，"一潭死水一样的平静，有什么意思？平静里有刀口舐血的刺激？有与对手钩心斗角的亢奋？有一刀砍下对手脑袋的快感？——平静的人生，有什么意思？"

"而且，身为楚侯爱孙、御卫将军的你，阿骧，你还不清楚吗？"他转眼看向身边的同伴，"这个世界上，如果要掌控自己的命运，唯一的方法就是去掌控天下人的命运；如果永不再做别人的棋子，那么就拿别人当作自己的棋子。平静，是要资本的。"

如果要掌控自己的命运，唯一的方法就是去掌控天下人的命运；如果永不再做别人的棋子，那么就让别人做自己的棋子！

姬骧骤然定住——这句话，这句话是如此熟悉！仿佛又看到那两个青涩的少年，浑身浴血、忍辱负重，在破碎的浸透鲜血的土地上，击掌为盟——

此生，再也不做任何人的棋子！

姬骧转过头来看向公子怀璧，慢慢道："这是你的大致部署？"

公子沉思一下，皱眉道：“而且，我在想，这次该不该起用白璧晖。”

晋隐帝昭元十一年冬，公子怀璧伐梁初定，五胡联军三十七万进逼河西，帝都特使姬骧派自己的随扈将军公孙翰、顾冕回帝都复命，自己留守河西监军伐胡。北燕、陈、中山三国深感河西一破，三国不安，便不得不一起出兵七万，援助河西。

即使如此，二十余万兵力对五胡联军三十七万，且胡兵一向以骁勇著称，这场战争，前景还是未明。

只是，白璧晖……

“那个女将军，”姬骧慢慢道，“长得很美，跳舞也很美，不过——打仗可不是靠脸蛋，她行吗？”

“将军都是从鲜血和杀戮中成长起来，她也不会例外。如果不让她去磨炼，她永远都不行。”公子怀璧淡淡道，“她很有天赋，也很勤奋；此次又有云渊、王览亲自领兵，应该无碍。”

公子怀璧麾下将才如云，随便一个似乎都比这个默默无闻的女子名气大些，可他居然把迎战朔方的机会，当成她锻炼的契机。姬骧颇有深意地看一眼公子怀璧，他对这个女子，苦心栽培得实在明显了一些。

姬骧微笑道：“哦，你似乎为她下了很大功夫。难道她比那梁国公主还要讨你欢心？”

公子怀璧瞟了他一眼，慢慢说：“她姓白。”

“姓白的人很多……”帝都特使怔了一下，蓦地瞪大眼睛，“白璧晖，她是白氏的后人！”

“你的老师白烈的女儿……白氏的后人，她居然还活着……”姬骧忍不住连连叹息，“你弄了多少麻烦在身边啊！”

第十六章 归去来

长长的队伍护卫着一列华丽的马车，出了阳谷关。

烽烟和血腥气已经散尽，炽白的太阳在昏黄的天上显得死气沉沉，秃鹫盘旋着，寻找猎物。夷水在薄薄的冰层下流淌，哗哗哗，像秋风扫过落叶；可落叶有一天还可以归根，而离开故国的人，却不能再回来了。

广袖博带的谋士策马跟随着马车，微微俯身，低声道："公主，出阳谷关了。"

马车内寂然无语，好像根本没有人。

只是一道薄薄的木板，却似相隔天涯。

简歌默默垂下双眼，执辔的双手握得更紧了一些。

公子怀璧的大军已经先行，他们与梁国被俘获的奴隶是最后出发，由女将军白璧晖率三千骑兵护卫。他作为梁国旧臣，奉公子怀璧之命与公主一道奔赴凉州；而一直到从梁国宫室出发的时候，才终于又见到她。

他那么早就来到了公主寝宫外面，在宫中值夜人还远没有醒来的时候。积雪还没有融化，惨淡的月色映着墙角数枝梅花，他就在那里几乎站了一夜。他知道她肯定没有睡，因为，那扇窗里的一盏明烛，一直是亮着的。

但是她肯定不知道，他一直静静地站在外面，隔了一个结了冰的湖沼，隔了一座回旋的木桥，隔了一道粉墙，隔了一扇雕窗——站在那十里春风桥的尽头，隔着夜色，看着她。

尽管什么也看不见，哪怕是她的影子。

上一次在这座桥上，是在这里与她拜别，那时候，他以为此生再也无法看到她。

那十里春风桥，他们走过了多少年？

当东方微微发白的时候，白璧晖来接公主銮驾。他动了动在积雪中冻得麻木的双脚，躬身行了长长一礼；他低着头，感觉到她似乎慢慢走出来，走上木桥，走过湖面，走过他面前——他看到她细薄的宫锦拽在地上，在他面前轻轻滑过，似乎有微微的梅花香气又似乎没有，就这么走过去了，走过去了，静静地——她从来都是静静地。

当他站在夜色里，望着那盏彻夜不灭的明烛，他就在想，她在做什么，她在与陪伴她二十年的侍女拜别？她在收拾琴谱行装，还是在轻抚着那把古琴乌沉沉的弦？会不会有一颗泪珠，悄悄地滴落琴弦上，颤动着，碎成几瓣？

可是那里什么声音都没有，只是静静的。他沉默在夜色里，看远远的那盏明烛，孤独地闪烁在夜色里，寂寞地爆开灯花。

咫尺天涯。

但现在那种静是可怕的，那是一团死寂，让人察觉不到生命脉搏的跳动。

而他能做的，只是就这样陪着她，隔着一座马车，一张垂帷，相见又不见，相识如不识。

短短数月，天翻地覆，一切都不一样了。山河破碎，沧海横流，他们每个人都在这个庞大的旋涡里苦苦挣扎，随着强者的翻手为云覆手为雨，随波逐流，为了一些每个人都必须承担的负重——为生存或欲望或权力——或是那些烙进你灵魂深处，永远无法逃避的东西，用尽心血去算计他人，或者算计自己。

他成了被万众唾骂的叛国贼子，她成了国破家亡的公主；当家国破碎，那纯洁无辜的少女毫无选择，她是那样柔弱无助的羔羊，成为横陈在雄狮滴血的祭坛上的祭品。

他从不曾想过她会落在公子怀璧的手里。在他于十里春风桥上与她一别的时候，在他那一步永不能回头的棋落下去的时候，他以为那会是永世无法重逢的生离，她会远远离开，哪怕带着对他这个觍颜事敌无耻之徒的痛恨；而根本没有想到过，还会有重逢，而且那么快。

她为什么没有走呢？如此重逢，不如永不重逢！

简歌握着马缰的手骤然握紧，猛然闭上了眼睛。

风停风起，云卷云灭。一只苍鹰掠过昏黄的天空，远去了。一切似乎都没有变，一切似乎都变了。

"请马车停一下。"那个轻柔的声音突然响起。

简歌身体一震，张了张口居然说不出话来，顿了一顿，敛首低声道："是，公主。"

他深吸一口气，策马追上前面一身火红软甲的女将军，拱手道："白将军，公主要停下歇息。"

白璧晖皱了皱眉，挥手让车队停下："传令下去，诸军停进，休整片刻。"她策马走到公主的马车前，低声道："公主，有什么事吗？"

"我们已经出了阳谷关了吗？"鸾姬公主的声音像一缕袅袅的烟，似乎会随风缥缈而去。

白璧晖淡淡道："对，前面就是夷水。"

里面的人沉默一会儿，轻轻道："能否请白将军，为我汲取一瓶夷水的水？"

马车侧面，谋士白玉般的脸上面无表情，他慢慢垂下了眼睑。

白璧晖怔了一下，轻叹道："好。"

左右武士包括随行的简歌都退到了一侧，垂首肃立。马车门的垂帏被慢慢拉开，公主素服绾发，端坐在中央。她轻轻抬起清澈眸子，双手捧过一尊羊脂白玉瓶。

这不是白璧晖第一次见到鸾姬公主，却还是忍不住为之赞叹。那不是容貌上的惊艳，她的年龄和白璧晖相当，容貌或许还比不上白璧晖明艳，更不用说随行的简歌；但那个身影就像雪地里的一枝梅花，又像深藏山中的美玉，那样清幽，又是那样高贵；她的人就像她的琴声，一曲悠悠古调，清音皓质、羞惭霜雪。

白璧晖不喜欢这个护卫公主的任务，让她一个将军去保护公子怀璧的女人，她是极其抵触的。

公子怀璧从不为女色所感，这次却为了这个女人不惜得罪帝都特使，拒绝把公主送回帝都。特使没有办法，只好随便找了个理由说公主得了恶疾，不好面圣，但事实如何，怕是所有人都心知肚明。

听说这件事的时候，诸位将军正在私下聚伙喝酒庆功，白璧晖也在。云渊不以为然地说："公子府中姬妾那么多绝色，这个女人也不算什么。"

奚子楚的反应则是皱起秀美的剑眉，神色凝重地说："君子之道，下不言上。只是当心耽于美色误大事！"

王览只是挑一挑眉，微微一笑，不置可否。

其他将军的反应更是匪夷所思："梁国公主怎么了，还不是得乖乖做公子的女人……"

"公子怀璧的女人"——这个称呼像一根刺，狠狠刺了白璧晖的心脏一下。而之后，这根刺就时时存于她的心中。

她告诉自己，公子怀璧居然也不过是个普通的男人，也会贪恋美色，太让她失望。所以，她十分抵触让她护卫鸾姬公主这个红颜祸水随军奔赴凉州，尤其在所有将军都紧张筹备要与五胡一战的情况下。

而面对这位公主的时候，她却无法讨厌对方。尤其是现在，她捧起一尊羊脂白玉瓶，轻轻说："能否请白将军，为我汲取一瓶夷水的水？"

公主静静地看着她，没有任何过多的言语。只这一句话，白璧晖的心里突然一阵酸楚——那不过是一名和她年纪相若，而国破家亡的孤弱女子。

马车的垂帏放了下去。白璧晖接过那只白玉瓶，瓶子散发着幽幽的暗香。

她亲自策马到夷水边，选择一处薄冰的地方，跪在岸边把浮冰轻轻拂开，为她汲取一瓶清澈的水。

这是她家乡的水。

公主隔着帷帐低声道："多谢白将军。"

她不过是一名国破家亡的柔弱女子，却还要向毁了她家园的人道谢。

白璧晖眸子闪了闪："这是我的职责，不必言谢。"

她抵触她、讨厌她，居然还怜惜她！女人，真的是复杂的动物。

白璧晖轻轻一笑。她也曾是名门千金，却在本应踩着晨雾、采摘滴着露水的花朵的时候，换下长裙，握起长剑；在本应捧着五陵少年筵席上偷偷递来的情诗羞红双颊的时候，束起长发，奔赴沙场。

她本来可以像这位鸾姬公主一样。

她们的年龄似乎差不多，可是，命运却如此不同。

每个人都有自己永远无法逃避的命运，她也一样。所以她无怨无悔，甚至愿意不惜一切代价，放弃一位少女所应该拥有的一切，征战大漠黄沙，只为重振白氏荣光。但是，她只是不过双十年华的女子，她也会脆弱，也会无助，也会害怕，也在深夜里抱着双膝偷偷地哭——心里的那根刺，又轻轻扎了她一下，带来隐隐尖锐的疼痛。

她静静地沉浸到自己的思绪里，牵着马慢慢地走。拐过车队转角的时候，突然听到两名武士窃窃私语："据说这梁国公主可是个美人儿，还是个大才女，弹一手好琴……"

"有咱们白将军漂亮？"

"差也差不到哪里！啧啧，一个艳，一个雅，公子真是好艳福！你猜公子更爱哪个……"

白璧晖来不及羞怒，心头掠过一丝情绪，她恍如雷击，突然呆在那里……

士兵警觉地一回头，看到一身软甲、腰佩长剑的女将军，顿时吓得三魂走了六魄，趁她沉默不语，急急忙忙逃窜，女将军居然没有察觉。

那是嫉妒，心头的那根刺，让她隐隐疼痛的刺，是嫉妒。

她嫉妒鸾姬公主，纯粹是女人对女人的那种嫉妒。

她嫉妒对方拥有她所得不到的一切：清晨滴着露水的花朵，床头洒下的明月光，可以捧着诗集轻轻吟读，可以随意哭泣表现脆弱……这些都不重要，这些只要她想，也不难拥有；而重要的是，就像鸾姬公主可以拥有，而自己却不能拥有的——

公子怀璧。

鸾姬公主可以拥有公子怀璧，而白璧晖，永远不能。

"白将军，白将军！"

一声呼唤似乎从很远的地方传过来，白璧晖抬起头，看到远远策马奔驰过来的人影——一身白衣，仿佛不染纤尘，身后跟着两名铁甲武士。

"太……太傅？"她恍然回应，那个发现的震撼力如此强大，让她几乎无法回神。

像一支焠毒的利箭刺入心脏，汹涌而来的恐慌和自厌压上心头——她的国恨家仇呢？她的家族荣耀呢？她来到公子怀璧身边的初衷，难道已经忘了吗？她那无法逃避的使命，难道已经忘了吗？白璧晖，白璧晖，你这白氏唯一的后人！

王览勒住马缰，骏马盘旋着在她面前停下，两名随行的武士保护在他身后。一身火红软甲的女将军眼睛里的震惊来不及掩饰，白衣谋士一时怔了一下，仿佛看到了一朵怯怯的蔷薇不小心露出了深藏的娇嫩花蕊。

"白将军，是否有什么事情？"白衣谋士在马上静静地看着她，不动声色道。

女将军垂眸，迅速收起百结的情绪，对太傅勉强一笑："没有什么。"她回过神来，略显奇异地皱了皱眉，"太傅不是和……公子一起随大军先行，怎么到这里来了？"

"白将军若是身体抱恙，一定不可勉强行军。"白衣谋士看着她还略显苍白的面颊，"如果有什么需要，白将军尽管告知在下，力所能及之处，在下定当尽力而为。"

"谢太傅关心。"白璧晖拱手客气道，"末将无碍。"

"那就好。"王览微微一笑，示意身后一名全副重铠的将军走上前来，"公子有令，命风戎将军接手护送公主的任务；白将军请立刻启程，奔赴凉州！"

白璧晖眼睛里的亮光一闪而过。这对她来讲，简直再及时不过。这个时候，让她在鸾姬公主身边多待一刻，就多一分折磨。

她深吸一口气，唇角露出一抹微笑，对太傅长长地一揖："多谢太傅！"

夕阳又要落下的时候，三百里外的凉州城，雄壮的城门轰然洞开。为首的是一列雄壮的骏马，十余名全副铠甲的将军，以中央紫袍重铠的将军为首，森然立在那里。密密麻麻的百姓与铁甲武士整整齐齐夹道排列城门前，妇孺分明、队列分明，在雄壮的城墙下，像数不清的黑点。

好像戈壁的狂风席卷而生，一阵隐隐的滚雷轰鸣从天边传了过来。凉州城九丈六尺的摩天关城之下，铁甲军团的将军们眼睛乍然一亮。

远远的铁骑踏起黄沙漫天，征尘弥漫，成千上万的铁甲武士像一道蜿蜒的巨龙，长途跋涉，踏过大漠戈壁，越过了地平线，向凉州城的方向奔腾过来。

千军万马中间高高飞扬着赤色大旗，如蟠龙肆卷，狂舞着一个黑色大字——嬴！

铁骑中央的高大身影一身重甲、腰佩长剑，披着一袭华贵的紫裘披风。他望见前方浩大的阵仗，深邃如刀刻般英俊的脸上微微泛起一抹笑意，举起了右臂——

霎时间，前方一片欢呼声惊天动地地爆发开来，无数个高呼的声音渐渐汇成一句话，在这浩浩戈壁之上回荡——

"铁甲归来，护我河西！"

第十七章　宿命者

烈日高挂天空，远处燕支山、昆仑山上，积雪在日光下白得刺眼。大漠的风沙呼啸而来，却被雄壮的城墙挡在了外面，吹不进这繁华的都城。一排排胡杨树在寒冬只剩光秃秃的枝干，却依然像铁甲武士，守卫着这片大漠戈壁的绿洲。

这是丝路重镇、帝国西陲、河西走廊的心脏，凉州城。

这是一座繁华的城市，各种肤色的人们在这里聚居，生息繁衍。追逐财富与冒险的人们在这里往来交流，丝绸之路在这里分支，一条出玉门关直通长安、洛阳，用香料、毛毡、犀角换来精美的丝绸；一条径直东去直到东海，与茫茫大海的主人鲛澜族交换鲛绡与珍珠。

就是战争，也阻挡不了财富的诱惑。

这是凉州城最大的番舍客栈，住满了来自波斯、大食、西域的异国商旅，热闹非凡。

"哈，听说阁下倒卖给太卜署的一批胡姬女乐，可要大赚一笔了！"

"阁下的商队此次从洛阳弄到一批上好的香料，赚得也不少哇！何时回撒马尔罕？代我致夫人以最尊重的问候！"

"这鬼天气，听说胡人又和凉州开战，走不走得了还难说……"

这是一支来自撒马尔罕城的商队，在城中已经停留了半月，他们都是粟特人。这些商旅售出最后一批香料和毛毡，为驼队补充了水和干粮，做最后一次休整；等过完了新年，天气转暖，就带着丝绸回撒马尔罕，然后转手倒卖，换来十几倍甚至几十倍的惊人利润。

"班达！"商队首领是个褐色大胡须的中年人，和同行的商旅一边寒暄一边走回房间，关上门就大声呵斥随从的小伙子，"香料怎么少了这么多！还有账目，怎么少了整整一千五百金铢！"

"老爷，你忘了？"小伙子急忙凑上前去，"新年要到了，凉州各个官署都要打点……"

"知道了。"首领摇摇手叹气，打断他，"那五袋麝香怎么只剩两袋了？"

"前天我们商团的头领，不是对每个商队都收了一份财物吗？"班达笑嘻嘻地回话，"这是每年对公子府的例行供奉。"

首领呻吟一声，按住了脑袋。

无论波斯、精绝、大月氏，各国商队在凉州都有自己统一的商团，每个商团首领就由最有实力的本国丝路豪商充当。每年新春，凉州城都有一年一度的燃灯节大典，苍水岸边的崖壁石窟里点燃无数盏蜡烛，彻夜不息，向上天祈祷驱除邪魔、保佑安康。而隔着苍水，与石窟遥遥相对的柏梁台上，河西之地的实际掌权者公子怀璧会每年宴请各地商团的首领，答谢他们这一年为凉州城带来的财富。而各国商团的首领会为公子怀璧送上礼品供奉，通常都是来自中原和西域的稀世珍宝。

能参加柏梁台宴会的，都是丝路巨贾，他们一起几乎垄断了丝路一半的财富，真正的富可敌国。而像班达所在的商队，只是无数商队中的小小一支，没有资格参加柏梁高宴，却必须为自己所在的商团上交一份财物，美其名曰是一起作为对公子府的供奉，但是真正的去处却无人知晓。

这三袋都是极品麝香，可谓价值万金，难怪商队的头领会心疼欲死。

"老爷，别心疼了。"班达笑嘻嘻道，"打点好了好做生意。这条丝路都要依附着公子怀璧，想想利润，三十袋麝香又算什么……"

正说话间，门外一阵骚乱，街道上突然爆发的声响震耳欲聋，伴随着铁蹄呼啸的声音，客栈里无数人呼喊着蜂拥挤上顶楼甚至房顶，一种隐隐压抑的兴奋和刺激在空气里漫延——

"出了什么事？难道又要打仗？！"首领大惊失色，大步奔到窗前，将脑袋从窗口探出去。

太阳尚未西斜，高大的烛架已经在每个石窟里架了起来，等待点燃，让这千丈崖壁变成一片连绵的灯海，只为向天神祈福。人群蜂拥着向苍水对岸的崖壁石窟方向汇集，凉州城一片欢腾，主持燃灯仪式的祭司尖着声音呼喊："承命天神，佑我河西！"

人群里爆发出一阵欢呼，一起大喊："承命天神，佑我河西！"

一片热闹非凡中，粟特商队首领身后的小伙子不得不大声回答他："老爷！你糊涂啦？今天就是腊月二十六，凉州的燃灯节啊！"

远处热烈的气氛，似乎把公子府深处的琅嬛阁都微微震动。

"天命重要，还是人力重要？"

"每个人都有无法逃避的命运。"

"既然无法逃避，为何又要洞察天机，以图改变命运？"

"天机从来不可洞察，就像命运无法逃避。一雪看到的天象，只是对应世间发生过或正在发生的事，而不是预知。"

"那么你所做的一切，有什么意义？"

"……也许，我只是在完成我的宿命。"

"女史也逃不脱自己的宿命？"

女史并没有回答，她裹在宽大的长袍里，微微垂下眼帘，落下一枚棋子，微微一笑："太傅，你输了。"

这是一间极其宽敞的阁室。一眼望过去，全是高达丈余的巨大檀木书架。上面整整齐齐摆满了各种各样的书籍和宗卷，一列列、一排排，像一个竹简与卷册的海洋。而每一架上面，书目、类别、撰述人，分门别类，标写得一清二楚。

抬起头，窗子两侧，是两座巨大的浑天仪，黄铜制造的巨大球体上刻满复杂的符号与线图，被机械的力量推动，与夜空的星图遥相呼应，复述着星辰轨迹间传递的隐秘信息。

而一侧，琐窗映出室外花木扶疏的影子，窗下一条长长的几案，一侧摆满用丝绳系住的竹简，和一座笔架。几名胡姬静静地上前，为主人斟上两盏香茗；二人席地对坐，隔案对弈。

"多日不曾切磋，女史棋艺又精进了。"王览扬一扬眉，"棋道在于潜心精修，我整日汲汲营营于俗务，与女史相比，自然是落在下乘。"

女史微笑："太傅过谦了，太傅是指点江山之人，一雪这不过是方寸棋盘上的雕虫小技，何况又是险胜。"

"江女史，你我就不要客气了！"二人相视一眼，忍不住都是一笑。王览从袖中取出一件卷轴，笑道："这次回来，在下倒是为女史带回一件礼物。"

女史并不推辞，微笑着接过打开，眼睛一亮："啊，公叔雾的《秋江静夜图》！太傅如何得知一雪仰慕公叔雾？"

"在下善解人意。哪像公子，每次封赐不是金铢绢帛就是奴隶，俗气得很。"太傅笑吟吟道，"怎么会像在下这么善于讨得女史欢心？"

女史忍不住扑哧一笑："多日不见，太傅倒是越发口齿伶俐了。"

河西王太傅与琅嬛女史私交甚好，早已不是什么秘密。也许都是文人雅士，意趣相投，文人相轻的恶习在这两位身上毫无表现，反而惺惺相惜。

"哪里哪里，女史当日走出琅嬛阁，助阵雁翎关，惊鸿一现、风骨峭拔，整个虎贲军中，如今谁人不知？"太傅慨叹，"女史好气魄，是真正的良史之才！"

"强兵压境、主公危急，一雪彼时若是视而不见，那就不是淡泊，而是没有血气了。"女史淡然一笑，"公子以国士待我，我自然以国士报之。但公子穷兵黩武、四处征伐的斑斑劣迹，一雪也不会客气。"

她只是记述历史的史官，是风云动荡的旁观者，站在乱世之外，记下一段青史。但一个只懂得袖手旁观的史官，又怎么会称职？也许，热血、忠义、原则，缺一不可。

"太傅真是好雅兴，柏梁台上宾客齐至，河西王府对公子府虎视眈眈，太傅还在这里品茗下棋！"

大踏步走来的声音停在门外，来人的讥诮里有压不住的尖酸："难道还要让我亲自来请吗，太傅？"

太傅笑吟吟地看女史一眼，女史微微垂下眸去。侍女急忙上前把门打开，门外身披紫裘、一身重甲的将军面如冠玉，却一脸刻薄的怒气。

奚子楚似乎对女史视而不见，硬邦邦道："太傅，请。"

女史轻声道："奚将军，是我留太傅下棋有所耽搁，奚将军要怪就怪我吧。"

已经迈步出去的傲慢将军闻言一顿，微微回过头来看女史一眼，动了动嘴唇，狭长明亮的眼睛里飞快闪过一抹类似于委屈的神色，湿漉漉的。

一阵喧嚣冲向天空——

"承命天神，佑我河西！"

远处的欢腾传来，日色西斜，苍水岸边的千百个石窟里，烛光已经准备点亮了。

此时是晋隐帝昭元十一年十二月二十六，河西之地真正的多事之秋。而这一切与简单质朴的百姓无关，他们只管吃不吃得饱，穿不穿得暖，这趟丝路走下来又赚了多少钱。他们要在这个节日大典上点燃千百支蜡烛，把苍水岸边连绵的石窟一起点亮，向天神祈求大漠戈壁的风沙不要吞噬他们的货物和生命，燕支山的冰雪融化可以更好地滋润他们的良田。

谁又去注意那些纯粹的热闹背后，隐藏着怎样的暗潮汹涌？

王览以袖掩口轻咳一声，笑吟吟道："江女史，速速备好笔墨纸砚，今日可以大书一笔了。"

第十八章　兵谏

公子府，千仞堂。

正中的胡床上坐着一身闲服的公子怀璧，下面是来自西域各国的丝路巨贾，席地而坐。

此时本应出现在柏梁台上、准备为公子怀璧献礼的丝路豪商们，却被提前邀请，在公子府中齐聚一堂。大月氏的乐师演奏着奔放的胡乐，大堂正中铺着几块绚丽的波斯方毯，几名妖艳胡姬身着轻薄的裙装，在上面飞旋腾踏，却始终不出方毯的范围，令人眼花缭乱。

杯中是葡萄美酒，盘里是珍馐佳肴，妖冶的侍女来往堂上，绝色的女乐让人心荡神摇。但，千仞堂中的气氛却像一杯盛得过满的酒觥，似乎轻轻一动，就会溢出来。

没有一个人出声。

胡床上的公子怀璧披着雪白的貂裘，闲适地坐着，举起左手，逗弄手腕上跳跃着的一只小小猛禽。那只鸟只有拳头大小，毛色灰黑，喙尖而微勾，目露凶光。这种鸟叫作青隼，可长到一尺高，能追捕羔羊、大雁，凶猛异常。

公子怀璧对堂下绝色的舞姬视而不见，专心地将撕得细碎、犹带血丝的小肉条喂给它，不时面露微笑。

舞姬一曲跳完，公子随意挥了挥手，女乐们垂手静静地退下。他的眼睛还盯着手腕上的玩物，正逗弄得有趣。

堂中气氛像沸煮的羊脂胶，浓稠压抑得让人透不过气。

公子下首处屈膝跪坐着太傅王览。王览微笑着环视众人一眼，开口道："适才在下的提议，不知诸位考虑得怎么样了？"

座下的人并不多，只有二十余位。但是加在一起，他们几乎可以控制半条丝路。

"阁下，"一名疏勒的豪商终于沉吟后开口，站起身来按住左胸躬身施礼，"征用驼队没有问题，但是胡人也是我们的大主顾；断绝了我们与胡人的交易，我们……"

"没有但是！"王览面带微笑，却斩钉截铁，"这一次，胡人与凉州，诸位只能选一个。公子府征用诸位的驼队运送粮草，其间一切费用、损失，皆付三倍价格。凉州城中所有商团经营权全部收回公子府所有，截断一切胡人可能得到供给的来源。"

胡人远征疲敝，驻扎朔方城外，为补充军需，已经将所占领的云中、定襄等城池的仓廪抢掠得一干二净。战争阻挡不了丝路商队跋涉的驼队，他们转运贩卖粮食，高价出售给胡人，发战争财者大有人在。公子怀璧决定先下手为强，切断一切胡人可能得到物资的来源。三十七万五胡联军如果被掏空了底子，耗也能耗死他们。

龟兹的丝绸巨贾踌躇道："我们只是商人，所求的不过是利润。阁下如何能保证我们的利益？"

"我可以保证。"胡床上的公子缓缓开口，却没有转过脸来，依然逗弄手腕上的幼小猛禽，"王太傅所说的一切我都可以保证。不仅如此，诸位现在的一切往来贸易全部暂停，十日之内，各自上交粮食至少一万石，越多越好。不管诸位用什么方法，粮食、衣被棉絮、毛毡铁器一切物资，只要运送至凉州城中，我公子府以翻倍的高价全部收买！"

"如果大败胡人，丝路从此全部归我凉州控制，诸位丝路关税由十税一改为十五税一。"他慢慢转过脸来，扫过众人，"这笔生意，诸位做是不做？"

席间一片抽气之声，太傅王览的脸上也露出一丝震动之色。

强兵压境、两军对峙，凉州早已调动河西各地仓廪储粮急运入凉州城中，不打算留给胡人一丝一毫补给粮草的机会。官仓易调，私仓难管，一些豪商权贵把持私储的粮食，高价出售给胡人，也是普通的事情。公子怀璧用这些商人之间互相的流通操纵私粮流通，比起官府出面，省力又有效。

而且如果大败胡人，羌胡控制的丝路关卡尽归凉州权下的话，十五税一又算什么？哪怕三十税一，对整个河西也是惊人的利润。

各国巨贾互相对视。公子府的算盘，已经打得很清楚了。

切断胡人一切供给，粮草全部集中。公子怀璧这一招釜底抽薪，又是双赢，实在玩得高明！

"诸位能坐到这里，必然是在丝路上一言九鼎的人物，更是对我公子府忠心耿耿的伙伴。"太傅微笑道，"凉州城在，丝路便在；凉州城亡，丝路便亡。诸位与我公子府合作，是万世长远的利益；若是想趁机在胡人手里发一点小财，无异于杀鸡取卵，便是断送了一世的前景！天下熙熙，皆为利来；天下攘攘，皆为利往。凉州城这块大饼、胡人这碗稀粥，利益大小一眼可见。诸位都是精明人，不会目光短浅至此吧？"

众商团首领立刻聚到一起，嘀嘀咕咕商量了一阵。

"尊敬的阁下，"一位商团首领被推为代表，鼓起勇气站了起来，他按住左胸，对公子怀璧深深鞠了一躬，"请饶恕我们的冒昧。您所开出的条件，都是建立在打败五胡的基础之上；若是没有胜利，凉州城被胡人占领了呢？我们这些异国商旅，该怎么办？"

席间一下子静了下来，终于有人问到了最关键的问题。

就在这时，一名武士大步走了进来，单膝在胡床前跪下，禀报燃灯节大典的时间已到，河西权贵们与帝都特使，已经在柏梁台上等候多时了。

苍水对岸是一片荒漠色的崖壁，千百年来开凿出连绵的石窟。高大华丽的石窟，多是凉州的权贵捐助开凿，每家都有，也允许凉州百姓前来供奉；而无数小的石窟，是信徒百姓自行开凿。这片各国僧侣与商旅川流不息的土地上，一代代来自中原、西域、波斯的能工巧匠，在石窟里增添精美的壁画与雕塑，有极乐世界的飞天花雨，有经卷故事，更有各个洞窟主人日常行迹的记录。千百年来，凉州城的主人换了一位又一位，权贵换了一批又一批，而开凿、修建石窟的风俗却传承了下来。积攒到今日，苍水岸边陡立的苍黄崖壁上，石窟林立，不计其数，蔚为大观。

日头西斜，风沙逐渐平息。凉州城苍水边，燃灯节的筹备已经完成，凉州百姓开始载歌载舞，一片欢腾。各色服饰各种皮肤的人们聚集在一起，以热烈而虔诚的方式，向他们信奉的神灵致敬。

"这是凉州人的燃灯节？真是热闹非凡！"来自帝都的客人喟然叹息。特使微笑着坐在高台之上，与河西众权贵一道等待公子怀璧的到来；他身边的扈卫将军已经被凉州的繁华撼动了，"不知这燃灯节是什么来历？"

特使幽深的眼中闪过一丝笑意，慢慢道："每年的腊月二十六，凉州人都会带着各家的供奉来到苍水岸边，对着对岸的石窟载歌载舞、娱乐天神；等夜色降临的时候，千百个石窟里会一起点燃蜡烛，用灿烂的烛光来象征极乐世界的光明。"

他抬手指向崖壁石窟中央正对柏梁台的方向——那是一座高数十丈的大佛，

雕工不俗、毫无修饰却神韵毕现。大佛一手指天、一手垂地，双目微闭，千百年来接受着凉州人与冒险家们虔诚的供奉。

特使微笑道："这尊中央大佛，自五百年前嬴氏接管河西以来，由嬴氏一族亲自供奉，传说是一千名龟兹的僧侣花了六十年雕成。我们这里看不到，但在佛像脑后遮挡住的石壁上雕有一座暗龛，龛中的灯如果被点燃，夜色中光华从佛像脑后照耀，很是神奇，让人心生敬畏。只不过这尊大佛太高，这盏灯，除了佛像五百年前初成之时，从来没有人点亮过。"

"这就是传说中的佛光？原来如此！"扈卫将军哑然失笑，好奇道，"末将记得，特使是楚国人，莫非曾在凉州游历？对凉州风俗如此熟悉。"

"我也是第一次来到凉州，只是之前有人给我讲过这些。"特使像回忆起了什么往事，眼睛里闪过一丝莫名的情绪，他忍不住一笑，"这个人对佛光倒是毫无敬畏，那时他还是少年，天天想着怎么拆穿这个把戏。"

他们所在的柏梁台正对着苍水对岸的崖壁石窟，高台上乐师们吹起排箫、羌笛，奏起琵琶、筚篥，奏响来自大月氏的胡乐《加兰》。

"我们一直鄙夷河西为蛮夷之地，而这几日见闻，足以让人叹为观止。"帝都特使的扈卫将军看着苍水对岸的热闹场面，赞叹道。

是的，在这个城市，龟兹的僧侣、波斯的胡姬、大月氏的乐师，各种肤色各国各地的人们川流不息，于阗的美玉、大宛的名马、东海的明珠、撒马尔罕的犀角在店铺里只卖到中原价格的十分之一。中原和西域的珍宝随处可见，燕支与昆仑的雪水滋润出戈壁的绿洲。

"大典马上要开始，王府的人到现在一个都没有来……"

"王府与公子府一直明争暗斗，但如此明目张胆不给公子怀璧面子，还是头一遭。但愿今天别出什么事才好……"

身后凉州官员的窃窃私语落入耳朵，特使微微皱起了眉。

将军悄悄凑近特使，轻声道："特使，凉州百姓都在等着，怎么公子怀璧与河西王府，一点动静都没有？五胡强兵压境，难道他们还要窝里反，斗个你死我活？"

特使微笑不语。他已经注意到了，一片热闹欢欣的背后，在座的凉州权贵们已经开始惴惴不安。

他眼中闪过一丝担忧，却低低一笑："内忧外困，祸起萧墙。嬴怀璧啊嬴怀璧，这一仗，我看你怎么打。"

王府与公子府钩心斗角、争权夺利，早已不是什么新闻。而双方的矛盾，在公子怀璧伐梁归来、实力大增之后，更是激化到了顶峰。

凉州兵权主要归公子怀璧把持，财权主要归河西王府把持。凉州扼丝路要塞，富可敌国，财政大权握在手中，即使公子怀璧野心勃勃，也不敢对王府轻举妄动。双方正是以此来互相牵制、分庭抗礼。但如今公子怀璧打下梁国，如果以梁国的千里沃土作为后方，那王府对公子怀璧的牵制，就会越来越弱。

台下突然爆发出一阵热烈的号角鼓乐，遥对柏梁台的百姓一阵欢呼，台上的权贵们立刻全部站起。

柏梁台下，一群来自西域各国与波斯、大食等遥远异国的使节、丝路豪商，拥簇着中央一个高大的身影，缓缓踏上高台。

河西王府的人，依然一个都没有到。

台上的权贵们躬身肃立，四周寂静无声，所有人都忐忑不安地看着公子怀璧面无表情在众人拥簇下走向中央主座。

对于这个凉州城里城府深沉、铁腕雷霆的实际掌权人物，河西权贵们是又敬又怕。没有他，就没有河西的今日繁华；而他当年大肆屠杀豪族异己、铁腕镇压局势的夺权经过，今日思及，依然让人不寒而栗。

河西王府罔顾公子权威，没有一人出席燃灯节仪式，这在以前，是从来没有过的。

五胡强兵压境，三十七万联军还在朔方虎视眈眈；而凉州城里的龙虎相斗，已经要你死我活了？

公子怀璧一身织锦沉黑战袍，上面绣着蟠龙暗纹；战袍外披着一件华贵的黑色貂裘，领口处缀着一枚黑曜石镶嵌的蟠龙玉饰，温润的质地隐隐流溢着蟠龙肆卷的张狂。他走上柏梁台中央的熊皮主座,面无表情的脸上慢慢泛起一抹微笑,举起双臂。

台上静静地注视他的河西权贵、各国使节、丝路巨贾,同时按住左胸,一躬到底:"公子怀璧!"

苍水岸边,千百个石窟下,拥挤着的无数凉州百姓陡然爆发出一阵欢呼:"公子怀璧!"

突然,一阵尖锐的号角声,割裂了凉州城的欢腾气氛。

载歌载舞的百姓和台上的权贵们还没有反应过来,全副铠甲的武士陡然从柏梁台左、右、后三个方向奔腾而来;眨眼之间一拥而上,把高高的柏梁台团团围住。

一队足有五百人的弓弩手闪电般出现在台下,单膝跪地,举起强弩,冰冷的弩锋暗光一闪而逝,一齐对准了高台之上那个玄袍高冠的身影!

他身边只跟了数十名亲卫,虎贲诸将、心腹谋臣,一个都不在身侧。公子怀璧高大的身影,暴露在中央,是每一支强弩对准的目标。

柏梁台上、苍水岸边成千上万前来拜祭的百姓、僧侣、客商顿时大乱,公子怀璧静静地坐在主座上,仿佛那些弓弩刀剑不曾存在。他身后随扈的亲卫拔刀出鞘,闪电般将他拱卫在中央。

有人敏锐地脱口惊呼:"是王府的铁甲军!顾雍要反叛?"

猝不及防,变生肘腋!

远处又是一阵骚乱,台下的叛军迅速闪开一条通道,一队峨冠博带、官服庄严的官员,足有百人之多,拥簇着一座步辇,浩浩荡荡走了过来。

步辇稳稳停在了柏梁台下,一众官员拥簇在周围。步辇上的人一身赭色官服,拈着褐色的胡须,微微眯了眼,眼睛里的精光一闪而过:"公子怀璧伐梁归来,大获全胜,老朽还没有登门祝贺呀。"

一直静静看着一切的公子突然微微一笑。他从主座上站起来,对台下的顾雍一揖,温文道:"怎敢劳烦大都督?应该是怀璧亲自登门拜访才是。今日大都督如此兴师动众,是在责怪怀璧礼数不周,不曾登门拜访吗?"

顾雍眼睛里暗光一闪,微笑道:"岂敢岂敢!老朽今日来,倒是受人之托。"

公子挑一挑眉："哦？受何人之托？"

四下寂静无声，空气紧绷得像到了极限的弓弦。台上的亲卫、台下的叛军，每个人的精神都绷到了最紧张的状态，剑拔弩张。

而这两个人，台上台下，彬彬有礼，仿佛是你来我往的拜访。

"不是别人。"顾雍眯起双眼，一字一顿道，"老朽是受嬴氏祖先、河西百姓之托而来！"

公子怀璧的眼睛微微眯了起来。

顾雍手一挥，一位一身朱红官服的官员慢慢向前，根本不敢抬头，对公子战战兢兢施了一礼，转过身来背对柏梁台，哆哆嗦嗦展开一卷竹简。

上面赫然一列大字：

讨公子怀璧穷兵黩武檄。

"好手段。"温文尔雅的帝都特使低低道，"兵谏！"

第十九章　破军

"公子四战羌胡、好大喜功，我凉州赋税半数消耗于此，军费耗巨、仓廪难支。今伐梁方定，五胡又袭，公子欲益民赋以助边用，是重困老弱孤独也！凉州内外，民怨沸反；河西上下，民生疲敝！岂不闻乎？闾巷坊间、军中营帐，皆怨愤之声矣……"

暮色已起，风沙呼啸。高高柏梁台下，安西都护府的文书正在宣读公子怀璧的罪状，他战战兢兢的声音，几乎被淹没在风声里。

"治邦之道，攘外必先安内也！公子怀璧穷兵黩武，以致民怨沸腾，请公子交兵权、平民愤、宁河西，以求俯仰无愧于祖先期许、百姓期望！"

文书的话音落下，一众官员齐齐躬身，高呼："请公子交兵权、平民愤、宁河西，以求俯仰无愧于祖先期许、百姓期望！"

柏梁台周围层层围困的王府铁甲军，高声齐呼："请公子交兵权、平民愤、宁河西，以求俯仰无愧于祖先期许、百姓期望！"

一时之间，逼迫公子怀璧交出兵权的声浪直冲云霄，震彻凉州！

柏梁台下一片铁甲军队围成铜墙铁壁，剑拔弩张。

燃灯节是个好时机，当着凉州所有百姓，当着西域各国使节、丝路所有客商，河西王府的控制者、安西都护府都督顾雍运筹帷幄，铁甲军精锐倾巢而出围困柏梁台，逼迫公子怀璧交出兵权！

你死我活——凉州城双雄对峙的面纱，终于被撩开了。

公子怀璧身后的特使姬骧，也微微变色。

大漠的落日为苍水对岸的崖壁石窟镀上了一层美丽的暗红，垂眸的大佛依然一手指天、一手垂地，对众生的喧嚣毫无所觉，四周仿佛只剩下了风沙呼啸着吹过胡杨林的声音。

公子怀璧突然轻轻一笑："我如果不交呢？"

顾雍闲适地坐在步辇之上，微笑道："这不是老朽逼迫公子，是嬴氏祖先、凉州百姓在逼迫公子！公子要忤逆祖先、践踏民意吗？"

他扬眉一笑，捋着胡须："老朽知道公子铁腕，可惜这河西是百姓之河西，非公子一人之河西！公子铁腕雷霆，难道还要杀光了凉州百姓不成？"

好一招欲加之罪！特使低低嗤笑一声。

公子怀璧微笑："很好，民意。怀璧冒昧请教都督，八年前，将胡人铁蹄逐出凉州者，是我，还是都督？"

顾雍一时语塞，公子眼睛里暗光闪烁，依然微笑道："八年来四战四捷，收复河西走廊、连夺三郡七十城者，是我，还是都督？"

顾雍无法回答，公子眼中杀气一闪而逝："血战敦煌、夺取朔方，守卫凉州、保护丝路者，是我，还是都督？"

顾雍脸色大变，公子眼睛里锋芒凌厉："若无我嬴怀璧，这大漠戈壁河西之地，当不知几人称雄、几人为王、胡人几番杀掠血洗；那时候，故土分裂、生灵涂炭，民生尚不可得，还要什么民意！"

公子怀璧在高高柏梁台上，迎风岿然而立，厉声道："要从我手里夺兵权，先看你们谁有这个本事！"

他蓦地转身，大喝一声："虎贲听令！"

他话音刚落，"咻"的一声，鸣镝划过凉州城上空的风沙，携着浓烈的杀意，一箭破空，擦过顾雍的头顶，束发的高冠一下子飞了出去，满头花白的头发乍然漫天飞舞。

他周围的一众官员不知谁一声尖叫，铁甲军顿时阵形大乱！

在柏梁台后，广场周围的番舍、客栈、酒肆高楼之上，城墙之上，虎贲军团仿佛陡然从地底冒出，武士们紧紧笼罩在重甲之中，乌沉的强弩从四面八方，森林一般对准了地上的铁甲军。

奚子楚手挽长弓，与河西王太傅并肩立于柏梁台后高高的楼顶。太傅咬牙低低道："射得好！"

奚子楚没有理会，他冷冷盯住步辇上脸色骤变的大都督顾雍，狭长的眼睛里杀机一闪而逝，拈出第二支长箭，对准了顾雍的脑袋。

"奚将军，"王览陡然制止他，急促道，"不可轻举妄动！"

"嬴怀璧！你要反叛？！"顾雍按住头发，在一片混乱中厉声大喝。

公子怀璧大笑："反叛？我嬴怀璧何曾用得着反叛？"

他挥起右臂，虎贲卫尖锐的号角响彻凉州城的上空。暮色茫茫无边地侵袭上来。与柏梁高台遥遥相对，苍水对岸的大佛与石窟在暮光中格外庄严肃穆。

最后一丝斜阳消失在天际，燃灯节正式开始。

公子怀璧厉声喝道："弓！"

一旁的武士双手献上一把玄黑长弓、一个箭囊，囊中有九支鹤翎长箭——

弓名射日，箭名穿云。

他大步走到柏梁台的正中，四周的亲卫、权贵、商贾纷纷走避。公子怀璧扬起双臂，身上的貂裘落在地上，侍从急忙收拾起来。

公子怀璧蓦地转身，大漠的风沙吹起他的长袍，像翻涌不息的云。他迎风而立，挽起长弓，一支长长的雁翎长箭搭上弓弦，箭头燃烧着火光。

柏梁台上、苍水岸边，所有的人都惊异地看着那个迎风挽弓的高大身影，他微微闭上了眼睛，火箭直指的方向，是正对柏梁台、崖壁石窟中央的大佛！

他蓦地睁开眼，与目光同速，一箭射出！

第一箭带着火光呼啸而出，却是射向佛像旁左一尺处。众人惊愕，还没有回过神来，第二箭已离弦而出，却是后发先至，直飞向了第一箭。第一箭断成两折，断的那支燃烧的箭头，直没向佛像脑后！

佛光！

那座沉寂了五百年的大佛，脑后骤然亮起了柔美灿烂的光，朦胧、柔和，渐渐越来越亮，映照着大漠凉州的夜色！

沉寂了五百年的光芒！

大佛两侧的石窟里面，摆放了上百支蜡烛的灯轮被依次点亮。成百上千、连绵不断的石窟全部被点亮；无数个窗口，无数的光芒，映照着洞窟里的壁画雕塑，映照着脚下荡动的苍水，映照着大漠苍茫的夜空。

苍水岸边的百姓陡然被震撼，这天性奔放的人们，沉寂久久，才想到用他们热烈的歌舞、欢呼来表达内心的撼动。

未来三天，凉州城的百姓、信徒会在各自供奉的洞窟中燃灯斋戒、供奉天神；胡姬们扮作彩带翻飞的飞天，手执琵琶、笙箫，在苍水边一个个毛毡帐篷或者番舍外，载歌载舞，表演经卷里的传奇。

远远望去，苍水映着满壁辉煌的石窟，灿烂的烛光在无数个窗口连绵地延伸，在这茫茫大漠戈壁，像一带光明的印记，承载无数的信仰。

与岩壁石窟遥遥相对的地方，高高的柏梁台上，外国使节与丝路巨贾，这些跺一跺脚丝路震动的老辣精明的人物，经历了半日的惊心动魄，此时被对岸的壮丽景象震撼，久久无法言语。

公子怀璧慢慢放下长弓，立在高台中央，微笑道："诸位商团首领，离开公子府之前问及，这次伐胡胜利我能否给予保证？"

商团巨贾们无人出声。

公子怀璧缓缓看过诸位使节、商贾，看过台下悚然震动的王府官员、大都督顾雍，一字一顿道："我当时不曾回答，是因为言语无力。现在，我用我手里的弓箭、麾下的军团，在这五百年来重现的佛光面前，向诸位保证——胡人杀我兄弟、烧我故土、毁我家园，此次我嬴怀璧破釜沉舟，河西之地寸土不让，誓与胡人决一死战！"

"如违此誓，我若让胡儿铁蹄踏入凉州半步——"公子怀璧高高俯视众人，冷冷一笑，抬手在自己颈边一比，"割颅献祭！"

他身后的帝都特使陡然抬头盯住他，脸色大变。

柏梁台后的角楼上，奚子楚神色震动："公子是真正的雄主……"

王览沉默半晌，静静道："这不是好事。刚极则脆，公子最大的缺点，就是太过狂傲！恐怕……迟早在这上面吃亏。"

奚子楚皱眉，冷笑道："太傅能否不要这般阴阳怪气？有话直说！"

"这次是个内忧外困之局啊……"王览没有理睬他的冷嘲热讽，远远眺望那苍水岸边一片连绵的光辉照亮大漠的夜空，叹息般低语，"这个顾雍，恐怕是个威胁……"

"刚才你还不让我动手！"奚子楚勃然变色，唰地拔剑出鞘，人已经在一丈之外，"我去杀了他！"

"奚将军！"温文尔雅的太傅王览终于忍不住怒喝一声，"杀了顾雍？你是在给公子找麻烦吗？河西王府五百年镇守凉州，你们四大世族盘根错节、百代积累，顾氏为首，公子也不敢轻举妄动！五胡联军强兵压境，朔方城危在旦夕；杀了顾雍，河西时局大乱，外有强敌紧逼，内有后院失火，你让公子怎么分神治理？"

奚子楚久久无语，半晌，还剑入鞘。

大漠的夜空如同颜色浓到极致的蓝丝绒，星斗灿烂。风沙传来苍水边百姓的欢腾之声，而西边的方向，隐隐的浓云在天际凝聚。

琅嬛阁里的女史凝望天际，破军星的轨道与那颗阴毒的客星，渐渐相遇。

风云又起。

第二十章　夜宴

此时是晋隐帝十二年，正月初一。

新春第一日，呼啸的北风封冻了苍水，羽毛般的大雪笼罩了凉州城。河西王府的司天监博士们纷纷美言祥瑞，从朔方雪片般不断飞来的捷报，似乎有力地印证了这种说法。

今日是河西权贵们向公子怀璧贺新春的日子，公子府与每年的此日一样，热闹非凡。

公子府中女乐多绝色，歌舞嬉笑之声在夜色中传递，远远望去，灯火辉煌；而这一座楼阁却幽幽矗立，仿佛连大雪都怜惜里面之人的幽独，要将她与远处的喧嚷隔绝开来，落在这一片的雪似乎格外密集。

她喜欢雪。可是雪不应该是这样的，这里的雪太凶狠，朔风呼啸、浓云翻涌，鹅毛大雪里也带有大漠的霸气。在她的家乡，雪都是细细密密、瑟瑟簌簌的，她的窗前横斜数枝梅花，在渺渺茫茫的细雪之中，暗香隐隐，可以一直潜入幽幽的梦里。

"公主，筵席已经开始了，公子请了三遍了。"胡姬侍女焦急地望了望窗外远远的灯火，忍不住低声催促。

那双素白的手，像初发的菡萏，轻轻拂过琴弦，"铮"的一声低鸣，一个古老的音符消散在夜色里。

她慢慢放下双手，按在琴弦上。梁国的公主跪坐在地上，膝上横着一架古琴。从大梁城到凉州，一路随军跋涉，她娇嫩的容颜消瘦下去，露出尖尖的下颌，身体裹在宽大的锦袍里，像一朵娇嫩的花怯怯地拢起花瓣。

我见犹怜。

连平日里对她的淡漠颇有怨气的侍女，也忍不住怜惜起来。这位昔日的公主，如今不过是阶下之囚、被俘虏的战利品，连奴婢也不如。奴婢尚有生存的权利，而她的生命，完全掌握在她的俘虏者手中，一不如意，便可捏死。

侍女走到她身后，最后为她将如云的发鬓挽了一挽，将长裾整理整齐，好心地提醒："去见公子的时候，一定要千依百顺。公子虽然喜怒无常，但喜欢柔顺的女人。"

公主转过脸去，凝望着外面的夜色与风雪，眼睛里闪过一丝恍惚，仿佛，这样的大雪让她感到陌生。抱起那架陪伴了自己二十年的古琴，她仰首凝望窗外，灯火辉煌处，歌舞欢宴之声隐隐传来。

冰雪般的女子轻轻叹息："好热闹啊。"

"依太傅所见，何者为道？"

"道者，万物生之术、日月行之密、天下立之器也。"

"再问太傅，何者为天下之道？"

"天下之道，柔道、仁道、霸道也。"

"何由行之？"

"衰世行柔道、治世行仁道、乱世行霸道。"

"今者何世？当行何道？"

"今者，治世已远、衰世未至，自是乱世，当行霸道！"

"若行霸道，得之天下、失却人心，行之何用？"

"霸道主，仁道辅也。乱世之时，群雄并起，霸道得英雄，仁道伏人心。"

…………

陡然一声高抛的丝竹，打断了二人锋芒尖锐的诘问与答辩。

白衣太傅正襟危坐，眼睛只是看着厅堂中的歌舞，脸上却浮起一抹笑意，低低道："大夫机锋凌厉，在下自叹弗如。"

他一侧的简歌遮袖端坐，目不斜视，同样压低了声音，微笑道："太傅胸藏丘壑，在下远远不及。"

"大夫若胸无丘壑，如何诘问？"

"太傅若心无机锋，安能相对？"

两人依然没有改变姿势，都是盯着厅堂中的歌舞。他们一直压低着声音，没有第三个人知道，在身边同僚推杯换盏间，这两个人已经完成了一轮诘辩。

今日正月初一，公子怀璧生辰，也是河西权贵们向公子怀璧恭贺新春的日子。加上今年朔方城捷报频传，堪称三喜临门，河西权贵们更是借机大献殷勤。公子怀璧的死对头顾雍都拉下面子让自己的弟弟代兄前来，给足了公子怀璧面子。公子府的岁寒馆里人声鼎沸，大有笙歌彻夜之势。

而在另一边，同时进行着这样的对话。

"那坐在王览左手处的，究竟是何人？怎么从未见过公子府有这等人物？如此，如此……"

"如此惊为天人！与他一比，我府中那些姬妾都成了土女憨娃。能与王览那小子并坐首席，定然是公子怀璧青眼有加，嘻，恐怕……"

简歌微微挑了挑唇角。是的，对于这样的议论，他早已麻木了。

似乎所有的人，从来都在注意他的皮相。那些淫邪的目光、鄙夷的目光、怀疑的目光、不屑的目光，似乎，从没有人试图去了解那层色相之下的心胸、抱负、智慧，甚至喜怒感情。

一个男人生了这样的美貌，仿佛生来便背负了原罪——其实无论男女，在这个掠夺和杀戮成为筹码与天性的年代，倾城的容颜只是一种悲剧。

心胸抱负？凌云壮志？不，甚至他们都忘记了他是个男人。

只有一个人……

简歌恍惚了一下，仿佛又看到那个稚龄少女，有着细雪一样的声音："你的琴声，真寂寞啊……"

"大夫，请。"王览对简歌举杯示意，行主客之礼。他笑容温文，仿佛没有听到飘入耳中的窃窃私语。

"我不饮酒。"一身青色布袍的谋士静静屈膝跪坐在长几后的玉席上，微微垂眸，淡淡道。任厅堂中央的胡姬跳着风情万种的舞蹈，身边的同僚酒酣耳热，他对周围的热闹仿佛视而不见。

自从他十九岁之后，就再也不饮酒了。

"怀璧小儿连这样的角色都能寻来，真是让人嫉妒……"

"嫉妒？令侄可是河西呼风唤雨的人物，你我这些老朽，只能眼馋罢了……"

简歌恍若未闻。

王览也恍若未闻，微微一笑，举袖遮盏，将杯中酒一饮而尽。他不说话，自然有人看不过去，压一压这些老纨绔也好。

"啪"的一声脆响，奚子楚忍无可忍，手中切烤羊腿的金错刀拍在案上。他身边的左千城来不及按住，他腰间佩剑弹剑而出三寸余，低喝："再有一字不敬，滚出去！"

满座的人被这声响惊呆了，看着奚子楚与被他怒目而视的对象——安西都护府都督顾雍的弟弟、河西王上卿大夫顾儒，与公子怀璧的叔父因封地为邕，封号邕伯的嬴治。一位是顾都督的亲弟弟，一位是公子怀璧的亲叔父，奚子楚居然敢对这两个人出剑？

一时之间，所有人惊住。高座上的公子怀璧也被惊动，他皱了皱眉，慢慢道："子楚，你想对谁出剑啊？"

顾儒恼羞成怒，怒道："公子，奚将军不知何故对在下与邕伯出言不逊，还欲以武犯禁，好大的气魄啊！"

嬴治立刻冷汗淋漓，急忙拦住，拼命对他使眼色："误会，误会，一点……小小的误会，千万莫要打扰了诸位兴致啊。"

奚子楚冷傲不语。公子怀璧皱眉，看向奚子楚身边的左千城。左千城是实诚人，老老实实回复道："末将只听得上卿与邑伯说什么绝色，奚将军便大怒……"

这听起来像争风吃醋，公子怒道："子楚，你这冲动的脾气什么时候能改一改？筵席之上动刀动枪，成何体统！把佩剑上缴，三日不得带剑出入！"

所有人都吃了一惊。论爵位、官阶，奚子楚虽然是奚氏长公子，却只是虎贲卫一名中级将军，比起上卿大夫与邑伯不知道差了多少；论关系，邑伯是公子怀璧的亲叔叔，奚子楚不知道又远了多少。

这可是冒犯上级、以武犯禁，是多大的罪名！公子怀璧提都没提，居然一个没收佩剑三日就解决了。连亲叔叔都不放在眼里，公子怀璧维护新贵、压制世族，可见一斑！

顾儒脸色铁青，邑伯连忙在下面拉住他的衣袖。

公子怀璧脸色稍霁，对顾儒与邑伯和颜悦色一笑，亲自执起一杯酒："是怀璧管教无方，上卿与叔父请不要放在心上，怀璧赔罪了。"

气氛这才又真真假假地热烈起来。与公子怀璧并坐的贵客、特使姬骧似笑非笑道："可真是难为你了。"

先兵后礼，既要震慑他们，还要堵住他们的嘴，这种玩弄人心的把戏，公子怀璧似乎乐此不疲。

"这群老蛀虫，"公子微笑亲切，低低的声音里却杀机毕露，"迟早要收拾他们。"

"这是前几日偶得的一班女乐，是龟兹女子。"太卜署少卿霍豫守的脸笑成一朵花，急忙上来打圆场，对公子怀璧拱手道，"虽比不得公子府中的绝色，但器乐歌舞尚可入目，人也有趣，下官就斗胆给公子献上来了。"

公子怀璧转过脸来，和颜悦色地说："霍少卿客气了。"

一众女子，约有十二位，从一侧缓缓走了上来，站在中央，各自手执琵琶、笙箫、筚篥，柔媚地屈身行礼。

自从公子怀璧归来，河西权贵们为了讨好这位铁血的实际当权者，简直费尽心机。凉州城本是丝路重镇，珍奇宝物司空见惯，更何况是在权力之巅的公子府？公子怀璧又少年英俊，送美人的总是比送珍宝的多。

这太卜署少卿霍豫守是凉州老权贵、官场常青树、八面玲珑、专工权术，他并不明确表明自己是王府一方还是公子府一方，巧妙周旋于河西两股势力之间。从没有人见过他脸上除了笑容之外的第二个表情，王览说他"口不藏否人物，面绝怨怒之色，沉沉如陂塘浊水，深浅不辨"，从此"陂塘少卿"的名号不胫而走。

那群女子抬起头来，果然都是十分妖娆的胡姬。最引人注目的是为首两名女子，居然长得一模一样；一位手执琵琶，一位手执排箫、栗色长发、碧色眼眸、皮肤雪白，纱衣下露出一截小蛮腰，妖娆的曲线，柔软得像一段棉，饱满多汁得像水蜜桃。

她们看起来不过十六七岁，但胡姬少女已经发育完全。河西权贵有喜欢少女的风气，流传着"腿如春笋芽，胸似于阗玉；何由晚不起，恣怜二八女"的狎谑。这两名龟兹少女的妖媚艳冶中尚有一种娇怯，体态风流，却怯怯不敢直视公子怀璧，格外让人怜爱。

公子怀璧挑了挑眉，微笑道："有意思。随便演奏一曲吧。"

这些胡姬女乐开始演奏起乐曲，居然是迎合中原贵族喜好的《慢莺啼》，柔靡淫媚的调子，是专助宴席狎乐的靡靡之音。

"真是一对美人儿，"旁边几名官员窃窃私语，"就是不知道玩起来会不会有看着那么有趣。"

这群女乐技艺不可谓不高，气氛立刻旖旎起来，莺声燕语、琼浆玉液、熏香暖馥，只让人昏昏欲睡，沉溺到这醉生梦死的温柔乡里。

霍豫守殷勤道："公子可满意？"

公子怀璧微微闭了眼，一手捏着一只白玉杯，一手轻扣节拍。侍女手捧乌金酒壶立在身边，随时为他添酒。红酥手、弱柳腰，慢莺啼、啭春晓，这样的美人膝、温柔乡、纸醉金迷的销魂窟，真是但愿长醉不愿醒啊。

闻言，公子怀璧笑道："真是销魂夺魄啊。"

他懒懒睁开眼睛，霍豫守吃惊地发现，与他慵懒的姿态完全相反，那墨蓝深邃的眼睛里清醒明亮："美则美矣，可惜就是少了那么一点灵性。这种郑卫之声，醉生梦死、消磨意气，不宜沉迷啊。"

霍豫守连忙道："那公子喜欢听什么样的曲子？"

他话音未落，突然"铮"的一声，传来一声清越的琴音。

这一声古琴的清商调，仿佛夹带着外面的风雪而来，冲进岁寒馆，一下子冲淡了温靡软媚的气息。

紧接着又是一段音符，铮铮淙淙，随着夜色和风雪飘了过来。还是那首《慢莺啼》，被这一架古琴弹出来，偏偏就再也没有了那种软媚轻靡的调子，反而有一种说不出的高洁清寒。

喧闹的人一时怔住，忍不住一起向门口望过去，就见一名女子，广袖长袍，抱着一架古琴，慢慢走了进来。这实在是有点出人意料，所有人怔忡的时候，没有人看到那淡漠的谋士简歌蓦地抬起头来，脸色瞬息大变。

公子怀璧轻轻敲了敲玉杯，笑道："来了。"

第二十一章　美人刺

环佩的叮咚奇异地压过了喧嚣，因为每个人都在不由自主地竖着耳朵听。她明明没有那种艳色，可是当她一步一步走过来的时候，所有人的眼睛都再也不会放到那些绝色女乐的身上。

女子缓缓走到厅堂中央，站定。

当她抬起头来的时候，岁寒馆中几乎所有人心里都有这个想法——大概再也没有一名女子比她更适合"冰肌玉骨"这个词了。那种美不在容貌，而在神韵；甚至不施脂粉，一张素颜，却把周围艳光四射的胡姬生生压了下去。

她步履轻盈，女乐们同样轻盈，可原来轻盈中也能持重；她体态风流，女乐们同样风流，可原来风流里更有高贵，还有一种凄艳。

是的，凄艳。那种细雪古调一样的凄艳、孤寂。

在座的人无由地也被她感染——为什么？你为什么那么不快乐？

这时候，大概也只有奚子楚没有那怜香惜玉的心思，他皱眉，低声问左千城："这不是那个什么公主吗？她来做什么？"

左千城低声道："是那个被公子收了的梁国公主，大概来为公子祝寿吧。"

如果是祝寿，为什么不说话？

鸾姬公主就这么静静地立在那里，微微垂眸，像风雪中颤抖的梅花。

公子轻轻停下了敲杯的玉箸，凝视着公主的眼睛突然迷蒙起来，像被酒气蒙上一层轻雾。厅堂里顿时一片寂静。

鸾姬抱着古琴，不卑不亢，静静道："鸾姬见过公子、诸位尊贤。"

帝都特使轻咳一声，公子像是突然回过神来，身体微微一震，被特使似笑非笑地瞥了一眼。公子只是看着鸾姬，温声道："公主肯移驾，真是让岁寒馆蓬荜生辉。"

在这样的女子面前，似乎连公子也不得不收敛一二。公子对众人笑道："我这位女琴师，一把五弦琴名震北陆，今日特地请来，请诸位听一听，什么叫作古风长调、大雅之声。"

鸾姬一笑，那笑里却有说不出的悲哀。她轻声说："鸾姬不敢。"

众人恍然大悟，却不由得又是一阵心酸。原来是梁国的公主，难怪这等高洁神韵。然而是公主又怎么样呢？被俘虏的女人，公主的身份只能衬托她今日的悲哀——哪个高贵的女子，会在宴席之上抛头露面，为宾客歌舞助兴？

众人慨叹间，就见侍女抬来一架矮几、一张玉席。鸾姬将琴横在几上，屈膝跪坐，正对着公子怀璧。她敛袖垂眸，素手拨上琴弦，露出象牙般纤细洁白的皓腕。

一曲幽幽的古调，从琴弦指间流泻出来。

是刚才的《慢莺啼》。

如果说刚才那几声只是惊鸿一现，而现在女乐们无不自惭形秽了。同样的曲子，剪去了繁复的辅音，砍去多余的俗调，像月光冲淡了迷雾，春风吹彻了绮靡，那种脂粉香腻的浅俗一扫而光。

她用了黄钟宫调，富贵绮丽的风雅逼人而来，尽显华屋高堂的荣华。

一曲弹罢，余音尚且袅袅。如果女乐们的《慢莺啼》是女伎勾人，那她的这曲就是雍容醉客，艳而不俗，正与这满室荣华相得益彰。太傅王览低低赞了一句：“好！”

鸾姬抬首，静静道：“这一曲《慢莺啼》，贺公子寿辰。”

公子轻轻击掌：“好琴声！”

鸾姬眉间神色动了一动，拨动琴弦，琴声又起。

主座上公子怀璧的身体突然僵硬，几乎要呼地立起，他身边的特使姬骧一把按住了他的肩膀。宾客为琴声所吸引，却没有人注意。

太傅微微闭着眼睛，这一串曲调入耳，忍不住心中一动，骤然睁开眼睛。

是《雪月四弄》。

百年前云梦琴师谢宓一曲《雪月四弄》倾倒帝都雅客，从此无人敢称国手。这首曲子极难，他只在当日阳谷关下，听简歌一曲惊人；却没想到，这位柔弱的公主，也能弹出如此清拔之音。

这次她用了清商调，曲子骤然从富贵转为清雅，却毫无滞涩之感。可惜这首曲子流传下来的只有一半，但这丝毫不妨碍她手指下的铮铮古调，把所有人带入雪月交辉、清雅风流的意境。

她的手停下，最后一个音符消散在寂静里。她似乎微微叹了口气，抬首道：“这一曲《雪月四弄》，贺瑞雪新春。”

公子似乎恍惚了一下，回过神来，击掌笑道：“真是绝妙！”

鸾姬微微一笑，眼睛里一丝奇异的光华一闪而逝。她手挥五弦，琴声骤然一烈，像一缕长风平地起，突然卷起漫天黄沙。琴声乍急，是风云翻滚，是金戈铁马，是杀伐雄壮，是烈士高歌。

《国殇》！

无论之前的富贵还是风雅，全都乍然不见，代之的是千军万马的壮烈杀伐。谁的英魂长望故国，谁的头颅被敌军斩下？谁的尸骨长眠他乡？谁的碧血淹没风沙？

满座公卿一时之间都被震住，如果之前的《慢莺啼》与《雪月四弄》还让他们觉得是粉饰太平的宴飨之乐，那这一曲，是震彻心胸的悲歌！

鸾姬突然展颜一笑，眉间如同骤然绽放光华；公子怀璧也忍不住一时惊艳，睁大了眼睛。冰雪般的女子仰首道："这一曲《国殇》，祭我梁国武士的英魂！"

她广袖如云般扬起，抱琴而立，素手按住琴弦，就在烛光摇曳的一刹那，五根琴弦像五道乌沉的光，又像五条毒蛇，向公子怀璧疾刺过去！

原来，琴上装有机关！

在座的虎贲卫诸将军大惊失色："公子！"

就在这一瞬间，公子怀璧手中的玉杯闪电般掷出，"铮"的一声，金石相击，琴弦刺上玉杯，琴与酒的风雅，变成生死一线的搏击。

第一根琴弦被玉杯截击的同时，公子怀璧拍案而起，比琴弦更快，借着一推之力，他向后滑出整整一丈，就在这一眨眼的工夫，他宽大的广袖像黑云般飞扬卷起，三根琴弦没入黑云，无声无息地消失。而第五支琴弦，已经刺到眼前！

只在眼前！

可这一眨眼的时机，足够了！公子怀璧怒喝一声，腰间佩剑闪电般出鞘！

"铮！"

又是一声金铁交鸣，幽幽的古调渗入长剑横截的血腥。古剑湛卢龙吟之声悠悠不绝，第五根琴弦无力地落在公子脚边。

好机变！

他掷杯、拍案、卷袖、出剑，不过是电光石火间。

鸾姬公主抱琴而立，不可思议地看着公子怀璧；对方猛然转过头来盯住她，墨蓝的眼睛里像有风暴在凝聚。

之前他眼睛里的温柔已经一扫而空。

如此精妙的杀局，如此迅疾的必杀之势，他居然躲了过去！

虎贲卫诸将军拔剑而起，左右两支长剑分别架上了鸾姬细白的脖颈，划出血痕，柔嫩的肌肤上细小的血珠渗了出来。

将军们脸色非常难看，这样的刺杀居然就发生在眼皮底下，对虎贲卫来说，简直是奇耻大辱。

行刺公子！

满座宾客回过神来，席间陡然一阵混乱，这名如此美丽的女子，纤柔得仿佛一捏就碎，居然敢在满堂宾客众目睽睽之下，行刺公子怀璧！

特使姬骧脸色铁青，他皱着眉头，捏起地上一根琴弦。琴弦色泽乌沉，隐隐一股冰冷的寒气。姬骧沉声道："琴弦烃了毒。"

王览一震，好像忽然想到了什么，脸色顿时十分难看。他大步上前，走到公子身边，一阵耳语。

公子怀璧冷笑一声，还剑入鞘，大步走下来，站到鸢姬面前，盯着她白玉般的脸，轻声道："故国的水，是吗？"

她美丽的眼睛里陡然浮起一抹绝望，她被压制着一动不能动，看着公子怀璧阴沉一笑，他的手一把撕开她胸前的衣襟，像鹰爪扯碎一片云一般轻易，探了进去。

她绝望地闭上眼睛。

这是怎样的羞辱！

河西民风彪悍，也不曾见过大庭广众之下这样的举动。席间一片低低的抽气声，空气仿佛一下子燥热起来。

公子怀璧的手却很快收回，捏着一个精致的羊脂白玉瓶。

那是她在阳谷关下，让白璧晖为她在夷水汲取的那瓶故土的水。

"正是此物，这里面的水，是有毒的。"王览皱了皱眉，拱手道，"阳谷关下这段夷水，特有的一种芦苇，名为夷芦。春夏无事，每至秋冬，芦花飘落水中，浸泡数月，水就有了毒性，但也不算很大。梁国人用这里的水浸泡诱饵杀灭虫鼠，农家常用，对人体也没有太大伤害。不过倒是有些好学之人，加以揣摩、多加配制，自然就会有所作为。这种毒原料易得，又不至于引起怀疑，宫廷中会用来做一些龌龊勾当。"

"所以公主知道一些方法，也是可能的。"王览叹口气，看着公主，"公主心思缜密，从阳谷关开始，就已经筹谋了吧。"

他转身对公子怀璧躬身一拜，道："在下当时去传令白将军，看到这一幕却不曾注意，是在下疏忽，请公子责罚！"

公子连忙伸手扶起太傅："太傅快请起，绝不至于此！"

众人都惊讶地盯着中央的女子。她委顿于地，闭着眼睛，良久，轻轻一笑："嬴怀璧，你杀了我吧。"

在场几乎一半人都为她这轻轻一笑心酸了一下。

别的女人有这样的心机杀人，会让人觉得可怕；而她，却会让人怜惜。这样的山河倾覆、沧海横流，就让男人去厮杀、征战、追寻雄图霸业；她这样的女人，是该被捧在手心，好好娇宠的。

她的手上，不该染上鲜血啊。

公子怀璧看着她，几乎是爱怜地叹道："这么好的琴声，堪称国手，我也不想杀你。可是，我已经放过你一次了，就不会有第二次。"

他脸色一变，背过身去，一挥袍袖，厉声道："把她给我拖下去，斩首示众，以儆效尤！"

"公子！"

身后传来一声大喝，公子一怔，转身，看到那沉默的谋士大步上来，扑通一声跪倒，以首抢地，嘶声道："请公子放过公主吧！"

"哦？"公子冷笑，"简大夫，这是你第二次求我放过她。我记得，她当初是想要杀了你的。"

"她是梁国公主，君要臣死，臣不得不死。我没有死，反而献关投诚、诛杀梁园客，已是不忠。"苍白的谋士眼睛里有一种激切的光华，"现在让我眼睁睁看着梁国的血脉就戮，更是不仁不义！何况，梁国刚刚平定，留着公主就是一个筹码。杀了她，对公子有什么好处？留着她，也没有什么坏处。她只是一名女子，又能有什么作为？请公子三思，放过公主吧！"

在场的梁国人，只有两个。一个梁国公主，一个梁国旧臣。让一名旧臣亲眼看着故国公主引颈就戮，确实是难以忍受的事。

"好个简大夫!"公子冷笑道,"哪里还有梁国?只有西庭都护府!平不平得了西庭,靠的是军队、贤才和治国的实力,和一个女人有什么关系!西庭百姓关心的是吃不吃得饱、穿不穿得暖,谁还去关心昏聩无能的昔日梁室?"

满室安静下来。简歌伏地,久久不起。

公子铁腕,尽人皆知。

"公子所言甚是。"他慢慢直起身体,对公子一拜,"只是,可否允许在下一件事?"

公子不置可否,看着他慢慢站起来,似乎因为久跪而身体麻木,晃了一晃。

简歌走向一边因恐惧而颤抖的女乐,施了一礼:"能否借琴一用?"

年轻的谋士盘膝而坐,将琴横在膝上,抬眼缓缓扫了一圈,眼睛里似乎有一抹光华一闪而逝。他慢慢道:"在下也是琴痴,不论故国君臣,只论妙赏知音。这一曲,不为公主,只为阿鸾。"

在座众人,颇知琴道的,心中都是一动,奚子楚也忍不住一声叹息。

那样绝妙的琴音。

是啊,知音难得,这样的乱世,充斥着权谋、杀戮、争权夺利、钩心斗角的世界,多久没有听过这样不染俗尘般的古风长调?佳人一去,谁还可以妙指轻抚,奏出这样的古调清音?

何况,哪怕是一位仙风道骨的老叟,也不至于这般让人惋惜;偏偏这又是一位冰雪般的美人。

公子居然也没有说话。

谋士双手抚上琴弦,轻轻一拨,几声古调铮铮地响起。

是《雪月四弄》。简歌也是琴道高手,可同样的曲子,在他的指下沉郁、悲凉,却没有鸾姬那雪月交辉般的空灵。

悠悠古调里,谋士平静地说:"这首曲子,是云梦国手谢宓呕心沥血之作。当今之世,恐怕可以演奏出来的不会多过五人。公主以此曲成名,但从今以后,'清音阿鸾',将再不会重现了。云梦古调,恐怕总有一天,会和云梦泽一样,淹没在历史长河吧……"

公子突然疲惫地挥了挥手："把她带下去,关在竹下馆,我不想再见到她。"

第二十二章　云　起

晋隐帝昭元十二年的新春,呼啸的风雪纷纷扬扬地笼罩着整个凉州,持续数日了。

如果是从前,天还没黑,凉州权贵们府中噼里啪啦的爆竹声已经铺天盖地炸响,热闹得让丈余高的朱门关都关不住。凉州一半的豪门大族都集中在公子府的同一条街上,新春往来摆设筵席,家中的女乐和侍姬都穿上了厚重的绸缎宫裙,胡乐胡舞笙歌彻夜,豪宴烈酒镇日不休。最可谓奇观的是各豪族暗中激烈攀比——凉州扼守丝路要塞,各种利益盘根错节,光是丝路豪商们给权贵们送的礼,都让人叹为观止;每年此时,各豪族每家都要派出几名司仪每日站在宅邸之前高声点读,看谁家收礼最多、最大,通常点它几天都点不完。

这是河西世族几百年的奢靡陋习,公子怀璧深恶痛绝,却碍于盘根错节的世族势力,没有办法制止。

而今年,这些豪族的热闹便再也看不见。

新春寿辰之上遇刺,公子怀璧勃然大怒。替其他世族权贵的性命着想,为避免同样的刺客事情发生,公子怀璧下令严查私下的奴婢人口买卖,每家世族每次购买女乐、奴隶统统上报,加收人丁税。这样一来,谁还敢过分蓄奴?

其次,公子怀璧下令,从当日起,入夜子时之后便宵禁,不得妄动器乐。

今年也就罢了,如果公子怀璧打定主意,每年这么约定俗成地来上一回,这就成规矩了,哪家还能大肆铺张、通宵达旦地歌舞欢宴?权贵世家自然愤懑,但这件事确实严重,公子怀璧的理由无懈可击,只好作罢。

这几乎是凉州城权贵们过得最萧条的新春了。

"这个年，过得真是冷清啊。"

驻守公子府外的武士抱着刀，望着天上纷纷扬扬落下的大雪长声叹气，斜眼看着身后的一群同伴围在一起，正热闹非凡地大呼小叫。

"小！"

"大！"

"怎么又是大！"

武士好心地提醒："别怪我没提醒你们，今天公子一大早就去巡营，也许很快回来了。"

"去去，好好望你的风！兄弟们老这么窝着够窝囊了，还不让玩玩？"士兵们头都不回，随手挥了挥，"公子今天去西山大营巡营，那是风逸之老将军的地盘。长官们论啰唆，咱们老温第一，风老头就是第二，俩人凑在一起，一时半会儿绝对回不来。"

立刻又吵成一团：

"大！"

"小！"

"你小子出千！想挨揍不是？重来！"

武士嫉妒得眼红。

"哪位军爷跟我换一下啊？让我也玩几把。"

武士们不理他："一边去，爷刚玩上。"

"那让我也加入怎么样？"

"有完没完？"武士们终于不耐烦，有几个转过头来，"再嚷嚷，把你小子揍得满地找……牙……"

剩下的话立刻吞进肚子里，气氛霎时不太对。围成一圈的武士们抬起头来，一齐倒抽一口冷气，唰地站起来，闪电般整整齐齐站成一排。

"让我看看，这几位英雄都是谁。"公子背负双手，慢吞吞地说，脸上看不出喜怒，"悠闲得很啊。"

那名望风的武士，一本正经地昂首肃立，面无表情，却心虚地将眼睛瞟向一边。

武士们一动不敢动，眼睛却偷偷恶狠狠地剜向公子身后那名望风的武士。

公子一身戎甲，披一袭紫貂大氅，似笑非笑地背负双手站在那里，身边是峨冠博带的帝都特使，正有趣地看着这幕闹剧。他身后两排持刀武士，队列严整，随扈的将军温澜身着重甲，脸色铁青。

一名武士夯着胆子说：“公子不让我们去朔方，末将确实闲得慌！”

“孙翰、沈茂、晋博、谢少瓒、马牧原！”温澜狠狠地瞪武士们一眼，惭愧地对公子拱手道，“公子，这些是末将军中的带刀军校，今日轮值。末将管教不严，一定把他们军法处置，罚俸三月、停职半年！”

武士们顿时垂头丧气，耷拉下脑袋。

“居然还嫌我啰唆？”温澜低声咬牙迸出一句，又扬声怒道，“本来想让你们明日与贺兰将军、马将军一起押送粮草去朔方，现在不用了。”

“押送粮草去朔方？”几名武士一怔，等反应过来，立刻激动起来，“公子！末将不服！兄弟们都去朔方杀敌，凭什么这时候停了我们军职！”

“请公子罚我们一年俸禄吧，末将愿意即刻奔赴朔方！”

少年们顿时吼成一片，温澜忍无可忍：“找死？闭嘴！”

公子面无表情地越过他们，径直踏上台阶，毫不理会。待到走上台阶的最高处，却突然停下来转过身，看向那几位冲动得脸色赤红的年轻武士，慢条斯理道：“温将军，传令下去，这几位各自罚俸三月，外加三十军棍以示警诫。打完了还能站起来的，就给我滚到朔方去！”

公子慢悠悠看向那个望风的武士：“还有你，你受命望风却不忠于职守，不及时警告自己的兄弟是不讲义气，加在一起，和他们一起罚。”

几位武士一怔，顿时欢呼着从地上跳了起来，兴高采烈跟着温澜去领罚。隔着大雪，一路上看见年轻的武士们跟在温澜背后你踹我一脚我揍你一拳，任由前面的大将军挥着手臂兀自训骂个不停。

“你有这样热血的武士，难怪虎贲铁骑名震北陆。”特使看着少年们远去的背影，叹息道，"在长安三千执金吾里，也找不出一百个这样的少年。"

帝都的执金吾们全部是贵族世家的膏粱子弟，大多自幼娇生惯养，长大后沉溺于声色犬马。虽说都是逞凶斗狠的愣头青，但无非争风吃醋、打架斗殴，整日里在帝都长安大街上横行无忌，哪里见识过真正沙场上血肉横飞的残酷？

公子微笑道："只要有才干，我军中宁养赌徒莽夫，也不养酒囊饭袋。"

大雪将占地百顷的公子府包裹起来，天地间一片苍茫。公子怀璧挥退了随扈的武士，就这么和特使姬骧并肩漫步在鹅毛大雪里。

"说起出老千，谁是我们的对手？"姬骧忍不住一笑，"你记不记得，第一次出老千，我们太紧张，被那群执金吾发觉，结果被他们十七个人群殴我们两个，在赌坊打得天翻地覆。虽然我断了条胳膊，你折了根肋骨，但是我们赢了！"

公子怀璧脸上闪过一丝笑意："是啊，那时常常被人揍得鼻青脸肿，手艺居然也练出来了。"

是啊，那时他们很穷，穷到为了给某人喜欢的姑娘送一个不值钱的礼物，去赌坊给人出老千。

"听说你为了贵族们的生命着想，严禁私下买卖奴隶，还开始宵禁。"姬骧微笑道，"你倒是会借题发挥，新春里到处得鸡飞狗跳。"

他皱了皱眉，奇怪道："我总觉得这几日府中似乎少了什么。"

偌大的公子府似乎有点空寂，雪片在天地间寂寞地飞舞，却少了天籁的伴奏。

"少了琴声。"他想了想，恍然大悟，叹息道，"被你关进竹下馆那个鬼地方，谁也没心情抚琴了。"

两次行刺公子怀璧还能活下来，这个女人，算是第一个了。

突然一声响亮的呼哨，公子怀璧微笑着伸出手臂，一只已经长到和鹰差不多大小的青隼在天空盘旋着俯冲下来，收起锋利的爪子，乖乖地落在公子穿着铠甲的手腕上。

公子喜爱青隼，每年都弄一些雏鸟养大，却只喂给极少量的肉，让它们激烈竞争、自相残杀；最后在能活下来的仅有几只中，选择最强的留下来。

"我喜欢有点味道的女人，太柔顺了也乏味。"公子怀璧微笑着轻抚宠物的羽毛，柔声道，"但烈性是要被驯服了才有趣味。如果乖乖听话，我很愿意娇宠她，可惜啊……"

姬骧慢慢道："我感兴趣的是那把琴，机关如此精巧。如果是我，怕是难以全身而退。"

"这不重要，这个女人的事可以告一段落了。"他没有戴头盔，雪片很快在他漆黑的长发上密密地落了一层，公子望着天空叹道，"我现在关心的是这场大雪，这批粮草明日就要送去朔方，会不会因此误事。"

姬骧皱眉道："谁去押送？"

"两个千夫长，温澜的部将，贺兰雄与马凉。"公子淡淡道，"这两位也算是温澜帐下的后起之秀，但愿不会出差错。"

大雪似乎渐渐小了，天际的浓云被呼啸的北风吹在一起，黑压压地压在凉州城上空。

这只是暂时的宁静，更大的风雪正在酝酿之中。

他骁勇而赤诚的武士们正在为次日随同二十万斤军粮奔赴朔方而蓄势待发，云渊镇守朔方，捷报频传，而胡人对朔方久攻不下，士气衰落，一切似乎都很顺利。

公子怀璧微笑着放开手，手臂上的猛禽冲天而起，在风雪中伸展强壮的双翅，清越的唳鸣划破苍穹，直冲天际。

第二十三章　左贤王

一声凄厉的惨叫，穿过戈壁上空的黄云。

战马上的人一个激灵，陡然抬起头，看到一只秃鹰从头顶掠过，押送粮草的武士们悄悄松了一口气。

领头的千夫长贺兰雄皱皱眉："浑蛋，坏兆头。"

在河西，秃鹰是死亡的象征，丝路上的商队如果遇到秃鹰，都会就地焚香跪拜，祈求神灵的眷顾，不要把厄运降临在他们头上。虽然他们是运粮队而不是商队，是虎贲武士而不是那些迷信的商人，但身为河西人，总是还有一点顾虑。

千夫长贺兰雄兜转马头，对后面长长的护送粮草的队伍喝道："再有十里就是祁连驿，最后一段路，大家加倍小心！"

说完又觉得不对，什么叫作"最后一段路"？他啐了自己一口，低低骂道："乌鸦嘴。"

他的同伴马凉忍不住嗤笑："贺兰大哥，你哪儿都好，就是胆子太小。不到十里就是祁连驿，离朔方城就剩五十里地了。胡人疯了才会冒这个险，来到咱们虎贲卫大本营的眼皮子之下抢粮草。"

贺兰雄摇摇头："胡人是一个威胁，强盗也是一个。祁连驿这边从来不太平，前面就是月牙山，不说地势，光是一大片沙枣林，藏起千儿八百人轻而易举。这边又都是村落，穷人多，遇上乱世，为讨口饭吃，往往铤而走险。"

他这么一说，暮间的风携着白日里的余热呼啸着穿过前方的沙枣林和胡杨林，鬼哭一般，像有无数人悄悄在暗处，盯住了他们的脑袋。

"你可别吓我。"马凉忍不住摸了摸手臂上立起的鸡皮疙瘩，警惕地左右观望，"兄弟我还指望着这批粮草立功呢，升个步兵校尉，阿珍她娘才会把阿珍许给我……"

这是一批虎贲卫的运粮队，由两个千人队押送二十万斤粮草，紧急送往朔方。贺兰雄、马凉分别是两个千人队的千夫长。贺兰雄年纪稍长，性情沉稳，一杆狼牙枪在军中小有名气；马凉相貌俊俏，在凉州胡姬酒肆勾栏里的花名，和他的斩云刀一样名声远播。

贺兰雄沉沉的目光扫过四周，微笑道："臭小子，收心了？阿珍等你这么些年，你吃点苦头也是应该的。"

风扫过去，声音平静下来。一切寂静无声，没有异常。

马凉悄悄松了一口气，嬉笑道："到底是成了亲的男人，瞧瞧被嫂子调教的！哎，贺兰大哥，嫂子过完年是不是要生了……"

他话音未落，突然觉得心头一凉，再一张嘴，一片腥热源源不断涌了上来。紧接着就听见鸣镝呼啸，他的身体轰隆一声从马背上倒了下去，几个字却堵在喉咙里再也吐不出来："有埋伏……"

马凉的胸口，是一蓬乱箭。

虎贲前途无限的青年将军、少年英武，就这么死于乱箭之下。马革裹尸是每个武士的准备，但那是在风云呼啸的沙场上，在与对手刀剑相击的酣畅淋漓下；也许他至死也不能相信，他居然是倒在了距离他们任务终点仅仅五十里的地方，对手是谁都不知道。

贺兰雄根本来不及为兄弟哀悼，他只能大喝一声："结阵！结阵！有埋伏！"

已经来不及了。第一轮箭雨扫过，前面猝不及防的虎贲武士已经倒下了一片。而众人尚未从突袭中回神，突然一声嘶鸣，像雷电骤然击碎寂静，全副铠甲的武士，从两侧、前方的隐蔽处跃马而出，急袭过来！

这些伏兵显然训练有素，老练而且强大，为首的骑士一声响亮的呼哨，伏兵们以闪电般的速度迅速渗透进虎贲的队伍。贺兰雄来不及结阵，他的兄弟们被分成了一块一块割裂开来，逐渐被伏兵吞没。

多年出生入死的战斗生涯让贺兰雄迅速冷静下来，他知道，这是一场有预谋的伏击！

对手人数大概千人，而虎贲有两千余人，但此处距离祁连驿不过十里，距离朔方也只有五十里。只要有哪怕一个人冲出去报信，剩余的哪怕苦苦支撑上一个时辰，他们就绝对可以扭转战局，保住粮草！

贺兰雄大喝一声："虎贲守，鹰隼出！"

他转过身，一枪隔开对手的攻击，厉声大喝："弓弩手！"

"虎贲守，鹰隼出"是一句军中暗语，虎贲每支千人队中有一百名精锐之士，是在重困之中断臂求生所用，危急之时要不惜一切代价让他们突围出去，那句"弓弩手"既是命令，也是为了彰显他主将的身份。贺兰雄临危不乱，他打定主意用自己做诱饵引来对手主力，让旗下的精锐突围，去朔方报信。

对手的注意力果然被吸引过来，就在这一瞬间，虎贲卫弓弩手张弓搭箭，眨眼之间就要万箭齐发。

而贺兰雄"弓弩手"三个字话音未落，他的眼睛只捕捉到一片雪亮的刀光划过眼前，下一瞬他就感觉自己像突然飞了起来，升到天空，然后就看到一道血箭从下面的脖腔中喷薄而出——

那具被削去头颅的身子，难道是自己？

他瞪大了眼睛，却什么都喊不出来了。

这只是一瞬间的事。贺兰雄不曾瞑目的头颅滚落到马蹄之下，迅速被践踏成肉泥。

快，太快了！

虎贲铁骑的弓弩手居然来不及射出搭好的弓箭！

虎贲铁骑以速攻、强攻名震北陆，这是第一次，在对手面前甚至没有施展开阵仗的机会。他们像一枚长长的刺，只在眨眼的瞬间，就已经冲破了虎贲卫坚固防线的微小缝隙，尖锐、犀利、迅速。

伏击的骑兵呼啸着穿过了虎贲铁骑的防线，在他们身后，一面大旗飞扬着举了起来——风云。

"全军覆没？"

武士在主座下躬身禀报，沉声道："是！虎贲两千人马全军覆没，一个活口都没有留，二十万斤粮草全部押回营中。"

他面容清癯，有着羌胡人少见的清俊，一身胡服、腰佩弯刀，却也能一眼看出他的中原血统。

"很好。"虎皮主座上的左贤王慢慢拈着上唇的短髭，深邃的眼睛里露出一抹笑意，"风云骑伤亡如何？"

"无一伤亡。"武士眼睛里闪过一丝骄傲，昂然道，"风云骑初露锋芒，所向披靡！"

大帐中一片低低的抽气声。出云骑五千精英铁骑，今日只出动了一千小试牛刀，果然威势惊人。

其中一位满面虬髯的将军怒道："风云骑能挽回整个战局吗？再说了，二十万斤粮草可救一时之急，但嬴怀璧那小子想困死咱们，三十七万大军加上战马，这点粮草不够塞牙缝！难道我们不用打仗，都像你一样，大家天天藏在林子里，等着去抢虎贲的粮草吗？"

五胡联军趁的是嬴怀璧伐梁未归的机会，自漠北远征河西，深入凉州千里，赌的是一个"快"字，先发制人，乘虚而入。之前突袭雁翎关失败，先机已失，已然被动；如今云渊率虎贲主力救援朔方，两军相持，又被嬴怀璧釜底抽薪。这样持续下去，用不了多久，军需断绝，嬴怀璧不用出兵，耗都能耗死他们了。

粮草不继，大家都挨饿，这些剽悍的羌胡将军天天藏在林子里当强盗，这本来是很可笑的事情，但是一个人都笑不出来。

胡人远征，打的就是一个闪电战，关键是士气。一鼓作气，再而衰，三而竭。而嬴怀璧这一招，直接把他们的士气给泄掉了。

消息压得住一时压不住一世，这已经是迫在眉睫的危机。

满脸虬髯的将军转身对前方正中主座上的左贤王大声道："这么耗下去，对我们没有任何好处！王爷，我主张退兵！"

武士不理会他，平静道："王爷，在下倒是和伊衍缇将军的看法相左。如今恰好是嬴怀璧伐梁归来，元气未复，且凉州内乱，嬴怀璧左支右绌。如果可以和我们硬碰硬，嬴怀璧为何不主动出兵？他也是对我们心存忌惮！等来日嬴怀璧羽翼丰满，我们再想对凉州用兵，那就更是不易了！"

"何况，这次我们五胡联军势压嬴怀璧，下次还能这么容易把五胡集结起来吗？"他淡淡道，"机不可失，绝不可轻易退兵！伊衍缇将军莫非被打怕了？"

伊衍缇勃然大怒，一巴掌拍下去，面前长几上的一碗油酥茶泼出去一半："晏仲玄！你这个南人……"

左贤王斜倚在虎皮主座上，一直不动声色，听到这一句，顿时目光如剑，陡然扫下来，伊衍缇的气势生生被压了下去，下面的话堵在了嗓子眼里。

"树干不怕风吹雨打，只怕从内部朽坏。"左贤王面无表情，沉声道，"你们都是我第一流的勇士，连这个道理都不懂吗？"

顿时无人言语。左贤王目光严厉，扫过众人："我五胡联军号称三十七万，事实上只有二十万。二十万中，我羌胡主力十七万，其余四胡兵力衰弱，只是充个门面。你们是我最信任的武士，别人不清楚，你们还不清楚？我们必须在被嬴怀璧困死之前，拿下朔方。否则，就只有撤军！撤军后果如何，大家都知道吧！"

"打就打！谁怕嬴怀璧谁就是孙子！"有人大声道，"王爷，我们不退兵！"
"不退兵！不退兵！与凉州的龟儿子们决一死战！"
顿时响应声此起彼伏。

"大漠的太阳会记住你们的荣耀！"左贤王的目光像蓄势的雄狮，他举起双手，慢慢道，"我们伏日部是漠北草原当仁不让的统帅！一统大漠、踏破河西的，只能是我伏日部！"

羌胡是漠北草原上实力最雄厚的民族，曾经踏破凉州，饮马黄河，直逼长安，令帝国震惊。虽然自从嬴怀璧归来，羌胡被逐出河西走廊，但这个强大的威胁依然存在，公子怀璧也十分忌惮。

左贤王铁图尔·翰罗统领的伏日部，曾经是几百年来羌胡五部中最衰弱的一部，他们的牛羊被抢走，女人被侵占，土地被分割。数百年来，伏日部、白羊部、乌桓部、陇勒部、东胡部，羌胡五大部族不断地互相征伐，弱肉强食，都在争夺这茫茫草原大漠的掌控权。

铁图尔·翰罗是羌胡伏日部七世子，二十年前伏日部政变，大世子在燕支山狩猎的路上埋伏兵马，一举杀了五位狩猎归来的兄弟，二十岁的铁图尔·翰罗因未同行免遭一劫。他被大世子四处通缉追杀，却巧妙地藏到了大世子府中，在大世子寿宴上单枪匹马杀进筵席，一刀剁下了大世子的脑袋，扔到了他的父亲伏日王面前，说："我可以杀了兄长，也可以杀了你。权力和性命，你要哪一个？"

从此，铁图尔·翰罗成了伏日部的实际掌权者。

十年之后，他率领伏日部横扫大漠，让其余四部尽皆称臣；再十年之后的如今，他已经是羌胡左贤王、漠北草原的第一雄鹰，而伏日部，终于成为草原上最强的一部。

火一样的烈日也有西斜的一天，各方势力的斗争从来不肯停歇，此起彼伏，盛衰交替。

如今，其余四部渐渐崛起，各自励精图治，漠北草原权力的天平，开始不稳。饮马黄河，踏平河西，不仅仅是建功立业的雄心，更是巩固权力的筹码。

夜色已经深沉了，大漠的风沙呼啸着吹过戈壁。

营帐里的将军们已经散去，熊熊的火炉升了起来。左贤王凝神看着悬挂着的大幅羊皮地图，上面清晰地画着战局。

"好一个釜底抽薪，赢怀璧这一招，真是玩得漂亮。"左贤王低低叹道。

羊皮地图上，赫然用朱笔圈出两个地名——羌胡、凉州。

"晏将军，你追随本王多少年了？"左贤王突然开口，悠悠道。

晏仲玄还没有走，闻言笑了一下："已整整八年。"

"八年……当年你二十二，我三十二，刚刚率伏日部称雄大漠、横扫四部，就像草原上的太阳正午直射斡斜河的时候，可以把三冬的寒冰烤化。如今，我都四十了。"左贤王眯起了锐利的眼睛，"而赢怀璧，甚至比当年的我年轻得多。再不能拿下他，恐怕以后就再也没有机会了……"

晏仲玄沉默了一会儿，说道："王爷正是如日中天的时候，正当建功立业，怎么能说这样的话！"

"我有七个儿子，却没有一个像我。"左贤王背负双手，转过身来。他四十岁，已经不再年轻，上唇留着微卷的短髭，浓眉斜飞入鬓，成熟英俊。他微微叹息："如果我不能拿下赢怀璧，日后我铁图尔一族，谁还有这饮马黄河的雄心，能振兴我伏日部铁图尔家族的荣耀？"

左贤王的七个儿子，都是他少年时与妻妾所生，却没有一个继承了他们父亲的雄才大略，个个耽于酒色，沉溺安乐。

"他们没有一个有资格继承我的位置。可是我看上的女人，却不愿给我生孩子……"左贤王目光悠远，突然叹息道，"生子当如嬴怀璧！可惜可惜，他是我的对手。"

那就只能除掉他了。

"王爷不必担忧。"晏仲玄微笑道，"在下韬光养晦，研究骑兵战术八年之久，训练出这支风云骑，第一次上战场就锋芒毕露，让虎贲卫毫无招架之力。作为先锋，在下有这个自信，王爷也可以放心了。"

是的，这次伏击根本不是为了那二十万斤粮草，最终的目的，是给风云骑试剑——十年磨一剑，霜刃终可试！

"是啊，这是我们的第一支明箭，明日就可以射出去了。"左贤王扬了扬眉，道，"下一步，就看看第二支暗箭，该如何发出去。"

他仰首看着帐壁上悬挂的巨大地图，拈着短髭，微笑道："最高明的破城之法，就是让它从里面开始，自己破。"

第二十四章 风云骑

"听说了吧，二十万斤粮草，在祁连驿后不到十里的地方被截了……"

"哈！听说两千人没留一个活口，虎贲卫一个个看着光鲜，原来也不过是群软蛋！"

朔方城外七十里，盘马坡。这里是北燕、中山、陈三国联军的驻地，守卫着朔方城的北大门。

不远处的箭楼上，飘着在暮色里恹恹的三国帅旗。几名轮值的士兵抱着枪，歪在一处山头的箭垛后，说出的话里一股股地冒着酸气。

"胡人真是胆大，就在云渊的眼皮子底下也敢下手。"说话的士兵看样子不过十七八岁，还是个新兵，一身水牛皮的甲胄显得破旧，皮子几处裂开也没补上，不知道之前被多少人穿过。

三国士兵对虎贲卫的装备嫉妒得要死，虎贲卫的财大气粗是出了名的，公子怀璧把凉州赋税的一半都用到了打仗上。虎贲骑兵一人双马的配备，精锐部更是一人三马，这在漠北草原都是一种奢侈。虎贲武士一个个整齐光亮得耀花眼，那身锁子连环甲往外一站，城里的大姑娘小媳妇儿就大冬天不辞辛苦，天天给他们苍水边驻地的人一盆盆地洗衣服，苍水结了冰也要给砸开。城里的婆子都说最近家里的女人格外勤快，店铺的老板则是说治冻疮的羊脂油卖得特别快。

新兵心疼地叹气："二十万斤粮草不是小数目啊，想想都心疼。"

"你心疼个啥！"他身边的一名老兵斜了他一眼，"别说凉州人有钱，就是没钱，他们饿着也不能让咱们没饭吃！不过你可记着，咱们来可不是给他们凉州人卖命的，打起来别傻着往前跑，让傻鸟们先上。反正打赢打输跟咱们都没关系，该吃吃，该喝喝，粮草也不是咱们的。"

几个新兵听得目瞪口呆。

"你们以为这是我说的？这可是我亲耳听咱们将军说的。"老兵得意地笑着，向远处的营帐努努嘴，"你们这群傻小子，胡人是威胁，河西人就不是？咱们国君会容得下一群蛮夷跳到他头上？胡人和河西人都留不得，我们要做的就是静观其变。"

这段话，大概是将军们的原话了，老兵的水平也说不出这样的话，甚至这话是什么意思，他也许自己都不太往深里想。

当兵的就是混一天三顿饭，一月拿饷银。为什么打仗、打仗的门路，普通士兵谁管这些？战争与政治从来密不可分，有多少战死在沙场上的武士，是知道自己为什么而战？

乱世之中，谁都是棋子。

想到平时将军们的训导——武士就是要做好马革裹尸的准备！战场之上要一往无前，舍生忘死！新兵们一时寂然无语，懵懵懂懂中，似乎都感到一种沉重的讽刺。

"为啥当兵，还不是混口饭吃！"老兵又絮絮叨叨开了，"要是为了一口饭把命搭上，那可是不值……"

他的话突然停住，瞪大了眼睛——那是什么！

夜色已经渐渐浓重起来，莽莽荒原上远远传来几声狼嗥。周围本来十分寂静，是令人感觉安稳的寂静，此刻却隐隐有股紧绷的压力，慢慢弥漫，风吹过荒原传来"沙沙沙"的声音。

像风声，又像脚步声——就好像有无数人衔枚疾走，平静里露出压抑的气息。

从大漠戈壁来的风吹过盘马坡，风声呼啸，呼啸而来的却不是黄沙，而是乱箭！

平静乍然打破。

战马嘶鸣，铁蹄踏破寂静，三国联军的号角凄厉地响彻夜空。

士兵们惊恐地看到，盘马坡下骤然出现密密麻麻的火把，像绵延的繁星。

轮值的士兵拼命吹响示警的号角："胡人夜袭！"

大帐里的将军来不及披好战甲，飞奔出来，大吼："稳住阵脚！稳住阵脚！截住胡人！"

盘马坡居高临下，易守难攻，三国联军回过神来，迅速安排中山国的弓弩手放箭，北燕步卒劲旅组成巨大的枪阵，陈国骑兵从侧翼包抄，汹涌而上。

可是还是来不及了。奇袭的先锋是一支轻骑，他们像一道闪电劈过，中山国的弓弩手慌乱中来不及将箭射出去，那些闪电已经掠过这一线，在北燕枪阵劈开了一道细细的缝隙，快得让人措手不及！

像一根尖利的刺，瞬间刺入三国联军防线的心脏。

三国联军的战力在奇袭面前简直微不足道。

踏着先锋开辟的道路，胡人铁骑轻而易举踏破了中山国的弓弩防线，北燕的步卒劲旅在他们面前如同脆弱的稻草，胡兵挥起斩马刀，镰刀一样收割北燕的劲旅。陈国的骑兵从侧翼包抄，与对手直面相遇，一见胡骑千军万马锐不可当的气势，呆住不知所措，然后居然直接掉头就跑，一片兵荒马乱，留下一地辎重和乱兵踩踏的尸体。

与盘马坡遥遥相对的高地，立着几匹战马。马上的骑士静静地看着脚下的战场。

高大战马之上的晏仲玄叹道："三国联军真是不经打。云渊和孙湛本来让他们驻守盘马坡，是占着地形便利，易守难攻，可惜在我们攻势之下，毫无用处。"

左贤王拈着唇上的短髭，在远处连绵的火光照耀下，他微笑的眼睛里，暗光一闪而过。

在五十里外，三国驻地盘马坡的方向，火光冲天而起。三国联军示警的凄厉号角刚刚响起第一声，正在大帐中看战图的云渊脸色一变，就听到大帐外一阵脚步匆匆，副将顾琼掀开帘帐大步走进来，急促道："云将军，盘马坡出事了！"

虎贲大营已经闪电般全部戒备，各路将军迅速在第一时间集合在云渊大帐之前。诸位将军七嘴八舌，议论纷纷："盘马坡出事了？是羌胡夜袭？"

三国的号角一声声撕裂夜空，直传到五十里外的虎贲驻地。

就在这时，三国联军的传令官闯进虎贲大营，挥舞着小旗一路飞驰而来，从马匹上翻身滚落，连滚带爬，嘴里喊着："盘马坡守不住了！云将军！快撤吧！"

这显然是一场夜间突袭，对手来路不明、人数不清，但显然阵仗极大；一时之间，这传令官的话让六军武士人心惶惶。

云渊眉头跳了一下，勃然大怒："放屁！说，偷袭的有多少人？从哪个方向过来的？五胡中的哪一部？"

传令官哆哆嗦嗦，大喊道："云将军！末将说的是真的！胡人的攻势太强了！前面的先锋简直是鬼怪，太快了，我三国联军毫无招架之力啊……"

云渊截口打断他的话，冷笑道："妖言惑众，乱我军心，打的什么主意！来人！把这个胡人的奸细斩了！"

那人惊叫："将军！我不是奸细！"

云渊毫不理会，挥一挥手，几名武士上来，一刀把"奸细"的头颅利索地砍了下来，用长枪高高挑起，鲜血冒着热气，顺着枪杆滴滴答答流了下来。

云渊转身看向密密麻麻的武士与将军，喝道："这奸细企图乱我士气，这就是下场！我们八年来与胡人多次交锋、连战连捷，这一次，也不会例外！虎贲听令，奔赴盘马坡！"

第二十五章 双凤雏

朔方战报尚未传到凉州的时候，凉州百姓还沉浸在新春未退的欢欣热闹中没有回神。

大雪时断时续，在入夜的时候，一弯弦月爬上天空。冷光照上积雪，似乎要与天地同化为一片琉璃。

一辆马车停在一座朴素的宅邸前，两匹驾车的马儿打着响鼻，呼出的白气都几乎要结冰。远处天际烟花爆竹的光时隐时现，还有凉州百姓隐隐传来的欢呼，但这些热闹衬得这座寂静的宅邸更加寂寞。

一个一身白衣、腰别洞箫的身影从马车上跳下来，他的车夫赶上前在门上拍了几下，一名打着哈欠的家奴慢腾腾地一边开门，一边不耐烦地问："谁啊？"

尽管是一名家奴，来客还是彬彬有礼地退后一步，双手交覆，躬身一揖，笑眯眯地呈上一张名帖："叨扰了，这是在下名帖。新春佳节，冒昧前来拜访简大夫。"

家奴接过名帖，却从门缝里看到来客，一激灵，一下子几乎跳起来："太傅！"

这是一座幽静的府邸，并不很大，在冷月积雪下寂静得悄无人声，与外面的热闹像是两个世界。王览被家奴带到一间阁室，里面点着一盏昏黄的灯烛，似乎有人随意地拨动琴弦，"铮"的一声，沉沉的琴音划破寂静，却不成曲调。

家奴正要通报，里面的人已经平静地开口："太傅月夜前来，简歌恭候多时了。"

王览微微诧异，简歌已经迎了出来。他一身宽大的布袍便服，头发随意披散肩后，绝世的姿容映着月色积雪，恍惚让人感觉像一尊玉雕，不似真人。

简歌对王览拢袖一礼，微笑道："当日阳谷关下，琴箫合奏之后，在下就在等着何时与太傅秉烛夜谈。可惜数次直面相对，居然都没有这个机会。"

一人在台阶之上，一人在积雪之中。王览同样拢袖覆手，与简歌同时深深一拜。二人抬起头，相视一笑。

两人行的都是谦让贤士的揖让礼。月色之下，双凤雏终于真正地直面相遇。

"双凤雏"，这两个名字似乎总是一起出现，永远并列在一起；同样名震北陆，却相隔千里，从未谋面。贤士与贤士，彼此之间，也许本来就存在着神往、仰慕以及一种带有挑战性的好奇。神交已久，这是只有双方才明白的一种惺惺相惜。

"沧海横流，足下清高迈俗之雅士，流寓乱世，实在有辱风华、明珠埋没。"二人在室内牵袖对坐，隔着一方矮几，王览微笑道，"梁国凤雏，可愿在这河西之地，敛羽休憩？"

简歌轻轻一笑："天下大局已乱，凤雏之名又有什么意义呢，无非是执棋手手中的棋子。如果可以，在下宁愿一杯薄酿、一把古琴、一叶扁舟、一寸鱼钩——远避世外。太傅难道没有这样的奢求？"

月色与雪光从窗口斜斜照进来，正好照在一炉袅袅燃着的紫矾香上。一名青衣小童上来，斟上两盏清茗，又轻轻退下去。

这样的月夜，似乎正是让人的魂魄都在冰雪的微光下洗濯清净。

王览一时轻叹："在下出山之前，曾隐居苍梧山中。看青山、枕寒流，吹箫暮色、目送归鸿，这样的悠闲，现在想来，恍如隔世。"

仿佛又回到八年之前。那是晋隐帝昭元三年，冬，一个滴水成冰的酷寒天。一名浑身血污、饥寒交迫的落魄少年，一箭射破苍梧山虚伪的寂静。

"十年之内，我会惊动天下！"

简歌叹息："太傅如何自江左千里跋涉而来？"

"也许是……"王览眼睛里闪过一丝追忆的光彩，微笑道，"为了一点热血。"

"热血？"

王览神色温文，慢慢说出四个字："天下兴亡。"

简歌一时震动。

他慢慢道："太傅，比简歌……幸运太多。"

这一句，却包含了多少难以言说的胸中块垒！同样是凤雏，一个遇到了真正的明主，从此风云动荡，一展雄才；而另一个，亲自布置了一盘自伤三分再伤人七分的棋局，只能一个人咬牙走下去。

哪怕被所有人背弃，被最珍视的人背弃，也没有了回头的路。

落棋无悔。

"那么，大夫呢？"王览微微一笑，看着他道，"大夫又是为了什么，选择放弃了一杯薄酿、一把古琴、一叶扁舟、一寸鱼钩的——避世希求？"

他神色温文，却在不动声色地观察着简歌的神色。

简歌垂眸，掩去一闪而逝的暗芒。他淡淡一笑，缓缓道："为了我的宿命吧。这个世上，像太傅这么幸运的人，实在太少……"

他抬起头，微笑道："太傅深夜前来，在下居然忘了。太傅是江左人士，在下这里倒是有一些苍梧燕苏茶，太傅多年不归江左，可曾忘了燕苏茶的味道？"

他显然对自己的过往不想多谈，刻意引开了话题。王览看着他起身前去取茶，眼睛里闪过一丝莫测的光。

这间书阁的摆设，一方矮几，一方书案，一架古琴，跪坐的席上铺了毡毯，朴素简单。书案上压着一纸墨痕，从王览的角度看过去，正好露出几个字——歌断青山歌回风。

他心中一动，慢慢走过去展开来。

上面如刀刻一般，一字一字，笔触沉郁孤冷，写了几句诗——

> 摧藏吞声跪长空，故国百年不相逢。
>
> 重临桑梓唯做客，空悲黍离哭无声。
>
> 三江事随逝水往，九天云俱旧梦崩。
>
> 望尽烽燧望翠微，歌断青山歌回风。

这一纸字迹像是主人写完之后匆忙压在书案上，那手孤冷的"流云体"写得风骨峭拔，但吸引王览的不是书法，而是诗句的内容。

黍离之悲！

王览也忍不住心神震动。这并不是一首多么精妙的好诗，但那被压制在字里行间的悲恸几乎要冲破薄薄的纸卷，亡国之痛、家国之思，他几乎可以从诗中看到那流浪的赤子南望故国，长歌当哭，摧藏无声。

王览眼睛里锋芒闪动，他轻轻叹口气，走回座席，不动声色地等待主人的归来。

而与此同时，一匹神骏马不停蹄，映着同一弯弦月与雪光，带着满身风沙与鲜血的味道，向凉州的方向疾驰。

他背负的虎贲令旗，让他一路畅通无阻——

五胡反攻，朔方告急！

东方泛起了鱼肚白。

从大漠来的晨风吹进内室，掀动厚重的垂帏。偌大的厅堂，漠漠空旷，一室冷寂。

巨大的羊皮地图悬挂在对面墙壁上，中央的案几上堆放着一撂案牍。案角一盏青铜灯，燃了一夜，将熄未熄。

公子怀璧披着一件雪白的貂裘，在地图、沙盘、模型、案牍之间已经待了一天一夜。

公子府的气压，这几日终于压到最低。昨日凌晨，朔方战报被飞马传至公子怀璧手上，公子面无表情地看完，挥退了侍女和随从，独自一人走进议事厅就再也没有出来过。

整整一天一夜。

他擎着一盏灯烛，研究战图已经有一会儿，终于轻轻叹口气，转身在案几后席地而坐，伏在案上，用手揉了揉皱紧的眉头。

这张面容其实很英俊，却一向让人望而生畏。此刻那双高深莫测的眼睛被掩盖住，浓密的睫毛在眼睛下方投下两道阴影，刀刻般的轮廓也似乎柔和起来。也许是因为烛光，那飞扬跋扈的面容，此时竟有一丝轻淡的忧郁。

脚步声在门外停住，公子怀璧依然保持那个姿势，闭着眼睛，沉沉道："进来。"

东方的星子还没落下，映着积雪，闪烁着冷光。门外侍立的侍女偷眼看着迎着晨光、踏雪而来的佳客，忍不住提醒道："公子心情不好，您要小心。"

来客对她们温文一笑，侍女们便悄然红了脸颊。

"吱呀"一声，来人推开门，环顾一圈，看到铺着厚重波斯地毯的厅堂正中，半伏在案几上的公子怀璧，皱了皱眉头："你一宿没睡？"

"不妨事。"公子怀璧没有睁开眼睛，随手一挥，"请坐。"

帝都特使在他对案坐下，沉声道："我听说了。粮草被劫，两支千人队全被屠戮；紧接着左贤王大举反攻，昨天夜里拿下了盘马坡，三国联军退守沙枣林。如果不是云渊反应敏捷，虎贲援军拼死力战，朔方城北门已经被攻破了。"

朔方战局陡然逆转，羌胡左贤王反守为攻，盯住了三国联军这个软肋，一战将他们打得闻风丧胆。胡骑本就骁勇，这次抱着破釜沉舟的决心，五胡大军自各路开始全力反攻，朔方战局顿时急转直下，十分危急。

公子淡淡地"嗯"了一声，慢慢道："军心不稳、各有异志，三国联军的精力都用来想着怎么牵制我了，难怪在胡人刀下弱不禁风。"

他随意地指了指前面的一座沙盘："你自己看吧。盘马坡背靠月牙山、面临秣马谷，地势险要、易守难攻，是朔方北门的天然关隘，几乎一夫当关，万夫莫开。我就是对这些蠢材不放心，才把他们安排在那里，没想到还是把盘马坡给我丢了。"

他面前是一座沙盘，他的目光落在一片绿色的城池——朔方；城池西北表示七十里的赭色原野，标示着"盘马坡"。

这个沙盘是公子怀璧亲自制作，朔方一带的地势，无论戈壁、莽原、山川、城池，历历可见。公子怀璧制作沙盘与王览绘画地图的本事一样出名，误差极小，堪称绝技。

特使姬骧走过去观察形势，眉头越皱越紧，长叹一声："当真是一群蠢材！……"

"不，是太聪明了，这些北陆大国的将军过于爱惜自己的性命，只想到与我虎贲卫钩心斗角了，聪明得过了头。"公子轻叹。

姬骧突然一扬手，啪的一声，将那精确无比的沙盘一把掀翻，一地狼藉。

公子怀璧皱眉，怒道："你来就是为了掀我的沙盘？！"

"我来是想看看你死了没有。"特使轻哼一声，扬袖坐在他对面，看着他眉间掩不去的疲惫，皱眉道，"很遗憾，还没有。不过死在自己手里，总比说起来是被胡人愁死的要好听得多。看看你萎靡的样子！"

公子怀璧没有说话，忽然抬起眼睛，凝视着眼前的帝都特使，神色间似乎恍惚了一下。特使被他看得全身发毛，眉峰忍不住跳一跳："怎么回事？你累糊涂了？"

"胜败乃兵家常事，不到最后一刻，我不轻言胜败。左贤王是一头雄狮，之前一直被压制，总有反扑的时候；三国联军各有异心，这次失利倒也不奇怪。"公子淡淡一笑，慢慢道，"其实，胡人此次大胜，铁图尔·翰罗手下的一名南人将军，算是厥功甚伟。"

"谁？"特使奇道。

"探子传回的消息，这个人叫晏仲玄。"他看着帝都特使，慢慢道，"此人用胡人训练出一支轻骑，锐不可当，号曰'风云'。漠北草原，居然出现了风云骑。"

特使的眼睛里闪过震惊，脸色大变。

这是一支已经消失在历史尘埃里的军队。它人数很少，只有五千人；在那个惯于水战、少用陆军的国度，少年武士们被精挑细选出来，经受一次次地狱般的训练，不断淘汰、不断竞争，留下的都是精英中的精英。名为"风云骑"，却是搏杀之道的全能精英，对付精于陆战的对手毫不逊色，其骁勇善战，名震南陆。

是的，风云骑，是当年神秘而美丽的云梦泽中唯一的一支骑兵，人数很少，马匹也远远不够，却是比云梦三万水军更传奇的军队。

云梦人不善武力，但擅于制造各种匪夷所思的器械，且传说云梦有起死回生的秘术。但秘术谲诡，据说只有侍奉王族的巫咸才可以修习，而且五百年来从没有人见到过所谓云梦秘术，在云梦破国、血流成河的时候，秘术都没有出现过，这个名词早已变成了历史的传说。云梦号称"文有西昆，武有风云"，西昆馆专门培养机械制造才士，风云骑则是武道精英。

这是云梦的两只臂膀。

可惜，在那场云梦破国的决战中，这支精锐骑兵在帝都权臣、大司马庞呈铁蹄之下全军覆没。庞呈忌惮云梦东山再起，下令"风云西昆，不留一人"，风云骑、西昆馆与他们的故土一起，永远淹没在历史的烽火之中。

公子笑了笑："风云骑对我，这个名字的震撼力要远远大于他们的战斗力。胡人铁骑与我虎贲卫都是骑兵中的翘楚，我与胡人的对决多出一个这样所谓的'风云骑'，对我来说意义不大。我对这个晏仲玄倒是更感兴趣，他敢打出风云骑的名字，想必应该是故人。不过那时我们也不过十七八岁，都是下级军官，没什么名气、资历，和晏仲玄若是不在一个营，自然互相不认识。"

"你还想和他攀亲戚？"姬骧摇摇头，正色道，"云梦人天性柔弱、不善武力，破国八年来，云梦人一直四处流浪、一盘散沙。不过现在晏仲玄打出风云骑的旗号，你要当心，说不定一呼百应，散落九州的云梦人会不断追随他而去。不如早做准备。"

当年的风云动荡犹在眼前，云梦这个柔弱的民族却可以势压江左五百年，西昆馆与风云骑，这一文一武，功不可没。如果真有这两方的幸存者流落于世，一旦结合，不能不说是一个威胁。

"堂堂云梦将军，如今也不过是羌胡左贤王的附庸而已。"公子嘲弄一笑，"我敬重左贤王这样的对手，却看不起晏仲玄此人。"

"阿若，还是小心为妙，明枪易躲，暗箭难防。"姬骧皱眉道，"胡人骑兵一向骁勇，虎贲卫虽然以速攻著名，但是硬碰硬也未必占便宜。你有什么打算？"

"不到万不得已，绝不硬碰硬。"公子一手支起头颅，敲了敲桌面，"胡人不怜惜自己的性命，我还要怜惜我虎贲将士的生命。不顾一切地送死是愚蠢的行为。"

他微微一笑，站起身来，适才的疲惫眨眼之间一扫而光，高大的身体仿佛重新担负起西陲河山的重量。

"胡人都是骑兵，这些马背上的民族自幼骑射、骁勇善战，我虎贲铁骑虽然名震北陆，但若是直接对上胡人锋芒，胜负难以预料。"他走到悬挂的巨大地图前，背负双手，凝视着山河战局的部署，"月牙山是燕支山支脉，除了月牙山、沙枣林、盘马坡一线的险要地势，朔方地处河西走廊，方圆百里简直是一马平川，尽管胡人孤军深入，我们依然占不到什么便宜。"

"可是我不想再等了。"公子转过身来，眼睛里的锋芒一闪而逝，"八年相持，我已经不耐烦了。左贤王一日不除，我便一日受他掣肘；如何才能放开手脚，称雄北陆？！"

姬骧眼神里闪过一丝震动，慢慢道："你打算如何做？"

公子唇角扯出一抹笑意，有一丝阴狠："以车弩制骑！"

"以车弩制骑？这并不稀奇。胡人骑兵强悍，我中州诸侯为牵制胡骑，往往连车以御其奔突。"姬骧微微诧异，"开国皇帝武烈王曾用战车一千、带甲之士七万，力挫公子昭阳的虎贲铁骑于洛水之滨，使你河西嬴氏从此伏首；前朝简帝之时，名将南翼以甲士两万、战车八百，大败西戎于燕支山，使西戎从此不敢东向；喜帝之时，因孙林父误国，北蛮灭郑、夔，诸侯联军二十万，同样是车战，使北蛮从此式微。不过，那是因为中州一向以车战为主，诸侯骑兵衰弱，不得不以车制骑；战术虽好，却不是什么奇兵之计。阿若，你真是昏了头了。"

"你说得很对。"他言辞间颇有辱及嬴氏先祖的地方，公子怀璧居然毫不在意，只是认真地点点头，"不过，我要用的车和弩却不一样。"

他慢慢道："龙甲车、千丈弩。"

"龙甲车！"姬骧蓦地一震，脱口而出，"难道，你要用简歌？！"

公子微笑了："能设计得出千丈弩的人，想必在机械方面颇有造诣。不知道这梁国凤雏，能不能为我重现龙甲之车？"

第二十六章 别离歌（上）

呼的一声，摇曳的烛光突然熄灭了。

满室跪坐的将军纷纷俯身按刀，突然之间，偌大的谒贤馆内针落可闻。十余双眼睛电光一般紧盯黑暗中的四周，这些都是久经沙场的名将，无论如何迅疾的变故，都能让他们在电光石火间戒备起来。

"无妨，只是风。"

一阵寒风夹着雪片扑进来，掀起了厚重的垂帏。公子起身将窗上卷起的竹帘垂下，重新点亮了灯烛。

将军们都轻轻舒了一口气。

天色阴沉，这只是午时，室内已经点燃了灯火，所有人的眼睛都在看向墙壁上悬挂的巨大的羊皮地图。

地图中央被朱笔圈住的两个字是"朔方"，在四周，赤色的箭头从四方逼近，形成四面合围之势，像猎鹰双翅的阴影渐渐覆盖住这一方城池。巨爪已经张开，就悬在朔方城的上空。

多日来无数次激烈的交锋被浓缩进了这一幅线图之上，进逼、合围，反攻、突围，左贤王十日之内连破朔方周围十五城，各路胡兵终于汇聚一线，从四面八方向朔方合围。寂静的室内，仿佛可以嗅得到烽烟弥漫和血肉横飞的气味，这一幅战图在将军的眼睛里，不是箭头和标志，而是短兵相接的战场。

"左贤王，真是一只雄鹰，破釜沉舟势不可当，足令人惊心动魄……"

良久，一位将军低声长长一叹。

朔方战况千钧一发，凉州城都已经感受到了战火的炽热温度。朔方是凉州城西北部的屏障，朔方一破，凉州城就会像刺猬被剥了毛刺一样赤裸裸呈现在胡人铁蹄之下。这样灭自己威风的话在别处是绝对不能讲的，但是在内部决策的时候，隐瞒也没有任何意义。

列席而坐的诸位将军都是公子怀璧的心腹爱将，面前的案几上被侍女款款呈上精致的点心和菜肴，最后是烤得焦黄的全羊。美丽的胡姬为每位将军斟好葡萄美酒，就托着银盘，悄无声息地盈盈退下。

前方战火纷飞，这里还能莺歌燕舞。

没有美人歌舞，而这也不是决策军机的场合，这只是一场公子府的私宴。在座的只有十余人，为三日后将要奔赴朔方的王览和奚子楚饯别。

案上美酒佳肴，面前就是战图烽火。

"都是自己人，我就不客套了。"公子慢慢道，"风无逸老将军适才所言甚是，左贤王这一次是背水一战了。他年过四十，已近烈士暮年；而且五胡分散，如果这一次不成功，想再一次集结起来，恐怕很难。这一战不比当日敦煌之战，左贤王只能胜，不能败；而对于我们——"

他看过诸位，一字一顿道："也一样。"

诸位将军沉默，这个情形，他们都很清楚。奚子楚代诸位将军拱手，沉声道："末将明白。"

公子点点头："我本应身先士卒、亲征五胡，只是这次形势特殊。伐梁方定、五胡来袭，我公子府动荡不安，西庭都护府的顾雍大都督越来越按捺不住了。上次借燃灯节的机会企图兵谏夺权，被我们压了下去，但最近都护府和王府实在安静得诡异，我不得不防。"

奚子楚沉声道："守卫故土、浴血奋战，是我们每一位虎贲武士的职责，公子放心！"

诸位将军纷纷附和。

奚子楚与王览并坐首席，温澜对他们举杯，叹道："我那两千兄弟，在祁连驿被胡人突袭，无一生还。末将留守凉州，不能亲临朔方，还请太傅与奚将军替我那两千兄弟报此大仇！"

那两个运送粮草的千人队都属于温澜旗下，两位千夫长马凉、贺兰雄是温澜的爱将。他说到最后一句，几乎是咬牙切齿，而公子怀璧也一时慨然。

当日公子府前那群聚赌的武士，宁愿被军法严惩也要奔赴朔方杀胡的年轻武士，他们还是孩子，还贪玩爱闹，有着年轻人冲动的热血，三千名帝都执金吾中也找不到一百名这样的武士；也许他们中的某个日后就是河西名将，但是他们的人生刚刚开始，就永远结束了。

死在如愿随运粮队奔赴朔方的途中，距离朔方城仅仅二十里，不知道他们最后一刻是庆幸，还是遗憾？

而羌胡与河西多年对峙，无数次屠城、大战，暴骨荒野、埋骨他乡的虎贲将士，又何止两万？

奚子楚慢慢道："温将军请放心，朔方一战，在下定当全力以赴，以羌胡头颅，祭我河西手足！"

诸位将军一时群情激昂。

"如此，多谢诸位将军！"公子怀璧动容，对在座将军拱手一礼。诸将军齐声道："肝脑涂地，在所不辞！"

就在这时，一名堂外扈卫的武士匆匆进来，在公子耳边通报几句。公子微微一笑，举起右手，众人静了下来。

"今日一会，我还有一事须告知诸位。"他缓缓看过诸位，微笑道，"此次伐胡，我虎贲补充了一些新血，想必大家也都有所耳闻。"

诸位将军怔了一下，就见公子击了击掌："白将军。"

大殿的门被推开，一个火红的身影走了进来。一身软甲，腰佩长剑，锁子甲束住纤细的腰肢，这简朴的男子武士打扮，却让她柔媚之中格外有一种刚烈，明艳逼人。

尽管之前多有白氏后人的传言，但这是白璧晖第一次真正在诸位将军面前露面。

白氏是名将世家，五百年来鼎力拱卫着河西之地的安稳。白氏一族的身体里都流着名将之血，但每一代白氏诸位武士中战功最为显赫的，却偏偏都是女将军。上一代的白氏名将白汀舟，是白氏族长白烈的妹妹、白璧晖的姑姑。在座的老将军风无逸、温澜等人，与白汀舟曾共事多年，那火焰软甲、涅槃之剑的风采名震北陆，至今记忆犹新。

王览早知公子会用白璧晖，而且伐梁之时公子也一直对她潜心栽培，所以并不吃惊。而其他诸位将军，却忍不住惊愕，面面相觑。这次朔方之战险而又险，公子难道要用这名女子？她年纪看起来不过双十，虽有名将之血的名声，而比起在座的任何一位，都太过默默无闻。

而最重要的，是公子怀璧曾杀了他的启蒙老师、白璧晖的父亲名将白烈的"弑师"传闻。五胡强兵压境，公子用白璧晖，那是外举不避仇的胸襟；而白璧晖愿意相助公子，她的心里又在想什么？

杀父之仇，还是家国大义？这名女子，会是继承了白氏名将之血的人吗？

"大义之下，不谈私怨、不避恩仇。"仿佛明白属下们的心思，公子缓缓看过诸位心腹爱将，慢慢道，"胡人是我河西大患，一日不除，凉州一日不得安宁。此次出征，愿诸位将军同心协力，坦诚以对，互相扶持。"

满座的目光一齐向她看了过去，女将军脚下顿了一顿，接着恍若未见地大步走到大殿中央，行了一个武士礼："凉州白氏，白璧晖，请多多指教。"

如此冷傲的女将军！

王览却微微失笑。当女将军乍然出现在大殿门口的时候，她的眼睛里飞快闪过一丝无措，似乎轻轻咬了一下嘴唇。

她不是傲慢，只是不善言辞。女将军眼睛扫过太傅的时候，王览友善地对她举杯一笑。

"朔方战况，我就不再多说了。"公子神色凝重，双手执杯，对诸位将军环视一圈，"朔方城破，凉州城危。此去朔方，诸位将军肩负大任，嬴某在此，代河西百姓、虎贲将士，敬诸位将军一杯！"

诸位将军一起举杯，沉声一齐道："敬公子！"

公子高高举起酒杯，一饮而尽，把盏示众："嬴某当日燃灯节柏梁台上对百姓许诺，若让胡儿踏入凉州半步，当割颅献祭。诸位将军，嬴某的颈上人头，就交到诸位手里了！"

他突然举起酒杯，狠狠掼在地上，一声脆响，白玉杯碎成了几片。

诸位将军唰地齐身立起，仰首将杯中酒一饮而尽，将酒杯重重掷在地上，碎裂声响成一片。众人齐声道："我等掷杯为誓，马革裹尸，护我河西！"

马革裹尸，护我河西！

壮烈的声音随风雪飞出窗外，伴随着掷杯的清脆碎裂声，揭开了朔方之战这鲜红的一页。

这只是序篇。

夜色已沉，停了的大雪居然又细细簌簌下了起来。饯别宴已散，诸位将军散去。

"太傅——"几位将军与太傅缓缓并行廊下，左千城沉吟道，"今日饯别宴，白将军都来了，如何不见简大夫？他大受重用，最近可是公子面前的红人。"

简歌。

王览的眸光闪了一闪，他倒是可以体会当初梁侯压制简歌的心态了。从以色艺侍人的琴师到弑君换代的谋臣，这位梁国凤雏在梁国糜烂的宫廷里从最底层一步一步爬上来，步步为营、铲除异己，却爬得不动声色。他为梁国做那么多，付出半世的才华和心血，却可以在公子怀璧兵临城下之时毅然挂印献关投降对手。而且，他投诚河西，却力保梁国百姓，分明一心向梁；若说他一心向梁，却可以毫不犹豫地将梁国血脉与梁侯死士诛除殆尽，连环巧计，覆手不费吹灰之力。

他突然想起，当日拜访简歌的时候，在他的桌案上看到的那首诗——摧藏吞声跪长空，故国百年不相逢。

那种字里行间压抑不住的感情几乎冲破纸张喷薄而出，亡国之痛、黍离之悲，刻骨铭心。

但是，也许正因如此，才会让人觉得不对劲。真的是为故国之思、家国大义？没有人知道他心里打的是什么算盘，这名沉默的谋士纵有满腹才华，却始终难以让人信任。

他太过阴沉。

疑人不用、用人不疑——如果可以，王览是绝对不会同意公子起用简歌。可惜公子突然灵机一动想出这个主意，接着就是快速奔赴朔方，他根本没有谏阻的机会。而且可以想到，即使王览有这个机会，按照公子的脾气，他也不会轻易改变自己的想法。

"公子铁腕，却失之过于狂傲，未免刚愎自用。"王览的眼底浮起一层阴霾，那是忧虑，他低低道，"只怕，难免要吃亏啊。"

左千城疑惑道："太傅，你说什么？"

"没什么。简大夫身份特殊，这样的场合来了也尴尬。好像是那梁国公主要梁国宫廷正乐《九韶》的曲谱，公子派简大夫去为公主修订曲谱了。"王览淡淡笑了一下，眼底的忧虑已经消失不见，"公子的心思，谁能猜度得准呢？"

"又是那个公主。"左千城不由得愤愤道，"公子对她实在太宽容了，当心美色误事。"

温澜诧异道："公子像是耽于美色的人吗？"

"不像……"左千城老老实实道，"可大丈夫应当胸怀天下，以建功立业为重。宠爱女人，总不是什么好事。"

"我现在倒是觉得，只要不过分，公子宠爱几个女人又有什么关系？"王览漫不经心地说出忤逆的言辞，"公子虽然年轻，却也年近而立。平日里冷心冷面，对女色也不怎么爱好，但无论是现在与王府夺权，还是日后图谋大业，公子的子嗣，自然是越旺越好。身边有几个女人陪伴，也没有错。"

左千城怔了一会儿，喃喃道："太傅……真是深谋远虑。"

王览坦然一笑："不敢当。"

这个世界上，很多人都是孤独的。也许他们站得很高，但是身边却没有可以陪伴着看一片江山的人。人的一生，如果所有的风景都是自己看，岂不是很寂寞？

雪下得越来越大了。太傅看着前方一片苍茫的混沌世界，低语："天地都寂寞啊。"

"太傅，这边！"

他的马车就停在公子府外，王览与诸位将军拜别，家童已经在向他招手示意。他来的时候雪停了，故而乘坐的是一辆素盖车，车无四壁；此时雪紧，被大风挟着呼呼往身上扑，他还能坐得端端正正。奚子楚带着一众随从策马从他身边浩浩荡荡过去的时候，狠狠嘲笑他几句，王览浑不在意地一笑，仪态娴雅，悠然地欣赏大雪封城的景致。

奚子楚是世家子弟，出门在外，排场总是很大的。王览的家童忍不住咋了一口。

马车转了个弯，与奚子楚的队伍相向而驰。而刚刚走了不远，就听到身后一声呼喝："王览！"

太傅苦笑着让家童把马车放慢。大庭广众之下对他直呼其名，敢这么目中无人的恐怕只有一位。他坐在车上等本来背道而驰的人追过来，彬彬有礼的手扶着车前横木，行了一个士大夫的礼："奚将军，怎么去而复返？"

紫袍重甲将军迎着风雪而来，这次居然挥退了随从，只有孤身一人。他勒住马缰，坐骑在马车边嘶鸣着放慢速度，人却一语不发，古怪地瞥了太傅一眼，沉默地随马车缓缓前行。

再风雅，也是需要温暖的。此时雪下得更紧，北风如割，王览裹紧了大氅，忍无可忍，对沉默无言的将军道："奚将军，在下衣衫单薄、车无四壁，冷得很。若无要事，我们就此别过吧。"

奚子楚干脆勒马停下，王览也不得不跟他停下；看着将军踌躇再三，冠玉般秀美的脸诡异地微红起来，王览心里似乎明白了是怎么回事。

奚子楚小心地从怀中取出一方细长的木匣，交给太傅，慢慢道："这是公叔雾的《松鹤图》……"

太傅并不接过来，叹息道："公叔雾真迹稀世罕见，梁侯也不过只有一幅《秋江静夜图》。将军费心找到，可谓价值连城，为何不亲自交给她？"

驾车的家童悄悄看过来，奚子楚恼羞成怒，大怒道："闭眼！"

家童赶紧转过脸去，面如冠玉的将军粗鲁地将木匣往太傅车上一扔："废什么话？你去给她就行了！去是不去？"

太傅叹口气，捡起木匣，擦拭干净呈给将军，静静道："在下不愿沾染瓜田李下之嫌，恕我无能为力。"

"你！"奚子楚咬牙瞪着他，白皙的面容涨得通红，就是一句话都说不出来。

街市上已经没有人了，静得只有北风卷着大雪呼啸的声音，天地一色的铅白。太傅又裹了裹大氅，却一句话都没有说。

良久，将军终于低低一声叹息，慢慢别开眼睛："我总是让她不高兴，她不喜欢看到我，更喜欢看到你……"

他突然一勒马缰，骏马嘶鸣，再也没看太傅一眼，掉头飞驰而去。

太傅望着他身影消失的方向，轻轻叹口气。身边的家童惊讶道："传言是真的！奚将军就是因为江女史总是和您过不去……"

"不要胡说。"太傅低斥。他看了看手里的木匣，摇摇头，小心收了起来。

为什么不亲自交给她呢？此去朔方，九死一生，若是没有再回来的机会，他会不会后悔不曾见她最后一面？

每次出征，都不曾抱着活命的侥幸，他也一样。还是把该做的都做好，这样才不至于后悔。王览叹口气，只是，他没有这种牵绊。

寂寞，也未尝不好，至少没有牵绊。今夜，会有多少出征的少年，去悄悄约见心上人，与她拜别？

后世熟知这段历史的史家，读到此处，也许会抚卷而笑。这场历史上惊心动魄的一战，以公子府一场掷杯为誓的饯别宴为序篇，而开端，却是两场黯然神伤的离别。

一场离别已经完成，而另一场，也要开始。

第二十七章　别离歌（下）

"新春时节，应公主请求，奉公子怀璧之命，在下为公主送来梁国宫廷正乐《九韶》曲谱，以慰公主思乡之苦。"雪地里的人站在台阶之下，俯身长拜，声音平静，听不出起伏，"旧臣简歌，拜见公主殿下。"

大雪依然在飞，窗外一片苍茫的白色，分不清天地。还远远不到暮色初降的时候，室内已经点起了几盏灯烛。

一名打着哈欠的婆子走出去，不耐烦应声道："公主有请。"

谋士的青布大氅上已经落了厚厚一层雪，他抬起脸，那迎候的婆子浑浊的眼也不禁亮了一下，居然像少女一般羞涩地掩了掩口，颇为滑稽。

他对婆子施了一礼，白玉般的脸上没有丝毫表情，慢慢踏上台阶。

好一个美男子！只是……太冷了，像戴了一张白玉面具。婆子暗自嘲笑一下自己居然还存了这样的小儿女心思，急忙殷勤地为他卷起竹帘。

隔着垂帏，影影绰绰可以看到女子纤细的身影，跪坐在座席之上。昏黄的烛火跳动地映着垂帏，像在低吟一支陈旧的歌。

室内侍立的两名侍女举袖掩口，顾盼传情地大胆盯着来客，娇媚道："大夫，请。"谋士目不斜视从她们身边走过，侍女低低娇笑，互相耳语："还是个正人君子呢。"

侍女在他身后垂下竹帘，谋士有点不适应室内的昏暗，他停住脚步站在垂帏前一丈余的地方，对四周缓缓扫视一圈。这是一座竹舍，寂寞得像是与世隔绝。室外大雪纷飞，室内居然没有火盆或者暖炉，甚至宾客跪坐的竹席上，也没有铺上毡毯。

谋士陡然开口，厉声道："公子怀璧就是这样的待客之道？隆冬时节，你们是在怠慢公主，还是在怠慢在下？！"

他蓦地转头，那双美丽的凤眼扫过一旁的侍女，锋芒冷厉。侍女迎上这样的眼光居然全身一寒，花容变色。她们虽然不问军务，可是公子府新来的幕僚、梁国凤雏简大夫是一名容貌惊人的年轻男子，恐怕全凉州的名媛淑女或者女乐歌伎都有所耳闻。据说此人公子也颇为看重，当然就是她们得罪不起的贵客；侍女们急忙退下去安置贵客需要的东西，走得老远才压低声音，语气颇为不屑："还算什么公主！好大的架子……"

于是火盆很快就生了起来，侍女急忙在香炉里加了一把香料，座席上也铺了厚厚的毛毡。

"鸾姬这里简陋寒酸。"帷帐内传来低低的声音，缥缈如梦中语，"怠慢大夫了。"

谋士白玉般的脸上似有一丝裂隙，他慢慢走上前，伏地一拜，久久不起，依然是旧日宫廷的稽首大礼："梁国旧臣简歌，拜见公主殿下！"

垂帏内的人看不清表情，她久久不语，半晌轻轻道："大夫，请起吧。"

她的声音微微沙哑，像是低低的叹息。

简歌伏地，闭上眼睛，又睁开。他举手托高一摞绢帛，慢慢道："公主，梁国宫廷正乐《九韶》，在下已经带来了。在下明日便要奔赴朔方，曲谱整理也许不太完整，还请公主指点。"

侍女不敢再戏弄他，恭敬地双手接过曲谱呈到垂帏中，便垂手退了下去。一时间，室内似乎只有帏帐后传来公主慢慢翻动曲谱的声音。简歌不由得屏住呼吸，静静地听她那浅浅的呼吸声，仿佛就在耳边。就像曾经有一次，只有那么一次，她柔软的双臂从背后抱住他的身体，柔糯的声音响在耳边："简歌，我怕……"

前尘再不可追回，回首间，已是沧海桑田。

公主好像说了一句什么，简歌一怔，才发现自己的恍惚。他拢袖拱手："公主！"

"简大夫精心修订《九韶》，完美无缺，鸾姬非常感激。"公主的声音柔柔地传过来，"大夫劳碌了。"

简歌敛容一拜，施了一礼："不敢。"

仿佛又是在梁国宫廷的时候，多少年他们就是这样相处，平静而内敛。

帏帐后的公主轻声道："请大夫再为我演奏一曲，好吗？我想听《九韶》的《云章》。"

他怎么能拒绝？他怎么会拒绝？

谋士没有说话，拢袖一拜，走到一侧放着的那架古琴后坐下。他垂下眼眸，伸出手指，轻轻一抚，冷冷的清音便幽幽地自弦上飞下。

顿时一切都静了下去。

没有战火，没有烽烟，没有你死我活，没有风云变幻。好像窗外就是数枝梅花影，阶下一湖碧寒水；风雪飞过，暗香浮动，她依然是梁国公主，他依然是宫廷琴师。她岁月静好，等与他把盏共一醉；他谋划军机，烽火间手抚琴弦——

好像一切都是一场大梦，蓦然回首，在梦的彼端，一切都没有变。

真的没有变吗？真的没有变？

"世事一场大梦，人生几度风霜……"公主的声音突然响起，随着琴声飘荡在空寂的室内，她叹息般道，"简大夫，你后悔过吗？"

"铮！"琴声戛然而止。

她的声音听不到起伏："你恨我吗？我曾恨你入骨，甚至想杀了你……"

谋士的双手按在琴弦之上，慢慢抬起头来，盯着面前那方垂帏。

他看不清她，这一片锦缎仿佛隔开了此岸与彼岸，咫尺天涯，万水千山。

"简歌无愧于梁国。"他一字一顿，仿佛有些艰难，"只有负于公主！"

像有什么突然炸裂，某种东西冲破了薄薄的障碍，汹涌而出。垂帏后的人影骤然举起广袖，遮住了面容。

"不要哭，公主！"谋士的手指紧紧抓住琴弦，任凭纤细强韧的丝弦深深嵌进皮肉，渗出层层的血珠，他声音很低，像在全力压抑，慢慢地一字一字吐出来，"不要哭！为我这样的人哭，不值得，不值得！"

公主用广袖遮住面容，听不到一声哭泣，可是她全身都在颤抖。

是的，她爱他，甚至在最恨他的时候，也还是爱他。从她十四岁、他十九岁，从荒淫无道的丹阳君府到同样荒淫无道的梁国宫廷，从一个锦绣地狱到另一个锦绣地狱，几乎十年，她爱他，用尽一个女人最美丽的年华。

他们谁欠谁的，谁负谁的，又怎么算得清呢？那是她的梁国，可是不是他的；那是她的父侯，可是对他而言，是一切屈辱的根源。那十九岁被送入丹阳君府、苍白而沉默的少年，又有谁知道他经历了怎样的屈辱、付出了怎样的代价，从嬖宠到策士，一步一步爬上了今天的位置？为梁室，他做得已经够多了。

看一看他鬓角，那早生的华发！

她明白，他所做的一切她都可以理解，但是无法接受。

他们究竟是怎样走到了今天这个地步？他的手上，不知不觉已经沾满了她故国故人的鲜血，从阳谷关到梁园客——在历史巨轮的运转中，诸侯亡国、群雄争霸，这样的杀戮太过寻常，甚至不值一哂；可是在指点春秋感叹兴亡的史家大笔触之外，谁曾注意到一些和霸业与历史无关的人，她们的悲哀？

在史家眼里，他的作为或许无可厚非；而她，只是一个女人，而这个男人的手上，沾满了她亲人的血。

"太迟了，一切都已经结束了。"她突然开口，深吸一口气，慢慢放下遮面的广袖，隔着垂帏，与谋士遥遥对望，声音已经恢复了平静，慢慢道，"今天请大夫来，不是为了《九韶》，也不是为了旧事。"

她看着他，一字一顿道："我要'美人恩'。"

简歌蓦地起身，一下撞翻了面前的古琴。

"你听得懂我在说什么。"公主低低道，"我要'美人恩'。"

她慢慢掀开那重锦帐，走了出来。

就像走过了万水千山，她终于从那一重屏障后走了出来，走到了他面前。

比起公子府夜宴的时候，短短数日，她似乎又瘦了，像一朵苍白憔悴的花。她站在离他不到半丈远的地方，静静地看着他，抬起手，轻轻抚上长袍的衣襟，轻轻一挑，宽大的锦袍落了下去。她的衣服像一朵花的花瓣，一片一片被剥了下来，落在地上，露出赤裸的身体，像最终露出最娇嫩的花蕊。

那细窄的腰、雪白的肌肤。

她突然微笑了，但笑容里有些许绝望："简大夫，这样的身体，你还喜欢吗？"

简歌的头颅里轰的一声，几乎炸裂。

那雪白的皮肤！

那雪白的皮肤上，尽是一块一块青青紫紫的痕迹，像花朵被蹂躏的伤疤。脖颈、胸口、腰腹，已经淡了很多，但衬着雪白的皮肤，依然触目惊心，触目惊心到像焠了剧毒的刀锋，狠狠地，毫无预兆地，插进他的心脏。

他当然知道那是什么，他甚至知道，那霜雪一般的女子，像一只无助的柔弱羔羊,是如何被送上胜利者那残酷、滴血的祭坛,来祭奠一国之亡!

"公主……"他听到自己的声音在喉咙里嘶鸣。

像积郁已久的悲愤突然爆发,公主按住自己的心脏:"不要再叫我公主!如今哪里有公主?有的只是国破家亡的俘虏!知道这是什么时候发生的吗?就是我被关进竹下馆的第一晚。那天你为什么要救我?为什么不让他直接把我杀了?你想知道他是怎么对待我这个刺客的吗?你想知道他是怎么折辱我的吗?"

简歌全身都抖了起来。

窗外风雪呼啸,像恸哭悲鸣。

"好了。"公主久久才开口,像失尽了全身的力气,"我能苛求你什么?我不是鸾姬公主了,你也不是简大夫了。从大梁城破之日起,你就不是鸾姬公主的简大夫了。"

她轻轻道:"当日大梁城城破之时,你知道我为什么没有走?我在等你,等你回来。然而我终于明白了,这个世界上,没有任何人是可以以全部赌注来托付的。我不恨你了,因为,每个人都有自己的使命,都有自己必须走的路,而我,只能靠自己。"

她就那么站在那里,赤裸的身体像一朵被摧残过的花,就那么不顾一切地站在那里,好像什么都不在乎了。

"我什么都没有了,可是我还有这个残破不堪的身体。"她的眼睛明亮得像是要燃尽生命的能量,绝望地微笑,"我用剑杀不了他,用机关杀不了他,这次,我用我自己。"

她一个字一个字地说:"如果不想让我现在就死,给我——美人恩!"

天色已经完全暗了下来,朔风呼啸,大雪纷飞。

谋士慢慢地从阁室内走了出来,走下台阶。公子府华灯初上的热闹离这里很远,空旷的四周已经没有人影活动。瘦削修长的身影在苍茫天地间踽踽独行,寒风夹着雪片吹打得他的身躯歪歪斜斜,像一具遗世独立的傀儡,无力地挣扎在被操纵的引线间。

他在大风里突然站住，转过身去。

灯烛昏黄的竹下馆在大雪里影影绰绰，大风在耳边呼啸，不过是短短一段路，他的肩上和发上已经落了一层雪。简歌伸手抹去脸上积雪融化的水珠，眯起眼睛，静静凝望着透着烛光的方向。

"公主……"明知道没有人看到，没有人听到，年轻的谋士依然一丝不苟地敛容拢袖，双手交覆，对着雪中烛光摇曳的方向深深一拜，低低地一字一字道，"请你一定要等我，等我从朔方回来……"

等我从朔方回来，一切都会不一样了！

那在弦上的箭，终于到了发出去的时候。落下的棋子，也要定局了。

谋士最后一次深深凝望一眼那间馆阁，转身向前方走去，再也没有回头。

这是第二场离别。朔方之战的第一页，终于被掀了过去。

而这时候，远处灯火阑珊的琅嬛阁，裹在宽大长袍里的女子正在细细地描摹着浑天仪上星辰运行的轨迹。

琅嬛阁中是如此寂静，窗外呼啸的风声丝毫传不进她的耳朵，只有萧索的花木枝条被风雪吹动，在窗上投下斑驳的暗影。在被严密测算出的位置，是两座巨大的浑天仪，被机械的力量操纵，缓缓地转动，与室外天地间星辰的起落同步。

对着浑天仪的，是一张堆满案牍的案几。案几两侧是两座灯树，上面点燃了上百支蜡烛，旁边熏着一炉龙涎香，光影跳跃、暗香浮动。

她的手突然抖了一下。

浑天仪映照的是星辰的轨迹，误差极小，可谓毫厘。在浑天仪的监测之下，也没有什么细微的轨迹运行会逃离她的眼睛。

而此时，破军星四周的星辰运行在悄悄发生着变化，一直沉寂的那枚客星突然改变了轨迹，陡然划过了周围辅星拱卫的轨道，直逼破军。如果此时天气晴朗可以观测天象，就会发现，破军的光芒渐渐暗淡下去。

北阴主死，北辰主生。

客星犯破军，而此时，她已经看出了那枚星是哪颗星——北阴。

北阴主死！

星辰间的力量在互相牵引，变幻不定，又往往牵一发而动全身。这一颗北阴是谁的命星？破军是否会因它而陨落？这事关凉州生死的一战，是否注定失败的结局？

女史寂然无语，慢慢转首，看着一旁案几上那一只细长的木匣。那里面，是一幅价值连城的公叔雾《松鹤图》。

她的眼睛慢慢浮起一层朦胧的泪光。

第二十八章　龙甲

朔方城距离凉州城，西方偏北五百七十里。

城池矗立在绵延五百里的燕支山脚下，一带苍水横跨西北，从城前流过，举目望去是一片莽莽平原。从这里开始向西延伸，燕支山与祁连山的雪水滋润出一片狭长而肥沃的土地，夹在茫茫戈壁中央，被称为河西走廊。

这里是河西农业最发达的地方，又是丝路商旅休憩的驿站。大漠的风沙被阻挡在城外，不少大宛、康居和龟兹的商旅就在城外的月牙山下的村落置地定居，有的甚至一生不回西域故土。

无论是作为丝路重镇，还是河西粮仓，抑或是河西之地的心脏、凉州城的西部屏障，这座城市的战略地位，都不言而喻。

此处是朔方城外十六里，跑虎原。

浓云被风撕扯着翻涌，压在茫茫荒原的上空。烽烟还在不断地冲天而起，黑云便似乎压得更低，又厚了一层。

胡人的攻势再次被压了下去，前方的战场居然寂静下来。秃鹫凄厉地鸣叫着从战场上空掠过去，在地上一洼一洼鲜红的水坑上映出影子。

"胡人退了？"

年轻的武士从箭垛后悄悄露出脑袋，不敢相信地望向胡人退去的方向。他身边的将军一把将他按了下去，与此同时，"咻——咻——"几道冷箭从他头顶擦了过去。

"我们死的人够多了，都给我小心保护好自己的命！"顾琼压低声音狠狠训斥。而一轮冷箭放完，像退潮一样，胡兵汹涌的军队居然真的从战场上退了下去，留下满地残缺不全的尸体，和浸泡在血渍里的战旗。

"阿野，我们的人，还剩多少？"顾琼伸手抹去脸上的血渍，转过头看向身边他的副将，低声问。

顾琼一身银灰的鱼鳞细甲，已经被染成一块一块的暗红，不复之前翩翩儒将的风采。他身边的百夫长桓野头盔破了一半，肩上被一支羽箭穿透之后草草包扎，暗红的血结成痂，现在因为剧烈动作的牵引，再次破裂，血浸透了铠甲。

"步兵和骑兵，都不到一半。"桓野粗声回答。他伸手摸向身边的箭匣，却发现里面已经空了。

其余的人，状况也没有好多少。他们隐蔽的小丘陵前已经铺满了对手和自己人的尸体，武士们静静地埋伏在丘陵后，也不知是麻木，抑或太过疲倦。他们几乎每个人身上都有伤，头上、脸上，浓稠的血渍和尘土混在一起，已经分辨不出面容。这支五千人的精锐被困在这里已经三天两夜，远处的胡骑打的是车轮战，一波又一波源源不断地涌上，整整三日两夜，不给对手丝毫喘息的机会，似乎哪怕是累，也要累死他们。

这是五千人与几乎十倍于己的对手的鏖战，顾琼旗下的这支精锐能坚持到现在，靠的完全是武士的勇决和娴熟的战术。就像此刻，明明已经是强弩之末，兵阵几乎已经不成形，却依然不乱，稳如磐石。所以胡人的推进极其艰难，他们要付出与对手相等甚至更大的代价。跑虎原这方圆不过数里之地，胡人几乎是要一寸一寸地争夺。

而现在，这支只剩不到一半人的虎贲精锐，已经筋疲力尽了。

"也就是说，我们现在只有两千人左右。"顾琼凝视着胡人撤退的方向，回过头来缓缓看一眼他的武士们，"大家都做好准备了吗？"

桓野没有说话，默默取出最后一匣弩箭。将士们都没有说话，时至今日，他们都明白胡人这次撤退，恐怕只是为了下一轮更凶猛的攻势，就好像猎鹰扑食羔羊之前，怜悯般留给它最后一个喘息的机会。

桓野转过头去，看向身后，天地相接的地方就是那座雄壮的城池。他们的距离并不太远，不到二十里，如果发出求援信号，虎贲卫大本营一定可以看得到。虎贲铁骑，攻速无双，若是他们的兄弟快速来救，不过是片刻的工夫。

而他的怀里，就放着一支传递信号的鸣镝。桓野的手动了动，终于慢慢伸进怀里。

"啪"，顾琼的手牢牢抓住他的手腕，桓野蓦地抬起头，看到顾琼箭一样锋利的眼光。他利落地一把将桓野胸口藏着的箭筒拽出来，啪地扬手，桓野被狠狠抽得一个趔趄滚在一边。

"谁敢再想向朔方求援，杀无赦！"顾琼眼睛里锋芒凌厉，弹剑出鞘，剑锋已经抵上了桓野的脖子。

"将军！"桓野大吼一声，居然不闪不避，迎着剑锋扑过去，"我们死了不要紧，可是你不能！你是伐胡副将，是虎贲卫扶风上将军！你要是死了，如何对我虎贲将士交代？如何对云将军交代，对公子交代？"

一时之间，空气仿佛凝固，所有人一齐看向这里，一双双眼睛里，似乎闪烁着微弱的亮光。

那是希望，希求朔方援军的希望。

顾琼微微怔忡。虽然明白形势，但是每个人的心底，甚至包括顾琼自己，似乎都还有那么一线微薄的希望，活下去的希望。

顾琼陡然一阵心酸。他可以对犯军纪的属下毫不留情，对血肉横飞的战场麻木，但这些闪烁着的微弱的希望之光，却像一根细小的刺，微弱而尖锐，让他的心脏抖了一下。他缓缓看过周围的兄弟，他们在短短几日无数次的激战中磨穿了铠甲，几乎没有一个人身上完好。他的目光停留在一名年轻的武士身上，他才十七八岁，被斩断了右臂，却依然用左臂持刀。

顾琼忍住眼眶里热辣辣的刺痛，突然轻轻踢了一脚，力道不轻不重，正好将桓野踢开，骂道："蠢材！"

顾琼还剑入鞘，慢慢道："兄弟们，顾琼今日，要对不起诸位了！这枚火箭，顾某不可能发出去；即使发出去，云将军那个老狐狸也不可能派援军过来。即使云将军派援军过来——”他顿了一顿，一字一字道，“顾某也要犯上一次，治他个耽误军机，就地斩立决！”

他高高举起那支箭，啪地狠狠折断。

“胡人烧我家园、杀我兄弟，顾某今日，誓与胡儿决一死战！”他缓缓看过各位将军，厉声道，“谁愿与我同生共死？”

顾琼素有“书生将军”之称，谦逊温文，出言谨慎。此刻这忤逆犯上之词，却没有人说什么，因为他说的，都是实话。

一名满脸血污的百夫长突然笑了一下：“老子这把刀，砍了不下一百个胡儿。有他们垫背，值了！”

他手中一把六尺六寸斩马刀，巨刃居然已经砍出了豁口。

他大吼一声：“末将愿与将军同生共死！”

一名百夫长紧接着大喝道：“末将愿与将军同生共死！”

紧接着，一个又一个声音纷纷炸响：“末将愿与将军同生共死！”

武士们话音还没有落，鸣镝呼啸，一排长箭“铮铮”钉在箭垛之上。

一阵大风吹过，卷来浓重的血腥气，杀意压滞了天际翻涌的重云，虎贲军校陡然吹起尖锐的号角：“胡人又开始冲锋了！”

跑虎原的尽头，陡然举起一面赤色的大旗，大浪一般汹涌卷过荒原尽处的残阳。大旗之后，密密麻麻的一望无际的胡服骑士们，蓄势待发。胡人果然是退兵重新聚集力量，也许他们厌倦了和这远远少于他们人数的一队人马纠缠不休，这一次的攻势，大于之前所有的。

羌胡的牛皮战鼓滚滚擂响，大旗之上的图腾跃入眼帘，那是一只展翅欲飞的苍鹰，利爪如钩，双翅如铁。

是风云骑。为了拿下他们这区区两千人，左贤王居然出动了风云骑。

顾琼急喝：“摆阵！”

军校吹着急促的号角，向弦月大阵的两翼飞驰而去，一层层传递警讯。天际浓重的黑云之下，铁甲骑士们手中六尺六寸的斩马大刀再次举了起来，弓弩手慢慢挽起了长弓。

顾琼翻身上马，缓缓看过眼前的将士。他们是他精锐中仅存的两千人，而其中至少一半已经负伤，几乎没有人身上还穿着完整的甲胄。此刻他们静静地凝视着他，就像最初他们从军之时，第一次聆听他的训诫。顽强抵抗至今，所有人已经心知肚明，这是一场必死的结局，反而前所未有地镇定下来。

"守卫家园，是我们每一名武士与生俱来的职责，战死沙场，死得其所！"他策马回旋，沉声道，"兄弟们，还记得你们的使命吗？"

为什么要从军？为什么要披上这一袭铠甲？为什么要离别父老，孤身奔赴这黄沙漫漫的征途？

乱世之时，山河倾覆。踏上了这条铁血之途，霸业、权力、阴谋甚至嗜血的快感，渐渐淹没了梦想、雄心与热血，也许多年的征伐，已经让身体和灵魂一起麻木。但是，总有一些不经意的刺，随时刺入武士的心脏，尖锐的疼痛让灵魂骤然鲜活——原来，每一名武士那最初的少年时的梦想与热血，从来不曾消退。

那是少年披上战甲的初衷！

守护。

每个人，都有自己想要守护的东西。

虎贲武士们举起斩马刀，烽烟弥漫中，他们压低了声音，或许粗嘎嘶哑，却清晰地一个字一个字地低低重复："马革裹尸，护我河西！"

护我河西！

"很好。"顾琼慢慢道，"用好最后每一支箭，胡人不到眼前，不能出箭。"

务必要使每支箭都沾上胡人的血！

胡人的铁骑，已经奔腾到眼前！

顾琼大喝："出兵！"

残余的骑兵精锐摆成了弦月大阵，双翼呼应，前方的战士倒了下去，后方的同伴踩着战友的尸体再补充上来。单薄的双翼一点一点淹没在胡骑大潮般汹涌攻势之下，却丝毫不曾退却，依然以如此娴熟的变化兵阵，灵巧地游走在胡骑之间，像一把薄薄的匕首，试图在对手长龙般的身躯上划出一片片血口，哪怕明知道不能致命，也要留下最重的创击。

这种明知山有虎的送死战法，此刻却有种一往无前的壮烈美感。

史家大笔一挥，这就是慷慨的壮美；而这种美，在另外一些人的眼睛里，又是多么无奈和残酷。

距离跑虎原仅十余里，朔方城。

拖曳着火舌的箭雨不停地投向朔方城中，浓云从跑虎原的方向被撕开了一道缺口，一抹残阳静静地铺在天际，浩瀚的城池被染上一层暗色，像是跑虎原上将士们的血也飞溅上了朔方城。

虽然左贤王已经开始大举反攻，但甚至远在凉州城的公子怀璧也不曾料到，漠北雄鹰的反击会如此迅速而凶猛。五胡联军的各地驻军汹涌而来，对朔方城形成了四方合围之势。左贤王兵分两路，一路直取朔方，一路牵制朔方的双翼——朔方城西的两座屏障：沙枣林与跑虎原。

一将功成万骨枯，战场是最残酷的，大局之下、短兵衔接的时候，哪里还讲情义、道义？但是，明白这个道理是一回事，而眼睁睁地看着兄弟去送死，又是另外一回事。

这是一处临时搭起的简易箭楼，角度却可以将远处的战场尽收眼底。虎贲卫守城的将军们全部站在箭楼上，紧紧盯着远处的战场。跑虎原距此处十余里，详细战况不能辨别，但能看着那些黑甲军团，在胡骑浪潮之下被一点一点淹没。

"大将军！"一名年轻的将军终于忍不住一声低吼。

"大将军！"几名将军扑通一声单膝跪倒，一齐道，"再不出兵，顾将军、我们的五千兄弟要全部折在胡人手里了！"

其余的将军盯着云渊，虽然没有说话，眼睛里却闪烁着期冀的光。这些身经百战的将军自然明白大局为重的道理，但依然还抱有一丝渺茫的希望。

一名老将看了看云渊的脸色，慢慢道："沙枣林和跑虎原两翼相互接应，要出援兵也只能沙枣林的三国联军出。"

"梁将军所言甚是。"一名将军沉声附和，"左贤王攻城正急，我们一动，则牵一发而动全身。"

而驻扎沙枣林的三国联军有七万之众，而且那里地势复杂，有利于三国士兵步战，却不利于五胡骑兵作战。如果三国联军能出兵援救，或许还有一线希望。

年轻的将军悲愤道："三国联军一个个都是缩头乌龟，只会为自己保存实力！将军，三国不足依靠，难道我们要放弃自己的兄弟了吗？"

真的要放弃自己的兄弟了吗？那些精锐武士多年纵横河西、刀口舐血，多少凶险的战阵都过来了，而现在，却要就这么死在城墙上眼睁睁观战的战友们眼皮之下。

大局，或者兄弟。在场的每一个人，面对这样的抉择，谁的心中好受？

"大将军，出兵吧！"

不知谁嘶声喊了一句，顿时，所有的眼睛都牢牢地看向一直观战的大将军云渊。

云渊终于移开盯着战局的目光，他脸色极其难看，眼睛缓缓扫过请战的将军们那一张张悲愤又充满期冀的面容，却稳稳当当开口："五千人重要，还是朔方城重要？"

"且不说这可能是个圈套，以顾将军为诱饵，我们的援军去一个拿一个，去两个拿一双。而最明显的，"云渊伸手指向他们脚下，脸色铁青，却似笑非笑，"左贤王一面攻城，一面牵制沙枣林和跑虎原，他就是要让我们出兵救援，逼我们自己打开城门。你们，谁想引左贤王入城？"

"难道就把我们的兄弟留给胡人吗！"不知道是谁嘶吼了一声。

"万不得已，"云渊慢慢道，"断臂求生！"

一时间，所有人都沉默下来。

是的，妇人之仁，兵家大忌——慈不掌兵！

朔方城下，拖曳着火舌的箭呼啸着投向城内，像一片骤雨。胡骑主力像汹涌的潮水，一浪又一浪冲击着城池的根基。城墙上、瓮城内，所有的弓弩手全部出动，艰难地掩护虎贲铁骑抵挡胡骑的冲锋，这座固若金汤的城池，也在杀伐与号角声中颤抖。

在远处跑虎原的方向，黑甲军团的武士们像黑色的小点，在一片胡骑的海洋中，越来越少。

一名将军一拳砸在箭楼壁上，嘭的一声，诸位将军都抖了一下，看着他转身欲大步走下去。

"传我军令！"云渊没有回头，冷哼一声，"擅自出兵者，军法处置，就地斩首，杀无赦！"

大风从跑虎原的方向卷了过来。

云渊独立箭楼之上，低不可闻地叹口气，低低自语道："阿琼啊阿琼，老子这次，是真要对不起你小子了。"

他抬首凝望前方，遥遥相对的荒原另一端，高岗之上，似乎有几个黑点高高矗立。云渊眯起眼睛，扶着横栏的手，慢慢握紧。

那里观战的，是左贤王。

"云渊这只老狐狸，真是铁石心肠。"荒原的另一端，一处高岗之上，几匹骏马高高站立，左边一身胡服皮甲的羌胡将军伊衍缇勒住马缰，皱眉道，"云、顾二位，交情颇深，他居然可以见死不救？"

茫茫荒原之上，密密麻麻的武士像棋盘之上的卒子，血肉横飞间，拼死搏杀。胡人铁骑形成了一张大网，缓缓向中央收拢，要将网中猎物围至一处绞杀，而那些黑色的小点却依然稳而不乱，左冲右突。

但也只是蚍蜉撼树而已，这些铁甲军团被逼着越来越向中央集中。

"这位力抗我两万精锐与风云骑的，是什么人？"左贤王微微震动，"好勇决，好战术！"

他身边的晏仲玄微笑道："此人就是虎贲卫扶风上将军，顾琼。"

左贤王慢慢拈动上唇褐色的短髭，微微叹息："可惜啊，可惜。"

他是爱才之人，可惜这一代名将，却不能留下他的性命。无论云渊来不来上钩，都要取了这位虎贲卫上将军的项上人头。

"即使云渊不中计，但只要拿下跑虎原，我们就可以与攻朔方正门的主力会合，直取南门。"晏仲玄扬起马鞭指向前方，笑道，"拿下跑虎原，还是多亏了三国联军的帮忙。这群精明之士太懂得韬光养晦，如果他们敢冒险援救，拨出一万人马给顾琼调动，没准我们就得避过顾琼的锋芒了。"

左贤王微微冷笑："这些北陆人，如果能稍稍心齐，我羌胡也不至于那般轻易屡次踏破河西屏障，如入无人之境。"

一边的伊衍缇将军大着嗓门道："你们这些南人，就是太聪明了，聪明得过了头！"

晏仲玄正要说什么，却见左贤王神色一动，举手制止了他："你听。"

左贤王耳力上佳，他凝神倾听，神色古怪起来。晏仲玄这时候才听到东方的天际，隐隐传来了滚滚风雷之声。

雷声隆隆，越来越近，晏仲玄陡然一凛，脸色大变——推进得好快，从遥远的东方滚滚而来，正向着跑虎原的方向。左贤王听到时，大约二十里；他听到的时候，已是十五里。

"这个方向不可能有我们的人。"晏仲玄果断道，"恐怕是敌非友。"

左贤王一语不发，手挽长弓，一支鸣镝尖锐地鸣啸着划过荒原上空。他已来不及传令，这支鸣镝就是警告各路兵马，军情有变，全面警戒。羌胡武士举起令旗策马飞奔，一路大喝："擂鼓，全军戒备！"羌胡的牛皮战鼓在车上被推了出来，沉闷的鼓声急促地震响，在荒原上空传播开来。

此时已不到五里！

那不是雷声，是铁蹄声。

"难道是三国联军？"伊衍缇震动，喃喃道，"可是这样的气势……"

他话音未落，越来越近的铁蹄声里，居然无比清晰地传来了一声纵声长吟："热，血，何，所，在？"

三军将士齐声应和，声震云霄："在我铁甲中！"

"还记得你们的使命吗？"

"马革裹尸，护我河西！"

"是凉州虎贲卫。"晏仲玄低声道，"这是在向他们的同伴表明身份。不知道他们来人多少，如果里应外合，就麻烦了。"

他话音未落，身边的伊衍缇大声惊呼："等等，晏将军，那是什么？"

晏仲玄脸色陡然大变。

手持斩马刀的重骑兵形成锥形的兵阵，像一道黑色的闪电，陡然劈进了跑虎原的战场。天地交界之处，数十面玄色大旗呼地凌空举起，紫金麒麟的图徽在滚滚烟尘之中高高飞扬。

而与重骑互相拱卫的，居然还有车阵，只是战车造型奇异，每一辆似乎都有寻常战车数倍之大，宽约八尺，高约一丈三尺，长约一丈六，车身玄黑。而每个车顶之上，都架起一座奇特弓弩，如此巨大的弓弩人力绝不可能操纵，它被精巧严密的机关推动，上、中、下架起三层弩箭，分别向三个方向；箭长约是寻常长箭三倍、粗约两倍，箭镞三棱、雕刻旋纹，杀伤力更是惊人。

"千丈弩和……龙甲车，"晏仲玄神色震动，"那是龙甲车！"

第二十九章　回雪

朔方之战，自跑虎原开始。

之后的史家每一次重看这历史上声名赫赫的一战，那些名字，顾琼、桓野、云渊、左贤王、晏仲玄……那些名字或许在历史的长卷中都没有被提及，但有两个词，一定会令每一个人慨然长叹。

一个就是龙甲车。

对这种战车，《云梦书·考工纪》中也只有寥寥数语的记载："昔青阳之帝与云梦之伯战于青丘，帝出八荒之兵，率九滨之兽。伯出车以制之，车高而长，约丈余，奔腾惊雷，杀人如割，强镞不穿、水火不避，号曰'龙甲'。"

云梦的"龙甲之车"，本来只存在于上古神话之中。

而"龙甲之车"真正扬名，是五百年前两位当世枭雄——公子昭阳与晋武烈王在洛水之畔决定性的一战。后来的开国皇后，当时还是云梦王姬的谢宛正与晋武烈王联手，她设计出一种复杂而无比精密、牢固的战车，定名为"龙甲"。洛水之战前夕，公子昭阳因妻子死讯吐血病重，武烈王龙甲车阵势如破竹，十万虎贲铁骑全线崩溃，从此奠定了晋室基业。

这种五百年前云梦王姬亲自设计，为晋室开国立下不灭功勋的战车，在湮灭于历史烟尘五百年之后，终于重现；而一旦重现，便让胡骑震惊。

而另一个，就是简歌。

双凤雏之中，这一位的名声，始终被压制在河西王览之下。但是，正是从朔方之战开始，"简歌"这个名字，终于开始在历史的星河里绽放出了自己的光芒。

尽管，后人提及这位英年早逝的人物，总是如此感叹——成亦简歌，败亦简歌。当然这都是后话了。而此刻在跑虎原上，凉州虎贲卫陡然逆转战局的时候，简歌这个名字，还没有被太多的人重视。

"千丈弩和……龙甲车，那是龙甲车！"

晏仲玄的惊叹被淹没在奔雷般的杀伐声中。胡人狂风骤雨般的箭矢向援军的方向疯扑过来，却无声无息地消失在铁蹄声里。

战车板滞迟钝，本来最怕骑兵冲击。北陆诸侯都是以车战为主，但他们的战车在胡人铁蹄之下脆弱得像江左水畔的菟丝花，不堪一击。这些马背上的民族以无坚不摧的强大攻击力令北陆诸侯闻风变色，羌胡骑兵数次踏破河西屏障、血洗北陆，如人无人之境。

而现在，他们在虎贲车阵之下完全招架不住。

巨大的车阵是中央冲锋主力，与寻常战车迥异，车身被重木严密地四面包围，外层至少三层皮革，以巨大的铜钉牢牢钉住，每面凿开数十个暗孔，向外发射暗箭，车顶之上，还有一架千丈弩。这战车简直是武装到顶的野兽，外壳坚硬得毫无破绽，一车至少可容纳三十名射手，他们根本不用在乎外界的攻击，只需在暗孔之中对准每一名射杀的对象，将弩箭一轮又一轮、源源不断放出去。

车内另有一名武士操纵机械，无数齿轮、杠杆、机关精密地互相协作，推动车顶强大的器械——千丈弩。巨大的弩箭同时三面齐发，箭弩可以穿透七百步外的胡骑的双层皮甲，一箭贯胸，直飞下马。

这巨大的战车每一辆由十二匹马驾驭，每一匹骏马都被钢甲武装到了眼睛。龙甲车奔驰如电，可以将普通战车远远甩开，驾车的御者必然技艺惊人。速度、力量、装备，每一辆战车，都诠释了什么叫作完美——重现上古神话和历史的传奇！

传奇不会从天而降，要做成这样一辆战车，皮革、机械、战马，所耗费的材料和精力是难以想象的，驾驭战车的高明御者更是难得。车阵中的龙甲车并不多，只有不到三十辆。

而三十辆龙甲车，这时候，已经足够了！三十道铜墙铁壁之下，还有什么可以阻挡得住先锋的重骑兵突袭的脚步？

冲锋，就像手中离弦的长箭！

这些重骑兵是虎贲卫中最强大的部分。他们的装备在九州大陆都很难找到更好的，一千名武士全身笼罩在重甲之中，只露出一双双寒光逼人的眼睛；他们的马铠与龙甲车的马匹是一样几乎武装到牙齿的装备，让人不得不惊叹，公子怀璧每年军费耗资甚巨，果然都是有用处的。重骑兵以车阵为护卫，车阵以重骑兵为依仗，组成巨大的锥形兵阵。巨大的冲击力让手中斩马刀挥砍的力量爆发到最大限度，锥形阵刺入战局，将对手的防护强硬地啄开了一道豁口。

这惊人的速度，惊人的攻击力！朔方城上诸位将军都忍不住为冲锋的同伴击掌叫好。从他们的角度望过去，荒原之上的铁甲军团像一只雄鹰展开了两翼。先锋重骑兵在前方强硬地啄开一道血路，轻骑与骑射手护卫着中军紧紧咬住先锋的足迹，组成双翼在两侧来回游弋，保卫中军的战车与步兵迅速推进。

铁甲军团迎着风云骑的斩马刀与狂风暴雨般的弩箭急速推进，踏过对手满地尸首，像踩过细小的沙粒。冲锋，冲锋！不是以人数来压制战局，他们唯一的任务，就是用爆发的强大冲击力，将对手的包围撕开一道缝隙！

"这支虎贲卫至多五千人。"晏仲玄低声道，"他们的先锋是虎贲重骑，号称速攻无双。再以龙甲之车做庇护，我军虽众，但不是对手。"

左贤王没有说话，神色似乎也没有变。他的手慢慢抚摸着手中的长刀，刃长六尺六寸、色泽古沉，这是一柄上古名刀，刀名"回雪"。

刀身陡然震动嗡鸣起来。它似乎更敏锐地感受到，它的主人身体里狂烈的血液陡然沸腾起来，高亢的热度让那颗强而有力的心脏鼓噪跃动——

那是蓄势待发之时，嗜血的兴奋！

几乎是转瞬之间，战局陡变。这条铁甲长龙从背后将胡人的包围圈冲成两半，出现在中央被围困的同伴面前时，这些已经抱着必死决心的武士简直不敢相信自己的眼睛。援军为首的将军只从钢甲之中露出一双秀美而锋利的眼睛，一身紫色披风在烽烟中飞起，像一面巨大的旗帜。他对一时有些怔忡的武士们大喝一声："突围，回朔方！"

铁甲军团的羽翼轻轻松松挟裹起这些战友，脚步几乎不曾停顿片刻，继续以闪电般的速度向前奔腾而去，将身后的胡人远远甩开。

此去朔方，只在十余里外！

"我不是在做梦吧！"桓野忍不住喃喃自语。他身边与战车策马并行的，居然是一名女将军，软甲如火、腰佩长剑，明艳如一朵野蔷薇。他们多日苦战，早已精疲力竭，看到援军还以为是精神恍惚，更不用说是这样一位美丽的女将军。白璧晖听到他的傻话，古怪地看他一眼，淡淡别过头去。

"桓将军不是在做梦。"车上同坐的人与女将军对视一眼，忍不住微笑，"将军此时是在中军阵营，前方奚将军正率先锋突围，我们紧随其后。"

"在中军……"桓野茫然地看着身边共乘一车的人，那人年约三十，一身白衣的儒士打扮，腰别洞箫、笑容温文……他一个激灵几乎跳起来，"太傅！你是王太傅！"

他只是顾琼的一名副将，品级不高，此时与王览共乘一车，简直是手忙脚乱，不能自主，不知道是该先施礼还是先跳下战车。

"将军且慢！"车身颠簸，太傅忙按住他，"将军断了三根肋骨，身上中了三箭，万万不可轻忽！"

严重透支的身体，连痛觉似乎都迟钝了。桓野这才感觉到肩背、胸腹的一阵阵钝痛，此时看到王览，想到自己浴血奋战的兄弟，眼泪几乎要流出来，嘶声道："太傅，顾将军呢？其余的兄弟呢？"

"顾将军只是轻伤，已上阵杀敌。"王览声音温和，却有一种不容置疑的坚定，"将军放心，哪怕是尸首，能带回去的兄弟，我们也会带回去。"

桓野还没有来得及开口，前方突然传来一声尖锐的号角。一声一声的号角接连传递，像死神令箭飞传的信号；随之响起的是战鼓，鼓声应和号角，越来越急，一种无形的压力突然从正前方向四周蔓延，直要笼罩住整个荒原！

号角声与战鼓声一层层传过来，就在正前方，陡然腾起一片烟尘。烟尘中，铁蹄奔腾声滚滚扑来，所有人脸色都微变——什么人，居然敢对着虎贲重骑速攻的锋芒，迎面而上？！

王览的脸色也微微一变："是左贤王。"

左贤王亲卫之师！

所有人的脸色都变了。

奔腾的虎贲铁骑中央，紫袍铁甲将军在风驰电掣的速度中盯着前方，只是举起手臂，向前一挥。迎着呼啸而来的羌胡精锐，重甲骑兵居然没有减下丝毫的速度，像两支对射的长箭，锋芒对着锋芒！

五里，三里，一里！

五百尺，三百尺！

在相距仅仅三百尺的地方，双方的主将同时举起了手臂。两方人马骤然同时勒马，等两方铁骑终于齐齐停下，双方相距，不过数丈。

铁骑踏起滚滚烟尘，被大风卷走。也许此刻，两方人马都在为对手的驭军之力而暗自震惊；而同时也说明，双方谁都不敢轻举妄动。

后面的人马终于赶了过来。

滚起的风沙里，对方的旗帜高高地飞扬。上面赫然是一只伸出利爪的苍鹰，振翅欲翔。持斩马刀的胡服骑兵一排排拱卫在后，骑射手迅速出列向前列阵，前跪后立，列成两排，蓄势待发。被拱卫中央的是一名如山岳般的骑士，胸前挂一串狼牙链，一身皮甲胡服。大风呼地扯起了他身后的大氅，如同他背后图腾之上的雄鹰，骤然凌空举翼。

左贤王！

尽管这个名字如雷贯耳，不久之前的雁翎关下，奚子楚还曾与他短兵相接，但如此直面相对之下，心中还是忍不住震动。

他已经不年轻了，英俊的面容已有岁月刀刻的痕迹，鬓角也有了斑斑风霜。但他那一双鹰瞳般的眸子依然漆黑，当他目光扫过的时候，像淬了火的闪电，或者冰冷而锋利的剑光。

这是公子怀璧八年来与之相持而不可吞并的强敌，双翼遮蔽草原的漠北雄鹰。

跑虎原之上，大风从肃杀的战场吹过，卷起浓重的杀气，铅灰的天空浓云翻涌，几乎要压在头顶。羌胡骑兵正中，左贤王沉沉的目光扫过对面五丈之外的铁骑，与中央紫袍铁甲的将军相对，两人的瞳孔似乎同时紧缩了一下。

左贤王沉声道："对面可是奚子楚奚将军？"

对面的虎贲铁骑紧绷起来，两翼突出的骑射手骤然引弓！

"左贤王，铁图尔·翰罗？"白璧晖低低道，"当年踏破河西、血洗凉州者，就是此人？"

"是。"王览静静看她一眼，轻叹，"十二年前凉州一战，虎贲卫主帅白烈战败退走，第一名将白汀舟，也是在那一战殉城。但何止这一战？百年来羌胡欠河西、北陆的累累血债，不知多少。"

"雁翎关下，奚将军与他对阵，几乎命悬一线。"他的目光闪了闪，慢慢开口，"白将军，不可轻举妄动。"

白璧晖没有看他，默默地握紧手中长剑。

对面的将军挥手制止骑射手，一勒马缰，缓缓出列。

"虎贲卫羽卫上将军奚子楚，拜见左贤王阁下！"紫袍铁甲将军朗朗一笑，高声道，"雁翎关一别，王爷别来无恙？"

"很好，又是你。"左贤王唇角勾了勾，一夹马腹，战马缓缓上前，"本王踏遍河西之地，未尝一败；可惜当日雁翎关一战，将军略施韬略，未能尽兴，甚是遗憾。今日赢怀璧又派了你前来，真是天意！"

紫袍铁甲将军的双眸陡然浮起一抹厉色，胯下的战马被杀意感染，低低地咆哮。

"未尝一败？王爷脚下踏我河西之地，还敢如此大话！"奚子楚制住坐骑，策马盘旋，冷笑，"既然王爷有意一战，何必废话？"

"好！"左贤王眸中闪过一道暗芒，他蓦地一展双臂，身后的貂裘大氅被高高抛起，露出里面的胡服皮甲，皮甲护胸正中是一只苍鹰的图案，振翅欲飞。烈日的光辉微微内敛，开始酝酿沉静之后的爆发。左贤王的神色沉了下去，慢慢道："这一次，就让我看看你真正的实力吧！"

他抬起手臂，身后一名胡服武士策马上前，双手献上一把长刀，沉沉的暗光在褐色的刀面流溢而过。

奚子楚微微眯起了眼睛，握剑的手，绷出青色的筋脉。

天空翻卷的黑云，仿佛陡然压低一丈。

大风呼啸而过，悄无声息的压力在天地间漫延，两方的千军万马居然同时寂静下来。静，杀机四伏的静，武士们都屏息望着各自的主将，远处朔方城下的杀伐之声仿佛一下子离了很远。

左贤王一夹马刺，回雪刀在半空划出锋利的半弧，骏马嘶鸣着奔腾跃起，乍然撕裂了荒原的寂静！

"左贤王，请赐教！"

与此同时，奚子楚突然弹剑出鞘！蓄势待发已久的坐骑呼啸着冲出阵营，好像平静海面之下的暗潮突然喷薄，白浪如山，风云呼啸。

两方人马压抑已久，此时陡然雷动。虎贲卫擂响战鼓，胡骑举刀齐声大喝，一时间双方武士震动之声响彻荒原，大地似乎都微微颤抖。

回雪刀，春水剑。

这两把名震北陆的武器都是上古神器，在两匹坐骑奔腾着交错而过的瞬间，刀剑相击，尖锐的锋鸣如同龙吟，像积蓄已久的力量乍然暴发，瞬间撕裂了压抑的肃杀。

两匹快马交错而过，闪电般各自兜转；几乎是同时，两个高大的身影再次相向。刀锋与剑锋尖鸣，磨砺起火花迸射，双方交锋的力量之大，让两匹坐骑踢踏不稳。电光石火间，双方身后严阵以待的武士，都能感觉到那股碰撞的力量。

第一名将与漠北雄鹰，这样的战局，会是什么样的结果？

"回雪势。"王览低声道，"这一刀，是回雪刀的震慑之招。左贤王二十岁的时候，回雪刀初成，来到北燕拜访在罗浮山隐居的搏杀高手'百里明月'百里奉。传说左贤王用出'回雪势'，百里奉观之，便弃刀而走。这也是为什么左贤王横行大漠，却有'名刀回雪，北陆无双'之名。"

"奚将军年纪轻轻，能接住这一刀，已是让人惊叹……"他低低叹息。

尽管雁翎关一战记忆犹新，这一回合之内，两人还是为对方的实力暗暗惊叹。

"名刀回雪，北陆无双，名不虚传。"奚子楚压下胸中奔涌的血气，纵马盘旋，朗声道，"左贤王老当益壮，可惜还是日已西沉、锐气减退，比起雁翎关时也不如了！"

"小子，你想激怒我，还是省点力气吧。西斜之日，余热犹炽。"左贤王冷冷一笑，瞳孔间暗芒如剑，一闪而逝，"那就让我斩你羽翼未丰于当下！"

"接刀！"他大喝一声，纵马奔腾，胯下的骏马咆哮着跃起，借这一跃，千钧般的力量压在一片刀刃上，回雪刀像一道闪电，劈空斩下！

漠北第一雄鹰，名刀回雪，北陆无双，这才是左贤王真正的实力。

回雪破，力攻之势！

"来吧！"紫袍重甲将军大吼一声，横剑而起，一夹马刺，骏马嘶鸣，迎刀而上。

仿佛要回应这场厮杀，狂风推动浓云肆卷，彻底淹没了余晖。大风扫过，荒原之上荒草起伏，风云变色。

如果那一招只是实力的试探，这一招，才是全力以赴的搏杀。

刀与剑的交锋，闪电般交错而过。他们身后的武士只能看到这两个人是如何出刀、出剑，只有他们自己才知道，那刀剑相交的刹那，便可以掠过多少次生死边缘。

回雪刀还没有劈到眼前的时候，凌厉的气流便割破了奚子楚白皙的脸颊。那滴血珠滴落的一瞬间，春水剑以不可思议的角度，以将空气撕裂的力道，拦剑横截！

这一刀、一剑，简单到几乎不能再简单，但却凌厉到不能再凌厉。

两人再次交错而过，只有奚子楚自己知道，这一刀之后，他挥剑的右臂几乎被震断，半边身体似乎都麻木了。

左贤王的脸色也凝重起来。两人各自忖度对方的耗损，紧紧盯住对方，胯下的坐骑低低地嘶鸣。

奚子楚冠玉般的面容上，左颊划出一道浅浅的血痕，渗出细小血珠。

他抹去血渍，慢慢举起长剑。在他举起剑的瞬间，左贤王纵马长嘶，两匹战马咆哮着再次相向而来！

回雪杀，必杀之势！

虎贲卫的战鼓不知何时已经停止，胡骑也停止了呼声雷动，两方的人马几乎全都屏住了呼吸，所有人的眼睛，只盯着中央对决的两方主将。

王览唇角的微笑收敛，握着洞箫的双手掌心微微渗出了汗水。

左贤王回雪刀下，两败俱伤，也许就是最好的结果了。

"桓将军，借你狼牙戈一用。"桓野的狼牙戈斜置在战车里，女将军闪电般抓起长戈，陡然一勒马缰，火红的身影像一道火焰，向风云对决的方向纵马奔驰过去。

长剑不利远战，切入战局，还是长戈比较合适。

"白将军！"王览脸色大变，已经阻拦不及。

在两匹快马交错的那一瞬间，回雪刀劈空斩下，春水剑横剑格挡，狼牙戈突然乘虚而入，烈火疾风一般，对左贤王斜刺而出。

可是左贤王的速度如此之快，远处观战的武士们只能看到回雪刀回旋的刀影，一剑、一戈擦着他的腰腹削了过去，就在这一瞬间，回雪刀翻转，陡然架住了剑、戈。左贤王大吼一声，长刀带着裂石穿空的力量狠狠压了下来——居然还没有力竭之意！

白璧晖的狼牙戈被回雪刀架住，她用力后撤，却撤不回来。

战车上，太傅似乎要一下子站起来，他十指慢慢收紧，紧紧握住了战车扶手的横木。

胡骑武士一时轰然雷动，齐声大呼："左贤王！左贤王！"

"锵！"

电光石火间，奚子楚与女将军对视一眼，白璧晖突然弃戈，她力道一消，左贤王的刀势陡然劈偏，与此同时，奚子楚长剑迎刀而上，左贤王不得不跃马闪避。而就在这一瞬间，女将军弃戈拔剑，涅槃之剑根本不给左贤王喘息的机会，呼啸而至，抢过先机！

这种剑势！左贤王恍惚一下，有生之年，居然又见到了这种剑势！火焰软甲、涅槃之剑，那女子如同怒绽的蔷薇，带着烈火般的明艳，如此炫人眼目……

只在微微失神的工夫，长剑已横至眼前。

"弃刀！"女将军厉声一喝，长剑横劈。

剑如游龙，左贤王横刀格挡，那一剑斩至刀锋，居然灵蛇一样斜滑而过；女将军挽剑斜劈，直劈他胸腹！

"弃刀！"

她的剑术比起奚子楚，或许尚有差距；但是，她抓到了左贤王微微失神那一闪即逝的时机。

战场之上，生死一线，有什么比时间更重要？

那个人教导过她——"有时候剑术的高低并不是决胜的法宝；你要足够快，就能抓住任何一个可以砍下对手脑袋的机会，战场上，只是赌命！"

女将军的剑带着玉石俱焚的力量，那种刚烈与一往无前的剑势，就像不顾一切涅槃重生的凤凰。只是双睫交错的瞬间，长剑再次劈向了对手的心脏！女将军厉声道——

"弃刀！"

左贤王怒喝一声，胯下的战马嘶鸣着跃起，回雪刀闪电般回转，以不可思议的速度横刀当胸，"锵"的一声，金铁交鸣，居然再一次将女将军的剑势封锁在杀招之内！

他没有弃刀，但刀与剑擦掠错过、两匹战马相向交错而过的瞬间，左贤王胸前的狼牙链碎裂，串起的狼牙纷纷落在地上。

这一切似乎不过是眨眼间的事，生死一线间，女将军三剑如闪电般，逼退了左贤王。

天空中翻滚的浓云舒卷变幻，狂风扫过，茫茫荒原上，居然一时间寂静无声。

多少年后，这一段被记载在史书之上的跑虎原之战，还被史家津津乐道——

涅槃归来的白氏名将之血，朔方城外，跑虎原上，初露锋芒。

"涅槃之剑……"左贤王眼中闪过一丝震动，"你是白氏后人？"

女将军脸色尚有些发白。她仰起头颅，直视眼前这名刀上沾满她河西亲族之血的男人，一字一顿，慢慢道："河西白氏，白璧晖。"

"太像了……"左贤王怔然凝视着那火红的身影，好像又看到那火焰蔷薇般的少女，她于千军阵前策马而立，背负角弓、腰佩长剑，声音朗朗："河西白氏名将之血，请阁下赐教！"

那一瞬间，像时光倒流了十余年。

"白氏风骨，自然是相像的。白氏家训——马革裹尸，护我河西，"白璧晖策马与奚子楚并肩而立，冷冷道，"左贤王，承让了！"

火焰软甲、铁甲紫袍，两个年轻而峭拔的身影立在茫茫荒原之上、风云肆卷之下，就像撕开一个新时代的符号。

虎贲铁骑突然雷动，战鼓齐擂，向着前方胡骑汹涌而上。而与此同时，对方的人马像怒潮陡崩，向他们的方向呼啸着推进过来。胡兵的人数是虎贲卫的数倍，而且其骁勇、粗蛮、剽悍、敏锐，横行大漠，名震北陆。但是虎贲卫有龙甲助阵，这支队伍又是万中选一的精英，刚才一路冲锋，余威犹在，居然不落下风。骑兵与骑兵的对阵迅速占据主战场，骑射手两翼紧紧护卫住中军，龙甲之车怒吼着要在对手怒潮般的攻势下杀开一条血路，向着朔方城的方向。

这势必又是一场苦战。

就在这时，朔方城的方向，一声长长的鸣响陡然撕裂了荒原。尖锐的号角随之响起，一长一短，有别于胡人的三长一短；而号角之后，兵马奔腾的声音滚雷

193

般传来——

那是鸣镝示警，朔方城的虎贲大军从偏门冲了出来，他们冲破了胡人的封锁，从背面冲进了跑虎原上胡骑的兵阵！

铁骑奔腾，杀伐之声震耳欲聋，凉州虎贲与朔方虎贲一旦里应外合，陡然就能扭转战局！

"他们内外夹击，我们占不到太大便宜。"杀伐震耳中，晏仲玄大声道，"王爷，不要恋战，来日方长！"

左贤王大笑，眼中却锋芒凌厉："白氏后人、奚氏名将，本王今日，不虚此战了！"

他举刀大呼："撤军！"

胡骑重新吹响了震彻荒原的号角，与之前不同，这次是撤退的信号。

撤军的号角一声声在荒原回荡，那些羌胡武士放弃了鏖战的沙场，毫不犹豫追随着他们的领导者奔腾而去。他们只服从命令，冲则冲，退则退，丝毫不惋惜本来占上风的战局。其迅疾、其锋锐，撤军之势一如冲锋；整齐齐的兵阵，居然丝毫不乱。

战场上密密麻麻的小黑点像一张大网缓缓地收拢，武士们积蓄起力量，等待下一次冲击。

斜晖褪尽，风云舒卷，仿佛鏖战了半生的沙场终于沉寂。清冷的星光浮了上来，映照着互相枕藉的残尸和破碎倾覆的战车，以及浸泡在血溪里的战旗。

"这次居然栽在了一名小丫头的手里……"左贤王立于高岗之上，凝目远眺。在他脚下，大队的人马已经撤回了前方五胡大营，一些散兵正在收拾辎重。

上一次是奚子楚，这一次是白璧晖。也许所有人都能看出来他们胜得是多么艰难，甚至是取巧或者侥幸，但是——他们胜了，还是两名如此年轻的武士，还没有完全成长起来。

一切的胜利，都不是侥幸。

就像这场战局。表面上看，虎贲卫与五胡联军兵力相差悬殊，五胡反攻之势烈不可挡，虎贲卫左支右绌；但是，无论雁翎关下，抑或跑虎原上，每一次五胡联军稍占上风的时候，虎贲卫奇兵来救，必然一招扭转战局。

"制造出龙甲车的巧匠，据说就是那个设计出千丈弩的梁国人。"左贤王叹道，"晏将军，你是云梦人，尚且无法复制这种神兵；他一个梁国人，居然是这样的奇才！"

"末将羞愧！"晏仲玄苦笑道，"末将不善机械，只会领兵。"

左贤王微微一笑："无妨。就像你一个云梦人居然不懂机械，自然也有梁国人精于此道。何况一名将才，胜过多少神器？我只是感慨，嬴怀璧号称门客三千，罗尽北陆奇才，虽然夸张，也不无道理啊！"

"我羌胡蛮勇之士虽多——"他眼睛里浮起一丝淡淡的怅惘，"却鲜少精通韬略、奇术的贤士。"

中州人看不起胡人粗蛮，胡人看不起中州人诡诈。但是，中州人失在韬略之士太多，所以钩心斗角、互相倾轧，九州多动荡；而羌胡武士多蛮勇赤诚，五部却仍然常常分裂，饱受混战之苦。

"韬略、权谋、勇武都不是原因。"左贤王慢慢道，"其实，一切只是人心。"

人心……

不知为什么，晏仲玄心中微微一动，突然想起在撤军的时候，他看到虎贲卫队伍里，有两辆并驰的战车，一辆上面的人白衣洞箫、风姿秀雅；而另一辆上，是另一名清瘦沉默的谋士。

那人有着女子都自惭形秽的容貌，短短目光交错的刹那，他似乎微微一笑，对这个方向拱手一揖。

第三十章　迷月色（上）

此时是晋隐帝昭元十三年，正月二十九。

料峭的春风悄悄吹过了苍水彼岸，这一日，也是凉州城的"迎春日"，与燃灯节正好一年首，一年尾。凉州城的节日并不多，燃灯节又是唯一的官方祭祀大典，与民同欢，自然庄重肃穆，热闹非凡；而迎春日，连节庆都不是，却比燃灯节更让凉州人兴奋，连此时战争的阴云都无法影响——这是一个风情万种的符号，沾了一个"春"字，凉州城的空气似乎旖旎起来了。

是的，这是一个女儿节。每年此日，由凉州城各家各户的女主人带领家中女眷，洁净衣饰、素雅妆点，三五成群，前往佛塔佛窟祭拜，祈求天神降福。苍水之畔是最热闹的地方，贵族世家几乎都有自家捐资修建的佛窟，大多集中在这里的崖壁之上。贵族世家的女眷驾着精致的马车，偶尔垂帏被风吹开，露出一张艳丽娇容，被等待已久的多情公子觑了去，于是妖童媛女，暗中递诗送笺、偷期密约，演绎种种香艳好戏。

而真正的祈福仪式才是重头戏，在暮色初降的时候，各家女眷走下马车、走出屏障，在苍水岸边焚香祈福。往往此时，好事的文人骚客拿出比指点江山还足的劲头品花鉴玉，每年都要诞生一个美人排名，更刺激得各家女子暗中激烈攀比，比妆容、比美貌、比马车、比排场，争奇斗艳。

所以，像往年一样，迎春日祈福的时候，苍水畔出现的男人比女人更多。

各豪族世家的车马队伍纷纷汇聚到了苍水边，为了炫富，各家像往年一样在自家的车队前将厚重的锦缎搭成屏障遮蔽沙尘，也方便让自家女眷休憩停留，遮挡浮浪子弟的目光。凉州最不缺的就是各种丝绸珍品，蜀锦、夷绸、宛帛，浅紫、暗红、重金，有的三十步，有的五十步，满目锦绣，葳蕤生光。而最引人注目的，是正在柏梁台下，一群身着褐色短衣的家奴浩浩荡荡，正围起一座锦屏。锦屏还没有搭起来，但合围至少百步，完全一色的蜀川紫缎，光华夺目、富贵逼人，引来无数仕女公子驻足赞叹。

"让开，快让开，别不长眼！"

一名家奴骑着一匹骏马奔腾而来，挥起马鞭驱赶行人，来势汹汹。锦屏四周十丈之内的车马行人也多是官宦，此时纷纷走避，竟不敢越过这名家奴划定的界线。

"百步紫缎锦屏，需耗一百织妇半年之功，遮蔽半日风沙，便丢弃不用。"一位年轻的公子嗤笑一声，不无尖酸讽刺之意，"真是大手笔啊，凉州之富，可见一斑。这名家奴倒是正好相得益彰，好大的气魄，不知是谁家？"

这是一处小小的青布屏障，位于一个偏僻角落，离紫缎锦屏不远。屏障合围约二十步，简单朴素，毫不起眼。里面只坐了两个人，年轻公子大约二十八九岁，身着一袭长裾广袖的文士便袍；还有一名女子，穿着一身宽大的长袍，有一双如深湖一般平静无波的眼睛。她有着少女的面容，而深湖般的平静背后，却有种悲悯的神色，仿佛是经历过沧海桑田的老人。恍惚之间，居然看不出她的年龄。

女子微微笑了一下，并不抬眼："那是大都督顾雍的家奴，恐怕里面是顾氏家眷，自然要凌驾于众人之上。"

她正在沏茶。她与年轻的公子隔着一张案几对坐，一双雪白的素手托起一只精致瓷壶，微微倾斜，清水细细地注满了案上的两只白瓷小杯，一缕暗香随着热气在寂静的空气里袅袅散开。

这里独成一方幽静世界，与外面的繁华隔绝开来。年轻的公子与淑女隔案对坐，茶香缭绕，一旁用沙枣树的枯枝烧着一个小灶，上面一座精巧的青铜小壶还在咕嘟咕嘟地煮着采集过来的纯净雪水，茶香中混有丝丝枣味的清甜。料峭春风犹自带着残冬的严寒，但吹进这座青布屏障的时候，却仿佛也变得清幽起来。

"顾都督也来祈福？恐怕顾雍第一个想的，就是怎么祈求天神把我除掉。"年轻公子微笑了，他嗅到了茶香，颔首赞叹，"好茶！"

"公子都来了，顾都督为什么不能来？"女子浅浅一笑，托起细瓷小杯，双手托至公子面前，广袖下露出一截雪白的皓腕，"公子，请。"

"这些人都来祈福的吗？也不知道能保护河西、保护凉州的，是那些被供养得白白胖胖的僧侣，还是几本故纸堆里的经文？"公子挑了挑飞扬的眉峰，漫不经心地一笑，接过香茗，轻轻吹去茶末，"与其祈求神灵庇佑，还不如来祈求我的庇佑。"

"真正祈福的，恐怕不多。"女史笑一笑，"不过，天地终极的奥秘是什么，又有谁知道呢？天地如沧海，人命一蜉蝣；身在苍茫乱世，信仰只是无数百姓挣扎生存的一种寄托，倒也无可厚非。"

公子不以为然："一个人如果连自己的力量都不能相信，还能相信什么？"

"天命。"

"把我的命交给几颗星辰？"

"星辰只是折射命运的轨迹。对于强者，这种天命或许是转机；对于弱者，天命可能是陷阱。"

"那就对了。也许不是星辰决定命运，而是星辰展现命运。"

这句随意的辩驳，却让女史一怔。

"好，好，今日只谈闲情，不论大势。"公子放下茶盏，扬眉一笑，眼底有一抹疲惫的痕迹，"真是好茶……中州的'眉山碧螺'吗？我很久没有这样悠闲品茗了。"

"公子连日来军务繁忙，多有劳碌。"女史轻声说，"一雪若能为公子分忧，当不胜欣慰。"

"俗务缠身，浮生偷得半日闲啊。"

女史浅笑不语，细心为公子续茶。白烟袅袅，茶香隐隐，如遗世独立的桃源。

"眠松卧冷月，酌雪饮清流。"公子曼声低吟，他硬朗而深邃的轮廓在长裾广袖的文士长袍衬托下，居然也有一种风流倜傥的味道，"如此，多谢美人陪伴了。"

他话音未落，天空突然一声尖锐长鸣，划破了重云。

公子蓦地抬起头，一只青隼冲破长空，正呼啸着在天空盘旋。

这只猛禽约有一尺，已经是青隼中个头雄壮者。这体小而残酷的鸟类却可以搏斗雄鹰，抓捕大雁、野兔甚至羔羊。不过这一只，此刻却不是这种用途。

女史轻叹："半日之闲也不可得了。"

公子神色陡然锐利起来，他举起手臂，吹一声尖厉的呼哨。青隼的羽翼划出一道完美的弧线，自半空向下俯冲，精准地落在他的手腕上。它强劲的利爪之上，绑着一枚小小的竹筒。

锦屏之外的暗处突然一阵响动，似乎有无数武士陡然戒备，空气陡然紧绷。公子随意挥了挥手，似乎在自言自语："退下。"

空气里的锋利气息悄悄消散了。哪里有真正的遗世独立呢？

公子迅速打开信笺浏览，神色渐渐冷下来。他抬起头，信笺在掌心被慢慢揉碎。

女史执着瓷壶的手慢慢放了下来。

"朔方战报？"她轻声问。

"奚将军挥师破虏，一战而解跑虎原之围；白将军三剑退贤王，声名大振，朔方暂安。"

女史听到自己轻轻吐出一口气。此战告捷，她的好友，还有……那个冷傲又偏执的孩子，他们都没事。

"白将军果然不负白氏名将之血的美名！"她神色的波动一闪而逝，柔声道，"既然如此，公子为何眉间依然忧愁？"

青隼性情凶残、相貌暴戾，达官贵人多爱那些翎羽美丽的鸟类，豢养青隼的只有公子一家；而能用青隼秘密传信的，更是不可能有他人。这种猛禽速度最快，真正的朔方战报传到凉州，往往要晚一两个时辰。

公子爱抚过猛禽的羽毛，这凶恶的猛禽乖巧地停驻在他的手臂，用微钩的尖喙轻啄他的手。公子慢慢道："这一战只能说惨胜，或者没有胜。我虎贲重骑的五千精锐之师，两相对峙之下居然只能眼睁睁看着对手撤军；而白氏后人与第一名将联手，却拿不下一个左贤王。"

不是自己太弱，而是对手够强。

女史微笑，温和道："公子此言差矣！胡人铁骑横扫漠北，令中州诸侯闻风变色，但左贤王亲征之下，数十万大军在朔方城下攻伐月余，寸进尚不可得！我五千兵马逼退羌胡数万铁骑，足见虎贲速攻之能天下无双。恐怕要夜不能寐的，应该是左贤王吧。"

公子拊掌大笑："女史所言甚是啊！"

他轻轻叹口气："我担心的，倒不完全是朔方。"

公子站起身来，踱步站到前方，仰首看着天际翻涌的云："左贤王强兵压境、锋芒毕露，这支明箭固然危急，倒也未必十分可怕。而最可怕的，是看不见的凉州城中那些暗潮汹涌的暗箭啊……"

他一振手臂，那只猛禽振翅而起，呼啸着盘旋远去。

女史心中一动，突然想到她曾推演出的星相——北阴犯破军。

北阴主死，北辰主生！

指的是这场朔方战局，还是这场乱世博弈，抑或，只是破军自己的命运？

命犯北阴的破军星啊……

天际染上了暮色，一阵大风吹过，带来了远处苍水岸边僧侣的吟唱，各家的祭祀祈福终于开始。各家争奇斗艳的锦屏里，再铺上一道丝绸铺就的走道，以便女眷们娇嫩的玉足不沾尘埃。大妆盛服的女主人们带着自家女眷，这些贵族丽人像一簇簇盛绽的鲜花，沿着各家的锦绣屏障，被侍女们拥簇着袅袅走了出来。

一时之间，苍水之畔金妆玉质，莺声呖呖，暗香缥缈，花团锦簇，炫人眼目。平民女子也精心妆点，比起中央贵族的华丽排场，也别有清新朴素的韵味。

难怪凉州城的男人们轰然而动，这是真正的百花齐放，悠悠的苍水似乎也泛起了胭脂薄腻。男人们被远远挡在外围，贵族子弟也没有机会走进苍水之畔，这时候，女人是完全的主角。

僧侣们唱起悠长的梵呗，凉州城的女人们在天神面前虔诚地祈祷，祈祷父兄长健，祈祷夫妻情好，祈祷持家顺遂。少女们又在祈祷什么呢？祈祷少女自己的梦。

男人杀伐征战，女人在自己的世界里为男人祈祷。

苍茫的大漠斜阳，似乎都绮丽温存起来。

男人的刚，就要搭配女人的柔。这铁血杀伐的乱世，若是少了女人的温柔，该是多么单调乏味！

河西王府的女眷、顾雍的女眷、奚氏的女眷、云氏的女眷……这时候，无论贵族或者平民，所有的女人都是一样的。

凉州城各大世族的女眷齐聚苍水岸边，争妍斗艳，独独没有公子府。

八年来，年年如此。

女史转首，凝视着公子怀璧的侧脸。他负手独立，似乎对外面苍水岸边的风流绮丽浑然不觉，只是微微仰首，凝望着遥远的天际。

看不到他眼中的神色。

他一直是运筹帷幄、铁腕雷霆的领袖，似乎总让人忽略他的相貌，忘记他的年龄。

他才二十七岁，尚未而立。虽然戎马倥偬的岁月，已经在他斜掠的眼角刻上了细微的痕迹。

而且，他是英俊的，是一种带着强大侵略性的英俊。只不过，很少有人去注意这个。男人们不会关注，而女人不敢关注。

"料峭春寒更祈春，苍水之畔多丽人……"公子低低道，"正月二十九，正月二十九……"

正月二十九，首月之末，凉州迎春。行人如织，仕女往来，车毂相接，举袂相连。佳妇聚于苍水之畔，焚香祝祷，以祈年岁。

——《晋历·凉州志》

正月二十九，凉州城的"迎春日"，凉州城最风流绮丽的日子。

公子突然回过头来，女史恍然回神，忙微微别过脸去，雪白的脸颊浮上一层淡淡胭脂。

但公子却没有看她。

乍然一声雁鸣，惊破了长空的静谧，公子蓦然仰首，看着那只孤雁振动单薄的双翅，自北向南，掠过层云飞去，千山暮雪，只留下一声凄厉的哀啼，久久不绝。

雁南飞，归去来！

此时，凉州城朱雀大街的西侧，与东面的公子府遥遥相对的地方，是专用来接待帝都使者的府邸。帝都特使立在庭院中央仰望苍穹，看到了那孤雁的影子划过了凉州城暮色苍茫的天际，向遥远的南方飞去。

他轻声叹息："正月二十九……"

就在这时，一名随行武士大步走上前来，对特使施了一礼，呈上一张名帖："有贵客来访。"

特使挑了挑眉，打开名帖来看，意味深长地微笑了："凉州安西都护府大都督顾雍？"

真是稀客啊！

第三十一章　迷月色（下）

"咻！"

一支精钢倒钩雁翎箭发出尖锐的鸣啸，箭风凌厉，"铮"的一声，钉在了百步之外的巨大青铜兽首上，正中额心。

沉稳的脚步声正好停在门外。姬骧挑了挑眉，停下脚步，静静看着前方挽弓的人。

演武堂偌大空旷，四角点燃四座青铜灯台，烛光明亮。公子怀璧的手指上扣着镔铁指套，取出身边箭筒中另一支长箭，搭上钢弦。那张四百斤的巨大硬弓被一点一点拉开，直到如同满月。

钢弦震动，第二支长箭陡然射出。箭风呼啸间，长箭"咻"地钉上了第二面青铜兽首，带着裂石穿空般的力道，巨大的豹首发出轻微的"咔咔"声，似乎裂开了缝隙。

他取箭、挽弓、射箭，淡然镇定，丝毫不像眼睛上蒙着一道黑绢。

他仅着一袭黑色织锦战袍，简单而沉静；而一侧袍角与鹿皮战靴之上，却寥寥几笔暗绣蟠龙暗纹，隐隐飞扬跋扈。

"公子怀璧，这个乱世的灾星！"

暮色初起之时，秘密前来拜访他的顾大都督说出的一句话，又响在耳边。

群雄四起，四方诸侯无不蠢蠢欲动；看来，大晋帝祚的衰微正如残阳西下，已是掩也掩不住了。连顾雍这个老奸巨猾的老权贵，一时不慎，也说出这样的话。

不过，他的焦点不在这里："我河西蛮夷远距西北，帝听难达、教化不通，久不沐圣德，如呱呱稚子被弃。老臣日夜遥望帝都，苦思圣颜……"

说到这里，他几乎泫然欲泣，特使连忙抚慰："都督言重了，率土之滨，莫非王臣，九州三陆，天子未曾一日不忧心。都督日夜操劳，天子定有所感。"

顾雍感动不已，如幼子闻慈母之音，更是悲从中来："若天子体念老臣苦思圣颜之心，还请天子使转述一二！公子怀璧，这个乱世的灾星……"

他突然意识到失言，一怔，连忙举袖拭泪掩饰过去："公子怀璧，这个凉州的灾星……老臣为天子经营河西数十年，得民意甚重；公子怀璧行权弄奸，僭越王府，不容老臣已久。此番若能平定五胡，下一步必欲除老臣于当下！老臣谨持箕帚，为天子清扫河西，一旦公子怀璧得势，除老臣性命无妨，唯'忠心'二字，能否依旧向着圣天子？……"

他一边哭诉一边观察天子使者的神色，似乎在试探特使的意思。姬骧怜悯道："都督一片丹心可昭日月啊！"

顾都督终于直接说明了来意："对公子怀璧，帝都派天子使前来，难道就没有制衡之意吗？"

他是想要拉拢特使，与之联手了。

"怎么没有让人通报？如果不是熟知你的脚步声，现在你已经死几百次了。"

公子怀璧的声音淡淡传了过来。

他并未回头，又接着取出第三支长箭。他不用箭靶，前方百步处陈列着五面巨大的青铜兽首，有虎豹猿猱各态；其中两面之上，已经钉着两支长箭。

一阵风吹进来，呼地掀起公子怀璧的袍角与束在脑后的长发，似乎像潜龙在重渊中翻腾。

他们阔别八年，他居然还能听出他的脚步声。姬骧微笑了，眼睛里闪过一丝暗光。他慢慢向前迈出一步："如果，我是来杀你的呢？"

他们之间，大约相距五十步。背后是一个人防御最弱的地方，而且，他还蒙着眼睛。

他的尾音还没有消失，突然之间，腰间佩剑出鞘！

就在同一刻，公子蓦地转身，手中已成满月的巨弓长箭突然改变了方向；他眼睛还蒙着黑绢，箭镞却正对特使的眉心，出箭！

"铮"的一声，金铁交击，电光石火之间，精钢的箭镞撞上镔铁重剑，发出尖锐长鸣。弓箭不利近攻，公子此时却只能出箭；而帝都特使居然可以在短短五十步之内，截下公子的箭。这一击相交的间隙，两个高大的身影闪电般向对方逼近，对手的长剑带着山岳般的力量呼啸而来，而公子已没有机会摘下眼睛上的绢纱，弓上已无箭。

又是一声金铁交击，长剑劈上了铁弓，强大的力量对上强大的力量，居然谁都无法再占上风。公子眼睛上蒙着的黑色绢帛飘然落地，四目相对，两位强者的眼睛里似乎都有闪电般的锋芒一闪而逝。

两人的兵器同时收回，再同时挥出。这一切不过是转瞬之间，当第三次长剑与铁弓交锋的声音尖锐地响起，特使的长剑穿过铁弓贴在了公子颈侧；公子反握铁弓，弓弦的方向压向特使的喉咙，他的右手勾着钢弦，向内凹陷成一弯弦月。

剑在颈上，而弦在咽喉，他的手指只需轻轻一弹，钢弦进射，就会勒断特使的喉管。

两人凌厉对视的眼睛里，慢慢浮起一抹笑意。

"看来八年的养尊处优并没有让你松懈一分。"特使轻叹，"比起当年，你的箭术更加精进了。"

公子微笑："你也一样。"

二人相视大笑，特使还剑，公子撤弓。

浓重的夜色完全包裹了整个凉州城，没有月亮，大漠的夜空上繁星闪烁，像一双双寂寞的眼睛。苍水岸边白日里的繁华已经散尽，贵族的女眷们都已归去，而僧侣吟唱梵呗的声音伴着缓缓流动的苍水，还在苍茫的夜色中渺渺传送。

更衬得夜色无比寂静。

公子府中华灯初上，夜风吹过，送来隐隐梵音。

"凉州的夜色，只想让人抛却喧嚣，就此沉寂。"特使低声慨叹。

这是高高楼阁之上的一方露台，摆着一张案几，铺有两方玉席。特使峨冠博带，盘膝而坐，面前摆着一壶薄酿、一盏玉杯。

"我以为你会更钟爱帝都的繁华。"公子已经换上一身宽松长袍，背倚栏杆，一手执杯，微笑道，"你突然前来，让我措手不及，只好用薄酒招待，倒是怠慢了。"

"波斯三十年葡萄佳酿！"姬骧赞叹道，"这还算薄酒？"

"比起帝都公卿的种种豪宴，我凉州自然失色。"

姬骧拢起广袖，为自己斟了一杯酒，悠悠道："你与左贤王八年对峙，今次一战平定河西，在凉州的根基终于牢牢扎下，可以一展宏图了。"

"此话怎讲？"

姬骧并不抬眼，依然悠悠道："河西之地牵制你的，无非是顾雍与河西王府。而顾雍大都督之所以能与你分庭抗礼，无非是左贤王这颗毒瘤在外对你虎视眈眈。外患一消，你必安内；当此之时，你这西北之地，不就尽在你掌控之中了？"

公子微笑了："伐梁之后，我欲称霸，尽人皆知。"

确实，从重逢的那一刻起，他从来没有隐藏过自己的野心。

这个烽烟四起的乱世，正是建功立业的时代。哪个热血男儿不欲成英雄？哪个英雄不欲成就一番功业？

帝都特使抬起头，看着他难掩睥睨的眼睛："你锋芒太露，有人已经对你不除不快了。"

沉默。公子并不答话，转动手中的玉杯，似乎在等他说下去，却没有等到下文。他的眼睛闪了一闪，看着特使，微笑着慢慢道："没有别的了吗？"

他知道了什么？姬骧心头一动。

眼前凉州城三大势力，顾雍背后的河西王府，特使背后的帝都天子，与公子怀璧背后的公子府。三方势力相互交织，前者与后者水火不容已是尽人皆知；而特使本是为公子伐梁的后续而来，但他的到来哪里是为了安抚梁国百姓、收回梁国公卿的印信？特使唯一的使命——代表帝都公卿，牵制公子怀璧。

顾雍是在明知故问，只是巧为试探。因为这层权术画皮不点自破，公子怀璧也心知肚明。

这样暗潮汹涌的敏感时刻，顾都督秘密约见特使，这样的事太过微妙；公子怀璧与帝都特使又都是惯于权术的老手，互相之间本就隐约有互相猜忌的张力，更无法说清。

公子突然朗声一笑："今日是凉州城的迎春日，苍水之畔美女如云，你这风流才子，怎么不去凑热闹？"

姬骧笑道："今日凉州迎春，又传来朔方大捷的战报，双喜临门，我是来向你道贺的。"

"大可不必。只是小战惨胜而已。"

姬骧扬眉："据说跑虎原之上，白将军三剑退贤王，涅槃之剑锋芒毕露。"

"这也有些出乎我的意料。"公子微笑，眉宇间颇有一丝骄傲，"我本以为，她需要再磨炼些时日。"

姬骧看着他，意味深长地一叹："阿若，你对得起白烈白将军了。"

空气陡然沉默起来。

刻意要避开的话题终于提及，像被堵上的堤坝扒开了一道小小的缺口。

公子转过身，手扶栏杆，凝望着天上低低闪烁的繁星。那漫天星光如此晶莹明亮，似乎触手可及。

"物换星移，转眼之间已经八年了。"公子仰首眺望长空，慢慢道，"那么多的人，你们一个一个从我身边离开，我却丝毫无力阻止，更无力挽回。阿骧，这种感觉，难道你还不明白？我再也不想被命运这样捉弄，随着别人翻云覆雨的手颠沛流离。如果只有成为强者中的强者，才能守卫自己的家园，守卫自己想要守卫的东西……"

他一字一顿道："那就让我踏上这条路好了，哪怕是负尽天下人！"

公子并没有回头，背后的人也久久沉默。

一直是这样，这是唯一可以让他毫无戒备地背对着的人。可是，越是这样的人，带来的伤害就越不能原谅。

"姬骧，你真不记得，今天是什么日子？"

春寒料峭且迎春，苍水之畔多丽人……正月二十九，凉州迎春，最绮丽温存的日子。

"正月二十九——"姬骧静静地凝望着无边的夜色，大漠上空的繁星格外明亮、冰冷，闪烁的星光像在争相用神秘的语言，讲述着一个个千百年来只有它们才知道的故事。

姬骧缓缓道："云梦破国。"

这是一个九州最美丽、最神秘的国度，沦丧在烽火之下的日子。

"此生再也不做任何人的棋子……"公子慢慢地说，声音里听不出起伏，"你做到了吗？我们的这个誓约，你得到想要的结果了吗？"

此生再也不做任何人的棋子！

那两个浑身浴血的少年恶狠狠地用自己的命为赌注，两次对着苍天击掌许下同一个誓言。一次在相逢之初，一次在诀别之时。第一次，只有一个人是他们的仇人；第二次，全天下的枭雄都是他们的对手。

当最初两只手掌击在一起许下这个誓言的时候，一切都已经改变。他们未来将要失去的和得到的，都已经注定了。

姬骧默然无语。

"你应该知道，这一日，对我来说意味着什么。你今日来找我喝酒——"公子慢慢道，"是想同情我今日的失意，还是想趁这时候，为你的孺子皇帝做点什么？"

他怎么能这么说？！

"我只是不想让你一个人喝酒！"姬骧压制住陡然升起的怒气，冷冷道，"赢怀璧，从我们击掌为誓的那一天起，无论结果如何，我都没有后悔过。你真若是这么恨我，尽管把我的命拿去，但不是因为愧对你，而是因为你是我的兄弟！"

"我不要你的命！"公子陡然转过身，恶狠狠地盯着他，"我只想让每一个人都活着！"

多可笑，从公子怀璧的口中说出来——我只想让每一个人都活着。

没有人能笑出来，兄弟两个狠狠地瞪着对方，却渐渐从彼此的眼睛里看到一丝丝扩大的悲凉。

这是二十七岁的赢怀璧，替十七岁的赢怀璧喊出来的。

那是少年时惨痛的梦，弱者只能在乱世的旋涡里苦苦挣扎，被命运的巨手肆意拨弄，看着兄弟反目，看着心上人离去，除了眼睁睁地看着，还能做什么？

因为他们不够强大。

而终于强大起来的时候，才发现，每登上一步强大的台阶，就必须逼着自己更强大，哪怕不择手段。这是权力与功业的角逐场，不强大，便死去——这便是铁血时代的生存法则。

就这样踏上铁血之途，与记忆中的少年和往事，一步一步背离。

"你走吧。"公子怀璧颓然转过身去，挥了挥手，"让我一个人静一静。"

自从公子怀璧的禁乐令下来，凉州城入夜之后便会宵禁，不得妄动器乐，于是这一片夜色，就更加沉寂。

姬骧慢慢踱步在月下，他并没有带随扈的武士，一个人离开公子府，向暂住的府邸走回去。

一声低低的奇异曲调传进耳朵，他突然停住脚步，回首望去——

半月慢慢升了起来，粹白的月色压下了星光，为夜色拢上一层缥缈的雾。依稀可见高高楼台之上，一个高大的身影凭栏而立，长衣广袖，像临风舒羽的孤鹤，迎着粹白的月色和闪烁的繁星，在低低吟诵着音符奇诡的诗句。

他看不清楚，却可以想象，那个人手执玉杯，用象牙箸轻击奏出诡异的节奏，对着天际残月，用北陆人听不懂的语言，低低地吟唱，断断续续的词句，悄悄飘在夜色里。

可是姬骧不是北陆人，他听得懂。片段的词句飘进耳朵，可以把它还原成一首完整的祭歌——

霜露交下，薤蒿于野。

念彼君子，魂侠四荒些！晦明陆离，悲歌招魂些！

魂兮归来，无远遥些！

去君之所思，何为四方些？

六合惘极，天地混浊。赤郭狰狞，唯魂是索。

豺狼蔽野，虺蛇吮血。封狐伉伉，白骨蓁蓁。

风雷夭夭，雨电凄凄。六合之害，不可久游些！

魂兮归来，无远游些！

导君之先路，归我所居些！

穆野多灾，幽途险隘。唯子室家，静好娴些。

兰膏明烛，翡帷翠帐。肴蒸脍炙，桂酒椒浆。

伯叔妻子，和和充堂。归来其居，不可久游些！

魂兮归来，无飘忽些！

息君之怨怒，还子宁安些！

生欢勿悦，死苦勿顾。薤露易晞，风吹埃土。

日月不淹，春秋周仁。百岁之后，皆归幽都。

彼岸光明，此间昧殊。魂兮归来，不可久游些！

低低的吟诵，幽诡、凄冷，以一种奇异的语言和音节在夜色里弥漫，像巫师的祭祀祝祷。

姬骧感觉自己的心脏陡然紧缩。

那种语言，是云梦、荆楚江左一带的语言，楚语，姬骧的母语。而这首祭歌，是江左百姓思念故去的亲朋，在祭祀亡灵的节日里吟诵的《招魂》。那个人，在用楚语招魂！

他在招谁的魂？

难道八年来每一年的今日，他都在这座公子府最高的楼阁之上，独自对着明月招魂？那么多游荡在战火烽烟里的亡灵，他可曾招到过那一缕不知在何处缥缈的游魂？

那悲凉的祭歌还在空中回荡——*魂兮归来！魂兮归来！*

姬骧默默转过头去，举步离开。

楼台上的人吟诵出最后一段音符，停下了象牙箸。缥缈的祭歌仿佛还在回荡，但迎面吹来的，只有大漠的夜风。

他仰首望向天际憔悴的白月，轻轻叹了一口气。

突然之间，好像空气一下子冷了下来。

楼阁周围暗处潜伏的武士骤然惊动，警惕地盯紧四周，霎时间一片刀光闪烁。比刀光还要快，怅惘的神色霎时间尽退，公子怀璧眯起眼睛，锋芒在墨蓝的瞳仁间一闪而逝，他伸手按住腰间佩剑，剑刃已弹出寸余。

只是一阵琴声。

是竹下馆的方向，但竹下馆太远，似乎是在竹下馆与此处楼阁之间的地方。冷冷琴声像水一般漫过，夜色陡然冷了下来。也许是夜色太静，也许是月色太清，也许是刚喝过几杯葡萄美酒，微醺的酒气涌了上来；公子微微一怔，细长深邃的眼眸微微蒙眬起来。

是《雪月四弄》。

这一首云梦国手谢宓的传世之作，现在可以弹下来的人已经寥寥无几了。现在被琴师弹奏的，只是上阕；完整的曲谱，已经随着云梦破国，销毁在烽火中了。

是谁？是谁？

是你吗？是你在回应我招魂的祭歌？

琴音突然停了，夜色里突然传来轻盈的脚步声，沙沙，沙沙，越来越近，走得很慢，但好像每一步都走在他的心坎之上。楼阁下陡然一片暗流涌动，暗伏的武士突然蓄势，杀气陡起。

公子好像突然惊醒，厉声低喝："退下！"

他悚然立起，大步走下楼阁，脚步都有些乱了。

漫天的星光洒在了楼阁前空旷的闲院里，公子蓦地收住脚步，看着前方曲径通幽处，绕过扶疏的树影，一个纤细的身影，慢慢走来。

她抱着一把五弦古琴，裹着一件雪白的袍子，乌黑的长发似乎刚刚洗濯过，并未绾发，就这么披在身后。缥缈的星光笼罩着她全身，长发与曳地长袍衬得那娇柔的身影更加纤瘦，像花蕾初绽的少女；星光下的面容似乎是看到的容颜，又似乎不是，似幻似真。

少女在距离他一丈远的地方，慢慢停下了脚步，似乎在瑟缩踌躇。

她缓缓抬起眼来，与前方的身影对视。

那高大而充满侵略性的身影，那锐利而冰冷的目光。尽管已经有了心理上的准备，她的身体还是忍不住颤抖起来，那些与他、与黑夜相关的记忆一起涌了上来。被俘虏的女人都是这样的下场吗？占有，只是纯粹的占有。无论你是公主，抑或是奴婢，没有了国，没有了家，就是一片可以被任意欺辱的浮萍。

从她辞别故国，被俘虏到凉州，就再不会拥有曾经的高贵。昔日的鸾姬公主，与公子府所有的女人一样，只是这个男人一时兴起的玩物。虽然只有一次，就是在新春公子寿宴之后，也许是她行刺的烈性让他突然产生了兴趣；但那一次，让她终于明白了女人可以屈辱到怎样的地步——他带给她的记忆只有完全的痛，无论身体上还是灵魂上，那揉碎的痛、撕裂的痛，痛彻心扉的痛，让一个女人恨不能就此死去。

这是女人对男人天生的恐惧。

她慢慢抱紧了怀里的琴，几乎要转身逃走。

不要走，不要走！

公子恍然站在星光之下，一时如在梦境。也许是隔得太远，他努力想要看清楚那很远似乎又很近的少女，眼前却似乎总是隔着一层朦胧的纱。

周围寂静无声，却有什么声音闷闷地响起，扑通，扑通，越来越快，越来越响。

那是心脏鼓噪的声音。

他的心已经急不可待了！

公子大步走上前去，越来越快，一把将少女抱进怀里。

那纤细的身体在他宽大的怀抱里是多么娇小啊，一展双臂，广袖就把她整个裹在怀抱里，像苍鹰的双翅将她牢牢锁住，她就再也不会离去了，永远不会离去了……

他手臂一用力，怀里的女子低低一声惊呼，头晕目眩间已经被他连人带琴横抱起来，转身走回身后的楼阁。

她身上有一股香气，温馥、甜腻，若有若无，似隐似现，绮靡而暧昧，像情欲之花初绽的氤氲，又像盈盈一汪春水的诱惑。他激切地撕咬、吞噬，为什么要有层层厚重的锦绣像壳一样包裹着里面微颤的嫩白，让那撩人的香气不能尽情汲取，鲜嫩的果肉不能一口吞噬？

他尝到了血的味道，她花瓣一样的唇瓣被咬破，在他口中发出甜腻的味道。那甜美的鲜血在纠缠间被他吞咽下去，怀中的女子颤抖、啜泣、挣扎。

他叹息地将炽热的唇烙上她瑟缩的细白脖颈，在她耳边一遍一遍低低地说："别怕，阿鸾，别怕……"

侍女们心有灵犀地互相看了一眼，连忙退下。关上门之前，在香炉里顺手添了一把合欢香。

第三十二章　夜宴（上）

晋隐帝昭元十二年，二月初七。

朔方城外，虎贲大营。

残阳静静地沉了下去，莽莽枯草荒原被夜色浸透。严冬的河西之地，白天格外短；仿佛大地还没有吸到光和热，那苍白的太阳就落到了荒原之后。

跑虎原之战到今日，两军相持已恰好十天。从盘马坡之战到跑虎原之战，两次大战役，无数次小战役，五胡联军一直锋芒逼人、杀气汹汹，几乎是以破釜沉舟之势，展开了对虎贲卫的全面反攻。而跑虎原之战，虎贲卫惨胜，左贤王退守盘马坡，却像暴戾的雄鹰收起了利爪，十日之内，居然毫无声息。

五胡联军驻扎的营寨，武士们手持斩马刀，雕塑一样严整肃立。每隔十步一支火把，从朔方城墙上看过去，五胡营地绵延成细长的火线，像数条蜿蜒火龙，横亘荒原。

静，压抑的静，像咆哮的岩浆被压制在薄薄的地表之下，到了一定的程度，便会喷薄爆发。

"左贤王是漠北雄鹰。"王览对身边的女将军叹息，"雄鹰蛰伏，只是为了蓄势待发。"

这是大战一触即发的时刻，没有人敢松懈一分一毫。虎贲武士百人一队、十队一旅，每日三班，昼夜轮值，每个人都紧绷得像上了弓的弦，里里外外，不能放过一丝死角、一毫纰漏。这么十日下来，铁人也要被熬出油了。而虎贲传统，向来是将军亲临战场，与将士同甘共苦。这座朔方城墙，来回足有七里，而每夜，王览都要亲自巡视，上半夜走一圈，下半夜走一圈。

这位白氏后人被公子怀璧"钦点"派来朔方，而跑虎原之战，女将军更是三剑退贤王，声名大振，但始终并未被授予任何虎贲军衔，只按照公子怀璧的意思，被安排在太傅身边。

"如果太傅是左贤王，这一步棋，应该怎么走？"

"我们跑虎原之战只是惨胜，左贤王显然依旧占据上风。在下若是左贤王，最直接的办法就是趁跑虎原之战余威，集结五胡主力，全力攻城，一鼓作气，越快越好。"王览看着女将军求知的目光，耐心道，"毕竟这么耗下去，似乎像是又回到了原点。我们耗得起，而左贤王耗不起。"

白璧晖点点头："急于求战，一决雌雄——这本来是左贤王最好的办法，可现在左贤王却并没有走这一步棋。"

"对。"王览赞许地点点头，轻轻叹口气，"还有第二种走棋的方法，而对我们来说，就更加麻烦了。"

"那是什么？"

"等待。"王览挥起广袖，抬手指向前方。顺着他手指的方向，隐隐可见夜色里的羌胡前锋营地，武士们像一座座铁塔，坚守在每个人的位置上。王览慢慢道："我每日亲自巡营，就是为了看羌胡阵营的动向。他们军灶整齐、阵营不乱、轮值应时，毫无军心散乱的迹象，与左贤王此前急于反攻的急躁截然不同。他若强攻，我们反而更加主动；而现在，他蛰伏不动，我们反而会被动得多。"

因为，他们不知道对手在等什么。就像丛林的羔羊，只能随时警惕着猛狮在暗处的跃跃欲试。

"令行禁止，军令如山。"看着羌胡井然有序的严谨阵营，王览喃喃道，"左贤王治军如此沉稳决断，真是可怕的敌人。"

这一点，在跑虎原之战，左贤王大军撤退之时，他们已经见识到了。

"左贤王又能等到什么？"白璧晖沉吟片刻，疑道。

虎贲卫的治军严整不会次于左贤王，而日夜不休的轮值，更是将朔方城周围防守得密不透风。王览日日亲自登城巡视、观察胡人动向，更派出了无数线人四处活动，左贤王若有重大举动，不会不被察觉。

王览慢慢道："最糟糕的猜测，就是在等我们内部的破绽。"

摧藏吞声跪长空，故国百年不相逢！

他再次想到这个名字，简歌。

跑虎原一战，龙甲车横空出世，一举震慑羌胡大军，似乎一切都说明了公子怀璧大胆起用这位梁国旧臣的选择是正确的。

虎贲卫诸将军对这阴沉的谋士都有一种防备之心，也许公子怀璧也有，否则不会派来王览、奚子楚同行，两相牵制。但这沉默的谋士在朔方唯一的作用，就是指导征召的三千民夫日夜赶制出五百龙甲车，并做出无数细微之处更迅捷灵敏的改动。即使这样，他也鲜少出现在重兵防守的制车之地——沙枣林。

这谋士的存在几乎像朔方的空气，淡漠得让人几乎察觉不出。他深居简出，几乎足不出户，在自己居处埋头绘制一幅幅设计图。王览安插在他身边名为保护、实为监视的亲卫，也抓不到任何稍微不妥的细节。

也许，他过于安静了。

"内部的破绽……"白璧晖微蹙了眉头，慢慢道，"难道太傅所言，是指三国联军？"

盘马坡之战，就是因为三国联军的临阵退缩而惨败，痛失这一险要关隘，给了左贤王大举反攻的先机。而紧接着跑虎原之战，又是因为退守沙枣林的三国联军各自保存实力、坐山观虎斗，不向被围困跑虎原的顾琼施以援手，几乎致使这位扶风上将军、伐胡副将旗下五千精锐消磨殆尽；更险的，若是当时云渊被逼出兵救援，那朔方城门户大开，说不定此时左贤王已经登城庆贺了。

她话音未落，一名虎贲武士飞驰而来，滚身下马："太傅、白将军，三国诸将已经齐聚帐中。"

王览回首对女将军莞尔一笑："正说着，就来了。三国联军这枚肉中刺，我们都忍耐很久了，今日，就要不拔不快！"

沉沉的暮色里，一阵大风呼啸着卷过朔方城上空，起风了。

夜色侵袭上来。这西北大漠，白日酷热、夜晚酷寒，而这个夜晚，更是又起了大风。狂风卷起沙龙，在天地交界处狂舞肆卷，风声呼啸，如鬼哭狼嚎，满地飞沙走石。值夜的武士们每人发了一壶烈酒御寒，但军中禁止饮酒，这所谓的烈酒，也不知道被加了多少水。

"浑蛋，淡得像马尿。等老子打退了胡人，回到凉州，要在酒缸里泡个过瘾。"一名老兵喃喃地骂一句，抬眼望向远处灯火通明的将军大帐，愤愤道，"这三国什么鸟将军，爷爷们在外面受苦，倒看着你们喝酒……"

帐里帐外，是截然两个天地。大帐内灯烛明亮，居然隐隐传来丝竹管弦之声，伴随着女子莺声呖呖的巧笑，似乎有美人在帐中歌舞庆升平。

这在虎贲军中，恐怕是绝无仅有的一次。

帐外将士半死生，而帐内是真有美人樽前犹歌舞。

虎贲军法严峻，对将军尤甚于普通武士。军中禁止饮酒、蓄妓，战争之时，将军要亲上战场，更要与士兵同甘共苦，除非必要，将军衣食待遇级别不得超越普通士兵三倍。

今天虎贲主将云渊宴请三国联军诸位将军，当这些将军带着女人出现的时候，虎贲卫诸将军也忍不住小小吃了一惊。

北燕主将孙致是位世家公子，父亲是一代名将，却偏偏生的是个犬子，孙致靠父荫世袭了爵位，本人却没有什么战功。当日西狄骚扰北燕边境，燕侯派孙致驻守要隘青阳关，夜夜笙歌、醉生梦死。当狄兵长驱直入大破青阳关将他从侍妾床上揪起来的时候，孙致尚且宿醉未醒，以为是侍妾之间争风吃醋，呆呆嚷了一句："卿卿温柔些！"后来燕侯念他父亲功勋，重金将他赎了回来，但"温柔将军"之名却不胫而走。

燕侯派他作为主将前来与公子怀璧结盟，对此次联军抗胡的敷衍之意，可见一斑。

这些女人便是北燕这位孙将军随军所带。北陆贵族少年有攀比家伎的淫靡风气，大约孙将军以为虎贲也有，这次赴宴，将这些美人选了一些带来。

"云将军，据说河西风俗是正月二十九有迎春日，香艳旖旎，那天你不在朔方城里设宴做东，反而推到了今日在这军营之中，这还有什么看头？"孙致身边一左一右拥了两位美人，冲云渊哈哈大笑，"该罚该罚！"

正月二十九，跑虎原之战刚刚结束，朔方战报紧急送往凉州。虎贲卫苦战之血尚未干透，孙将军的心里却只记得了迎春日百花齐放的香艳。

云渊举起一杯酒，诚恳道："诸位将军舍生忘死、抗拒强胡，若无诸位将军鼎力相助，朔方不得保全至今日。云某耽于军务，居然到今日才想起略备薄宴，一吐感怀之情，实在是云某疏忽。云某先敬诸位三杯！"

军中饮食简陋，云渊特别吩咐做了一些精致的点心和河西的大菜。武士依次呈上来，还抬上几只酒香扑鼻的酒瓮。

三国将军纷纷举杯还礼，气氛一时热烈起来。

"北燕孙致，真是奇葩……"陈国将军与中山国将军比邻而坐，他低嗤一声，借掩口饮酒的动作，对身边中山将军低声道，"云渊治军极严，怎么会在大战之际这样宴请我们？梁将军，恐怕宴无好宴啊！孙将军怎么就这么来了？"

孙致愚蠢，他们却不愚蠢。可惜孙致来了，他们就不得不来。

"我三国联军各自为战，云渊看我们不顺眼，也在意料之中。"中山国将军目不斜视，低声道，"孙将军都来了，你我若不来，就是对北燕不敬。来都来了，又能如何？魏将军少安毋躁，你我两国一向以北燕马首是瞻，这次也只管见机行事。"

陈国将军偷眼看着北燕孙致举杯豪饮，满脸横肉颤动，微微苦笑："以孙将军马首是瞻？"

"固然要以孙将军马首是瞻，万不得已，也要自作打算。毕竟，与嬴怀璧撕破脸皮，对你我没有什么好处。"

"此话怎讲？"

"唯坐山观虎斗而已！兵来将挡，水来土掩。"

"梁将军深谋远虑。"

"不敢……"

自从公子怀璧平定梁国、锋芒毕露，北陆燕侯一家独大的势力均衡被打破，中山与陈国便纷纷打起了小算盘。此次结盟伐胡，燕侯派出了孙致这位声色犬马之徒与公子怀璧结盟，敷衍而略带试探的意思显而易见。中山与陈国没有北燕的气魄，既不敢得罪燕侯，又一时难以看清北陆霸主之争究竟会有什么结果，对公子怀璧也不敢过于得罪，就派出了两名上卿大夫监军，以便于这些士大夫紧密观察形势，随时做出最有利于自身的决定——毕竟，他们更具政治头脑。

陈国与中山这两位将军，便是以文官行武职。而真正征战沙场的将军，反而备受掣制。

推杯换盏间，政客们已各有各的打算。

两位将军话音未落，外面一声清朗大笑："在下来迟，让诸位久等了！"

云渊闻言放下酒杯，笑道："太傅，你真是姗姗来迟啊！"

在大帐中央演奏管弦的美人们停下了动作，大帐的帘门被武士从外面拉开，一股冷风呼地吹了进来。

太傅？虎贲卫中的太傅只有一个。帐中众人一时举目望去，一身白衣、腰别洞箫的太傅撩起长袍下摆，施施然走了进来。

云渊对三国将军介绍道："河西王太傅，王览。"

白衣太傅缓缓扫视过诸位将军，陈国将军与他目光相对的时候，心中一颤，忍不住与中山将军对视一眼——他明明一脸笑意，却让人感觉那目光像两把剑。

太傅已经笑吟吟开口："河西王览，见过诸位将军。"

他眼中的锋利一闪而逝，让人以为方才只是错觉。太傅温文尔雅地敛袖一礼，众人不由得对他一齐还礼。

"虎贲卫羽卫上将军，奚子楚。"

一身紫锦战袍的将军在太傅之后走了进来，众人眼前顿时一亮。奚氏长公子、河西第一名将奚子楚，向来有"玉将军"的雅号，姿容之秀美与杀人之利索同样名震北陆。他脸颊上的一道浅浅的伤口结了痂，长约寸余，陡然为冠玉般白皙儒雅的面容增添三分戾气。

他淡淡扫过众人，拱手示意，面无表情。

"白璧晖。"

最后一名武士走了进来，云渊只简简单单说了三个字。女将军一身箭裙软甲，长发高束、腰佩长剑，从帘门之外走进来，在一众铁甲重铠的男人之中，像荆棘丛中乍然出现一朵冷艳的蔷薇，夺去了所有人的目光。

她明艳的眼睛淡淡扫过众人："凉州白氏，白璧晖。"

她就是凉州白氏的后人？白氏名将之血涅槃归来，跑虎原之上，三剑退贤王。漠北雄鹰终尝一败，"白璧晖"这个名字，悄悄震动了虎贲卫与三国联军。

只是没想到，这三剑退贤王的女将军如此年轻，而且如此美丽，美丽到不会让任何人忽略一件事——她是一名足以让很多男人动心的美人。

而且这种美丽与中州女子的纤弱白嫩截然不同，那包裹在软甲箭裙之下的肢体修长柔韧，而且由于轮廓深邃，不施脂粉而自然明艳照人。她像火焰，有一种野性的英气，那群北燕主将孙致带来的美人在她面前黯然失色，浓妆艳抹的娇美脸蛋与她一比，仿佛变成了虚假的面具。

孙致瞪大了被酒色熏得发昏的眼睛，口水都快滴了下来："怎么有个娘们儿，还是如此美人儿！"他迫不及待地一把推开身边的两个美人，"云将军，你从哪里找来的美人儿？快来与我饮酒，美人，快来与我饮酒！"

此言一出，满座皆惊。恐怕在跑虎原之战之后，到现在还不知道白璧晖这个名字的，只有这专心于眠花卧柳的"温柔将军"了吧！

太傅脸色一变，白璧晖已勃然变色，冷冷道："末将是武士，不是侍姬，将军醉了！"

"女武士？"孙致已有三分酒意，正是酒酣耳热的时候，一挥衣袖大笑，"够味儿，我喜欢！我就喜欢有味道的女人……"

旁边的陈国将军连忙截口，急急忙忙要为三国挽回一点颜面："孙将军，这是凉州白将军，白氏涅槃之剑名震北陆，将军难道未曾耳闻？"

"剑……好！女武士就当舞剑！"孙致哈哈大笑，"美人儿，与我舞剑！与我舞剑……"

他话还没有说完，与他相对而坐的太傅淡淡开口："孙将军，恐怕我们这位女将军，不是将军能惹得起的。"

"你什么意思？"这句话不太客气，孙致酒劲上涌，顿时大怒，一把掀翻了面前的桌案，杯盏碗碟顿时乒乒乓乓落了一地，"区区一个河西蛮夷，难道……难道本将军还消受不起？你算什么东西，敢看不起本将军？"

他挥袖摇摇晃晃地指着女将军："你！去为我舞剑！"

女将军突然冷冷一笑，腰间佩剑一声长吟，弹剑出鞘："那要问问我的剑同不同意！"

冰冷的剑光一闪而过，孙致身后侍立的亲卫同时拔剑。

孙致的侍妾们一声尖叫，四散奔逃，躲到角落里簌簌发抖，宴席之上，顿时一片混乱。

奚子楚大怒之下正欲拔剑而起，云渊蓦地伸手将他按住。

云渊急忙开口道："孙将军，孙将军，切勿受惊！我这女将军不识将军威名，才敢冒犯将军，将军宽宏大量，一定不要计较啊！"

他说话间飞快地与太傅交换一个目光，太傅不动声色地冷冷一笑："我就是看不起将军！"

孙致勃然大怒，正欲开口，云渊连忙截住："太傅，如何对孙将军无礼？"

王览冷笑道："武士的实力，是用刀说话。只怕白将军敢出剑，孙将军也不敢接剑！"

云渊奇异道："太傅何出此言？孙将军乃北燕堂堂名将之后，意气干云、威武不凡，北陆之上谁人不知？孙将军不是不敢出剑，只是不与白将军计较罢了。"

王览冷笑："只怕这名将之后徒有虚名！当日白将军与我虎贲卫诸位将军比剑，诸将军无不为涅槃之剑所折服。谁人不知中州武士柔弱、河西武士骁勇，北燕孙氏，可比得上我河西顾氏、云氏、奚氏？但看此时，在下看孙将军心宽体胖、气喘吁吁，恐怕连剑都握不起了，还敢接白将军的剑吗？……"

孙致本来就已经有了三分酒力，此时被云渊、王览你来我往说得一时意气高涨、一时怒发冲冠，风助火力之下，男儿意气陡然在胸中熊熊燃烧，大喝一声："北燕孙氏，愿请白将军赐教！"

这话一说出来，诸位将军脸色顿时一齐微微变幻。

王览冷笑："孙将军倒是豪迈，可敢与我一赌？"

他顿了顿，从鼻孔里一声嗤笑："我赌将军必败！"

孙致怒喝："哪个不敢，是龟孙子！"

诸位将军同被这铁骨铮铮的男儿气震惊，云渊的脸颊忍不住抽搐两下。王览牢牢盯住北燕将军，依然冷笑："孙将军爽快，大丈夫就当如此意气！既然如此，我们就放手一赌！"

"少废话，你赌什么？"

王览眼中闪过一丝暗芒，慢慢道："兵符。"

陈国将军与中山将军蓦地抬起头来，觉得头皮都紧绷起来。

好一招先礼后兵，又好一招引君入瓮！原来，这才是云渊与王览的最终目的——要三国联军七万兵马的兵权。

孙致高昂又昏沉的神志突然抓到了一丝清明，他觉得脊背上慢慢冒出汗来。

王览伸出手，云渊从胸口掏出一只青铜小匣，从里面取出两枚印信，放在他的掌心。这两枚印信大约都掌心长短、锻以青铜，铸成卧虎形状。两枚合之则成为一体，天衣无缝。

王览握着青铜印信举了起来——这是调动虎贲卫十余万兵马的权力象征，虎符！

他微笑道："如果将军败了，就将贵国兵符借我数日，至伐胡之战结束，无论我河西虎贲卫是胜是败，贵国兵符将完璧归赵，原物奉还。而如果白将军败了，我虎贲卫十余万兵马，尽数交与将军统率，绝无二话！"

他紧紧盯住孙致："将军赌是不赌？"

第三十三章　夜宴（下）

十万虎贲铁骑的兵权！

所有的人简直不敢相信自己的耳朵，好一场豪赌！

孙致摇了摇脑袋，看向前方神色冷漠的女将军。她只是个女人，还如此年轻，他堂堂北燕将军岂会连一个女人都打不过？而且，王览开出的条件，也太好了一些。

何况，他的豪言壮语早已当着虎贲卫诸将军与陈国、中山国主将的面放了出去——"哪个不敢，是龟孙子！"此刻想收回也来不及了。大丈夫一言既出，驷马难追，更何况是当着各国将军们的面。要是不赌，不啻自抽嘴巴，他孙致与背后的北燕，将颜面何存？

这时候，孙致要是再看不出王览的别有用心，就真的是傻子了。但现在看出来，也已经没有用了。

他恶狠狠地盯着面前的王览："赌！"

王览的唇角泛起一抹微笑，陈国与中山国的将军顿觉大势已去。

孙致狠狠道："我答应和你赌，并不代表我不清楚你的圈套。我孙致或许贪生怕死，但也是一名武士，不会置家国脸面与武士荣耀于不顾！我和你赌，赌的是我北燕武士的骨气！"

这番话固然有为自己荣耀加身之嫌，但也确实颇有几分风骨。王览这时倒真有点敬重他了，看来这声色犬马之徒，燕侯还一直留着，也不是完全没有道理。

太傅敛袖一礼，躬身退后，他身后的女将军大步走上前来，脱剑于手，行了个武士礼："孙将军，请赐教！"

她眼神一冷，长剑横空斩来，掀起一片寒芒，隐隐携风雷呼啸。

孙致大吼一声，粗壮的身体居然灵活如狐，翻身滚过身边案几。接着一阵碎裂之声，案几被剑气劈成两半。

他尚未回过神来，那火红的身影像火焰飞腾，又一剑劈空斩来。孙致大喝一声，挥起长刀格挡，长刀与重剑在空中撞击，嘭的一声，火光四溅。女子厉声喝道："斩！"

孙致虎口一阵发麻，左脚重重后退一步，来不及防备，女子一剑之势未竭，已经凌空劈下："破！"

那火红的身形如鬼魅，快得不可思议，孙致身体以不可思议的角度向后一弯，长刀挑起一张矮榻向女子掀过去，女子长剑劈下，轰然斩断矮榻，剑势劈过木榻，力道居然不减，直向桓野的脑袋横来："弃！"

她只用了一剑，这一剑在争斗过程中，只变换了三种剑势——斩、破、弃。孙致从来没有见过如此刚烈的剑，如携风雷之声，如泻江河之流，简直不像一名女子所能发出。对手如此强大，孙致简直猝不及防。这最后一招直迎着脑袋劈过来，孙致再避无可避，以破釜沉舟的决心大喝一声，挥刀拦截。锵的一声，金铁交击，强大的力量震得整条手臂隐隐作痛，孙致手中的长刀终于飞了出去。

女将军仰首，还剑入鞘，对目瞪口呆的孙致拱手一礼，淡淡道："承让了。"

她的脸庞微微仰起，有一种淡淡的高傲。女将军转过身，与太傅微微含笑的目光相遇，唇角忍不住勾了一勾。

就在她转过身，向前踏出一步的刹那，孙致突然大喝一声："杀了她！"

他身后的三名亲卫突然同时出剑！

王览、奚子楚与云渊脸色同时骤变。

女将军纤细的腰身像柔软的棉，向后一折，那三支长剑在她的腰腹间斜斜擦了过去。这凶猛一击的杀招被瞬间躲了过去，女将军已夺回了先机。

她的箭裙像火红的蝶举翼旋转，明亮而锋利的目光像火焰一样灼痛偷袭者的眼睛。涅槃之剑发出愤怒的嘶鸣，当三支长剑回势再次迎面斩来，从三个方向封住了她所有退路的时候，那火红的身影像浴火的凤凰，携闪电般的长剑，直直扑向面前长剑交织的网，用自己的身体撕开一道缝隙。

有人这么告诉过她——"在战场上，剑术只是赌命的筹码，而不是保证。赌赢了，你就可以活下来。"

这是玉石俱焚的一剑！

如此决然，反而让偷袭者一滞。而生死搏杀之际，眨眼的犹豫便足以扭转战局。

"锵！"女将军的长剑格挡上一支长剑的劈杀，剑与剑发出刺耳的摩擦交鸣。偷袭者一怔的瞬间，女将军长剑尖锐地嘶鸣着划过对手的剑身，避过他的锋芒，一剑斜劈，他的剑瞬间飞了出去。

三人配合的阵仗已乱。女将军长剑携带刚烈的杀气，身影却像灵活的轻烟，那火焰般的光华如此夺目，连白衣太傅也忍不住眼中迷离了一下。就在众人眼神迷离的那一刹那，她纤细的腰身翻转，陡然避开两支长剑前后交击的斜刺，第二支长剑在前面"铮"地架住了从后面劈上来的第三支长剑。女将军冷冷一笑，剑身一震，剑柄闪电般劈向偷袭者的手臂，那两支长剑就同时飞了出去。

女将军还剑入鞘，淡淡吐出几个字："胜负已分！"

这险急一战，她却打得极有分寸，孙致与三名亲卫甚至没有一人受伤。

太傅脸色铁青，勃然大怒："孙将军，愿赌服输！如此暗施卑劣杀招，实在令人不齿！"

他疾步上前，大袖一挥，将女将军挡在身后，厉声喝道："虎贲卫！"

云渊急忙大步上前，一把拦住："太傅息怒，大敌当前，岂可自相残杀！"

王览冷笑："我不愿自相残杀，可惜三国将军正有此意！"

他一甩衣袖，目光如剑，直盯向额角冷汗淋漓的孙致："好一个男儿意气的北燕孙将军！这一赌，赌的是孙氏的脸面与武士的荣耀，赌的是'北燕武士的骨气'，原来所谓北燕武士的荣耀与骨气，就是背信弃义！所谓军令如山，不可违背，孙将军若撕毁前约，今日三国将军齐至，堂堂北燕主将背信弃义之举，众目睽睽之下，你孙致将无可辩驳！人无信不立，国无信不起，北燕武士的脸面、北燕国君的脸面被将军一人丢尽，我看将军日后如何在北燕公卿面前自处，北燕又如何在北陆诸侯间立足！"

一番话说得孙致汗如雨下，王览却毫无顾忌："再者，将军一人之脸面事小，天子脸面、九州苍生脸面事大！保家卫国，浴血奋战，是每一位武士的职责，而面对强胡入侵、生灵涂炭之危局，匹夫之责，岂可推却？将军临危受命，与我结盟，北陆诸侯、九州诸侯在翘首以盼，大晋天子、天下苍生也在长望不休！将军所肩负的，岂止是燕侯一人嘱托？是九州诸侯、天下苍生之嘱托！将军且自思索，自伐胡以来，将军所行之事，可有一件对得起苍生之殷殷期望？家国大义较之将军私利，孰轻孰重，将军可曾想过？"

王览厉声道："孙将军，你还是一定要撕毁前约，不念信义？你想让贵国国君蒙羞，不但使自己丢了荣华富贵，更落下千古骂名吗？"

荣华富贵，千古骂名！

孙致咬牙道："我要是不交呢？"

王览冷笑，缓缓扫过三国将军："脸皮既然已经撕破，还有什么顾忌？"

他一字一顿道："大帐之内，无非鱼死网破！"

三国将军顿觉颈间一阵寒意。

孙致全身颤了一颤，咬牙道："这兵符，只是借走，打退五胡之日就可归还？"

"那是自然！"王览昂然道，"兵符归还之日，若是拒胡成功，恐怕也是将军立下战功、声名大盛之时；如若不成，也无非是我虎贲兵败、河西陷落，将军大可引兵东归，也没有任何损失！"

孙致半辈子活在父荫之下，固然养尊处优，但毫无功勋、没有底气一直是心中痛楚，王览这句话一下子捅到了他的软肋。北燕将军咬了咬牙，大声道："好，我孙致愿赌服输！"

他长叹一声，从怀里摸出一个锦囊，打开来，里面是一副白玉狻猊兵符。

他将兵符放在王览面前的案几之上："王太傅与云将军老谋深算，孙某无话可说！"

王览微微一笑，拂袖转身，看向一旁的陈国与中山将军："面对两位将军，在下也不再遮掩了。两国各自保存实力，都是为各自国君、百姓图谋。但两位将军可曾想过，如此图谋，反倒是将贵国国君与百姓推至绝境。五胡踏破河西、挥师北陆之时，贵国直面羌胡铁蹄，再想与我河西结盟，亦不可得！两位将军都是贵国上卿大夫，可是权术争斗多了，反而忘了武士的热血忠义吗？战场不是朝堂，真正的政客，看到的应该是千秋大计，而不是眼前之利啊！"

两国主将慨然长叹："太傅不必多言了！"

他们各自取出兵符，一只是青铜紫荆兽，一只是镔铁盘螭符，长叹一声，呈在王览面前，与北燕的白玉狻猊并陈。

王览与云渊对视一眼，大笑："三位将军果然是丈夫之气，英雄豪迈！"

他大声道："白将军！"

白璧晖微微惊诧，大步上前，拱手道："末将在！"

王览一扬袍袖，微笑道："虎贲卫左参将白璧晖，接三国兵符！"

第三十四章　棋局

晋隐帝昭元十二年，二月初十。

又是三日相安无事。

但无论虎贲卫抑或五胡联军，谁都能感觉到在平静的表面之下暗潮的汹涌。云渊一举震慑三国，虎贲卫新任左参将白璧晖接掌三国兵权，朔方城更是调兵遣将、守备愈加严密，几乎被围成铜墙铁壁，虎贲卫似乎打定主意静观其变，不给左贤王一丝一毫抓住纰漏的机会。

两头雄狮紧紧盯住对方，各自暗中蓄势，等待一个一击必杀、可以一举扼住对手咽喉的时机。

夜色深沉，军队驻地上的灯火依次点燃。羌胡武士们三班轮值、日夜不休，挎刀亲卫每百人一队来回游弋，在这大战一触即发的紧绷时刻，任何纰漏都不能发生。

一阵狂风吹起满地沙石乱走，风渗进大帐，扯得帐壁上的火炬一阵摇曳。

中军大帐之内，依然灯火通明。

"夫败军丧师，多轻敌而致祸者，故师出以律，失律则凶。律有十五焉，一曰虑，间谍明也；二曰诘，谇候谨也；三曰勇，敌众不挠也；四曰廉，见利思义也；五曰平，赏罚均也；六曰忍，善含耻也；七曰宽，能客众也；八曰信，重然诺也；九曰敬，礼贤能也；十曰明，不纳逸也；十一曰谨，不违礼也；十二曰仁，善养士卒也；十三曰忠，以身殉国也；十四曰分，知止足也；十五曰谋，自料知他也……"

大帐之中，两个身影对案而坐，一身中州武士打扮的人屈膝跪坐案边，手捧一卷竹简曼声吟诵。他念完一段，放下竹简，对对面的人拱手一礼："今日在下为王爷讲述的是《九州武备志》第三十六卷四章《谨候》。"

胡人骁勇，运筹帷幄之术却稍稍逊色。所以，左贤王虽然是胡人，但对中州兵法将略却十分推崇。《武备志》是晋室开国皇帝晋武烈王晚年亲自撰述，这位皇帝戎马一生、战功赫赫，即使不是因为天子手笔而格外受推崇，这部总结武烈王一生兵法大略的著述也足以被视为兵家杰作。

晏仲玄娓娓道："这段话的意思，是说自古战争中战败丧师者，多因轻敌。是以军队出师，必须严格法令。军律有十五项：一是虑，要详加谋划，明确敌情；二是诘，严密盘查，搜集情报；三是勇，敌人阵势强大而不退却；四是廉，以义为重，不为私利所惑；五是平，须得赏罚公正；六是忍，忍人所不能忍，方成大器；七是宽，宽以量刑，方得军心；八是信，出令则行，严守诺言；九是敬，礼贤下士，以礼得贤；十是明，明白是非，不听信谗言；十一是谨，严谨慎重，不违礼悖法；十二是仁，爱兵如子，武士拥戴；十三是忠……"

他讲到此处，顿了一顿，垂了垂眸："十三是忠，忠诚报国，为家国大义，赴汤蹈火在所不辞……十四是分，行为有分寸，守本分，做事情量力而行；十五是谋，足智多谋，能知己知彼。能做到这十五之律，未战已先胜了。"

他对面的左贤王以中州士大夫礼贤下士的礼节与他遮袖对坐，凝神倾听。晏仲玄讲完一章，左贤王玩味再三，拈着上唇微翘的短髭，慨然叹道："晋武烈王，果然是一代帝王之才。你们中州人的运筹帷幄之术，我羌胡远远不及。"

晏仲玄慢慢道："晋武烈王固然堪称兵法大家，却未必是一位杰出的皇帝。开国之初国力衰弱，应该休养生息，武烈王却接连对西北强胡——西戎出兵，结果连吃败仗，西戎单于曾挥师大破函谷关，直逼帝都长安。直到后来简帝之时，国力渐盛，天子集结北陆诸侯联军，率带甲之士十万、战车八千，与西戎战于葵丘之野，一战全胜，斩首三万，从此西戎式微，远遁大漠，近二百年间诸胡不敢进犯中州。后来我羌胡崛起，也曾饮马黄河、血洗凉州，踏破河西屏障，而中州诸侯四起，九州分裂，再不复当日荣光。"

他眼睛里闪过一丝神往和怅惘，不知是不是在追忆帝国当日的强盛。

左贤王拈着短髭，眼中暗光闪烁："十三是忠，以身殉国也，即忠诚报国，为家国大义，赴汤蹈火，在所不辞。晏将军，读到此处，可是心有所感？"

晏仲玄怔了一怔，突然俯身拜倒："王爷！"

左贤王突然大笑道："晏将军若是毫无家国风骨之念，那便是真正不忠不义之人，本王也不会看重了。"

"在下有家国之思，但是家在哪里？国在哪里？"晏仲玄怆然一笑，"我云梦破国、族人涂炭；追随王爷，报我国恨家仇，便是在下毕生所求。在下的忠义二字，只系在王爷一身而已！"

左贤王将他双手扶起："晏将军快请起，将军追随我八年，将军昭昭丹心，本王何尝不明白？"

"我与将军，目的不同，却殊途同归；共同的对手，便是嬴怀璧。"左贤王轻轻叹了口气，"今早传到的单于急令，我此次东征，消耗甚巨，其余四部的首领借口东征无果，鼓动单于一再催促我班师回王庭。"

他眼睛里飞快闪过一丝暗光，低声道："'左贤王老当益壮，可惜日已西沉、锐气减退，比起雁翎关时也不如了。'——这是当日跑虎原之战，奚子楚与我对阵之时的一番话，固然是激我发怒，但也不无道理。"

这次左贤王集结五胡，可谓是破釜沉舟之举。羌胡五部争斗日烈的情况下，这一战的成败，也恰好是伏日部盛衰的一大转折。

一旦胜了，五胡联军踏破河西，挥师南下，饮马黄河，挥鞭北陆，锋芒直指帝都长安，左贤王这一世彪炳功业，终可成就。而一旦败了，就是全盘皆输。

"烈士暮年，壮心不已，王爷多虑了！"

左贤王微微一笑，并未答话，反问道："听说这几日朔方城的虎贲阵营有所变动？"

"似乎是云渊对三国联军下手了。"

"这三国联军就是鸡肋，食之无味，弃之可惜，我若是云渊，要为这群各怀异志的诸侯们头疼了。"左贤王微笑着摇摇头，突然问道，"晏将军，今日是二月初几了？"

"二月初十。"

左贤王轻轻敲了敲桌案，沉思不语。五胡联军这场东征，本来预计趁公子怀璧伐梁、凉州空虚，可以速战速决，拖到今日，已是数月。

"王爷礼贤下士，对异族之人如在下，从不另眼相看；王爷虚怀若谷，知晓自己拙于兵法，便昼读经卷、夜听武策，八年来除万不得已，未尝一日间断。"晏仲玄突然诚心实意地深深一拜，"王爷少年起兵于伏日部内乱之时，半生戎马倥偬、力挽狂澜，二十年来力压五部、一统大漠，是真正的雄主之才，必将在这乱世中建立一番功业！这时候，王爷要做的，只需沉住气。半世功业已然触手可及，何必急于数日之功？"

左贤王大笑道："晏将军从来只是弹劾，很少称赞啊。"

晏仲玄突然拜倒："王爷踏破河西、饮马黄河之时，在下不求功勋，只求王爷赐在下回到中州，从此不问世事、泛舟云梦，在故国土地上了此余生！"

"将军已经看到此战必胜了？"

"在下不看结局，只看布局！"

左贤王微笑了。他抬起幽深的眼眸，目光越过晏仲玄，看向前方。

映着明亮的火炬，顺着左贤王眼睛的方向，前方帐壁之上，巨大的羊皮地图被卷起，露出下面整整齐齐并列钉着的八块素白的绢帛。

每一块素绢，都被裁剪成方方正正的掌心大小；虽然很小，上面却用极细的、交错曲折的墨线标示出各种符号，密密麻麻，十分清晰。每一幅绢帛绘制的内容，都各不相同。

它们被细心地抚平，就用铜钉钉在朔方战图的后面，组成一幅完整的图案，巨细靡遗。

朔方城攻防图！

朔方地势、兵力分布、驻军布置、险要驻地乃至虎贲卫兵力多少，标示得清清楚楚、明白可见。

这本是虎贲卫绝密！

左贤王站起身，细细看着那幅攻防图，眼中暗芒闪动，慢慢道："云渊与王览联手，几乎万无一失啊！"

"二月初十了……"左贤王踱出帐外，天际一弯弦月，已经渐渐沉了下去，"再有十天，我与王妃成婚就整整十年了。不知道，这一次我还能不能活着回去见她。"

弦月下，一只青隼凄厉的鸣叫划破夜色，它扇动翅膀，向着漠北的方向远去。

"王爷布局，显然更胜一筹。"晏仲玄慢慢道，"这一局，云渊和王览已经棋差一着了。"

半生功业，已触手可及！

左贤王微笑道："是啊，现在我们只用等，就可以了。"

第三十五章　棠棣华（上）

凉州城门轰然洞开，一队队铁甲武士策马奔腾，穿过夜色中沉寂的街道。临街的住户骤然惊醒，昏黄的灯点亮了，惊惶不安的眼睛从门板的缝隙里向外张望，铁甲军团像流水一样向城中汇聚，森林般的斩马刀在夜雾中冷光逼人，奔腾的马匹一声声像踏在人们的心脏上。

紧张不安的气氛迅速蔓延，已经过了宵禁的时间，怎么突然有这么大的阵仗？

"出什么事了？难道要打仗了？"

"是不是胡人要攻进来了！……"

胆大的人要打开门板向外看，被老婆一把拽了回去："死鬼，你活腻了！"

这座繁华的城市被战火蹂躏得敏感。它曾在胡人淌着血的斩马刀下挣扎，在大火中呻吟，羌胡铁蹄踏下的伤口即使经历了八年休养生息，也难以愈合得不留痕迹。

"不要慌张，王府调兵！"领队的将军大喝，"王府调兵！"

大批的人马飞奔过去，打出的旗号果然是河西王府的铁甲军。百姓们稍稍松了一口气，一些聪明人却悄悄看出了其中的玄机。

"婆娘，看看，能有什么事！"那胆大的男人合拢门板，他是个开番舍的老板，一脸精明相，"胡人要是打进来，也是虎贲卫先动，还能让他们就这么大摇大摆进城？再说，还有你男人在！"

他女人啐了一口："就你那死鬼样，没事强出头，也不想想我们孤儿寡母……"

"行了行了，你这婆娘啰唆起来没个头儿。"男人披着棉袍，提着一盏油灯，嘿嘿笑着打断妻子的话，却握住了她的手。

住店的客商已经一个个从楼上的屋舍探出头来，像惊弓之鸟："老板，外面什么事？是不是要打仗了？"

"不不不，诸位别紧张，不是胡人。"老板一边走一边回话，"是王府在调兵，调动铁甲军！"

凉州兵权掌握在公子怀璧手里，一枚青铜虎符号令虎贲十万铁骑，镇守丝路要塞。河西王府可以掌握的，只是三万铁甲军。而公子怀璧铁腕之下，在凉州人眼里，河西王府的铁甲军，与虎贲卫简直不可相提并论。

"浑蛋，想来也是。要是胡人打进来，虎贲卫往外冲，铁甲军向里窜！"

"小点声，公子府都不敢明着硬碰硬，顾都督是好惹的吗？"有人赶紧阻止他，"王府现在调兵，是不是有什么变动？"

"呸！能有什么变动？铁甲军除了内斗，还会去打胡人不成！"

老板闻言，笑嘻嘻地停下脚步："算这位说着了！这次，铁甲军恐怕还真是去打胡人！"

缩回头去的客商闻言又把头伸了出来："不是吧。难怪前几日有传言说王府铁甲军似乎有所变动，难道放出去的风声是真的？"

"什么风声？"

"顾都督要和公子怀璧联手了，凉州城要变天了。"

河西王府由顾雍一手掌控，铁甲军指挥权握在安西都护府手中；王府与公子府合作，就是顾雍与公子怀璧合作。

番舍客店本来就是三教九流混杂之处，各种小道消息极其灵通。也许这件事暗中有所传闻，但谁也不敢相信，客商们顿时纷纷询问老板。

"凉州兵权在谁的手里？"老板得意道。

"自然是公子怀璧。"

"守城的是谁？"

"自然是虎贲卫！"

"没有虎贲军令，谁敢大开城门？"老板笑道，"再说了，铁甲军城中调兵，公子怎么能容忍？可是诸位请看，公子府可有一丝动静？"

顾都督与公子怀璧一直是你死我活、分庭抗礼，铁甲军在城中私自调兵，若是平时，公子府恐怕早已插手，迅速做出反应了。

大家一时对望，他真的说对了。

五胡联军强兵压境，跑虎原之战后，战局愈加紧张。危局之下，河西王府与都督府，终于决定与公子怀璧联手了。

将相和——凉州城，真的要变天了？

"大家都回去睡觉睡觉啊，兵来将挡，水来土掩，胡人真打进来了，还有公子府顶着不是？"老板娘赶紧催促客商们回房，回头骂自己男人，"就你懂得多，真是嫌命长！……"

客商们纷纷转回头去，关上门窗，吹熄灯烛，低声的议论渐渐在夜色里沉寂下去。

上位者的钩心斗角，和老百姓又有什么关系？他们要的，只是一个安宁的家园。

战争的创伤愈合得很慢，可是毕竟在慢慢恢复之中。

羌胡的铁蹄被牢牢挡在了戈壁风沙之外，丝路再次畅通，商旅恢复往来，凉州城在废墟之上重建，河西人的血管里本来就流淌着戈壁儿女剽悍的热血，他们是天生的探险家、冒险者，只要有水源的地方，他们就能建成一片绿洲。

这八年的和平，来得多么不易。只是这一次，那双始终牢牢环抱着这片河西走廊的铁臂，是否还能守护他们如初？

这时候，惊慌之后的人们重回梦乡，为次日的奔波劳碌养精蓄锐。夜色已经深沉，而公子府的幕僚、将军却尚未散去，议事厅里依然灯火通明。

今日，是晋隐帝昭元十二年二月十二。

"左贤王究竟在等什么？"

烛光摇曳，公子捏起一纸信笺放在烛下，凝视着纸片被火焰烤得边角卷起，然后腾地燃烧起来。

那是青隼传来的最新战报。

"这么等下去，似乎对他一点好处都没有。他能等我们什么破绽？"左千城皱眉道，"或许，左贤王是在争取时间，以图找到龙甲车的破解之法？"

左贤王身边的晏仲玄是云梦人，难保不会通晓与简歌相似的机械之术。

太傅亲自监军，云、奚二位将军为主将，白璧晖坐镇三国联军；再加上跑虎原之战大挫左贤王锋芒，这样看上去，真正要为朔方战况忧愁的，应该是五胡联军才对。可左贤王却稳如泰山，似乎要打定主意在朔方城外安营扎寨，让人感觉他似乎就打算这么慢慢地等，等到朔方守城的将士老死为止。

左千城话音刚落，兵马之声从西方隐隐传来，甚至震动了公子府。公子皱了皱眉："什么动静？"

一人接口道："公子忘了，是顾大都督正调兵遣将啊。"

铁甲军这次城中调兵，自然是经过了公子怀璧的允许。因为顾雍的理由无可拒绝——五胡联军兵临朔方城下，战况危急，河西王府、安西都护府出铁甲军一万，同赴朔方，抗拒强胡！

这个消息比朔方战报更震撼，就在迎春日之后，安西都护府大都督顾雍秘密致书公子怀璧，愿与公子府联手共拒强敌。数日以来，在公子府默许之下，铁甲军各路已暗中大肆调遣，早有不少人敏锐地嗅到了大局变动的气息。

顾氏掌控河西王府，顾雍与公子府合作，就是王府与公子府合作了。

"啊——"公子微笑了，"三日之后，是我与顾都督的家庙之约啊，我几乎都要忘了。"

唇亡而齿寒，皮之不存，毛将焉附？五胡联军锋芒之下，河西王府与安西都护府似乎终于转变了"攘外必先安内"的想法。顾雍一边暗中紧急调兵，一边致函前来——

二月十五，河西王约公子怀璧在嬴氏家庙之前，祖宗为证，王府与公子府此番在强敌之下冰释前嫌，共御外侮。

顾雍与公子怀璧一直是你死我活的对头，无论约在谁的地盘，似乎都不太妥当。约在王府嬴氏家庙，顾雍这一手安排得实在巧妙而妥帖。安西都护府与河西王府本是一派，但由王府出面，不但意味着两大派系的和解，更意味着——嬴氏兄弟的和解。

这三者之间的关系，本来就微妙。

"约在嬴氏家庙，顾都督倒是慎重，似乎颇有诚意啊。"公子看向一侧跪坐的一名幕僚，轻描淡写道，"少侯，你现在就为我拟一封回信，告诉顾都督，三日之后，二月十五，嬴某人准时赴约。"

"公子决定前去赴约？"

堂下的幕僚、将军大吃一惊，左千城急道："这时候顾雍突然对我们示好，谁知道这老狐狸打的什么主意？公子三思，不可轻举妄动啊！"

诸位将军纷纷道："若是公子执意如此，就由末将代公子前去！"

公子怀璧微微一笑，扬起了眉："我主意已定，诸位不必多言了。顾都督有意示好，我若不去，倒显得小气了。顾雍又能有什么打算？无非是我若不赴约，他便可借机在凉州百姓面前羞辱我一把。安西都护府中我尚且来去自如，"他的眼神暗了一暗，"如今我嬴氏家庙，反而去不得了吗？"

公子府门客与虎贲卫诸将军都已散去，偌大的府邸，静静沉浸在凉州的夜色里。万籁俱寂，灯火阑珊处，夜凉如水。

一盏残灯如豆，公子怀璧提笔在信笺上写下一行字——

王府欲出援军，如若成行，数日可至。凉州安好，诸君勿念。

他将信笺细细折叠，塞入一枚白玉信筒之中，移步到窗前，手臂一扬，一只青隼振翅飞去。三日之内，这只猛禽就会把凉州的消息带往朔方。

身后传来轻盈而细碎的脚步声，公子没有回头："你看这青隼，凶猛比过苍鹫、飞翔快于猎鹰，又忠诚可嘉，实在是难得的猎手和信使。可惜只因为相貌丑陋，没有人喜欢它。"

他笑了一笑："权贵们喜欢什么？美丽的孔雀，娇柔的夜莺，珍稀的雪枭，啊，还有远自东海的珍珠鸟。漂亮的羽毛、美妙的歌喉，他们喜欢这些，把这些珍贵的鸟儿豢养在金丝笼里，喂给肉末、奶酪和精磨的粮食，比普通官宦都奢侈。他们见到青隼便厌恶，恨不得处之而后快。而青隼何辜？它生来便是如此，无从选择，更无法改变。"

身后的人停住脚步，静静地听他说下去。她一向都是善解人意的。

公子慢慢道："鸟儿如此，对于人，何尝不是一样呢？"

他双手扶着栏杆，依然没有回头，身后的女史却似乎感觉他的背一点点直了起来，有一种苍凉的冷厉慢慢扩散。

女史突然有一种感觉，这城府深沉、铁腕雷霆的男人，强大如他，心中也有一块绝密的禁忌之地；而这块禁忌，心腹如王览也是无法触及的。

公子怀璧对他的过去从来绝口不提，但女史作为一名书写历史的人，对这些逸闻野史却知晓一二。

先河西王子嗣单薄，两名世子中，长子嬴怀瑾由出身豪族顾氏的正妃所出，少子嬴怀璧由一名胡姬侍妾所出。长子母族煊赫，而且自幼便谦逊温文、知书达理，颇有君子之风，深得河西王喜爱。而少子嬴怀璧刚一出生，他出身低微的母亲便因难产去世，于是嬴氏族谱上赫然一笔——此子煞，命不祥。

有传闻说，河西王长子少时孱弱，他的母亲忌惮二世子，便收买了一名术士来逸言诬陷河西王少子。这传闻是真是假都不重要，而且有没有这名术士，也许都是一样的。

少子嬴怀璧自幼桀骜不驯、不通诗书，又背负不祥之名，河西王格外厌恶幼子、喜爱长子。公子怀璧不受王府约束，常常出入凉州边陲的游侠场，与游侠为伍，放浪形骸；而他愈放荡行迹，河西王对他愈发厌恶。

嬴氏族谱上只有寥寥几笔公子怀璧的记载——少子劣，王怒而鞭笞，几死。

这是一个不被嬴氏欢迎的孩子。

“自从我十五岁被送往长安为质子，世事无常，阔别故土多年，再回来已是斗转星移、物是人非了。世事一场大梦，人生几度风霜……”他顿了一顿，“我姓嬴，这一生，居然从未到过嬴氏的家庙。”

公子怀璧吐出最后一个字，似乎轻轻叹了一口气。就在女史以为他就这样沉默下去的时候，他突然笑了起来，转过头来：“我为什么要对你说这些？真是胡言乱语，不知所云啊！”

夜风卷起他的衣袍和长发，月色下，他的神色已如常，谈笑晏晏，眉宇飞扬。

他的话很隐晦也很凌乱，甚至他已不知道自己要表达的是什么，但有那么一刹那，女史觉得自己似乎碰触到了这个男人灵魂的最深处。

这是一个不被嬴氏欢迎的孩子，但也同样是一个不欢迎嬴氏的孩子，他自小就不曾希图过那个王府的一切，如今，他已经历过太多，那个王府也许更不在他的眼里。

但是，无论如何，他的身体里流着河西嬴氏的血。

但她深夜前来，目的并不是来研究这个男人深藏的内心的。

她一语不发走到中央的案几边，敛袖跪坐，握住公子平放在墨砚上的笔，微微沉吟，然后在铺着的纸上慢慢画下一道墨线，又细又直。

公子兴味地看着眉目端凝的女子在烛光之下，一手执笔、一手拢袖，在铺开的雪白的松香纸上笔走龙蛇。

她轻轻吐出一口气，终于放下笔，面向公子俯身一拜："一雪僭越了！"

公子举步过去，那张纸上写满了密密麻麻的符号与演算，细长的墨线以某种奇异的角度或交错、或平行，似乎在透露着什么信息。

公子挑了挑眉："这是什么？"

女史静静道："一雪按照眼前的星迹推演下去，希望为公子预测破军星与北阴星三日之后的轨迹。"

测算天机，这是一种沟通天人的极其复杂的技艺，推演者往往要用各种天仪、器械以及算筹，抓住天空无数千变万化星子中的一个，根据它眼前的规律，来推演它日后的轨迹。

这需要无比敏锐的感知与掌控力，往往另一颗星子无意的干扰，就会把本星的轨迹拉出原先的轨道。更不用提无数星辰，时时刻刻都在变幻之中。

星象师们向前推演一个时辰、一天，都是极高的成就；而她，居然向前推演了三天，而且可以完整地为公子复述下来。

她是写史者，她要做的，是静静地观察、记述，而预先的告知，已经违背了她这样的人要遵循的原则。

这遗世独立的人，终于也违背了自己的条律。

"那么，你测算出了什么？"

女史捏起那张纸，将它投到烛火之上，烈焰将预知的纸张吞噬成灰烬。

她抬眼看向公子："就是这样。"

女史从来波澜不惊的眼睛里，浮现出一抹脆弱的光。这是从来没有过的事，她推演到最后，所有的演算进入死角，轨迹变回原点——所得出的一切，居然是一片空白。

女史轻声道："我推算不出北阴犯破军的结局，破军的命运，我看到的只是空白！"

公子却微笑了，他双手托起女史的广袖，将她扶了起来："女史何必多虑，这不是正好吗——我命由我不由天！"

"我手握凉州兵权，顾雍这声色犬马之徒，在我眼皮底下，数日之间又能玩出什么花样？不足为惧！"天际暗红的月已经渐渐快要变成完整的圆，暗月之下，他眼睛里却陡然有锋利的暗芒一闪而逝，"我倒是要看看，顾都督能有几分诚意？这家庙之约，非去不可！"

第三十六章　棠棣华（下）

一座铺着绣褥与雪白裘皮的步辇稳稳停在石阶下，后面是长长一队随从与扈卫。侍女急忙上前，将身体孱弱的河西王搀扶下来。

"哎哟，颠得我的背都要折了。"河西王喘了几声，脸色有点发白，勉强站直身子，"这大冷的天，冻死本王了……"

一旁早已在这里等待的安西都护府官员上前迎候，河西王在侍女搀扶下走上前去，对中央铺设的锦榻上的顾雍恭恭敬敬地施了一礼："亚父。"

侍从们在石阶下的空地上铺设了两列锦榻，上铺虎皮与波斯绒毯，两侧还设了两道厚厚的蜀川紫缎遮蔽风尘。

这里是王府中门以左，一处景致被格外装点过的高岗。抬眼望去，一道七十九级石阶陡直得几乎直插云霄，石阶之上，便是河西王府的嬴氏家庙。晋室规制，天子家庙九十九级，诸侯家庙八十九级；河西王属二等诸侯，家庙七十九级。

河西王大约三十岁，生于妇人之手，养于妇人之手，自小便娇贵而身体虚弱。嬴氏先祖骁勇善战的血液在一代代凉州繁华的歌舞酒色中渐渐湮灭，到这一代的河西王，自幼不识弓马，再加上时运不济、生逢乱世，日日担惊受怕，唯一可以寻找安慰的地方大概就是美人怀里、胭脂酒中了。

"嗯。"顾雍淡淡答应一声，"王爷贵体欠安？"

"多谢亚父关心。"河西王在顾雍右手处坐下，战战兢兢道，"今日便是践约之期，昨夜本王辗转反侧，睡不着觉，天明才闭了会儿眼。大概是夜风吹多了吧！"

"一个嬴怀璧，就能把你吓成这个样子！"顾雍怒而反笑，"王爷，他是你二弟，兄友弟恭，应该对你恭顺才是，何况你才是河西王。你对他这般忌惮，待会儿家庙盟约，你如何应对？小心失了颜面，误了大事！"

"亚父教训得是。"河西王频频点头，擦了擦额角，"教训得是。"

"不过，也不怪王爷啊。"顾雍突然唉声叹气，"这小子何曾给过你我颜面？八年来，在凉州城呼风唤雨就不说了，单这几日，我都督府调动铁甲军，都要看他脸色啊。王爷这二弟，实在是让你这王爷与老朽这都督做得窝囊！还指望什么兄友弟恭？只望这头猛虎稍微有所忌惮，不要择人而食罢了。"

河西王唯有点头称是而已。

顾雍摇了摇头，意味深长道："嬴怀璧是猛虎，你我也不能做待宰的羔羊。老朽数日前去探帝都特使的口风，也是一个滴水不漏的人，只怕也是要坐山观虎斗。眼看天下将乱，帝都的意思，恐怕是要看诸侯互相残杀，好坐收渔翁之利。谁的算盘不精啊？"

河西王叹道："坐山观虎斗？我河西之地，人人只知有公子怀璧，不知有河西王府，何曾虎斗过！"

一阵急促的脚步声，一名侍从飞快奔来："公子怀璧，公子怀璧来了！"

顾雍惊道："为何无人通报？"

"他直接闯过了九道扈卫。"侍从面带惊惶，"根本来不及通报！"

铁蹄声陡然撕破林间寂静，四周的侍从扈卫顿时失措，顾雍蓦地站起身来，河西王一惊之下就要离座退避，刚刚起身，一阵勒马嘶鸣之声，前方山石回转处，一队人马已经奔腾而至。雄壮的战马之上，一列全身铁甲的武士遮挡住了枯木间投射的日光，大片阴影覆盖上来。

被拱卫在中央的高大身影一身却没有穿战甲，他黑袍佩剑、峨冠博带，突然的一片寂静中，他锋利的目光缓缓扫过顾雍，再停留在他的兄长身上。

"二……二弟。"河西王的声音有些颤抖。

这对兄弟，除了少年时些许的印象，几乎可称陌路了。权力旋涡中，亲情、血脉，除了用作筹码，又能有什么更大的意义？

即使少年时的记忆，也是非常少的，他是日光下的天之骄子，而这位二弟就像阴暗处的影子。他脑海里关于这位二弟的记忆，非常少而且模糊，因为他们除了身体里流着一半相同的血液，几乎再也没有任何交集。而唯一清晰的，是那双眼睛，那双墨蓝的眼睛。

那是唯一的记忆。在某年仲夏的祭祖大典之时，他被无数人众星捧月拱卫在中央，身着华贵的衣饰，被循循善诱地指点着对着祖宗家庙三跪九叩，让那些牌位中沉默的祖宗灵魂认识他这个拥有河西王府最尊贵血统的嫡长子，保佑他安康。赞颂、谄媚、溺爱，自出生就注定的养尊处优，对他来说是理所当然。祭祖完毕，当他被众人拥簇着回别院的时候，路过王府的演武场，偶然地看到了那个身影。

他不知因为犯了什么错，被脱去了上衣，赤裸着瘦削黝黑的上身，跪在演武场中央、凉州城仲夏正午毒辣的日光之下。一名武士手持荆条，死命地往他背上抽。他背上已经纵横交错无数条血淋淋的条痕，武士每再落下一鞭，他便抖一下，却始终没有发出一声呻吟，只是狠狠咬住牙。

他从没有被鞭子抽打过，更没有在烈日下暴晒过，也不知道汗水流进血口是什么感觉。但是，他的手被豢养的画眉啄破一个小口都会痛，这少年的身上，该有多疼？

他从没见过这么可怕的事情，几乎吓呆了，只记得侍女急忙挡住他的眼睛把他带走，而一片混乱中，他突然看到了那个少年蓦地抬起头来。

这件事情的起因，好像是这位二世子跟着一群穷小子鬼混，打伤了一名官宦子弟。但这件事很快就在母亲与他的侍女们的温存抚慰中被丢到了脑后，而且他有更奢华的生活在等着他享乐。但偶尔，他会突然想到少年那双眼睛，忍不住就是一凛。

他从没有见过那样的眼睛，那双墨蓝的眼睛，那么深，那么亮，锋利得就像幽暗的海底里，燃烧了冰冷的火！

好像，他越疼，那火光就越亮。

顾雍大步迎了上去，笑意盈盈："公子姗姗来迟！"

他还未走到一丈之外，公子怀璧周围的亲卫一声低喝，陡然齐齐俯身按刀，唰的一声，一百把挎刀同时出鞘，露出刀锋三寸，刀光烁日，逼人眼睛。

他们勒马、拔刀，一百名亲卫就像一个人，动作一致得让人震惊。

河西王腿一软，几乎瘫在锦榻上，周围王府亲卫大喝一声，同时出剑；都护府侍卫立刻围拢上来，将顾雍拱卫中央，顿时一片刀光剑影，气氛陡然压了下来。

三方势力，依然剑拔弩张。

王府家庙方圆三里内，禁止重兵前行。三方的人马都停留在三里之外，随行带来的，都是千挑万选的精锐。

都是心机深沉之人，在任何时候对任何人都不会掉以轻心。

"原来，公子——"顾雍慢条斯理道，"也是有备而来啊！"

公子微笑："都督不也一样？"

顾雍挑了挑灰白的眉毛，挥了挥衣袖："都退下！"

都护府的侍卫立刻退到三丈之外。顾雍庄重地整一整衣冠，对公子一揖，居然行了个士大夫的揖让礼："安西都护府大都督顾雍，恭候大驾已久，请公子下马！"

这是从来没有过的友好与退让。

公子怀璧突然大笑，挥一挥手，身后的亲卫还刀入鞘。他翻身下马，敛裾拢袖，对顾雍还了一拜："嬴怀璧见过大都督，怀璧来迟，还请都督海涵！"

顾雍笑道："哪里哪里！只要公子肯来，就是等上一天，又有何妨？怕只怕……"他眼光暗了一暗，慢慢道，"怕只怕公子不来啊！"

"都督为河西计，与怀璧结盟，可谓胸纳百川、深明大义。"公子与他对视，微笑道，"怀璧岂可因私怨而误大德，落下千古骂名？哪怕是龙潭虎穴，怀璧也必然前来！"

顾雍微微眯了眼眸，两人对视，无一退让，目光交错间，几乎有剑光闪烁。

顾雍突然大笑起来："说得好！岂可因私怨而误大德？"

他转过头，眼睛里闪过一丝不耐："王爷！"

瘫软在锦榻上的河西王在侍女的搀扶下，努力半晌才站起来。他对着这两位名义上是他的下属臣子的人平伸右手，公子怀璧与顾雍对他一拜。

王府的侍卫吹响了号角，两列亲卫迅速奔上石阶，要守在两侧。河西王挥了挥手："你们退下，今日盟约，不见刀兵！"

河西王已经在侍女的搀扶下一步一步走上了家庙的台阶，身边只跟着四名持着长戟的近卫。他在台阶中间忍不住喘着气停下，有些眩晕地看着那高大雄伟的殿堂，喃喃道："好长啊……"

公子与顾雍正要拾级而上，王府侍卫大喝一声："脱剑！"

进王府家庙，是不能佩带任何武器的。

顾雍神色不动，将腰间佩剑双手呈上，他微微一笑，对公子道："公子，请。"

公子的亲卫立刻上前一步，公子扬一扬眉，挥手让他们退下。为首的将军急道："公子……"

"无妨。"公子随意地脱剑于手，扔给身后的亲卫，笑吟吟道，"都督请。"

为首的将军手臂一挥，身后的亲卫大步退到一边。一名亲卫低声问："真的没有问题？"那名将军眯起眼睛，目光如电，已经扫视一周。王府的侍卫森然而立，都督府的侍卫不动如山，将军低声道："他们不动，我们就不能动。"

这里距离家庙正殿，不过是七十九级石阶的距离。这点距离，对于虎贲精锐，根本不在话下。

"况且，区区一个顾雍与河西王的几名近卫，怎么会是公子的对手？"将军嗤笑一声，"更何况，公子还是有备而来。"

公子怀璧与顾雍跟随在河西王身后，七十九级台阶之后，嬴氏家庙，终于呈现在眼前。

公子微微眯起眼睛，静静仰首凝视那座恢宏的殿堂。那里面，供奉着无数先祖，代表了嬴氏各个时期或辉煌、或传奇的历史，由河西嬴氏五百年历史写就。其中就有嬴氏最传奇的一位——公子昭阳。

这是唯一将虎贲铁蹄踏破函谷关天险、将虎贲战旗飞扬在洛水之畔的嬴氏先祖，他戎马一生，抗拒强胡、称雄北陆、挥师南下，用铁铸般的羽翼守护着这片河西之地，率领虎贲铁骑横扫了一半九州天下。

这才是河西嬴氏身体里应该流的血，是守护的热血，是杀伐的沸血，是争雄的铁血！

第三十七章　玉山崩

他抬脚慢慢踏了进去。

这里便是嬴氏家庙的正殿。正中两座蟠龙柱，后面是日月虬龙壁，一座座嬴氏先祖的牌位整整齐齐列在那里。青铜灯台静静矗立两侧，古老的颜色昭示着历史的痕迹。

殿堂中央，铺设了一座香案，摆着一座巨大的青铜方鼎。方鼎之中，插了三支青色的香烛，青烟袅袅，散在空中。

身后大殿的门慢慢地合上，发出"嘭"的一声。公子眼睛里锋芒闪过，一手按向腰间。

但是没有什么不妥，大殿四角的青铜宫灯发出了柔和的光，那里面镶嵌的是鸽蛋大小的夜明珠。

一名近侍拖长了尖细的声音："入殿九拜！"

家庙之中，叩拜先祖当行九拜礼——稽首、顿首、空首、振动、吉拜、凶拜、奇拜、褒拜、肃拜，这本来是祭祀时行的大礼。

殿堂偌大而空旷，只有四名王府近侍、两名搀扶河西王的侍女以及这三位掌权者，残冬的阴冷在家庙之中格外明显。公子怀璧挑了挑眉，看着河西王偷觑顾雍一眼，他身体微微发抖，在这么阴冷的家庙中却抬手擦拭了一下额角的冷汗。

那三支香烛簌簌掉下香灰，已经燃烧了近三分之一。

"王爷，祭拜之前，你不打算说点什么吗？"顾雍严厉地瞪他一眼。

"是……是，亚父。"河西王一惊，连忙在侍女的搀扶下转过去正对先祖牌位，颤颤地开口，"天佑我嬴氏，德泽绵广、荣禄康泰！河西王府二世子嬴怀璧，流落于外，终归故土，八年忠心耿耿，卫我王府、护我河西……"

"好了，不必了！"公子突然冷冷开口，"既然这里只有我们三个人，可以把这虚伪的一套收起来了。顾都督，毕竟河西王才是河西第一人，这也是我嬴氏家庙，都督在这里指手画脚，总有些不太妥当吧。而且，河西王，祭拜嬴氏先祖用不着拿这些虚头巴脑的东西，嬴氏的先祖想看到的不是儿孙阿谀之态，是胡人的血和头颅！"

他冷冷地看向面前的两人："我今日来，也不是为了看你们演戏。还是谈正事吧！"

大殿之中顿时一片寂静，奉礼的侍卫不知所措。

这番话说出来，河西王与顾雍脸上都是青一阵白一阵，顾雍眼看着羞恼相加，却终于忍了下来，生硬道："公子所言，原也没错，王爷，是老朽僭越了！"

河西王连忙道："亚父何曾僭越？幸得亚父悉心教导……"

公子怀璧嗤笑一声，截口打断："顾都督，开出你的条件吧！"

顾雍一怔："什么条件？"

公子微笑道："顾都督，你我相对，何必避讳？嬴某是什么样的人，都督是什么样的人，彼此不是一清二楚吗？都督以嬴某穷兵黩武，日日口诛笔伐、明枪暗箭，八年来一日不断；当然，嬴某恐怕也是同样让都督烦扰。嬴某八年来力抗羌胡，都督从未有过与嬴某联手退敌之念吧，今日都督突然欲与嬴某同心合作，是什么让都督改变了想法？"

"公子爽快！"顾雍眼睛里闪烁冷芒，开口大笑，"真是丝毫不拖泥带水啊。"

他一敛容，似笑非笑道："公子天天高呼家国、抗拒强胡，难道只有公子才能来一显铁血丹心？公子若是不信老朽，又何必前来？"

公子淡淡道："我愿一赌！"

"公子果然好气魄。"顾雍慢条斯理道，"很好，我就喜欢与一言九鼎之人合作。老朽自然有自己的想法，若是我与公子联手，公子可否答应老朽三个条件？"

公子低低一笑，道："都督请讲！"

方鼎中的香烛已经又燃去了大半，只剩根部的短短一截。这肃穆的家庙之中、袅袅青烟之下，二人你来我往、锋芒相对，河西王却没有开口的余地，频频举袖拭汗。

顾雍慢慢道："第一，虎贲军费，今年削减十五分之一。"

虎贲卫的军费一直是凉州财政的重头，凉州城丝路赋税一大部分被公子府挪用，都护府与王府大感萧条。而公子伐梁，也是为了取得一个军费供给的雄厚基础。

穷兵黩武致使百姓不满，这也是公子怀璧一直头疼的事。但梁国既已归公子所有，凉州赋税便不再是重要来源了。

公子微笑："可以。其二呢？"

顾雍不紧不慢道："其二，梁国赋税，公子须每年交与王府十五分之一。"

梁国盛产粮、铁，兼有鱼盐之利，其繁华便利在北陆赫赫有名。顾雍打上梁国的主意，也在意料之中，这十五分之一的赋税当然不是小数目，但是，也不是不能忍受。

公子挑了挑眉，微微一笑："可以。"

来往谈笑间，凉州大势便敲成定局。

河西王、公子怀璧、顾雍，这三位河西的掌权者，终于并肩站在了一起。

这三人是凉州汹涌暗潮的核心，是风云变幻的操控手。一片土地上不可能存在三名雄主，这八年来你死我活、分庭抗礼的敌手，终于也有面对面结盟的一天——

二月十五，河西王约公子怀璧在嬴氏家庙之前，祖宗为证，王府与公子府此番在强敌之下冰释前嫌，共御外侮。

这本应该是青史之上浓墨重彩的一笔！

公子问道："其三呢？"

顾雍的脸上泛起一抹笑，竟然有分慈爱："我要凉州兵权，与你的命。"

他这句话说出来的同时，一把抓住河西王向后疾退，大袖一挥："拿下他！"

四支长戟在空中划出闪电般凌厉的弧线，四名王府近卫大喝一声，像苍鹰骤然出爪，分别从四个方向封住了公子怀璧所有的退路！

居然都是百里挑一的高手！

公子怀璧却丝毫没有躲避，他比他们任何人都更快！

前面两名近卫闪电般扑了过来，而迎面罩来的居然是一团黑色的柔软的云。

那是公子怀璧的外袍。

他解袍、扔出，不过是一眨眼的工夫，公子怀璧一声怒喝，束在腰间的玉带灵蛇般弹起，那是一把缠在腰间的细薄长剑！那黑色的外袍，迎面罩上了前面迎面扑来的偷袭者的脸。

他宽大的外袍里面，居然是一身鱼鳞细甲！

偷袭者的长戟一戟撕开那织锦黑色蟠龙长袍，却只看到了一道划过眼前的银色的光。公子怀璧的身体从他们中间擦肩掠过，两名近卫的身体依然向前飞奔几步，两道浓稠猩红的血箭喷出，魁梧的身体才轰然倒地。

皆是喉间一剑。

公子怀璧蓦地抬头，墨蓝的眼眸里锋芒如剑，直逼顾雍！

河西王一声惊叫，几乎晕了过去。这是顾雍第一次亲眼看到公子怀璧出剑，却没想到是如此的快，如此凶悍，电光石火间杀他两名爱将，只用一招。

他惊骇大吼："快给我拿下！"

河西王身边的两名侍女像两只轻盈的蝴蝶，挡在了顾雍与河西王面前。但是蝴蝶的翅膀不会变成剑！

她们的剑藏在广袖中。

公子大笑："你们也能挡住我吗？"

银剑在他的手中像一条有生命的毒蛇，细而薄的剑身长四尺余，几乎是寻常长剑的两倍，柔软如丝绦。他的身影从那两名侍女中穿过，像猎鹰的爪撕开蝴蝶的脆弱的薄翅。细细的剑身卷舞游走，像一片流光卷向侍女纤细的脖颈，那两颗美丽的头颅飞旋着落地，血箭直喷半空。

这剑如此轻盈飘逸，也有一个轻盈的名字——惊月。

而身后的两名持戟近卫，已经横戟迎上！

公子猛地回过头，两名近卫平端长戟扫向他的咽喉。长一丈二尺的长戟在强横的膂力带动下，扫出半圆的形状。公子薄剑轻盈而迅速地卷上了一支长戟再弹开，他以鞭术驭剑，银剑的光影柔软而诡秘。长戟雄霸的力道居然完全被他控制，光华流转间，薄薄的剑身卷去长戟的力道，再划破了持戟者的喉咙。另一支长戟虎虎生风地刺来，而公子怀璧已经快速踏上一步，薄剑飞起，锋利地划过了来者的咽喉。

他银色的细甲上飞溅了大片血渍，公子蓦地回首，眼睛里杀气几乎凝聚成杀人之器。他手中细长利剑上的血珠滚动着滑下，就在滑落剑身的一刹那，银剑如同月华肆卷，直掠向顾雍的喉咙！

"铮"的一声，那是薄薄的剑身震动的声音。细窄柔软的剑身在空气中颤动着，像一道轻盈而锋利的流光。

血珠被弹离剑身，被锋利的剑气切开。

至柔的银剑，至刚的剑客，柔与刚居然结合得如此完美，就好像雪月的光流动在烈火之上。

他踏过那些尸体就像踏过戈壁的沙粒般轻易。

顾雍惊骇变色，拖着河西王疾步后退，但他怎能快得过那流光飞掠一般的惊月？

而就在长剑的冷芒逼在眼前的时候，顾雍再无计可施，一把将身边的河西王推了出去！

"二弟啊！"河西王一声惨叫，惊月硬生生地在他脖颈边转了个圈，公子闪电般一震手臂，银剑反卷回了他的右臂。他一脚狠狠踹开河西王吓瘫滑落的身体，长剑以迅雷不及掩耳之势，再次卷向顾雍！

"来人啊！快来人啊！"顾雍一边连滚带爬往后退，一边嘶声大吼。

就在这时，外面一阵战马嘶鸣咆哮，陡然一声大喝："公子！冲进去接应公子！"

刀剑相击声、战马嘶鸣声与杀伐声陡然暴起，这时候，一切都很明白了，家庙之外必然埋伏有铁甲军！

这是个预谋已久的圈套！

公子大吼："死吧！"

一剑向顾雍斩了过去！

那一剑却没有卷上顾雍的脖子。

公子高大的身体微微晃了一下，脚下踉跄一步——他一剑劈到了顾雍身边的蟠龙石柱上，金铁与石料猛烈相击，划出一片火光。

顾雍喘着粗气扶着石柱站了起来，

公子蓦地按住头颅，一时之间居然没有出剑的力气。

顾雍突然大笑起来，声音里还带着残留的惊骇，显得扭曲："嬴怀璧，你怎么不杀我了？"

公子蓦地抬首，像凌厉的猎豹陡然惊扑，手中长剑挥舞，在空中划出一片寒芒——

顾雍避无可避，一把挥动了地上顺手抓到的长剑。公子的薄剑劈向顾雍的重剑，顾雍大吼一声，挥剑砍了出去！

顾雍是安西都护府大都督，早年也是武将出身。虽然多年酒色让他懈怠不少，但这一剑挥出的力量，还是足以让人震惊——

薄剑与重剑相击，像薄薄的金铁撞上了山岳，骤然断成了两截。顾雍那一剑劈断了公子手中的惊月，锋利的剑锋直劈向他胸口，当胸一剑，划透细甲！

公子来不及出第二剑，顾雍长剑翻转，又是一剑劈来。这一次的力道直破铠甲，陷入皮肉，他胸前银灰的铠甲被渗出的鲜血迅速染红，手中的一半断剑飞了出去，公子怀璧高大的身影骤然向后疾退，像玉山陡然崩颓，撞上蟠龙石柱，轰然跪倒在地。

眼前突然一片血雾，一种僵硬而冰冷的痛感，从心脏的地方向四肢蔓延，在身体的各个地方陡然爆发，就像无数的冰剑同时刺进了身体。

一阵阵剧烈的痛，剜心刮骨，像无数条蛇在五脏六腑里搅拌撕咬，有什么东西在身体里蠕动，全身的骨骼关节好像被人一节节打碎，筋脉都在痉挛、扭曲——

这是毒，他被人下了毒！

公子怀璧单膝跪地，一手按住地面要站起来，顾雍的剑脊狠狠砸向他的脊背："看死的是谁！"

这一击用了他全身爆发的力道，剧痛从脖颈脊背处传来，仿佛巨石压顶，公子怀璧轰然倒了下去，喉间一口腥甜，暗红的血突然喷了出来，染红了嬴氏家庙的地面。

嬴氏家庙的殿门轰然洞开！

铁甲军潮水一般涌入，将整座家庙团团围起来。外面无数嘈杂的声音怒吼："公子！救公子！"

这是个圈套！不要进来！突围，快想办法突围，回公子府，以图后继！

他单膝跪地，想大吼，可是刚一张口，又是一口鲜血涌上了咽喉。

铁甲军的侍卫紧紧在周围一丈之外围成一圈，刀枪剑戟一齐对准中央单膝跪在地上的公子怀璧，却你看我我看你，没有一个敢上前去。

"一群废物！"顾雍大怒，"一个废人，你们也怕！"

可是他也远远退在几丈远的地方。

站起来！站起来！

他听到自己的声音在心脏里嘶吼，伸出手臂拄地挣扎着要站起，侍卫们一拥而上，枪戟骤雨般齐挥，像黑色的巨幕压在了公子怀璧的背上，齐声大喝，将他的身体压制下去。

冰冷的剑锋陡然架上了他的脖颈，他听到殿外震耳的杀伐声中一声大喝："放箭！"

一批批虎贲卫涌了上来，在一轮轮箭雨中倒下去。那些武士怒喊着："公子！救出公子！"

喊声越来越近，他的武士们从七十九级石阶下，迎着箭雨往上冲。前面的倒下去，后面的踩着弟兄们的尸体接上来，外面铁甲军的将军大喊："放箭！给我射成刺猬！一个都不要留下！"

"嬴怀璧啊嬴怀璧，你的武士们倒是忠心可嘉！"顾雍冷笑的声音似乎显得遥远，杀伐声也渐渐模糊，他得意地嘲笑道，"可惜，擒贼先擒王，你已经在我手里了，这一批送死地解决了，就是接着虎贲卫全军出动，又能拿我怎么样？你想破脑袋也想不到，你是怎么栽在了老朽手里。"

河西王连滚带爬到顾雍身侧，声音里还因为恐惧而颤抖扭曲："杀了他！亚父，快杀了他，还留着做什么！"

"不能杀他。"顾雍怒斥，"至少现在不能。蠢材，杀了他拿什么震慑虎贲卫？"

公子怀璧恍然低笑一下，唇角猩红的血滴落在地面。他低声道："香烛。"

大殿的门紧闭，只有方鼎之中三支香烛的青烟袅袅弥漫。他唯一被下毒的机会，就是那只青铜方鼎中燃烧的那三支香烛！

只是，如果是香烛的烟毒，为什么顾雍与河西王没有事？

"你果然聪明。"顾雍挑了挑眉，大笑道，"可惜只猜对一半。世上哪有如此巧妙的毒？你中的是蛊，不是毒啊。"

他得意地转到公子面前："这三支香烛的烟只是蛊引，所以是你蛊虫发作而我们没事。"

公子怀璧悚然震惊，施蛊之术只有南陆才有，北陆都极其少见，更不用提河西。是谁对他下了蛊？他又是什么时候中的蛊？

在云谲波诡的凉州城，公子府戒备森严，他又极其多疑，有什么人能躲得过公子府层层的眼线，给他下蛊？

"知道为什么家庙之约选在今日——二月十五？因为你已经中蛊十五日了。"顾雍微笑道，"这蛊每日只一点一点侵蚀你的身体，所以你难以察觉。正月二十九下蛊，蛊虫在你身体内蔓延，十五日之后，二月十五，在这三支香烛蛊引之下，正好今日毒发。"

他脑子里有什么东西一闪而逝，却没有抓住。

正月二十九！

迎春日，招魂歌……

又是一阵剧痛，身体里四肢百骸的血脉都像被无数的虫子噬咬、撕扯，公子怀璧想要抬起头来，却被压制着他的侍卫狠狠压下去，颈间的剑锋陡然陷入肌肤半寸，渗出血来。

腥甜的血涌上喉咙，他一口吐出来。适才没有注意，现在才看到，吐出的暗红浓稠的血里，似乎有无数细小的虫子蠕动。

那是无数的蛊虫。

它们一点一点侵蚀了他的身体，撕咬他的血脉，在他全身每一处的血液中蠕动。

"这种蛊凉州可没有，北陆也没有，只有南陆才有，还有个很好听的名字——美人恩。想起来了吗？"顾雍笑道，"最难消受美人恩！嬴怀璧，你也能栽在一个女人裙下啊！"

美人恩，南陆百越、南诏等蛮夷一带的女子，爱一个男人爱到极处，便给情郎下蛊。爱是双刃剑，美人恩也是，施蛊的人要先给自己下，在自己身体里养出蛊虫，然后用自己的血哺给情郎，将蛊虫渡过去。十五日蛊虫养成，若是日后情郎负心，女子便可用蛊引诱发蛊毒，男子便痛不欲生——

最难消受美人恩，这种蛊，是所有蛊中最恶毒的一种。

而施蛊的女子，要承担与男子同样的痛。

爱是双刃剑，伤人伤己；爱也是一个最危险的赌注，愿赌服输。

只是没想到，美人恩，这凄艳的蛊毒，也能这样用！

可以为爱而用，也可以为恨而用。

他恍然想起，正月二十九，那一晚梁国公主主动前来自荐枕席，他正是心神不定的时候，将她当作别的女子抵死缠绵，床笫之间咬破了她的嘴唇……

她身上那萎靡的香气，是自己已经身带蛊毒的原因吧？咬破嘴唇，渡入他口中的那猩红色的血，才是她最终的目的！

是她！是她！

公子府眼线戒备再森严，他再多疑严酷，在床笫之欢上用自己的血来行刺，谁又能想得到？

只是，梁国公主与安西都护府，这两个环，是谁从中间连接起来？

梁国昔日公主与河西的安西都护府大都督，他们是如何同谋的？是谁沟通了鸾姬与顾雍之间的信息，谋划了这整个如此巧妙的杀局？是谁给了鸾姬公主"美人恩"这种南陆的蛊毒？这个人，极有可能就是他谋划了整个杀局！

而顾雍真的不怕五胡铁蹄血洗凉州，在这大敌当前的时刻对他下手？那共抗强胡的盟约可以是假的，紧急调派的一万铁甲军，也只是掩人耳目的手段？！

转瞬之间，他脑子里已经闪过无数种可能，一条盘根错节的线越来越清晰。

但他没有多余的心思去想这些了，因为最后突然进入脑海的，是三日之前的夜晚，在江女史前去拜见之前，他亲自在灯下书写、由青隼传至朔方的那纸信笺——

王府欲出援军，如若成行，数日可至。凉州安好，诸君勿念。

公子怀璧蓦地瞪大眼睛，他想到一个最可怕的事实……

顾雍已经大笑着开口："左贤王等我这一万'援军'，大概也等得不耐烦了吧！真正与我结盟的人不是你嬴怀璧，是左贤王啊！"

他大声喝道："铁甲军听令！一万精锐，奔赴朔方！"

让左贤王心甘情愿地等的，原来是顾雍这支"援军"。他们要以凉州援军之名，不用一兵一卒，敲开朔方大门！

最巧妙的攻城之法，就是让它，从里面破！

第三十八章　琴箫和

晋隐帝昭元十二年，二月二十七。

月上中天。

琴声如水，泠泠的音符穿过肃杀的夜色，有着说不出的高寒。有夜枭一声凄鸣，扇动翅膀，从月下盘旋掠过，朔方城的温度也似乎随着琴声降了下来。

城下驻守的武士们纷纷仰起脖颈，抱着枪凝神倾听。将军大帐之中，促膝议事的几位将军一时停了下来，互相看了一眼，忍不住问道："谁在抚琴？"

"如此琴声，"云渊拊掌笑道，"是简大夫吧！"

"真好听，我这粗人都觉得好听。"桓野叹道，"就是听得我心酸。这曲子我怎么觉得耳熟？"

顾琼微笑："似乎是《杨柳枝》，凉州民歌，桓将军自然听过。子楚颇识音律，觉得如何？"

奚子楚但笑不语。奚子楚人前一向冷峻，但他们平日相熟，私下并不太拘泥。

云渊放下宗卷站起身来，兴致勃勃道："一天下来，诸位也累了。夜深疲倦，不如稍做休憩，来听听琴吧！"

这支凉州曲子用古琴弹出来，居然丝毫不滞涩，反而被洗净了俗气，如同荆门寒妇在古泉中沐浴之后披上兰衣蕙带，气质也变得高华起来。

明月当空，月华如洗。几位将军纵马立在一处连绵的高岗，十步一支火把，百步之外是一处箭楼和一排箭垛，在黑夜里投下一处处阴影。琴声一起，枯燥疲倦的守夜的武士们一时间都忍不住一个激灵，像被一道冷泉从天空兜头淋了下来。

音乐对人的感染是不分贵贱老幼的，哪怕不通音律，真正的音乐音符里传递的信息，也可以触动人们心底的弦。

"柳枝垂，柳枝垂，黄河远去白云飞。白云飞尽雁南去，乡关万里何时归？"奚子楚低低吟诵，道，"这支《杨柳枝》本是凉州民间曲调，分《折柳》《河水》《回云》三章，他此刻弹的是第一章《折柳》，意为表现行人离别故土的悲伤。凉州俗曲被他用古琴弹奏，略变音律、节奏放缓，反而孤高不少，更添悲意。"

柳枝垂，柳枝垂，黄河远去白云飞。白云飞尽雁南去，乡关万里何时归？枯涩的琴声在夜色里沉沉断续，像故乡的梦掠过心头，听琴的人那沸腾的心似乎也慢慢地冷了下去。

是啊，厌倦，那是一种油然而生的对无穷无尽的杀伐、征战的厌倦。离别时幼子尚在襁褓，如今是否已总角？白发苍苍的老母是否依然健在？荆钗布裙的妻子见面还能否相识？黄沙百战穿金甲，征人离乡已经多少年？

奚子楚的眼睛里也掠过一丝恍惚，他仰首凝望无边的夜色里凉州城的方向。

什么时候烽火熄灭，离乡的少年可以放下金戈铁马，来握起心上人柔软的手？

云渊慢慢皱起眉头："太悲凉，容易军心涣散。大战之前，为何弹奏这样的曲子？"

他话音未落，又听到一阵箫声，跟上了琴声的节奏。

此时已是第二章《河水》，箫声一起，琴声停了下来，抚琴的人似乎在听箫中之意。

《河水》是行人哀叹征战之苦，比起《折柳》，本身就悲烈一些。箫声咽，箫声本是悲凉的曲调，而吹奏者略去曲调中多余的变化，清冽低回，偏偏吹出了悲壮的意境。

柳枝垂，柳枝垂，黄河远去白云飞。白云飞尽雁南去，乡关万里何时归？黄河浪涛滚滚东去，卷去千年的泥沙，却卷不去千百年不曾断续的狼烟。浑浊的河水倒映着历史的苍茫照影，大风里传来悲凉的胡笳。

水深激激，芦苇冥冥，千百年来每一场战争中守卫者们留下的白骨，在河水泥沙下累累叠加。为何不能归？因为那些不灭英魂永远埋骨在河水之畔，战士的头颅被践踏在铁蹄之下！那些还活着的同伴啊，你们是否记得兄弟的血？是否还记得父老的期盼、妻子的骄傲，与自己踏上征途、许下誓言之时的意气风发？

——不破楼兰终不还，任他黄沙百战穿金甲！

琴声忽然又起。河水东逝尽，在苍黄的水天尽头，长风卷起了飞云，变成了《回风》，是《杨柳枝》中行人倾诉别情的终章。

琴箫终于合奏。

抚琴的人琴意本来枯寒，风骨过瘦，而他技艺高超，更是极少有人可以附和得上。而箫声清冽浑厚，琴箫相和的时候，却丝毫不曾让人觉得突兀。箫声若不解琴意，就无从相和；琴音不解箫意，就无从追从。琴声寒，箫声厚，此时就像山与水的倒映与交融，丝丝入扣。

清音渺渺，如怨如慕，似怀远人，清雅中别有一种峭拔，众人一时听得出神。

云渊击节笑道："这是太傅。太傅一支紫竹箫，可谓名动凉州啊！"

奚子楚回过神来，不置可否道："简大夫悲而不壮，太傅悲而且壮，风致不同，或许是太傅稍胜一筹。真若论技艺，简大夫以古琴奏俗乐，犹有高古之境，则稍居其上，倒不负国手之名。"

云渊挑了挑眉，笑着看他一眼。

顾琼叹道："双凤雏，双凤雏，琴箫合奏，宛如天成啊！"

诸位将军一时叹息，奚子楚淡淡接口："大战当前，这些靡靡之音还是少听为妙。"

云渊慢慢道："尽管有太傅箫声冲和，但这琴音，总让我感觉不舒服。"

大战在即，难免有各种顾虑。奚子楚皱眉道："我这就派人去阻止他，不要再弹了！"

"不必。"云渊摇摇手，笑道，"抚琴是雅事，不可冒犯。再说，国之存亡与琴声又有什么关系？这么做，倒显得我们这群身经百战的将军心胸狭窄了。"

琴声突然停了。

最后一个音符袅袅消散在夜空，简歌放下抚琴的手，竹节一般修长的手指按在琴弦上。他自言自语道："自阳谷关之后，再不曾与太傅合奏了。"

帐外的人轻叹："当日一别，在下也不曾想到还有与大夫琴箫合奏之机。"

那一次的琴箫合奏，其实是杀机四伏的机锋，琴与箫，都只是阴谋的道具。但杀机四伏中，琴箫却乍然相遇，谁也不曾料到寂寞的国手突遇知音，居然是在这样的算计之下。

惊鸿一现。

针锋相对的局中，擦肩而过的知音有没有过淡淡的遗憾？

"帐外夜深寒重，太傅为何不进来说话？"

帐外的人轻笑："览夜不能寐，外出闲游，闻得大夫琴声绝妙，才忍不住吹箫相和。琴箫达意便好，何必面谈？"

营帐之外，太傅在月下盘膝而坐，一身白衣似乎要与月光相溶。

"琴箫相和，应该是在青崖白鹿间、在出岫白云下，有山水清音的应和。"琴师清幽的声音从帐中传出，他轻叹，"不染世俗，不沾尘埃，这才是音乐的灵魂。"

"音乐从来不应该是杀伐的工具，不应该沾上鲜血的味道。"帐外的人叹息应和，"物我两忘之心、天人合一之境，才是音乐的本心。"

所谓知音。

帐中人的眼睛里亮过一丝淡淡的光华，声音却有一丝疲惫："我的音乐，却总是被阴谋污染和利用。"

从踏入梁国宫廷的那一刹那,他的音乐就注定是与阴谋并存。

他慢慢道:"所以我很少抚琴,因为琴声太过阴寒,那不是真正的琴音。"

"所以我也很少吹箫。箫声锋芒太露,就失了本真。"

两人突然都不再说话。

这两句,正是当日阳谷关下两个人互相讽刺的话——

"阁下箫技了得,只可惜箫声里锋芒逼人,难以掩饰;难道阁下不知,锐锋易折?"

"足下琴艺堪称国手,可惜阴郁孤寒之气太甚,压过了本调的清幽;难道足下不知,寒极则脆?"

月光融融,荒原的风吹彻了夜色,自然的声音从天地间渗透,细细簌簌,倏倏忽忽。没有俗尘的湮没,没有人工的矫饰,这是最本真最伟大的音乐——天籁。

帐内帐外的人都抬起头,一个望向天空的明月,一个望向穿过帘窗的月光。两人看不到对方脸上的表情,同时会心一笑。

帐中人的声音传出来:"这样的月色之下,太傅的箫声似乎柔和很多,不再锋芒毕露了。"

王览微微一笑,眼神闪了一闪,一字一顿道:"可惜大夫的琴声,却依旧阴寒。"

帐中突然无声。王览慢慢道:"大夫胸中究竟是什么块垒,难道至今尚未浇灭?"

帐中人寂然无语,王览却不退让:"亡国之恨、故国之思,还是,别有怀抱?"

他步步紧逼:"据说大夫为解决朔方将士饮水之患,多日来四处勘察,用机械妙术取水运送,造福了不少人。如果不是大夫误闯中军将军大帐,在下还不知道大夫原来如此思虑周全。大夫机械之术实在妙绝,据说日常无事,便以制作木鸟为乐,几可乱真,多是青隼,还送了不少给朔方孩童。大夫莫非对青隼格外偏好?"

却没有人回答。

两人一时寂然无声。久久，帐中人抚动琴弦，声音中有一丝微不可察的怅惘："在下一生，所遇知音之人，太傅算是第二个。阳谷关一别，在下偶尔会想，这样的琴箫相和，如果不是在战场，而是在山水世外，那又是什么样的情景？可是尽管在下来到凉州，也似乎再也没有这样的机会了。"

他们最直接的会面，无非三次。一次阳谷关下，一次王览深夜拜访，一次便是现在。前两次双方都是各怀心思，这一次，算是最纯粹的以音会友了。

如果是"友"的话。

王览没有说话，简歌继续道："太傅心思细密，在下叹服。太傅眼中的在下步步别有用心，也许正是知音之人，才能把在下看得如此透彻。如果在下计算得不错，今日之后，太傅也会感叹今日这场琴箫相和也是别有用心。知音，知音啊……"

他的话模棱两可，很模糊，王览心头一动，脑海中有一抹模糊的光一闪而逝，却来不及抓住。

夜色浓重起来，明月也要沉了下去。虎贲大营万籁俱寂，偶尔辎重营传来几声犬吠，一切都在掌控之中、秩序之下。

帐中铮铮几声单调的音符飞出来："在下一生，音乐都被阴谋所制。真希望有一天，可以让太傅一聆在下发自本心的琴声啊……"

王览一怔的瞬间，突然听到剧烈的犬吠，安静的军犬好像突然被惊动，马槽的战马也开始不安地咆哮。这里是中军营帐，远处的前锋军营突然一阵骚动，朔方城门的方向，驻地火把一时间长龙一般亮了起来。

是马蹄声，千军万马奔腾的声音，闷雷一般从东方滚了过来！

王览不是武士，没有那么好的耳力，他听到军队行进声音的时候，说明大队人马已经近在咫尺了。

王览忽地立起，一队挎刀武士立刻上前来，王览大喝："传令军校何在？前方怎么回事？"

传令军校飞马前来，滚身下马："是凉州来的援军，奉公子之命快速赶来，正要入城！"

朔方城下。

大军兵临城下，高大的朔方城墙之上，守城将军严密盘查。

"来者何人？"

"凉州援军，奉公子怀璧之命前来！"

"可有兵符？"

"有公子亲持虎符为凭！"

为首的将军大声回应，双手呈上兵符，由朔方城中出来的一名武士转呈给将军。

那是公子亲持的虎贲兵符无疑。青铜虎符的脚下多出蟠龙云纹，龙眼是一枚冷光逼人的紫晶。兵符色泽古旧，隐隐呈现暗红，不知被多少代嬴氏的领导者摩挲得光滑，浸泡了多少人的血。虎符背面是龙飞凤舞一幅大字——嬴。

正与朔方兵符相合。

公子亲笔书信已经传至朔方，说援军近日便到。

将军挥臂大喝："开城门！"

而此时，羌胡大营。

深沉的夜色里，安静得几乎没有人声。没有偵夜打瞌睡的士兵，没有来回巡营的武士，甚至火把都没有几支。

急促的脚步在黑暗中沉闷地震响，像隐隐的滚雷。气氛沉闷、紧绷。

左贤王大帐之中，本是歇息的时刻。

左贤王一身皮甲胡服，全副武装。他盘膝而坐在案侧，对面便是晏仲玄，同样全副皮甲，腰悬弯刀。晏仲玄的脸容有些紧绷，左贤王却神色淡淡，波澜不惊。

"兵者，国之大事，死生之地，存亡之道，不可不察也。故经之以五事，校之以计而索其情。一曰道，二曰天，三曰地，四曰将，五曰法。道者，令民与上同意，可与之死，可与之生，而不畏危也。天者，阴阳、寒暑、时制也。地者，远近、险易、广狭、死生也。将者，智、信、仁、勇、严也。法者，曲制、官道、主用也。凡此五者，将莫不闻，知之者胜，不知者不胜。"

晏仲玄放下手中的竹简："这一章，是《九州武备志》第三十七卷六章《始计》。"

他顿了一顿："是第三十八卷六章。"

左贤王喜读兵书，但对于中州语言却比较吃力，所以每日都要抽出一段时间来让晏仲玄为他解读一段，除非万不得已，否则不曾间断。

左贤王淡淡道："晏将军，不必紧张。"

晏仲玄苦笑一下："是。"

左贤王神色不动，微笑道："将军今日讲的这一段，本王之前倒是读过。战争胜负的可能，在于五个方面——道、天、地、将、法。道者，乃是百姓与君主同心同德，可以同生共死，而不惧凶险。天者，乃是昼夜、寒暑、时令之变化，所谓天时。地者，乃是距离之远近、地势之险易、生地、死地，所谓地利。将者，乃是将帅应有之智谋、信誉、仁义、勇决与威严。法者，乃是军队之排布、将帅之任命、辎重粮草之供给也。不知是否正确？"

深沉的夜色里，天空突然大亮！

朔方城的方向，一瞬间忽然灿烂如白昼。

那是烟花！

晏仲玄放下宗卷，呼地立起，低声道："烟花为信，到了！"

一阵冷风掀开了大帐门帘，左贤王站了起来，握起放在案上的长弓，大步走了出去："传我军令，大军戒备！"

一队全副皮甲的胡服武士早已等候门外，齐声领命，迅速散开。

左贤王挽弓对着夜空一箭射出，长箭带着火光冲向天空，箭声呼啸，陡然炸裂。

几乎是在呼应火箭的炸裂，沉寂的羌胡大营之中，无数的火把同时点燃，一齐举向天空，霎时间夜空通明。

暗处排得整整齐齐的铁骑兵阵被照得纤毫毕现，丛林一般的斩马刀冷光烁月，山垛一般的骑射手已经挽起长弓！

像燕支山突然崩塌，冲锋的大喝一时间震动了朔方大地，羌胡铁骑像大潮一般向朔方城卷了过去，伴随着席卷城池的箭雨与火光，与城中骤然倒戈的呼喝声顿时呼应。

左贤王大喝："攻城！"

朔方城在咆哮震动！

第三十九章　蔷薇

杀伐之声震彻了西北的夜空，五胡联军如神兵天降，像大潮一样卷向朔方城的时候，三国联军驻地、朔方城东南百里之外的沙枣林尚在沉睡之中。

大帐之中，女将军一身戎甲未脱，发髻束在头顶，正在对着一盏灯烛翻阅宗卷，烛光照在她脸上，照出聚精会神的眉宇间淡淡的风沙痕迹。她翻过一册案卷的时候，一封信笺掉了下来，女将军慢慢捡起来，眼睛里浮现一丝微笑。

这是当日她手持三国兵符、离开朔方城奔赴沙枣林，来力震三国联军之时，王览交给她的一封书信。信中殷殷嘱托，如是说：

"将军承白氏风骨，有抗拒强胡、平定河西之志，可谓少年英才，不可多得。今五胡强兵压境，河西之势云谲波诡，当此危急之时，以三国联军托之将军，将军任重，不必多言。三国诸将军皆半生戎马、狡黠傲慢之辈，而将军以韶龄而凌驾其上，必多心怀不忿、明擎暗制。今以三国相托，将军当放手施为。岂不闻兵法有云：将者，杀伐决断、恩威并施，宽以待士、严以军纪，智、信、仁、勇、严也……"

她不过双十年华、又身为女子，甚至连军衔都没有，与虎贲卫任何一名名震大漠的将军比起来，她都太过默默无闻。在这五胡强兵压境的时候，王览居然以如此重任相托，手持三国兵符，统领七万联军，不可谓不看重。

她来朔方第一天，就追随在太傅身边，看他处理军务、探讨军机，太傅从不掩饰，反而更是对她有意识地潜移默化地指点。在三国夜宴的时候，王览对三国主将出言挑衅，激孙致与她一较高下，事后想来，也许更是有意为之，意在让她在三国主将面前一展锋芒，以武立威，从而使三国将军对她心生忌惮，接掌三国兵符就顺理成章。

王览苦心计划，只为给她一个施展才华的机会。从伐梁之役到朔方之战，一路种种，如果说感觉不到虎贲卫对她的苦心栽培，那就是自欺欺人。

但是，有一点无可忽视，那就是背后示意这一切的人。其实最终，锻炼她、栽培她，安排好一切，把她托付给河西王太傅的人，是那个人。

　　那个人……

　　残烛跳跃，爆裂出一朵灯花。

　　嘴唇一阵刺痛，她才发现不知道什么时候自己狠狠咬住了唇瓣，如此用力，像是在竭力克制着心底剧烈翻腾的什么东西。女将军皱了皱眉，又展开，她是将军，将军是没有性别的，一切小女儿的娇态她都不能有，否则，军威何在？

　　大风呼地掀开了帐帘，外面陡然一震喧腾，惊破了深夜的寂静。白璧晖一惊，悚然站起来。

　　"将军！将军！"一名武士冲进大帐，甚至来不及通报，"出事了，朔方出事了！"

　　"什么？"女将军神色微变，"慢慢讲。"

　　"朔方城，事先没有丝毫预兆，胡人突然开始攻城了！"武士满脸是汗，嘶喊，"甚至来不及传令下来，朔方城已经被围上了！"

　　白璧晖悚然震动，掀开帐帘大步走出，大帐之外、朔方城方向，万马奔腾的杀气直压过来，沉沉的夜空一片火光，半壁通红。她举目望去，在东面凉州城的方向，兵马奔腾的声音已经隐隐地滚滚而来——

　　杀伐之声已惊破百里夜色，箭已在弦上！

　　左贤王已经等到了他的时机了吗？为何是今夜？

　　这场酝酿许久的决战终于爆发，而恍惚之间，白璧晖却有一种不真实的感觉。这场旷日持久的战争把每个人的精神拖到了紧张的顶点，时时刻刻在警惕着那虎视眈眈的漠北雄鹰突然发难，双方都在跃跃欲试，都在伺机而动，那一直在脑海里紧绷的期待突然到了眼前，一时间都无法相信是真的。

　　但这确实是真的，西北的火光，全军的震动，都在说明，雄鹰终于不愿再等待下去，在这样一个深夜，猝不及防地伸出了他的利爪！

无论如何，她的考验，终于来了。

没有人在她身边教导，没有人对她隐隐嘱托。这场攻城之战是场突袭，朔方城形势不明，但必然十万火急，而她手握三国联军七万、持三国兵符，驻守在沙枣林，是朔方城的后盾——终于到了独当一面的时刻吗？

这是她第一次，不再有任何依靠，独自面对一场变幻莫测的战局。

女将军的手微微抖了一下。

"将军，白将军！"帐外一阵脚步匆匆，三国联军的诸位将军大步走来，"将军，胡人开始攻城，我们做何打算？"

白璧晖蓦地转过身，三国联军的十六位将军拥簇着各自的主将齐聚帐下，一时将她团团围住。

"诸位将军少安毋躁。我等既是朔方的后盾，应立刻快速前去，与朔方守军里应外合，以免朔方被动。"白璧晖果断道，"传令官，传我军令，三军立刻戒备，出营布阵，奔赴朔方！"

"白将军，"北燕主将孙致阴阳怪气道，"羌胡攻城，出人意料，我三国联军是坚守沙枣林、奔赴朔方，还是去截击羌胡后路——我等如何自处，至少听一听诸位将军的意思吧。依末将之见，还是不要轻举妄动的好，省得中了左贤王的圈套。"

一时间十余双眼睛一齐充满玩味地盯着女将军。

对虎贲卫这名手持三国兵符的女将军，这些三国老将无疑是瞧不起的。女将军三国不是没有过，但这位白氏后人跑虎原之上三剑退贤王，虎贲帐中让三国主将颜面扫地、力夺兵符，涅槃之剑一时震动三军，锋芒之盛，让人难以逼视。这些老将虽然有意轻忽，却不敢随便造次。

但是，搏杀之术的高明只能为她赢得三成称许，她实在太年轻了，年轻到在这些老将面前根本没有威严。

白璧晖轻轻勾了勾唇角，慢慢握紧了执剑的右手。

很显然，面对如此年轻的女将军，三国将军谁也不服。这一次，是借机"逼宫"。

只是此刻，没有河西太傅站在她的身后了。

"孙将军，朔方军情危急。"白璧晖缓缓看过诸位将军，"兵贵神速，胡人已兵临城下，若朔方有失，胡人突破朔方防线，眨眼之间就会踏平沙枣林。试问将军，我三国联军苦守沙枣林又有何意义？"

"白将军是执意发兵了？"一名满面虬髯的黑将军大笑，"白将军小小年纪，打过几次仗，杀过多少胡人？跟我们讲什么战术，还是讲讲怎么绣花吧！"

众将军一时大笑起来。

他们的想法，白璧晖十分清楚。若是河西获胜，三国可抢掠胡人奴隶，得到公子怀璧许诺划分的城池；若是失败，无非是坐山观虎斗，河西陷落，反而为北陆诸侯除去一个强大的对手和眼中钉。三国各自心怀异志，各自保存实力尚且营营不及，又怎么会过多关心朔方存亡？

而三国联军驻守朔方城之后百里的沙枣林，便是作为朔方防线的后盾。这场联盟，公子怀璧的本意，是为避免北陆三国趁河西疲于应付胡人的时候落井下石，并且可以借"联军"之名鼓舞士气、震慑五胡。

当然，精明如公子怀璧，并不打算纵容他们。七万兵力，如果可为我所用，岂不是如虎添翼？于是，便有此刻白璧晖站在这个地方，手中握着掌控三国兵力的最高权力象征——兵符。

"将军的意思，是要违抗军令了？"白璧晖慢慢道。

"白将军脚踏我三国大营，面对我三国将士，以为拿我三国的兵符就可以玩弄我等于股掌之中？"那位粗黑的许将军眼角瞟了瞟北燕主将孙致的脸色，大声道，"朔方形势不明，末将以为须从长计议，不可贸然送死！"

"许将军许梁，北燕高平郡阳城人，师从孙将军之父孙冕将军。"白璧晖不动声色，看着许梁，"如今你是北燕殿前上将军，此行为三国联军北燕主将孙致孙将军的副将，不知对不对？"

北燕殿前上将军，此行北燕副将，在军中位置仅次于孙致，不可谓不高。

"哈哈！"许梁笑道，"你既然知道老子大名……"

他话没说完，白璧晖厉声道："违抗军令，蔑视军法，其罪当诛！来人，给我拉下去，砍了！"

诸位将军悚然变色，白璧晖身边两名武士愣了一愣，一时不知道该怎么做。

许梁大吼："你敢杀我！我堂堂北燕殿前上将军，你敢杀我……"

一道温热腥甜的液体喷到他的脸上，许梁的话堵在嘴里，白璧晖身边的一名武士轰地倒地，脑袋滚了下来。

没有人看到她什么时候出的剑，只能看到火把照耀下，女将军手中长剑上一滴滴往下滴着浓稠的血。诸将军一口气堵在喉咙间，她回身一剑，只看到一道暗光在月色下沉沉划过，像闪电掠过眼前，另一名武士猝不及防，一声惨叫，脑袋随之落地，飞溅的血沾湿了前面将军们的战袍下摆。

她身后一队亲卫如一尊尊夜色里的魔神，大喝一声，向前踏出一步，拱卫在她两侧，全部全副铠甲，只露出两只寒光逼人的眼睛。

女将军从怀中掏出兵符高高举起，眼睛里冷光逼人："兵符在此，谁敢违抗军令，军法处置！"

诸将军抽一口冷气。中山与陈国的两名士大夫主将几乎昏倒，后面的将军急忙托住。

眨眼之间，便是两颗人头落地。面对逼宫阵仗的三国将军，女将军锋芒如剑，面不改色。

果然是那跑虎原上，可以三剑退贤王的白氏血脉、涅槃之剑的传承者！

那火红的身影像灼疼了诸位将军的眼睛，一瞬间几乎所有人心中都浮现出这个念头。他们终于明白为何王览会敢派如此年轻的女将军前来——漠北的雄鹰都在这火焰蔷薇面前被逼退了利爪，这沉默寡言的女子，看似没有锋芒，而锋芒毕露之时，惊人的气势压过了所有的人。

如此杀伐决断！

一时之间，前来"逼宫"的诸位将军静了下来。

女将军断然下令："来人，给我拖下去，砍了！"

武士们大为震动，终于明白女将军军令如山，这一次毫不犹豫，一拥而上，将许梁一把牢牢揪住，许梁悚然反应过来，急得大吼："白璧晖！我堂堂北燕殿前上将军，你凭什么杀我！你凭什么杀我！……"

白璧晖冷笑："违抗军令一条，够你死十次！还不快把他给我砍了！"

武士们拖着许梁出去，许梁疯狂挣扎，一路吼叫："将军救我！孙将军救我！救我啊！……"

孙致这时才回过神来，急怒交加："白将军，大战之前，你同室操戈、自相残杀，将士士气受挫，你如何负责？！"

"说得好！"白璧晖大喝一声，冷厉的目光扫过三国联军的诸位将军和亲卫武士，"大战之前，不图一搏求生，只会贪生怕死，这种人留下来，才是灭我士气！沙场之上，不是你死，就是我活！"

女将军转过身，冷冷看向孙致，孙致忍不住向后退了一步："孙将军，大战在即，你指使许梁蔑视军法、扰乱军心，死罪可免，活罪难逃！念你身为北燕主将，摘下你的簪缨，斩其三剑、遍传三军，以示警诫！"

三国联军将士撼然震动，女将军面对诸将军，高举兵符，厉声道："五胡来犯，今日一战，岂止是为河西？更为北陆河山，为我们共同的家园！军情危急，若我辈贪生怕死，胡人铁蹄之下，我三国将士便只有死路一条！今白某有幸得领三国兵符，率领三军，便是要护我河西、守我北陆，誓与诸军将士共存亡！诸位是愿与我同心协力，誓与胡人决一死战，还是甘心就戮，就等着胡人的斩马刀砍到我们的脖子上？"

女将军站在熊熊的火把之下，一身戎甲，眉宇间意气豪迈、英姿勃发，将士一时热血沸腾，齐声大喝："决一死战！"

白璧晖大喝："好！传我军令，三军将士整装待发，即刻奔赴朔方！"

军校们飞身上马，数十人一队，吹响尖锐的号角，向各营飞奔而去，三军震动。

追随太傅的时日不长，倒是在辩才方面颇有受益。

女将军勾了勾唇角，只是太傅是政治谋略、纵横之术，而她，是真心实意的流露。

白氏血脉，不念私利、不弄权术、不慕富贵、不惧生死，他们，只为守护、战斗而生。

她微微垂下眼睛，遮住了眼底的情绪。掌心渗出的汗水已经冷了下来，女将军默默举起手中的剑，用一块布擦去上面黏稠的血。

她多年游历西域，杀过很多胡人、敌人、对手，却从没有杀过一个无辜的人。

历史总是在遵循一种悲剧性的规律前进，盛世繁华的成就，总是要付出道德与鲜血的代价。

当你踏上历史的舞台，就再没有了选择的自由——也许，这便是命运。

白氏女将军的手还在微微颤抖，掌心的汗水还有点黏滑，但她慢慢地抬起头来，握紧了掌中的剑。

她沉声道："为我牵马！"

武士立刻飞奔而去。一排排战马刨动前蹄，低低咆哮。女将军翻身上马，她身后的亲卫立刻随之上马，整齐利索。

战马长嘶，声动夜空。

女将军勒住马缰，却突然皱起了眉头，侧耳而问："你们听到了吗？"

一名百夫长已策马飞奔而来："将军！东面凉州城的方向，有一支军队直冲三国驻地而来，不知敌友，现在已在五里之外了！"

第四十章　风云变（上）

"将军，来者可能是什么人？"

白璧晖在战马之上，凝望前方："来得并不特别快，似乎并没有率兵援救或者强兵突袭的意图。"

身边的武士低低自语："那会是什么人？将军，要不要趁他们立足未稳，冲他兵阵？"

更近了，火光中双方已经可以看到各自打出的旗帜，只是夜色浓重，看不清旗号。

女将军冷静道："来者不知敌友，不可轻举妄动。举火把、打旗语，严阵以待，以示警告！"

这一路来路不明的人马正在迅速逼近，三国联军只能暂缓出发，原地待命。武士举起联军大旗在半空挥舞，熊熊的火把举起来。来人压下了行进的速度，却依然径直前行。越来越近，对方高举的大旗飞扬地映入眼帘，策马立于大军之前的白璧晖眼睛里闪过一丝惊愕。

奔腾而来的兵马在距离三国联军兵阵三百尺处勒马停下，前方重甲骑兵迅速闪开两侧，中军之中一辆战车驶了过来，两边两位一身重甲的将军严密护卫，其中一名打开了红荆之花的旗帜，战车上的人站了起来，大笑着对白璧晖远远拱一拱手："白将军，多日不见，风采依旧啊！"

红荆之花，是河西顾氏的家徽。

顾雍！

顾雍笑道："白将军，可是要整装待发，奔赴朔方？"

白璧晖眼睛里的错愕一闪而逝。她策马缓缓出列，身边同样两名全身重甲的将军紧紧追随，停在距离顾雍丈余之处。女将军神色不动，拱手还礼："都督消息好快，朔方战事已传至凉州了吗？都督大军夜行，却似乎并没有率兵奔援朔方的意思，反而来到我三国联军驻地，是什么意图？"

"白将军敏锐大气，已然颇具名将之风，真是进步神速啊！"顾雍脸上迅速掠过一丝惊异，大笑道，"老朽此番前来，不是为了救朔方，而是为了救白将军你啊！"

顾雍拈着花白的胡须，眼睛里精光一闪："世侄女乃是一代良将之才，就这么贸贸然去朔方送死，岂不可惜？"

白璧晖不动声色："大都督此话怎讲？"

顾雍面带微笑，慢慢道："公子怀璧八年来穷兵黩武，盘剥商旅，以充军费，使我河西连年征战、死伤无数，百姓怨声载道！河西王此番决意顺应民心、平息烽烟，使我河西得以保得和平、休养生息。老朽今日，便是奉河西王之意而来——"

他慢慢道："欲与左贤王诚意讲和，以求双方化干戈为玉帛，结为兄弟之好！"

白璧晖悚然变色："这不可能！"

顾雍冷笑道："此番老朽前来，便是取朔方城十万虎贲叛逆之头颅以示讲和之诚意。这次朔方之战，不是抗拒羌胡，而是诛除叛逆！"

他声音并不大，此时却像惊雷一般，让白璧晖与扈卫的将军悚然震动，同时脸色大变。

顾雍提重兵深夜奔赴朔方，敢说出这样的话，无论他所言是真是假，但有一点却极有可能——凉州城也许真的有什么变故了！

两名护卫将军勃然大怒，大喝一声，横戈而出，被女将军挥手制止。

白璧晖冷笑："都督可是在说笑？左贤王被困朔方城外，都督远在凉州，公子怀璧尚且掌控河西大局，只怕鹊桥难架，都督有意、贤王无心！"

《九州武备志》第三十六卷四章《谨候篇》，便首列此讲——故师出以律，失律则凶。律有十五焉，一曰虑，间谍明也；二曰诘，谇候谨也……

军律最重要的两项，便是情报与细作。一是虑，要详加谋划，明确敌情；二是诘，严密盘查，搜集情报。

虎贲卫号称战无不胜，和他们情报工作的繁密细致有很大关系。公子府的情报网一向极其精细而且控制力强，当初白璧晖混入丝路商旅、远未入凉州城之时，公子府已经拿到了她自西域归来的情报。如今顾雍被公子怀璧牵制在铁桶一般的凉州城，左贤王被虎贲卫牵制在朔方城外，相隔五百余里；而朔方城有虎贲卫细作严密往来、勘察情报，凉州城有公子怀璧掌控兵权、明掣暗制，都督欲与左贤王有细作情报交往，几乎不可能躲得过虎贲卫的耳目。

顾雍的眼睛里掠过一丝暗光，微笑道："老朽与贤王相隔遥远、不通音信，可惜，如果那为老朽牵线搭桥之人，就在朔方虎贲卫军中呢？"

"至于公子怀璧——"他挑了挑眉毛，似笑非笑道，"恐怕此时正做客河西王府之中，与王爷把酒言欢，以叙兄弟之情，忘乎所以，无暇他顾了吧！"

白璧晖脸色陡变，身上的血似乎一下子涌向了头顶。

他的话已经再明白不过，凉州城真的有大变突生！

那个人呢？那个似乎没有什么可以难得倒的男人，他已经倒下了吗？！

顾雍突然大笑道："我一万铁甲军精锐，恐怕现在已经敲开朔方城门了吧！世侄女一代将才，手持三国兵符，何必前去朔方送死？若是今日率军归顺于我，老朽定当悉心栽培，助世侄女重现白氏荣光！"

白璧晖突然明白了——

"朔方之战，不是抗拒强胡，而是诛除叛逆！"

"老朽与贤王相隔遥远、不通音信，可惜，如果那为老朽牵线搭桥之人，就在朔方虎贲卫军中呢？"

仅仅这两句话，透露出多少步步为营、环环相扣的布局。这是一个编织得多么大、多么精密的网，左贤王都变成了设计者利用的棋子。他把朔方城变成了捕猎的陷阱，以五胡联军为诱饵，引诱虎贲卫这头猛兽的精锐主力一支支从凉州奔赴过来跳进去；而现在，终于到了收网的时候，伺机绞杀，诛除殆尽！

这老狐狸，早已与羌胡暗中勾结，这一次是要把朔方城十余万将士的性命卖给左贤王。

朔方城危，危在旦夕！

白璧晖骤然醒悟，今日顾雍前来，是为了阻止她，阻止她向朔方出兵援救。

三国联军背后是三国诸侯，他不能对联军随意出手，得罪北陆诸侯，尤其是霸主燕侯，于是便来巧言劝说，希望她撤军归顺。

他是不给朔方城的虎贲卫留下丝毫的生机和后路！

女将军悚然震动，甚至不再多说一个字，就要掉转马头，率兵前行。

"白将军！"顾雍看出她的意图，大喝一声，"你还要去援救朔方吗？你忘了你的父亲是怎么死的吗？"

女将军火红的背影骤然一僵。

"你忘了你父亲的头颅是被谁砍了下来，盛在木匣之中、被送回凉州，死不瞑目？"顾雍厉声喝道，"这就是你报仇的好时机！名将白烈的眼睛在天上看着，看着他的女儿如何做！"

女将军全身都颤抖起来，好像全部的血液霎时间一起涌上了头。

白璧晖啊白璧晖，你真的已经忘记白氏为何满门凋零、数百年的荣光一朝崩摧？你为何孤影独行远走大漠、脱下红装握起长剑？

杀父之仇！

你忘记了吗？忘记了父亲血肉模糊的头颅，那双目眦欲裂、不曾瞑目的眼睛？

你甚至对那个男人……

她骤然按住心脏，十指用力，似乎想把那扑通扑通跳动的东西挖出来。

"白将军，"顾雍厉声道，"你已经把杀父之仇忘得干干净净了吗？！"

放弃朔方！十万虎贲铁骑毁于一旦，那个男人的基业再难重建，凉州羽翼被诛除殆尽，之后——要他死，只是易如反掌的事。

只要她压住三国联军，拒不出兵，朔方城腹背受敌，五胡联军踏破防线，覆手可待。

到那个时候，胡人铁蹄踏破这片被称为河西粮仓的肥沃土地，屠城杀戮、坚壁清野，河西走廊这半壁河山从此不属中州，故土家园变成胡人的牧场，河西百姓被烧杀抢掠、流离失所……

到那个时候，白璧晖，你又如何对得起白氏的家训——马革裹尸，护我河西！

白氏名将，不念私利、不弄权术、不慕富贵、不惧生死，白氏的将军，是为守护这片土地而生，为守护家园而战斗！

女将军几乎捏碎马缰。

"你忘记杀父之仇了吗？你对得起身体里白氏的血吗？"

那么，你记得白氏的荣光与家训吗？你对得起殷殷期盼的河西百姓吗？

她远走西域十余年，千里飘摇，风霜磨砺，是为了什么？为了报得家仇、以偿国恨，重现白氏名将的荣耀，继续守卫着这片白氏守护了数百年的土地……

而家仇、国恨，居然相冲突的时候呢？

这座天平的两端，要如何抉择？

如果选择去援救朔方，站在公子怀璧那边，那就是要放弃杀父之仇；如果要报杀父之仇，就要放弃朔方，背叛了白氏家训、民族大义。

你该如何做，白璧晖，白氏的女将军？

黑夜终于过去，夜色由浓黑变成墨蓝，晨曦的薄雾渐渐升起。而抬眼望去，西北的方向夜色依然浓重，半面的天空似乎被血与火染得通红。

冲天的烽火与杀伐声中，这片土地都在颤抖！

第四十一章　风云变（下）

天蒙蒙发亮，朔方城中的将士，却只有满目血红。

那是血，胡人的血，和自己的血！

那一万凉州来的援兵突然倒戈相向，在朔方城内，为突袭的胡人铁骑打开了固若金汤的大门。五胡联军倾巢而出，像一片怒潮，以迅雷不及掩耳之势席卷了整片土地，要与援军里应外合，将朔方城一举拿下。

最高明的破城之术，就是让它从里面破！

而多少年后，左贤王偶尔提及这一次的朔方之战，还会撼然感叹——这是最容易的一次攻城，也是最艰难的一次破城。

攻破朔方，几乎是克敌一万、自伤八千，骁勇善战的羌胡铁骑，付出了惨重的代价。

而率先进城做诱饵的那一万"援军"，几乎不曾有生还者。

朔方城在烽火中咆哮，箭雨像巨大的毒蝗源源不断地投向城中。

左贤王趁着夜色安排五胡大军严阵以待，将攻城之战的准备做到了万无一失，与城中援军内外呼应，驻守朔方的虎贲卫根本措手不及。但是，战斗是武士的本能！

晏仲玄颔首赞叹："王爷此计绝妙，顾雍的铁甲军在城中将虎贲卫打了一个措手不及、三军大乱，我大军在城外以逸待劳、乘虚而入，正好将其一网打尽，必然稳操胜券！"

"没那么容易。"一骑绝尘的左贤王站在高处，凝视着下面的战场，喟然叹息，"虎贲之勇烈若此，云渊啊云渊，你虽败犹荣！"

这也许是历史上绝无仅有的一次，一座城池已经从里面被攻破，一万援军倒戈相向，左贤王的风云骑精锐随之蜂拥而入，与之里应外合相呼应。而守城的虎贲将士在之前爆发式的惊慌之后，迅速反应过来，他们已经中了无可挽回的必杀之计。他们已然明白自己身临绝境之时，居然不动如山，与敌军短兵相接面不改色，那是一种自杀式的勇决！而最终，他们凭着这种决绝，踏过自己人与对手堆叠的尸体，从城中冲了出来！

是的，朔方城已破，而虎贲武士居然硬是冲破了一万援军与左贤王大军的封锁，从朔方城的大门呼啸着冲了出去。这是虎贲卫的精锐主力，笼罩在黑色铠甲之中的军团像奔腾的雄狮挣脱了牢笼，怒吼着要撕裂对手的血肉！

此刻再讲究战术，已经没有多少意义了。虎贲卫的重骑兵踏着那一万援军的尸体，从城中冲了出来，封住战场正面，阻挡了胡骑的冲锋。双方数万大军在朔方城前的跑虎原上展开混战，雄鹰与蟠龙的旗号在黑烟滚滚的烽火中穿插往来，杀伐声与战马嘶鸣声震彻了苍穹。

本来在朔方城门蜂拥向里冲的胡人铁骑，根本没有料到城中已是俎上鱼肉的虎贲卫居然会冲破他们的封锁与突袭，阵形顿时大乱，轰然崩溃。而此时虎贲卫骑射手与精锐重甲骑枪手已经回过神来，他们从朔方城两侧不顾一切地直插敌军大阵的中心，势不可当，刚才已经深入虎贲兵阵的胡人铁骑被强行切断。

"他们竟然能冲出来，竟然冲出来了！"晏仲玄悚然震动。

左贤王断然下令："收网！两翼大军迅速向城门包抄，就是让他们冲出来，向我们的套子里面跳！"

左贤王拈动上唇的短髭，微微泛出一抹笑意："我要看看，这虎贲卫的龙甲车与千丈弩，这一次还能帮他们多少？"

数十名羌胡武士飞身上马，在如修罗炼狱一般的战场上向各个方向飞驰而去，吹响了沉闷的号角，呜呜的声音响彻原野。

两翼的羌胡大军听到号令，放弃各自的战场，像雄鹰的双翼开始缓缓收拢，向虎贲主力冲出来的方向汇聚。一架架弓弩密密对准了城门，斩马刀与长枪咆哮着嗜血的欲望，只等着用从城中冲出的武士的血与头颅喂饱饥饿的兵器。

左贤王的二十余万大军正张开巨网，等待着将朔方虎贲卫吞噬殆尽！

朔方城破得让人措手不及，直接就是巷战、混战。虎贲卫的龙甲车与千丈弩都是冲锋、远战的兵器，而在这样短兵相接的激战中，根本无用武之地。而虎贲卫终于冲破封锁，可以将战线稍稍拉开的时候，冲出城门直接面对的，就是左贤王二十万大军。

区区数十辆龙甲车与千丈弩，面对这样的铁骑浪潮，又凭什么扭转乾坤？

"君侯以势破国，覆手可得天下！"

这是王览经常挂在嘴边的一句话，就是说，强兵、良将、神器再神奇，也都不是最重要的。而诸侯的谋略与根本的国力、实力，才是可以定鼎天下的根本。

龙甲车号称天下无双、毫无破绽，是的，龙甲车刀枪不入、威力惊人，无论速度、攻击力、机变性都远远超出一般战车，几乎毫无纰漏；但是它本身，就是最大的破绽。

攻伐者，武士以刀杀人，勇者以一敌十；将军以谋攻城，一战可夺数邑；君侯以势破国，覆手可得天下。

正是这个道理。

"将军，将军，我们出不去了，城门那里是圈套，冲出去的兄弟没一个活下来！"一名百夫长冲了过来，满面血污，嘶声大喊，"兄弟们一轮轮地冲出去，一轮轮地倒下来，死太多人了，死太多人了！胡人攻势太猛，我们甚至没能冲锋到一百步之外！我们撤吧！"

他是云渊幕僚，被派出去探听各路消息。

"还不到时候。城南门如何？"云渊就站在城墙塔楼之上，他没有回头，紧紧盯住手中铺开的朔方地图，神色似乎都没有变化，"北路白石林，东南的祁连驿，有多少胡人？"

"全是胡人！"百夫长擦一把流进嘴里的血汗，"到处都是。我们每一个兵力分布点，每一个来往要道甚至隐蔽小路，全是胡人！我们重兵把守的地方他们避开，兵力虚弱的地方反而猛攻，让我们来回奔波、疲于奔命，将军，他们似乎弄到了我们的兵防图！"

"浑蛋……我知道了。"云渊冷静地咒骂一句，神色不变，断然道，"重骑营牵制住胡人的锋芒，由骑射手两翼包抄，放箭，把我们所有的箭都放出去，拖住胡人。"

他皱了皱眉："太傅呢？太傅在哪里？保护好太傅，一定要保护好太傅！"

"太傅令贺兰将军全力抗拒南门的胡人，令顾将军、桓将军在北路白石林拖住。"百夫长喘着粗气，"南北两路引开胡人注意，争取时间，太傅与奚将军一处，以图从东城门的祁连驿突围！"

朔方城八座城门，祁连驿在东城门外，距跑虎原东五十里，与三国联军驻地沙枣林相近。

"太傅此举，是将宝押到了白将军身上……"云渊苦笑，"王太傅，王太傅，你终于输了一次啊！"

天光已然大亮，滚滚黑烟遮蔽了朔方城的上空，却遮不住一轮红日慢慢升起。

这场激战已然进行了整整一夜，烽火的警示早已传遍方圆百里，如果三国联军要来救援，早就来了！

王览啊王览，你这河西凤雏，这一次下的赌注，终于全盘皆输了。

"将军，将军！"

一名浑身浴血的武士喘着粗气冲上塔楼，云渊急忙迎上："梁将军！"

将军从胸口摸出一纸短笺，上面沾着一路穿过烽烟而来的斑斑血渍："将军，战况危急，太傅分身乏术，托末将带来几句话。"

云渊一把撕开，上面笔迹秀雅而刚劲，劈头便如此写道——

"若是注定会输，将军可愿与在下同下此注？"

云渊轻轻吐出一口气。这时候，苍鹰的巨爪已将朔方城扣在掌心，八方六面早已被胡兵围困得水泄不通，甚至朔方城绝密的兵防图，都已经在左贤王手中。三国联军久久不至，必然无法或者无意前来了。而最重要的是，诱开城门、倒戈相向的铁甲军拿着的居然是公子亲持的虎贲最高兵符，顾雍与王府掌控了凉州兵权，那是只有一种可能——

凉州城，天翻地覆了。

而最可怕的是，他们的领袖公子怀璧，或许已经倒下了。

这将是最致命的一击，釜底抽薪！

这场天翻地覆的变故来得如此之快，长河即往、大厦倾覆，几乎是日月交替之间，让所有人几乎不敢相信，更措手不及。

从凉州、朔方到不前来救援的三国联军，从倒戈相向的铁甲军到左贤王手中的朔方绝密兵防图，可以引出这么一条线——凉州巨变、公子势危，顾雍倒戈、暗通羌胡。云渊不相信到了这时候，王览会看不出这是一场精密筹划的巨大阴谋。

这个阴谋的目的只有一个，就是切断他们所有的后路，将虎贲卫一网打尽！

这是一场必输之战，无论从哪一个方向突围，都是死路，只有死。

云渊在塔楼之上远眺，触目所及之处，四面八方，都是胡人。全是胡人，海潮一样淹没了这片土地。

虎贲卫那冲锋的武士义无反顾地跳进城外胡人张开的大网里，就像石子投进大海，被淹没，悄无声息。飞溅的血染红朔方城门，虎贲武士的精钢铠甲被践踏进马蹄下的黄沙，那些热血豪壮的少年，他们刚才还在嬉笑怒骂、意气风发，眨眼之间，他们的尸骨已经倒在沙场上，尸首枕藉，分不清哪个是哪个，数都数不清了。

在这片正面战场上的虎贲主力，是云渊最得意的臂膀，是虎贲卫的精锐。而现在，他只能眼睁睁看着这些他苦心培养的孩子去送死，义无反顾地死。

战局已是如大厦倾颓，再无法力挽狂澜。

云渊紧皱的眉头却慢慢松开，他提起了一丈三尺的紫金长枪："在正门冲锋的还有多少人？"

"战死三千，约剩一万；另有三万骑射手与骑枪手主力从两翼包抄，都在坚守！"

"好。"云渊断然道，"关城门，留下五千骑射手牵制胡人兵力，其余都退回去，与太傅和诸位将军会合。"

百夫长愣了一下，刚才云渊还说不到时候，怎么突然之间就改变了主意？他愣愣道："退哪里？"

他收起信笺，慢慢道："撤军，退往东城门、祁连驿，以图突围！"

云渊微眯起眼，眺望战场，突然大笑："既然无论如何都是输，何妨舍生一赌！太傅，我与你同下这必输一注！"

赌输了，最坏与此刻相同，无非与城俱亡；而万一赌赢了——能逃出去一个，就是一个；虎贲卫不到全军覆没的时候，他要为这河西的铁翼，保存实力。

那就舍命一搏吧！

第四十二章　赌心（上）

十余名黑甲挎刀的军校早已等候一侧，闻令飞身上马疾驰而去，向战场各处浴血奋战的同伴们吹响了命令的号角。虎贲卫的大旗打起了撤退的旗号，旗头指向东方。

撤军！撤军！

撤往东城门祁连驿，舍命一搏，以图突围！

朔方正门城墙上的射手架起了千丈弩，拼命放箭，把身边每一支都放出去，掩护冲锋的兄弟们向城中撤退。燃烧的滚木和巨石从城墙上不断地滚下来，将攻城的武士砸成肉泥，黑色的烽烟混着皮肉烧焦的气味在空中飘散。

战场的形势陡然扭转，号角声长短交错，是虎贲卫独有的传令方式，正门，虎贲卫惨烈的冲锋画上了休止符。号角声中，铁甲军团像黑色的潮水，汹涌地拍上了岸礁之后陡然收了回去，开始退潮。

五千精锐守住了摇摇欲坠的朔方城门，掩护其余的同伴向东方撤去，撤向祁连驿的方向。

"虎贲卫居然撤军了！"

这时候，羌胡阵营的一处高岗，观战的将军们纷纷震动："他们要逃走了？"

战局陡变，军报不停地传递上来，传令的武士们接二连三飞奔而至。

"王爷！一支虎贲轻骑突破了跑虎原的防线，向东面撤出去了！"

"南城门的虎贲卫放弃了对我轻骑营的冲锋，向东退走了！"

"白石林的虎贲卫也要撤了！直向东面祁连驿！"

虎贲卫突然改变了冲锋的路线，胡人大军始料未及。那些武士毅然放弃了他们惨烈守卫的朔方城，从各个方向迅速向东方撤退，接连踏破胡人的防线。

他们的血把这座城池染得通红，如今，终于要弃城而去了！

晏仲玄低低自语："怎么可能？他们难道是要撤往祁连驿？"

"他们狗急跳墙了！正门突围无望，祁连驿好歹还有三国联军的一线生机。"伊衍缇吼道，"他们要避开我们在正门撒的网，我们就去东城门堵他们！王爷，调动主力，去祁连驿拦截，将虎贲卫堵死在那里！"

晏仲玄微微摇头。

祁连驿与三国联军驻地沙枣林相近，事到如今，想必每个人都能看出来三国联军有变，不足依靠了，精明如王览、云渊怎么会再去祁连驿冒险送死？

正是没有了这个后顾之忧，左贤王与晏仲玄在祁连驿安排的兵力只有八千。可是晏仲玄没有想到，王览与云渊居然真的还是退向了祁连驿！明知山有虎，偏向虎山行，这真是出人意料的一着险棋！

还是他们另有目的？

左贤王神色莫测，拈动短髭。

晏仲玄凝重道："王爷，依在下之见，不可轻举妄动！云、王二位都是老狐狸，每一步棋，恐怕都要拐上三拐才能看出本来目的；如今他们大举撤军，走的是近道，我等追击，大军要在外方环绕、疲于奔命。只怕是诱敌之计、疲敌之计。王爷，还是再观望为好……"

"我们在祁连驿那里只有八千人，再啰唆一会儿，虎贲卫都突围出去了！"伊衍缇嗤笑，"你们中州人怎么说？老狐狸如今已是瓮中之鳖，困兽犹斗，朔方城都破了，难道他们还有回天之术不成？"

"不只是要拿下朔方，朔方城中虎贲卫诸将军，一个都不能放过。"左贤王慢慢道，"晏将军言之有理，云、王狡诈，我们不能走错一步。主力精锐暂且不动，令沿途各防线全力截击，看他们到底打的是什么主意，是不是真的要从东城门向祁连驿突围！"

虎贲卫撤军的号角依然在战场上回荡，黑色的烽烟里，高高飞扬的虎贲战旗凌空指向了东方，黑色的潮水怒吼着击碎对手的封锁，向着东方汹涌而去。

观战的将军们神色越来越凝重。

又一名传令官策马飞奔过来，一路嘶吼："王爷！东城门，虎贲卫在东城门已经开始冲锋了！"

他嘶喊道："他们要从祁连驿突围！"

此时六十里外，朔方城东城门，轰然洞开！

上百名胡人武士齐齐抬起巨大圆木，正在乱箭与烽火中呼喝着轰然撞击城门，每一次撞击，三丈高两丈宽的城门都发出震耳欲聋的哀鸣，七丈高的城墙都在随之颤抖。当城门突然从里面被打开的时候，攻城的武士始料未及，巨木控制不住，冲向前去，武士们尚来不及反应，轰然的杀声突然震聋了耳朵，战马的铁蹄已经踏上了头顶，眼前一片血红。

一支鸣镝从城中射向天空，尖锐的呼啸久久不绝，直指向前，指明了冲锋的方向。奔腾的战马嘶鸣着怒潮一样从城中冲了出来，闪电般踩过了羌胡武士的身体，席卷了前方的战场。

最先冲出来的是骑射手，三千张强弓同时拉起，在那支鸣镝落下的瞬间，箭雨齐发。步兵在铁骑面前不堪一击，冲锋在最前方的羌胡骑兵同样连人带马轰然倒地，人和马身上插满箭羽，像巨大的刺猬。

瞬间撕裂了对手的第一道防线！

虎贲卫的突然冲锋让东城门外的胡人猝不及防，防线被陡然撕开一道豁口。后面的五胡联军瞬间回过神来，轰然雷动，铁骑呼啸着扑上前来！

就在同时，城门内又是一支鸣镝呼啸着直上云霄，携着风雷般的声音。虎贲卫骑射手迅速分成左右两翼让开过道，胡人军队还没有明白，就听到滚雷声中骏马一声长嘶，一匹玄黑的骏马高高跃起。城门正中，铁甲紫袍将军在马背上挽起长弓，厉声大喝："破阵！"

那雄壮的野兽嘶鸣着跃起，让人感觉马背上的将军几乎可以触摸天云。战马从城中凌空飞跃的瞬间，将军弯弓搭箭，精钢狼牙箭呼啸而出。马蹄落在地面、踩上胡人尸首的一刹那，一箭射落了对面胡人兵阵中高高飞扬的苍鹰大旗！

这只是一瞬间的事。一箭呼啸，朔方城中轰然雷动，在将军身后，全身罩在精钢铁甲中的虎贲军团奔腾而出，终于咆哮着冲出了城门！

虎贲卫高举的大旗在风沙中猎猎飘扬，上面的"奚"字如龙飞凤舞。

河西第一名将奚子楚亲自出战，向着祁连驿的方向，虎贲卫开始突围了！

此刻的羌胡阵营，左贤王忽地站起身来！

"居然是奚子楚，奚子楚亲自率军突围！"军报传来的消息让晏仲玄也骇然震动，"河西第一名将是云渊与王览的王牌，他们老底都压上了？"

那是真的，虎贲卫真的要不惜一切代价从祁连驿突围了。

东方烟尘滚滚，陡然大盛。像是无声的信号迅速传播，茫茫战场之上，东撤的虎贲卫似乎微微一怔，又极力向东面汇聚过去。

日已中天，祁连驿依然丝毫没有三国援军的信息。但是，虎贲卫却真的在向那个方向突围！

晏仲玄绝对不相信精明如王览、云渊，会看不出沙枣林的三国联军有变。虎贲卫向祁连驿、沙枣林的方向撤军，要冲破胡人重重封锁，更要甩开他们的背后追击。而最后迎接他们的，是顾雍以逸待劳的铁甲军！

那是一条死路。

可是，现在的朔方城，对虎贲卫来说哪里不是死地？

不，此时此刻，对虎贲卫来说，整个河西之地都已经是死地了——凉州城已经天翻地覆！

覆手之间，故土已经变成绝境。这样的情况下，任是河西凤雏运筹帷幄，又怎么会有一丝一毫扭转败局的机会？

这不是诱敌之计，是真的无计可施，舍命一搏了。

一名将军冲了上来，吼道："王爷，云渊的主力已经冲破我们三营、四营的防线，要与东城门的虎贲卫会合了！"

从朔方城前撤回的云渊主力精锐，放弃了他们惨烈冲锋的跑虎原一线主战场，迅速向东方撤去，大军一路踏起蔽空的烟尘。

"王爷！"晏仲玄蓦地回首，看向左贤王。

"王爷，再不出兵，虎贲卫要跑了！"伊衍缇大吼。

左贤王沉声道："调动主力，奔赴东城门、祁连驿，围困虎贲卫，务必将他们一网打尽！"

晏仲玄不由得吐出一口气，暗暗失笑——他太多心了，王览、云渊声名远播，一个精于谋略，一个精于战略，他对这二人防备太过。

这一次，精明狡诈如王览、云渊，还能有什么手段？这一局万无一失，虎贲卫这一招，只是在垂死挣扎。

虎贲卫是真的在冒险一赌。

只是这一赌，是必输的一赌啊！

左贤王低低叹息："从哪里突围，都只是蚍蜉撼树罢了。如此贤才啊……"

胡人武士再次挥舞旗帜，擂起战鼓，吹响号角，五胡大军雷动，羌胡主力放弃了主战场，从朔方城外绕向了祁连驿的方向！

杀声震天，五胡联军的主力精锐，被调离了朔方城前跑虎原上的主战场！

虎贲卫阵营中，王览蓦地睁开眼睛。

这是一处大帐，他一直盘膝跪坐，静静地看着手中的一卷竹简，任帐外杀伐震耳、烽烟滚滚，他自岿然不动。

他的武士冲了进来："将军、太傅，东城门开始突围了，左贤王大军已经调往祁连驿方向，要阻截我军主力！"

帐下还有十余名将军，个个神色凝重，气氛紧绷得仿佛一触即断。

"太傅，"一名将军忍不住道，"胡人主力已奔赴祁连驿，我们在东城门突围，恐怕也是送死而已！死不足惧，末将早已决心埋骨朔方。只是不明白，太傅这一赌，赌的难道只是一次全力的突围？"

其实这也未必不可行。战场之上，很多时候，都只是拿命一赌。只是习惯了河西凤雏足智多谋，将军们难以相信，他这一赌只是这直截了当的赌命。

"赌就赌！怕什么！"又一名将军吼道，"太傅，末将誓与朔方共存亡！"

"不。"王览微笑了，终于抬起头来，轻轻放下手中的竹简。他的面容还是如此冷静，只是不知道是不是错觉，似乎有些苍白。他微微仰首，帐外炽白的日光让他眯起眼睛。

他缓缓看过诸位将军："我赌的，从来不是祁连驿的突围。左贤王主力奔赴祁连驿，我们也无法突围。"

不是祁连驿、东城门，不是从那里突围？

这一句话让所有人大吃一惊，面面相觑，不敢相信自己的耳朵。

那这声势浩大的所谓"东撤"是为了什么？羽卫上将军奚子楚亲自出战、率军突围，是为了什么？

王览慢慢道："我们现在，只是在等。"

"等什么？"

没有人看到的地方，他衣袖下的手悄悄握紧："等三国联军与白将军。"

三国联军与白将军？

诸位将军更是惊骇，这更不可思议，三国联军已经不可能来了；就算现在来了，那左贤王的精锐主力已然奔赴祁连驿，意义似乎也不大了！

还没有人来得及说话，王览忽然站了起来，大步走出营帐，眯眼仰望天空中的白日。

日已中天！

他低声道："到时候了！"

战局突然又变了！

那是西北，云渊主力撤离、左贤王主力追击的方向，朔方城正城门外的跑虎原主战场上，陡然烟尘大盛，似乎有千军万马飞驰而来，卷起了风沙漫天。

虎贲卫黑甲挎刀的军校飞马奔来，远远滚身下马向军帐扑来："太傅，在西北方向，三国联军！是三国联军过来了！白将军与三国联军！"

在东方沙枣林的三国联军，居然从西北跑虎原的方向奔腾过来，冲向了朔方城正城门！

王览蓦地回首，望着那个方向突然大笑："好，好，好！"

他一连说了三个"好"字，似乎极力抑制住了心头的激动，一把甩开衣袖走回帐中，抽出令箭扔在地上："诸将听令！趁左贤王主力调往祁连驿，速速掉转方向，杀回正城门、跑虎原，与白将军里应外合，夺得先机，突围！"

压抑的阴霾陡然散尽，乾坤扭转。

这一次生死转折来得如此突然，诸将军来不及问什么，甚至来不及震惊。左贤王主力被调离跑虎原，但要回神返程也是很快的事情。而他们现在，就是要趁羌胡主力在外围绕远，来不及回程的短短时机，抓住这短短的瞬间，从这个缝隙里，突围出去！

诸将军急促简短道："末将领命！"

王览重新握起他的竹简，没有人看到，他掌心的汗水已将竹简润湿。

日光照上他清癯的面容，苍白的面容终于被照出一丝血色。他轻轻一笑，低声道："你，没有让我失望……"

他赌赢了！

三国联军的号角，与虎贲卫的号角，同时吹响！

三短一长的熟悉号角声传遍战场，混战之中，云渊一枪挑翻围攻上来的三名番将，大笑起来："回程！回跑虎原，从正城门突围！"

他摸出那张王览传送给他的信笺，上面"若是注定会输，将军可愿与在下同下此注"一句之后，赫然写道——

东撤为假，西回为真。东撤为调开贤王主力，拖其东奔、疲其士气。若联军兵至，则不至东城门祁连驿而至正城门跑虎原，一旦兵至，则立即西回，趁贤王主力被制，我军跑虎原突围！

当时他并不十分明白这张信笺的意思，沙枣林与祁连驿相近，三国联军为什么不去祁连驿反而要绕圈奔赴西北的跑虎原，而王览又是怎么知道的，又怎么确定三国联军一定会来？

想必他也不十分确定，所以才说这是一赌，也许此赌必输。

而云渊，选择与他一起赌。

云渊将信笺一把揉碎丢开，大笑道："王太傅啊王太傅，你这一注，没有下错！"

他腰间佩剑拔剑出鞘，剑锋直指西北！

虎贲卫的大旗再一次举了起来，与剑锋一致，指向西方。战场的形势再一次扭转，向东撤离的虎贲卫突然停住了脚步，骤然掉转，掉头又打了回去！

虎贲大旗高高举起，像夜色中的灯火指明了军队前进的方向。战场之上，各处的虎贲卫如百川归流，从各个方向掉转，向一处汇聚，重新聚集成汹涌的怒潮，向他们西方的跑虎原扑了过去。

而同时，在沙枣林牵制白璧晖与三国联军的河西铁甲军，派来的人终于也赶到了羌胡大营，急报三国联军摆脱了他们的牵制，白璧晖一意孤行，手持三国兵符，已经前来救援朔方城中的虎贲卫了。

顾雍没有拖住白璧晖，又不敢与三国联军贸然开战，只能眼睁睁看着白璧晖率军奔赴朔方，然后快速前来报信，可惜，还是晚了一步。

"中计了。"晏仲玄脸色发白，"王览这是有意把我们拖往祁连驿，他们东撤是假象，目的还是要从正城门的跑虎原突围！奚子楚在东城门的突围，只是个诱饵啊！"

河西第一名将原来是诱饵，云渊与王览下这么重的血本，谁又能想得到？

而最难料想的，是虎贲卫在跑虎原一败涂地，最后居然还是要从那里突围！

"好一招疲兵之计啊。第一，他是故意要把我们大军拖来拖去，让我们视线混乱、士气疲惫；第二，他让所有人以为虎贲卫要从祁连驿突围，让我们在跑虎原的主战场放松警惕，最后出其不意……"晏仲玄喃喃道，"我还是低估了他！"

他看向左贤王，低声道："只是我不明白，王览是如何事先得知三国联军会从西北过来，而不是东面的祁连驿？我们布局如此严密，可谓万无一失，又是突袭，虎贲卫根本毫无准备。如果他在这样的情况下还是把我们的一步步都计算出来……"

他脸色更白了："那真是太可怕了！"

左贤王沉声道："计算出来倒也未必，只是王览心思细密，之前想到了每一种战局变化的可能，为以防万一，在白璧晖身上留了一手也未必不可。"

他慢慢道："恐怕我们这一招，他已经想到了！"

众人一时无人说话，晏仲玄默然无语——河西凤雏，终究是河西凤雏……

军报再一次雪片般传来。

"祁连驿的虎贲卫突然向西面去了，我军猝不及防，被他们冲破了防线！"

"白石林的虎贲卫又掉头了，这次居然向正城门的方向去了！"

"王爷，虎贲卫来回调动，他们究竟要干什么？我们如何是好！……"

这本是一局万无一失的死局，将虎贲卫围成笼中困兽，一举歼灭。左贤王要得到朔方，只是第一个目的；还有一个，就是把这河西走廊的心腹大患虎贲卫一举拿下。也许第二个才是根本的目的，因为虎贲卫才是他这一生最强大的对手。

这本来是胜券在握的事，而现在虎贲卫就要弃城突围而去了。

左贤王厉声道："为我牵马！"

晏仲玄蓦地立起："王爷要亲自出战！"

早有两名武士牵着一匹火焰般的战马过来，马儿雄壮而暴烈，低低咆哮，像欲挣破樊笼的野兽。左贤王翻身上马，握起长刀："号令风云骑，与我先行追击、轻骑突进，暂且拖住虎贲卫主力，等待后方我军主力回转追上！"

他慢慢道："王览还没有赢！"

第四十三章　赌心（中）

此刻，拼的是速度。

虎贲卫大军在战场上席卷向跑虎原的方向，趁的是左贤王主力来不及回转的时机。五胡主力中了王览之计，主力轻忽东进，跑虎原一线的防线顿时削弱。

而跑虎原外围，三国联军的数万兵马突然出现，像一支利箭刺穿了胡人此处的封锁，打开了一道豁口。

羌胡诸将军在高岗处眺望，虎贲卫的铁甲军团像滚滚的黑潮，一路席卷、一味冲锋，一支主力突击前进，丢下一路他们同伴的尸体。他们来不及搏杀、援救，因为此刻他们的目的不再是对抗，而是在胡人主力调回之前，冲出那个豁口，杀出去！

冲锋！突围！

茫茫的黑色浪潮一起向西北冲锋，推进极快，把身后来不及突然调回的胡人主力越甩越远。

羌胡诸将的神色陡然震动起来。

羌胡大营中吹响号角，大军迅速分成两侧，中央一匹火红的战马一声长嘶，身后苍鹰大旗骤然高举——那是左贤王！

号角声中，这火焰般的骏马箭一般地奔驰出去，飞奔在最前方，马背上的统帅举起长刀，刀锋在日光下冷光灼目，在他身后，五千铁骑像奔雷呼啸。这支风云精锐像离弦的箭，从羌胡主力大军中疾射出来，轻骑突进，向前方滚滚烟尘中迅速西去的虎贲卫追了过去！

这支火焰之箭轻骑直追，速度如此之快，把身后的主力瞬间甩开，离前方虎贲主力越来越近。

同样地，左贤王此刻，拼的也是速度，轻骑突进，风驰电掣般的速度！

随着这支羌胡精锐闪电般的追击，整个战场的焦点与威势仿佛都集中到了他们身上。前方那在厮杀中奋力前进的虎贲主力，越来越近！

左贤王大喝："风云骑，挽弓！"

胡服皮甲骑士们一齐从背后箭囊中抽出三支长箭，在马背上稳稳挽起长弓。

"出箭！"

风云骑的左右两翼共两千骑射手，两千张强弓，每张弓上同时三支长箭，六千长箭齐发！

铺天盖地的箭雨，扑向了前方虎贲卫毫无遮掩的后背。

最后面的一批虎贲武士翻马栽下，浑身上下插满了羽箭。风云骑与虎贲卫之间相距约五百步，而他们的弓箭居然可以射出足足五百步的距离，而且去势不竭。

前方的虎贲卫诸将军悚然震动："这样的箭势……"

这样的箭势，他们只在一个人身上见过——穿云。

公子怀璧有三项绝技——穿云长射、北辰七箭、九珠连弩。

他在箭术上天赋独有，能比得过他的人太少。穿云长射可达九百步，北辰七箭可以七箭同出，九珠连弩更是连珠九箭，间不容发。风云骑的箭势与穿云相比固然相差甚远，但已颇具穿云长射与北辰七箭相结合的威力。

左贤王不做停顿，厉声喝道："挽弓，出箭！"

第二轮箭雨再次射了出去的时候，虎贲卫的两翼轻骑已经掉转马头，从前方迎面冲了回来，阻截风云骑，掩护主力继续西行。

羌胡的号角骤然吹响，急促的呜呜声中，苍鹰大旗凌空一挥，风云骑阵形陡变。两侧骑射手分成两支向左右延伸成弦月之状，迅速从两侧包抄迎面而来的虎贲卫；中央一支劲旅由左贤王亲自率领，成尖锥之形，从正面直刺进去。

铺天盖地的箭雨中，前方扑过来的虎贲卫战马哀鸣着纷纷栽倒，人和马的尸体砸出一片沙尘。后面的虎贲卫却毫不迟疑，径直踏过了同伴们的尸体，继续冲向风云骑。

左贤王大喝："挽弓，出箭！"

风云骑发动第三次冲锋！

从羌胡阵营的方向，可以看到风云骑两翼的箭雨笼罩了虎贲卫的防线，中央劲旅举起了森林般的长刀，在箭雨的掩护下向前方扫了过去。

火红战马上，左贤王回雪刀冰冷的刀锋在苍穹下划出凌厉的光弧。他一马独骑直冲入虎贲阵营，胯下咆哮的战马四蹄踏翻虎贲武士的防守，回雪刀光划出一片血雾，冲上来的虎贲卫接连轰然倒地，一丈之外的武士都被锋利的刀风划伤了面容。他闪电般将虎贲防线划开一道缝隙，身后的风云骑飞驰迎上，将这一道缝隙彻底撕裂。

他们轻易踏破虎贲卫回头的阻截，继续向前飞驰，势如破竹。

左贤王长刀回雪高举，日光下奔腾的千军万马当中，仿佛就只剩下了这一把刀。

"破阵！"

风云骑已经与虎贲卫混战到了一起，从背后拖住了虎贲主力的尾巴。风云骑要做的，就是趁虎贲主力向西北奔逃突围，用比他们更快的速度，一路从他们的背后撕开豁口直扼心脏，拖到羌胡主力追上来。

两队虎贲卫冲了上来，盯住了这支风云劲旅的统帅，直扑左贤王，要舍命一搏。回雪刀赫然轮转，乌沉的刀锋暗光流动，左贤王火焰般的战马与他们迎面擦过，两边接连四颗头颅喷溅着血柱飞起。

刀式如此凌厉，只见暗光流溢，似乎不见刀锋劈砍停顿的间隙。

又是一队轻骑迎面扑来，回雪刀凌空一挥，闪电般斩下的瞬间，一缕锋利的杀气从背后陡然逼近，左贤王来不及思考回身一刀，"锵"的一声，猛烈撞击，刀锋与紫金枪尖擦起一片火花。这一闪神的瞬间，背后凌厉的杀气已逼至眼前。

枪疾刺，居然一枪格住回雪刀劈山开石般的力量。紫金长枪的枪尖划出一道寒芒，绵沉的后劲化解了回雪刀惊人的雄霸之力，直刺左贤王咽喉！

这一枪气势惊人，左贤王回刀劈下，大喝一声，用尽了全力！

紫金长枪划出凌厉弧线，回雪刀则是风雷直劈。这一枪、一刀，带起凄厉的风声呼啸，两匹骏马同时跃起、长嘶、擦身而过，马背上两名统帅同时为对手的力量而震惊。左贤王大笑："云将军！又见面了！"

虎贲卫的主帅与羌胡的领袖，在数年前的敦煌之战之后，终于再一次面对面站在一起。

公子怀璧与左贤王八年相持，虽然虎贲斩下名将如云，但漠北第一雄鹰的实力，从未有一人敢稍稍小觑。这一次风云骑全力扑杀，面对左贤王势如破竹的锋芒，虎贲卫为保住主力突围，居然由主将云渊亲自出战。

云渊手提紫金长枪，笑吟吟地拨马盘旋："左贤王，久违了。"

左贤王大笑道："没想到，本王能把你逼了出来。上次被你用金蝉脱壳跑掉，云将军，你这大漠之狐，这一次还能用什么妙计？"

云渊笑吟吟道："告诉王爷也无妨，这次还是金蝉脱壳。只不过这次云某便是那个壳，留下来拖住王爷。至于我虎贲主力这个金蝉，还是要跑的。"

左贤王冷笑："那就看你拖不拖得住本王！"

云渊挑了挑眉："那就试试吧。"

云渊笑意不改，但两人的目光同时冷冽下来。周围混战的震耳杀声似乎一下子远去了，狂风卷过，乌黑的云山遮住了天日。左贤王慢慢眯起眼睛，轻轻转动一下掌中的刀柄。

"很好。"他突然一声暴喝，"那就来吧！"

他催动战马，飞扑而去。云渊一勒马缰，战马长嘶，长枪而起，直迎而上！

第一刀，横斩！第二刀，纵劈！第三刀，横斩！第四刀，纵劈！

左贤王没有用任何花哨的刀式，只是这简单的两招。其实任何搏杀之术，在战场上都只有一个根本的目的，那就是杀死对手。在面对足以让自己全力以赴的对手时，脱去花哨的伪装，最简单的招式，也是最全力以赴的招式。

第一刀，云渊策马躲过。第二刀，紫金枪尖钉上刀面，挡住了千钧般的力道。第三刀，紫金枪终于与回雪刀交锋相对，金铁交击。第四刀，一声尖锐的金铁交鸣，火花四溅，长枪架住了刀锋，两人都感觉胸中气血翻涌，力道相持不下！

"第五刀，我就可以杀了你。"刀枪相持，左贤王厉声道。

"王爷英雄盖世，云某敬慕有加。"云渊忍下涌上咽喉的气血，开口笑道，"可惜，若是让王爷五刀就把在下结果掉，云某这大漠之狐，早不用混了。"

他紫金枪一震，强劲的臂力带出一片枪芒弧线："再战！"

他话音未落，祁连驿的方向如风雷滚动，一线兵马踏破了羌胡防线飞驰而来，为首的铁甲紫袍将军弯弓搭箭，对准了左贤王，一箭射出！

云渊大喝一声，震动手臂，长枪撤回；飞来的长箭已经逼至眼前，左贤王闪电般挥刀，就在眼睫之前，长箭陡然被劈成两半。

将军一箭接一箭，接连射出，丝毫不给左贤王回转的余地。这个间隙，飞奔来的铁甲军团已经奔腾至眼前，奚字大旗卷过了天云。

一场混战迅速铺开，拖住了左贤王的脚步。

云渊一枪挑翻了风云骑的武士，难掩激动，直呼奚子楚的名字："子楚！你小子终于赶上来了！"

是奚子楚，在祁连驿做出突围假象的那支虎贲重骑，那支引诱羌胡主力的诱饵，终于追了上来！

烽烟滚滚，杀伐声动，血腥激战中，奚子楚一剑斩翻斜刺里冲过来的羌胡武士，白玉般的脸庞上露出一抹笑意："云兄，久等了！"

纯黑的骏马高跃长嘶，铁甲紫袍将军像一道闪电，他身后全副重甲的虎贲重骑形成尖锥之形，直插阵心。紫袍将军挥剑接连砍翻羌胡武士，嫌马战中用剑束手束脚，一剑砍下一名羌胡武士，抢过他的斩马刀。战马狂奔，将军借助雄壮的斩马刀的威势，闪电般杀开一条血路，向中央逼近，如入无人之境。

左贤王冷笑低喝："很好，云渊、奚子楚，虎贲卫名将，今日齐了！"

后方又是滚雷隐隐，喊杀声陡然震彻战场，烽火中，奚子楚与云渊同时一怔，眯起眼睛向东方看去。

苍鹰大旗突然从浓烟中卷舞而出，羌胡号角骤然呜呜吹响，从东面的后方战场席卷而来。风沙漫天中，羌胡铁骑的主力铺天盖地奔腾而来，已在数里之外。

那是羌胡主力，被虎贲卫甩在后面的大军终于追上来了！

羌胡主力居然兵分两路，一路直向他们这支被风云骑拖住的方向扑来；另一路从主力中分离出去，绕过他们正在激战的战场，直接向前方西进，向与三国联军外缘接应的虎贲主力扑了过去。

"子楚，不要恋战，快撤！"被一支风云骑围在中央的云渊厉声大喝。

另一边的奚子楚挥起斩马刀横扫过去，冲过去的羌胡骑兵纷纷倒地。浓稠的血溅向他的脸庞，将军一手抹去："来不及了！"

他们被风云骑拖住，根本撤不走了。

来不及仔细思索，一小支风云骑突然斜冲过来。奚子楚挥刀而上，云渊挺枪挑刺，这支拦截的小队骑兵被拦腰截断，血光飞溅中，两名将军各自杀出一条血路，终于会合。

"子楚，"云渊一枪挑落偷袭的胡人，断然道，"我在此处拖住左贤王与这支胡人主力，你速速撤退，追上前方主力。白将军率三国联军正攻进来，我们两军一旦会合，势必突围，羌胡大军断然无法阻截……"

奚子楚长刀扬起，一刀将迎面扑来的胡将斩落马下。鲜血四溅中，年轻的将军蓦地回首："大将军！"

两名将军四目相对，眼中俱是凌厉锋芒。

云渊咬牙，却终于没有说话。

千钧一发，战局之危迫在眉睫，没有工夫多做解释，只这三个字，就够了——虎贲卫都统领云渊，你是虎贲主将！

名将可失，主将不能倒！

云渊，此刻你是虎贲主将，不只是一名兄长。你要领着虎贲大军突围出去，保存实力，等来日扭转乾坤！

云渊干脆利落地拨转马头，一勒马缰，骏马高高跃起，纵声长嘶。他握起紫金枪，断然一声暴喝："撤！"

随着云渊一声令下，两千轻骑追随前方一马当先的主帅，箭一般向西北跑虎原的方向疾驰。

奚子楚看着同伴们远去的背影，最后深深凝望一眼遥遥的东方，凉州城的方向。

那里，有他无数次在梦中思念的人……

他决然转过头去，扬起白玉般的面容，慢慢擦去脸颊上的血渍。他其实是有洁癖的，每一次出征回来，都要彻底洗去身上的血腥味。

羌胡大军终于奔腾而至，像开闸的怒涛，汹涌澎湃，铺天盖地。

年轻的将军一双细长的凤眼中突然锋芒凌厉！他蓦地举起斩马刀——

"左贤王！这一次，终于可以一决生死了！"

迎着羌胡大军奔来的方向，铁甲军团呼啸着扑上去。

云渊没有回头，但他可以听到身后突然暴涨的杀伐声。那是他的兄弟、他的兄弟们，他可以想象得到，那支虎贲卫重骑精锐，像黑色的玄铁之箭，迎着茫茫羌胡大军射了出去。那是自杀式的反击，不惜一切代价，用惨重的伤亡拖住胡人前进的脚步，为他们主力的撤退争取哪怕一丝一毫缓冲的时机。

义无反顾。

"大将军！让我回去，让我回去接应奚将军，接应兄弟们！"那是桓野，上次跑虎原之战，他与顾琼被围困跑虎原九死一生，奚子楚的重骑营精锐如神兵天降，将他们救了出来，一路冲锋，直奔朔方。

他一直认为自己欠了奚子楚一条命，这粗豪的汉子满脸血污，此刻瞪大眼睛，目眦欲裂。

云渊厉声喝道："全力冲锋！谁敢回头，杀无赦！"

桓野嘶声怒号一声，狠狠一鞭甩在战马上，抽出一道血印。战马怒嘶一声，野兽一样向前奔去，不曾回头。

风声与流矢在耳边呼啸，云渊丝毫没有闪躲。心脏处的剧痛撕扯着他，可是，他要忍下去。

忍下去！

他深吸一口气。他的兄弟，是河西第一名将，小小年纪，初露锋芒，前途不可限量——

怎么可能会死！

他不会死的。

大风卷过，遮蔽天日的乌云移去，一轮红日重现苍穹。

西北方向，虎贲主力一路奔行、毫不恋战，留下了一路同伴与兄弟的尸体挡住了胡人各路的阻截，冲向了跑虎原。跑虎原上杀声震天，三国联军的旗帜冲破了烽烟，女将军率军冲破了胡人的封锁，冲进了内线。

一支重骑营立刻掉转马头，回头接应已快速突进至眼前的云渊与兄弟们。

两军会合，强大的冲锋力量冲破了胡人最后的截击，黑甲虎贲军团呼啸着冲破跑虎原的防守大门，像挣破樊笼的巨龙，咆哮着西去，将朔方城抛在了身后，再也没有可以阻挡他们的力量。

第四十四章　赌心（下）

　　日已西沉，为天地相接处铺上一层红色。暮霭沉沉，残阳如血。

　　虎贲卫西进突围，十二万驻守朔方的虎贲卫只剩下八万人。云渊与王览召集虎贲卫诸位将军紧急商议，大军进驻西去朔方二百七十里的酒泉郡陇勒城，孤军苦守。

　　朔方之战，以虎贲卫措手不及的全盘惨败而告终。

　　这是从未有过的大败。在猝不及防的必杀之局下，面对羌胡强兵，虎贲卫居然丝毫没有还手的余地。河西王府与羌胡联手，八年来全力守护河西的虎贲铁骑转瞬居然成了叛逆流寇，只能孤军退守酒泉，谁也不曾想到，一夕之间，风云突变。

　　河西凤雏在这一战留下了浓重的一笔，这历史上著名的孤注一掷的豪赌，在十面埋伏的绝境中保全了虎贲主力，使之惨烈突围。虽然这一战，是他，也是公子怀璧与虎贲卫第一场败绩，也是最大的一次失败。

　　而这时候，五胡联军占领朔方，直接拿下了河西走廊的半壁河山；凉州巨变，公子府再无一丝消息传出，公子怀璧生死不明，与凉州城的联系却被彻底切断。

　　河西王府居然与左贤王联手，使得北陆三国诸侯与公子怀璧的结盟终于土崩瓦解。三国联军在最后一战援救虎贲卫，算是仁至义尽。此时再持各国兵符也没有什么意义了，突围之后，白璧晖归还三国兵符，三国联军各自散去。风吹云散，这场一步一血印的惨烈朔方之战，只剩这残阳斜照之时，茫茫荒原上的羌笛袅袅，宛如叹息。

进陇勒城之时，云渊与王览曾讲过这么一段话：

"我一直不明白，白将军临时起意，弃东面祁连驿的近道而就西北跑虎原的远路，自然是使胡人出其不意；但太傅远在我虎贲大营，左贤王突袭措手不及，太傅是如何未卜先知白将军的计划，定下这声东击西的连环计？"

王览摇头笑道："我只是在白将军奔赴沙枣林之时，交给她一封书信。"

这本是白璧晖当日手持三国兵符、离开朔方城奔赴沙枣林的时候，王览交给她的一封书信，信中殷殷嘱托，仔细指点。白璧晖初领大军，心中不安，在朔方城破当晚、三国诸将前来逼迫之前，还在灯下阅读。

信上，王览如此叮嘱：

"若日后一旦朔方急变、战局危急，则是我军中必有细作，以致羌胡乘虚突袭。如一旦事发，望将军力伏群雄，率军外应，救我朔方一臂之力，此亦在下授三国兵符与将军之意也！沙枣林距祁连驿近，羌胡定当严加防守，截断此路，不可行也。当此之时，将军不如改路行军，奔赴跑虎原，我自与朔方正门接应。览出此下策，盖因跑虎原远在西北，胡人必然料想不及，将军率兵突袭，足使之措手不及也……"

"我怀疑简歌，故而有此叮嘱，以防万一。"王览叹道，"没想到，居然成真。"

那孤寂阴寒的琴声里，有太多悲愤不平之气。而在凉州时王览深夜拜访，在简歌书阁中看到的那首诗，则是引发他怀疑的第一条线索——

> 摧藏吞声跪长空，故国百年不相逢。
>
> 重临桑梓唯做客，空悲黍离哭无声。
>
> 三江事随逝水往，九天云俱旧梦崩。
>
> 望尽烽燧望翠微，歌断青山歌回风。

"如此惊心动魄的黍离之悲、家国之痛，对于一个亡国之臣来说，自然会让人警惕，这是其一。"王览叹道，"而真正让我怀疑的，是这两句——三江事随逝水往，九天云俱旧梦崩。望尽烽燧望翠微，歌断青山歌回风。"

他看着云渊，慢慢道："梁国毗邻凉州南境，沃野平原、东临东海，哪有诗中所写的江左景致？而三江、翠微，云将军，又能让你想到什么？"

翠微山上翠微城，是三千里云梦古泽上的山与都城。而三江水，是注入云梦泽的三条江水——潇水、湘水、沅水。

这是九州大陆尽人皆知的事情。

云渊悚然震动。这首诗中，怀念的故国，是云梦！

王览慢慢道："左贤王身边一手重建风云骑的晏仲玄，又是哪里人？"

云渊震惊："原来如此……原来如此！"

王览怀疑简歌是云梦人！

"尊夫人便是来自云梦，而不少云梦人仇视公子、屡有图谋，想必将军略有耳闻。"王览苦笑，"但一切都是我的猜测，毫无事实根据。我怀疑简歌与晏仲玄勾结，却从来拿不到证据，也找不到丝毫蛛丝马迹，故而不敢打草惊蛇，更怕……"

更怕在公子怀璧刚愎多疑之下，就此冤屈断送了这样一位才华横溢的谋士，与……知音。

有一批云梦人痛恨公子怀璧，白璧晖在西域归来的时候，便恰好遇上一些流浪到凉州城的云梦人私通胡人，被奚子楚痛下杀手。

如果简歌是云梦人，那么他杀公子、图河西，为的不是所谓梁国，也许是他的故国云梦！

很少有人知道那些云梦人为什么如此痛恨公子怀璧，甚至其他的云梦人也并不十分清楚。似乎知道事情真相的，也只是他们其中的一部分。

云梦人与公子怀璧之间究竟有什么恩怨？

公子从来没有说过，他甚至很少提到"云梦"这两个字。

云渊苦笑。云夫人是云梦人没错，但她出身贫寒、与世无争，对这些事也是有所耳闻，却不明所以。

他叹道："顾雍没有这个机会，难道是简歌将朔方的城防图交给了左贤王？他在我虎贲大营之中，护卫如铜墙铁壁，他是如何做到的？"

王览慢慢吐出两个字："青隼。"

云渊骇然变色："青隼？那是公子的……"

"简歌精通机械之术，在朔方之时为解决将士饮水之患，多日来四处勘察，用机械取水运送，造福了不少人。"王览慢慢道，"他可以利用这些弄清地形、布兵，精明如他，即使拿不出兵防图，大致布局也可以弄清楚。而将这些图交给左贤王，更是要用到他的机关之术。"

"青隼是公子爱物，又是秘密传信所用，军中一向谨慎，不敢随意猎杀。"王览一字一顿道，"之前我不知朔方兵防图会落在左贤王手里，如今想来，他可以造一只青隼出来，避过军中耳目，为左贤王送信！"

那么一切就很清楚了。顾雍的那点本事断不至此，那种暗中环环设计、步步筹谋，为他布下这全盘必杀之局，隐忍至今终于一朝爆发，令凉州城天翻地覆、朔方城大厦倾颓的人，恐怕只有一个——简歌！

这两条精密的线，一在凉州，一在朔方，互相牵引、暗中交错。一旦引发，就是公子府与虎贲卫在整个河西之地的全盘崩溃，无可挽回……

好一个简大夫！

这个局，可能从他在阳谷关对公子怀璧献关投降的时候，甚至在这之前、公子开始伐梁的时候，就开始谋划了吧。

幸而，还有王览。

简歌一步步设局，王览一步步破局。未雨绸缪的准备，步步为营的谋划，深谋远虑的经营；最后这场绝世一赌，赌一个力挽狂澜的连环之计，最终挽大厦之将倾，八万虎贲精英，终究得以保全。

而天下无双的虎贲铁骑，是公子怀璧大权在握的根本！

虎贲不倒，公子不倒。

云渊久久不语，终于慨然长叹："双凤雏，双凤雏！……"

此时是晋隐帝昭元十二年二月二十一。

朔方之战后的第三天。

王览独立城头，背负双手，遥望天际横亘荒原的一线苍白，那是苍水。

此刻陇勒城中虎贲将士皆是心急如焚，他也一样，但却不能表现出丝毫——凉州城中，毫无音讯的公子府，此刻究竟到了什么田地？顾雍会怎么对付公子怀璧？

他凝视着遥远的凉州城的方向，一向温文冷静的面容，在没有人看到的此刻，悄悄写上一丝疲惫和沧桑。

陇勒城土黄的城墙被残阳镀上一层暗红，城外茫茫戈壁之上风沙呼啸，风中隐隐传来声声驼铃。

大漠孤烟直，长河落日圆。

有悠悠的羌笛声从城头传出去，飘散在风沙中。

"黄沙不遮白骨累，千夫同征几人回？"大风卷着黄沙吹起他雪白的衣袍，他低低吟诵，"不如横樽马背上，一醉沙场三千杯！"

天地的交界处，一片茫茫血红。不知是天际的残阳，还是那整整四万埋骨朔方的将士们的血？

还有那个意气风发的年轻将军，紫金麒麟，第一名将。

出征之前，那个大雪纷飞的日子，那高傲而跋扈的世家公子，托他替自己将一卷稀世名画转交给心上人——

"我总是让她不高兴，她不喜欢看到我，更喜欢看到你……"

那名女子，是不是还在等待他的归来？

王览总是与他过不去，而现在，王览愿意此生再不与他针锋相对，只要他能出现在面前。

对于这样一名强大的对手，左贤王是绝不会放过的。但是，朔方至今并未传出斩杀此次伐胡副将、虎贲卫第一名将的消息。

生死未卜，才是最让人煎熬的。

吹笛的女子放下手中的羌笛，轻轻走到他身边，与他并肩而立。

王览微微侧首看她："多谢你，白将军。"

女将军淡淡一笑："是太傅心思缜密，未雨绸缪。"

她转首看向王览，真诚地看着他："太傅教诲，璧晖未曾一日敢忘。那封书信，也不曾一日丢弃。"

王览这是第一次如此近而且宁静地与她对视，她轮廓深邃而明艳，眉间一股峭拔之气，而那双幽深的明眸呈深碧色，像一泓深水，静美而沉着。

什么时候开始，这名女子渐渐敛去了尖锐的刺，沉淀下了锋芒，从一名武士慢慢具有了将军的风度——她开始成长了。

眼前的女子不自在地稍稍别开脸去，王览才发现自己失神了。

白璧晖低声道："你下如此大的赌注，如何确信，我一定会来？"

她说的是当日朔方城破之时。那时顾雍奔赴沙枣林，以杀父之仇来压制她；而她，最终选择了出兵。

虽然，没有人知道她在国仇与家恨的抉择中，经历过怎样激烈的挣扎。

王览轻咳一声，别过头去，借以掩饰脸上浮起的暗红。他眺望天际沉沉的暮色，沉默片刻，才又转过头看着女将军深邃的目光，慢慢道："我赌的是一颗心，我自己的心。"

女将军微微惊愕。

王览微笑："我相信你身体里流淌着白氏之血的心！"

大风吹来，吹散了悠悠的驼铃，与天空翻涌不息的黄云。

一场绝世豪赌翻过了朔方之战这鲜红的一页，而这茫茫河西走廊的历史，却才刚刚展开。这场大败不是终结，因为，所有新时代的降临总是要伴随着无数的杀戮与血腥。

王览与白璧晖一时沉默，静静地站在陇勒城苍黄古老的城头，遥望凉州城的方向。

那里，一只雄鹰长啸一声，冲天而起，飞向苍穹。

第四十五章　朱凝碧（上）

夜色渐渐弥漫上来。

西北的气候一向变化莫测，胡天八月即飞雪，一年几乎没有春秋两季，夏则酷暑、冬则极寒。时令已近三月，白天跟着驼队在烈日下行走丝路的商旅们都已经想打赤膊，而转眼之间，夜里便下起了大雪，便不得不再把羊皮毛毡翻出来盖上三层，围着火堆，睡的时候还是冻得发抖。

飘扬的大雪笼罩了凉州城，已有两日了。

天还没黑透，朱雀大街的西坊里，噼里啪啦的爆竹声已经铺天盖地炸响，热闹非凡。这是安西都护府大都督顾雍的寿筵，时值朔方之战方定，顾雍与左贤王达成盟约——河西王府将朔方以北三十城送与左贤王，羌胡退兵，换来河西之地战火的停息。

战乱平息，政敌铲除，虽然烽烟的味道尚未散去，凉州局势仍在动荡，而大都督已经忍不住在寿宴之上大肆庆祝了。凉州权贵几乎泰半都前来祝寿，携带各种珍奇来表达自己对将要大权独揽的大都督的忠心。而大都督顾雍仁慈，更顾念凉州百姓的福祉，便在都督府外摆下"福寿宴"，煮大锅白米粥、放一排烤全羊，让凉州贫寒的百姓来领受大都督的恩泽。

于是，街上店铺还没打烊的时候，西坊前已经排成长长的龙形，大多是乞丐。这些衣衫褴褛的人早早便发着抖等在大雪之中，只等着一声金锣、福寿宴开始，便可一拥而上，看能不能抢到一口肉吃。

而这里，丝毫没有沾染远处隐隐的热闹，只有遗世独立的寂静。

幽静的竹室里点燃了一盏烛，发出昏黄的光，是这偌大一片萧瑟中唯一的光亮。

但室内却寂无人声。

这里是公子府，竹下馆。

一身青色布袍的谋士静静站在台阶下，保持着一揖到底的姿势，一动不动，已经站了整整一个时辰。

在他身后是两队随扈的武士，和一辆朱漆的马车。雪片落在驾车的马儿身上，两匹纯黑的骏马打着响鼻呼着白气，用前蹄刨着积雪。

而竹室里的人依然寂静无声，好像根本不在一样。

里面的人一直没有声音，而外面的人却执着地保持着这个请求的姿势。

一名侍女终于怯怯地走了出来，胆战心惊地看着眼前的阵仗："大……大夫请回吧，公主不想离开……"

简歌慢慢抬起头，看着她，一字一顿道："请公主移步，否则在下会一直等下去。"

侍女战战兢兢地对他施了一礼，敛首退了回去。

雪片像鹅毛一样，纷纷扬扬地落在地上。都已经快到三月了，凉州城还会下这样的大雪。随扈的侍卫们的铠甲上、谋士的布袍上，已经积了厚厚的雪。

她不语，他不动，好像是一场拉锯战。

简歌微微垂了眸，目光落在前方一丈之外的那处台阶上，一动不动，仿佛是雪地里的一尊玉雕，任凭他鬓边的发丝早已被冻成了冰，手脚冻得僵硬。

几匹快马突然飞奔而来，骤然打破了夜色的寂静。谋士皱了皱眉，抬头望去，武士滚身下马，奔到他面前，抱拳施礼："大夫，时间到了，那边已等候多时了！"

简歌回过头来，并不看他们，淡淡道："再等片刻。"

室内突然有了一些动静。烛光跳跃两下，突然传出铮铮几声琴音。谋士的身体似乎震了震，里面的琴声便成了曲调，悠悠低回地飘了出来。

这是一支古曲，《雁别》。

这首曲子讲的是一对鸿雁结伴北归，中途雌雁被顽童的弹弓射伤翅膀，停憩在一棵松树上，不能再飞，与雄雁诀别。

琴声枯涩，古调悠长，像融入夜色的一缕幽歌。低沉的古韵，没有什么婉转的转折，但那一个一个的音符却像是无声的呜咽，又像一颗颗珍珠，滚在风雪之中。

简歌的咽喉滚动一下，闭了闭眼睛。

他听懂了。他听懂了这缕琴音，听懂了那苍凉的故事——

那北归的鸿雁，她不能飞了。

他突然觉得全身都软了下来。在那惊心动魄的大战之后，隐忍筹划的布局终于尘埃落定的一刹那，他都没有这种虚脱的感觉，但此刻，他突然觉得全身的力量都用尽了。

枯涩的古曲依然在风雪中悠悠回荡，诉说着一个古老的故事，用古老的音符。

身后等待的侍卫又忍不住催促："大夫……"

谋士抬手打断了他，慢慢站直了身体，冻得失去知觉的脚向前迈出了一步，却终于折过身来："走吧。"

大队的马蹄声渐渐远去，而弹琴的人却恍若未闻，一节一节，不疾不缓，慢慢地将那支古曲弹完，直到最后一个音符消散在风中，越来越远。

简歌忍不住回过头去，看后面那座渐渐被夜色和风雪淹没的竹室。雪片落在他乌黑的鬓发上，更衬得面庞如同雪白的玉，殊无血色，眼角的那颗泪痣愈发凄艳。他策马而行，旁边那辆朱漆马车却空着。

因为它要接的人并没有与他同行。

如今他是顾大都督面前的大红人，因为他的请求，顾雍允许他将梁国公主接出来，搬到城东一所幽静美丽的别院。他得知消息立刻赶到如今已被重兵围困、一片萧瑟的公子府，但她却没有出来。

她不愿离开。

这场风云动荡的权力博弈中,那些男人,出于各种目的,或是野心,或是权势,或是仇恨,一拥而上地厮杀、算计、布局,你死我活、暗潮汹涌,最终的一场激烈角逐之后,大厦倾覆、沧海横流,胜利者得到了想要的一切,却没有人记得那个柔弱的牺牲品。

在这个男人们权力角逐的世界,这柔弱的女子是最无辜的祭品,当尘埃落定之后,她耗尽了力气、折损了双翼,终于没有力气再飞了。

逝去的永远不会回来,那最初的洁白被染上了斑斑锈渍,再无法重现那种纯粹。

花已残,心成灰。

一切已经结束,是否还能再来?

浩浩愁,茫茫劫;短歌终,明月缺!

简歌微微仰起脸,似乎要将什么汹涌而出的东西逼回眼眶,压回心脏。他的掌心被紧握的手指抠出了血珠,渗进马缰里。

风雪呼啸,就像是天地间冤屈悲恸的怨灵同声惨哭,无声呜咽。

此时是晋隐帝昭元十二年二月二十七,朔方之战后第十天。

河西重镇凉州城依旧繁华而躁动,一切似乎没有任何改变,但一切又都不一样了。

朔方城破,日前亲率大军奔赴朔方的大都督顾雍返回凉州,使河西王府上卿大夫、自己的亲弟顾儒滞留朔方拜谒左贤王,与之商榷践约的条件——河西王府割让朔方以北三十城给左贤王,羌胡大军撤退,双方化干戈为玉帛,结为兄弟之好。

而与此同时,河西王府传来消息,河西王太妃思念久未谋面的次子,在当日家庙之约后将公子怀璧招入王府以叙天伦。但公子一入王府,就再也没有出来过。

王府、都督府与公子府联手共抗羌胡的家庙之约,居然突然演变成了河西王府与左贤王结为兄弟之好的结盟。就在公子入王府的同时,凉州兵权骤然易主。河西王府多少年行动都没有如此敏捷过,虎贲卫诸将军一夕之间全被削职,虎贲兵符掌握在了大都督顾雍手中。

公子怀璧下落不明，公子府的外围势力被明掣暗制，奚氏、王氏、褚氏等各大小士族像猎豹弓起身体，却咆哮着不敢轻举妄动。而大都督顾雍与河西王府占尽主动，都督府以"公子离府，故而严加保护"的名义，铁甲重兵在公子府外围成了铜墙铁壁。

冠冕堂皇的理由下是政治的角力，凉州城风云骤变，一切都似是而非。

这一次似乎是真的要变天了。

商旅往来的客栈里，人们窃窃私语：

"公子真的倒了？……"

"胡人再打过来，谁来对付？王府的酒囊饭袋吗？"

"不是说结为兄弟之好吗？这次息兵，可以持续多久？"

骤然有人低斥："闭嘴吧，当心祸从口出！"顿时又安静下来。

而此时，夜色已经深沉。安西都护府的烟花腾空绽放，照亮了半个凉州。

从公子府出来的谋士来到都督府外，牵着马静静站在街角。里面的寿宴已酒酣耳热，外面的"福寿筵"也已经开始。凉州城的穷人、乞丐蜂拥扑抢，一名衣衫褴褛的母亲伏在被踩死的孩子身上痛哭，几个都督府的家奴过去把她拖走；几个乞丐跪在地上不停地磕头求食，又很快被人群挤走了。

而人群依然在拼命争抢，死命往前挤，因为都督府还要出来撒"福寿钱"，大都督慈悲，以救济贫苦为自己祈福。

每年此时，踩死人的事都不新鲜，被踩死的多是瘦弱的老幼，都督府的家奴事后便骂骂咧咧地忙碌着将这些不值一晒的乞丐尸体拖到一边，免得挡了都督出行的道路。

烟花照在谋士白玉般的脸上，光影明灭，显得晦暗不明。他长长的衣袖下，手指动了动，却终于没有做什么。

"简大夫，"一名铁甲军的武士幽灵般出现在他身后，轻轻地往他肩上一拍，"大都督已久候了，这边请。"

这座"暖风堂"是大都督用来私下宴请贵客的地方，并不常开放。河西前来祝寿的权贵们都在前厅听歌看舞、痛饮作乐，而此时这座暖风堂里，却只寥寥坐了三个人，大都督顾雍，河西王的叔父、扈伯嬴治，与主座上的西河王。

烛光跳跃，千百支蜡烛让这间阁室亮如白昼。侍女们送上并不太多的杯盏，便静静地退下。比起前厅的奢靡热闹，这里显得幽静而清醒。而那些杯盏金盘虽然不多，却都是脍鹿脯、燔熊掌、比目鱼等河西最珍奇的珍馐佳肴。

"这一场布局，真是惊心动魄。"河西王殷勤道，"亚父率军奔赴朔方，亲至险地，可谓鞠躬尽瘁！本王敬亚父一杯，略表寸心。"

"王爷客气了。"黑袍广袖的大都督转动掌中的酒杯，眯起眼睛，冷哼一声，"老朽失算，真没想到白璧晖那小女子居然会弃杀父之仇不顾，出兵援救，以致虎贲卫突围逃走，未能全歼。可惜此去朔方，老朽并没有什么作为啊。"

"都督哪里的话？都督统揽全局，运筹帷幄。"扈伯嬴治连忙赞叹，"杀伐决断之下，一局定江山啊！都督这次藏的撒手锏，这梁国凤雏，真是一鸣惊人！"

河西王闻言也忍不住赞叹有加："亚父得此绝世之才，可谓如虎添翼，霸业必然有成啊！"

"王爷此言差矣！大业，什么大业？"顾雍面容一整，立刻道，"老朽一心辅佐王爷、平定河西，一片昭昭之心，何曾有僭越之念！"

这个话题太敏感，河西王面色尴尬，扈伯连忙应和："都督一片丹心，此言甚是，甚是。"

顾雍眸中闪了一闪，不置可否，转过了话题："只是这梁国凤雏……这一局实在阴狠、精妙。可惜，就是太阴狠、精妙了啊……"

嬴治一滞，顾雍城府深沉，难道对这厥功甚伟的简大夫动了杀机？

这梁国凤雏似乎永远让人看不透，他足智多谋，却阴沉莫测，给任何人的感觉都是可堪重用，却难以信任。

"他追随公子怀璧自梁国来到河西，却暗中与我通好，这是背主。而他当初在梁国与丹阳君合谋弑君，也是背主。而梁国破国，他献关投敌、诛杀'梁园客'与梁国世子，更是背主。"顾雍慢慢道，"换主三次，三次背主。如此之人，哪个君侯还敢用他？"

扈伯与河西王忍不住都背上一寒。

顾雍似笑非笑道："他当初私下找我合作，提出的条件是事成之后，将那梁国公主妥善安置，保她周全。旧臣与公主，妖童媛女暗通款曲，倒也多情可谅。只是为了杀嬴怀璧，他连这公主都要利用。"

给她种下"美人恩"，亲手将心上人送到仇人的床上。

河西王与扈伯又是悚然发寒，却又有一种难言的凄凉。

他就是太聪明了，太过阴毒。

但那是一种多么无奈的阴毒啊……

就在这时，侍卫大步走进来通报，简大夫已经到府中了。

第四十六章　朱凝碧（下）

那是一个一身布袍的青年，在座的只有河西王没有见过他。但他踏入内室的一刹那，其他人与河西王一样忍不住目眩神迷。

青衣谋士踏雪而来，衣袂翻飞，他把眼睛淡淡地扫过众人的时候，让人想到大漠夜空上漫天的星光。

天上谪仙人。

河西贵族生活奢靡，豢养美少年也不是什么稀奇的事。当初扈伯嬴治与河西王上卿大夫顾儒赴公子怀璧生辰宴，对简歌惊为天人，满心都是龌龊念头。如今再见，惊艳中却有一丝丝阴冷的恐惧——

那种美丽就像罂粟花，会渗出毒汁。

顾雍最先回过神，站起身来亲自迎接，大笑道："大夫总算来了！"

简歌神色淡然，站立在中央，拱手一揖："简歌来迟，请王爷、都督恕罪。"

河西王连忙道："快快请起，寻常薄宴，大夫不必多礼。"

"简大夫终于来了，不过我等为一睹大夫风华，稍等片刻又如何？"扈伯嬴治殷勤道，"朔方一战，大夫神机妙算，定当青史留名啊！今日终于能与梁国凤雏面对面一会，真是此生大幸！"

简歌轻轻勾了勾唇角："是第二次见面了吧。"

在公子生辰筵席上，扈伯与顾儒对简歌垂涎不已，出言不逊惹怒了奚子楚，颜面尽失。扈伯闻言尴尬，却不能说什么，暗暗恼怒。

顾雍连忙打圆场，引领简歌入席："这一次扳倒公子怀璧，大夫当居首功，来来，老朽敬大夫一杯！"

他挥退身后的侍女，亲自执起青铜镂金壶，斟满一樽美酒，笑盈盈地用双手捧到简歌面前。

就在这时，殿外突然有两道电光飞闪而过，哧哧几声，有什么东西骤然飞溅上门窗——

那是血！

是谁，闯过了重兵把守、戒备森严的都督府，居然来到了这间隐秘的阁室！

顾雍悚然大叫："来人啊！"

他话音未落，尖利的羽箭呼啸而来，一箭从三人中央穿过钉在了殿柱上，又一箭射穿了河西王的高冠，河西王尖叫一声滚到了塌下。另一箭直逼顾雍，却一箭射穿了他举在胸前的酒杯。

酒杯砰然碎裂，酒洒在地上，泛起一阵青烟。

那酒里有毒。

顾雍为简歌斟的酒中居然下了毒！

简歌蓦地抬首看过去，所有人还来不及反应过来，顾雍突然举起案上那整只青铜镂金壶摔下，里面的琼浆玉液哗啦洒在地上，同样泛起一阵青烟。

顾雍大叫："必是奸细下毒！好阴毒的手段！"

他连滚带爬藏在殿柱之后，大声呼喊："铁甲军何在！有刺客！有刺客！"

殿外风雷声动，暗中守卫的铁甲军亲卫轰然而出。

杀声与刀剑声瞬间震彻了这片宁静之地，火把下，铁甲军一拥而上，将刺客们围拢在一片刀网之中。

刀光剑影之中，只听一声大喝："杀顾雍！"

而这严密的封锁居然挡不住刺客的脚步，其余人转变方向，全力挡住了铁甲军亲卫的封堵。

而几团黑影"砰"地破窗而入，剑光如闪电一般，向顾雍迎面罩来。

太快了！

顾雍腰间的佩剑来不及出鞘，他惊险之中堪堪举起剑鞘格挡，来人一剑将他的连鞘带剑斩成两段，而余力不竭，转而直削向他的头颅。而顾雍剑鞘一挡的瞬间，身后的侍女们幽灵般抢上来，手中的剑挽出一片光网，将顾雍保护得没有一丝缝隙。

一名刺客大喝一声，笔直冲向剑网之中，用自己的身体把滴水不漏的剑网撕开了一道缺口，顿时哧哧几声，他身体各处的筋脉被挑断，血液向四方飞溅。这个缝隙眨眼即逝，但就在这一眨眼的工夫，另一名刺客已经踩过同伴的尸体，冲过了剑网，长剑携风雷之声，劈向顾雍。

这是如此惨烈、如此迅速的必杀之势！

但是来不及了。他身后铁甲军已经冲上前来，羽箭齐发！

利箭像雨一样扑了过来，乱箭穿心，无数的箭钉在了刺客身上。刺客却丝毫不曾回头，他大吼一声举起手中的剑径直向前，顾雍夺了侍女的剑一剑斩来，刺客的头颅随着血箭飞起，被射成刺猬一样的身体轰然倒地。

门外已经一片暴喝——

"杀顾雍！"

最先闯进这座阁室的刺客被消灭，可依然有源源不断的刺客试图冲进来。铁甲亲卫潮水一样涌向暖风堂这所别苑，偌大的都督府被惊动，火光冲天，杀声一片。

杀顾雍！

这声凄厉的呼喊骤然撕裂了都督府安逸富贵的夜色，惊动了凉州城。

"好个神通广大的公子府余孽，能杀到我暖风堂上！"顾雍擦去脸上的血渍，咬牙冷笑，"杀顾雍？恐怕是救公子吧！立刻调兵王府，捉拿虎贲叛逆，杀无赦！"

他话音未落，就在河西王府的方向，灿烂的烟花腾空而起，虎贲卫尖锐的号角突然吹响！

那是虎贲卫召集余部的信号，与冲锋的号角。

凉州城寂静的夜燃烧起来，伴随着无数个声音大喊——

救公子！

晋隐帝昭元十二年二月二十七，公子怀璧麾下亲卫三百，趁大都督顾雍寿宴之机密谋行刺，牵制铁甲军兵力。与此同时，留守凉州的虎贲卫诸将军发动兵变，率手中仅余的三千兵力，直奔河西王府，试图救出公子怀璧。

铁甲军快速救援，激战至天亮，公子怀璧的三百亲卫行刺失败，尽皆就戮，被俘者全部慷慨自刎。虎贲卫右参将温澜战死，左千城、风无逸等诸将军仅率残部一千自西门突围，向高阙城的方向而去。一夜之间，凉州城满城血腥。

"看看，老朽今日给你带来了什么！"

几声冷笑响起，伴随着哗啦的脚步声，阴暗的内室里灯烛突然被点亮，烛光荧荧。

这是一间阴暗的内室，只有一张胡床、一张案几，没有窗，甚至看不到外面的日月星辰起落，没有昼夜，无以计时。

全身重甲的武士拥簇着黑袍佩剑的大都督从咯吱作响的楼梯上走下来，嘭的一声，几只布包被扔在面前的案几上，浓稠的血顺着锦帛的纹理一滴滴落下来，悄无声息地被铺着的地毯吸收，令人作呕的血腥味弥漫开来。

胡床外悬垂着层层纱帐，一个高大的身影静静地盘膝坐在纱帐之后，沉默得像一尊雕像。

"哦，瞧瞧，老朽真是老糊涂了，都忘了公子行动不便啊！"顾雍似笑非笑地踱了两步，用脚尖将布包挑开，里面的人头滚了出来。

"这位是桓冲桓将军吧，这位是赵元博赵将军，这一位——"他用脚尖踢了踢那颗人头，"可是堂堂虎贲卫右参将温澜温老将军啊！啧啧，这个婆婆妈妈的老好人，戎马一生，落得个身首异处的下场！"

帐中的人一动不动，没有声音。

"你的这些余孽啊，真是忠勇可嘉，一批批接二连三来送死，好像这命都不是自己的。"顾雍摇了摇头，长长叹了一口气，"真是可惜，只是老朽辛苦布局引诱他们上钩，怎么可能放过？自然是要来一个死一个，来一百死一百了。你还不知道吧，你的那三百死士可是一个都没留下，还有这些虎贲卫将军，明日乱坟岗上，老朽会替你好好祭拜的！"

帐后的人影依然毫无声息，顾雍大笑着挥挥衣袖："来来，你们倒是快给公子看看这些忠心耿耿的部下的脑袋啊。"

两名武士上前掀开纱帐，就在掀开的一刹那，胡床上的人突然怒兽般爆发，咆哮着向前扑过去，暴烈的杀气与血腥气激射出去，巨大的手腕粗的铁链被拉得哗啦笔直，几欲绷断！

室内顿时一片惊乱，顾雍大吼："制住他，制住他！他挣不开！"

武士们冲上前去，一片慌乱中终于将胡床上的男子压制住。顾雍喘着粗气，心中还在狂跳——他真的有一种错觉，那一瞬间，这头困兽几乎就要挣脱这手臂粗的铁链牢笼了。

纱帐被掀了起来，胡床上的男子终于暴露在灯光下。他没有束冠，长发散乱地披在身后，英俊的面容凹陷，高大的身体简直已经脱了形。

顾雍几欲作呕，急忙掩面："快放下！放下纱帐！"

帐中人的手臂被粗大的铁链悬吊起来，双脚也锁着铁链。而真正可怕的，是他因高举悬吊而裸露的手臂。那昔日强劲的臂膀已几乎看不出是人的手臂，薄薄的皮肤下，血管在蠕动、扭曲，像有无数的虫子在里面撕咬、吞噬。鲜红的血管条条交错，密密麻麻，像大片大片的蛛网覆盖每一寸肌肉，延伸进黑袍中的身体，那几乎已经看不出是人的身体。

他苍白的脸上冷汗将鬓边的长发湿透，似乎不久之前蛊虫才发作过一次，手腕在挣扎中磨得鲜血淋漓，无力地垂在手镣里。衣襟上、胡床上有陈旧的斑斑血渍，似乎还可以看到存活的无数细小的蛊虫在爬动。

帐中人突然嘶哑地轻笑，粗嘎难听，慢慢地一字一顿道："都督祭拜的时候，别忘了，替自己也烧一炷香！"

顾雍大怒："你这是什么意思！"

帐中人低低冷笑："顾都督啊顾都督，你杀了我，自己还能活多久？我不杀你，自有时局杀你！只是都督死的时候，恐怕连祭拜的人也没有了，何其凄凉啊！"

顾雍勃然大怒，却一步也不愿走上前去，那血腥腐烂的气味和景象让他想要呕吐。

形似恶鬼凶兽的人冷冷低笑，挣动铁链哗哗作响，一片红色的锦帛从他敞开的衣襟里滑落下来。顾雍一眼看到："这是什么？"

帐中人的冷静突然消失无踪，厉声低喝："别碰它！"

顾雍拔剑挑起那方锦帛，锦绣的颜色被岁月捂出了暗黄，但依稀可见昔日的艳丽。那方锦帛大概时时被深藏在胸口，它的主人满身血污，而它却如此洁净。只是，那用五色丝线绣出的鸾凤羽翼已然褪色，上面被染成的斑斑暗红，是谁旧日的血？

那是一片血红的嫁衣。

公子怀璧布满血丝的眼睛目眦欲裂，嘶声大喝："别碰它，拿开你的手！别碰它！"

那是被公子怀璧深藏的东西，甚至在他孤身赴险、应家庙之约的时候，那方锦绣也被他深深藏在胸口，不离不弃。

这样一个铁腕雷霆、精于权谋的男人，在河西乃至西域被无数人顶礼膜拜为保护神的强者，原来，也是有弱点的。

顾雍的眼睛一下子亮了起来。

"血嫁衣……"顾雍像终于扳回一局的赌徒，大笑，"铁腕雷霆的公子怀璧，深藏在胸口的，是谁的嫁衣啊？"

他眼睛里闪烁着的光，像黑暗中的动物，执剑挑起那方锦绣，移向一旁跳跃的灯烛，得意大笑："好一个铁血柔情的公子怀璧啊，好一个铁血柔情的公子怀璧！"

那方血红的嫁衣，呼地燃烧起来。

"不要碰它！"

公子怀璧突然爆发，赤红的狭长双眼几乎喷出火光，像野兽一样咆哮着要挣脱铁链，挣脱出来，扑向那团燃着的火光！

那手臂粗的铁链剧烈地绷紧，像绷到极点的巨龙，牢牢锁住了他的身体。

那近在咫尺的火光骤然大亮，那血红的嫁衣像浴火的凤凰，在火光中燃烧出惊人的光华，终于渐渐消失，在他眼前，一点一点燃成灰烬。

"你喜欢我吗？我喜欢你，很喜欢，很喜欢。你喜欢我吗？"

那是谁的声音？像清脆的玉铃，带着少女最热烈而毫不掩饰地期待。是谁的眼睛？胜过大漠最清澈的泉水，那是世界上最纯粹的温暖……

消失了，消失了，那燃烧的火焰一点一点烧成灰烬，就像那轻盈的身影，毅然举剑斩断嫁衣的衣袖，飞奔向那烈火中燃烧的城池——

他的胸口一阵剧烈的疼痛，那撕心裂肺的痛，胜过"美人恩"的蛊虫发作时千百倍——

他一口暗红的血呕了出来，再一次染红了前方的地面，无数的蛊虫在黏稠暗红的血液里团团蠕动。

血染红了苍白的嘴唇，衬着苍白而英俊的脸，像地狱的恶鬼。

他低低地一字一顿道："我会杀了你，我会杀了你……"

顾雍还剑入鞘，得意冷笑："你尽管逞口舌之快吧，虎贲卫解决了，下一步就是你公子府了。你嬴怀璧不是号称门客三千吗？很好，不知道这三千颗人头挂在凉州城门，是一派多么壮观的景象啊！"

他转身踢了踢地上的人头："这几颗，明日就挂上去，嬴怀璧，你好好再看看你忠心耿耿的将军们一眼吧！"

他大笑着拂袖而去，武士们纷纷拥簇着离开，烛火被呼地吹灭。血腥味幽幽弥漫，室内又是一片阴暗的冷寂。

一切又沉寂下来。

帐中人慢慢睁开眼睛，那团血色的灰烬还在黑暗中闪着微弱的火光。

久久之后，帐中传出一声凄厉的嘶吼。

借着微弱的光，可以看到前方的地上几团黑色的阴影，依稀是那些被斩下的头颅。

他咬紧牙关，十指慢慢收紧，挣扎着拉紧被悬吊在高处的手臂，垂下自己的头颅，尽最大所能，深深一拜，久久不起。

这一拜，不只是拜这三位将军，是拜所有殉主的忠勇武士，拜那战死朔方的数万将士，那无数为守护这片土地、死在胡人或自己人铁蹄下的英雄义士，所有那些将碧血洒在家园土地上的人！

公子怀璧嘶声大笑："天不能亡我，竟是人要亡我！我河西之地，又要生灵涂炭，付之焦土了！"

他恍惚低笑："你等我很久了吧？我可以去陪你了，终于可以去陪你了……"

持续数日的大雪，终于停了。

晋隐帝昭元十二年二月二十七，到三月初三，短短数日，凉州城在政治谎言下维持的平静被彻底撕裂，大都督顾雍满城血洗凉州虎贲卫，以"诛除叛逆"之名，将尚留城中的所有虎贲卫中级以上将军与各自直属军队的武士全部斩首，将尸体抛入苍水，不留后患。

茫茫苍水，泛起了淡红的颜色。

第四十七章　云中雁（上）

琴音袅袅地飞扬出去，正是华灯初上的时候。

这是一座小小的茅亭，亭中燃着一炉熏香，放着一把古琴，抚琴者盘膝而坐，身影瘦削而挺拔，像敛羽的孤鹤。

琴声枯涩，像松涛间一脉冰泉，孤傲而清高。

却依然如此寂寞。

"天已经够冷了，听大夫的琴，更冷。"青衣小童抱着一把扫雪的扫帚，靠着亭柱坐在地上嘟嘟囔囔地自语，抱紧了手臂。

小童悄悄看着抚琴者的侧脸，即使追随他这么久，看着他依然还会恍然失神。他从未见过如此美丽的人，月光下像一座冰雕。

古调沉沉，缓缓消散。小童轻轻叹口气。就算不识音律，跟着这位琴中国手的大夫久了，也能听出一点门道。

他喜欢听琴，那是一种多么美妙的乐器啊，能弹出那么美的声音。人们为了各自的私心、目的说谎、谗言、陷害，很多时候你根本分不清他们的话是真是假，只有琴声，永远不会骗人。音乐不会撒谎，弹琴的人是什么心思，欢喜、愤怒、杀机、悲恸，音乐都能一丝一毫地展现出来，展示出你最深的灵魂与内心。

可是他很穷，他的兄长随军去了遥远的朔方，再也没有音讯传回来；他的父亲是个木匠，赚的钱仅仅够养活一家人，他病重的母亲还需要他赚点小钱补贴家用，根本没有多余的钱为他买这种奢侈的东西。

"你叹什么气？"低回的琴声里，抚琴的人突然问道。

小童一激灵，急忙连滚带爬地站起来。

"不要怕。"抚琴者语气淡淡，却带有一种温柔，"你经常听我弹琴，喜欢琴吗？"

这小童是这几日才进他府中的，机灵勤快，而且看过好几次他在偷偷听他弹琴了。

　　小童因为抚琴者温和的问话而受宠若惊，这天人一般的男子对他们很好，他从不像别人口中的那些有权有势的人随意鞭笞家奴，折磨他们，拿他们出气，不把他们当人看。但他很沉默，有时一整天也听不到他讲一句话——就好像他是云端的人物，根本不属于这里，只是暂时寄居在这座宅邸。

　　可是他明明是这里的主人。

　　小童的脸涨得通红，结结巴巴地说："喜……喜欢！我很喜欢听您弹琴！"

　　简歌淡淡地笑了："你会弹琴吗？"

　　"我……不会。"小童垂头丧气起来，转而又仰起头辩解，"可是我听得懂您在弹什么啊！您今天弹的曲子，就好像下大雪之前的时候，天上的云……"

　　他皱了皱眉头，好像在用力想什么。

　　简歌赞许道："你说得很对。这个曲子，是《遏云》。"

　　小童一本正经地摇了摇头："不是的！"

　　简歌忍不住笑了。他自己烂熟于心的曲子，自己能不知道是什么？

　　小童急得脸有些发红："那些云那么厚、那么厚，大风都吹不动，厚得要压下来啦！可是云上，有一道小小的缝隙，阳光就是从那里透进来，虽然只有一点点……有一只鸿雁，就是要从那里飞出去，只要它用力飞出去，就自由了！"

　　他轻轻地说："它飞呀飞呀，那么拼命地飞……其实，您弹的是鸿雁，不是云，对吗？"

　　铮的一声，音符骤停，简歌双手按在琴上，似乎呆住了。

　　小童一下子闭嘴，扭着胸前的衣带，紧张地偷偷看他。自己说错话了吗？他生气了吗？

　　简歌慢慢回过头来，静静凝视着眼前的家童，十二三岁，身材比一般的孩子都要单薄，穿着缀着补丁的灰色棉袍。可是他有一双清澈而明亮的眼睛，大大的眼睛像晶莹水晶，下巴尖尖，瘦弱的脸上带着菜色，还沾着一些灰渍，却掩不去那双眼睛里清澈而纯粹的灵气，仿佛可以看透人心一般。

看透人心！

简歌微微战栗，他没有想到，他的心事，会在琴声里被一名小小的孩童看出来。那孩子甚至不通音律，却听得到他的心——愁云惨淡万里凝。

鸾姬听到的，是他无人赏识的寂寞；王览听到的，是他棋逢对手的心机。成人的心被太多的东西所蒙蔽，他们听的是自己要选择的那部分。只有孩子，他们有着最纯粹的心灵，听到的，是最本真的声音。

那只鸿雁，它被厚厚的云层挡住了眼睛，千山暮雪，一片苍黄，茫茫天地间看不清任何方向，没有终点。

它为什么而飞？它要飞到哪里去？它飞得太久，只记得要向前飞，向前飞；天际那遥远的一线光，那厚重的云山中细细的缝隙，飞出去就是广阔的天地。可是，为什么永远飞不到？

它飞得很累很累了。

但却不能停下。地上猎雁者举起长长的羽箭，布下天罗地网，已经杀机毕露了！

简歌深深地吸了一口气。

飞鸟尽，良弓藏。这是自古的警示，只是此时飞鸟未尽，弓箭就要藏起来了。顾雍企图对他痛下杀手，他如何看不出来？日前都督府私宴就是要借机除掉他，只可惜却被公子府亲卫的行刺打乱了计划。

简歌忍不住讽刺一笑，如此算来，他还欠公子府一条命啊。

那酒中剧毒，分明就是顾雍所下。只不过事情败露，当时情况紧急，顾雍来不及有什么行动，也算他老练狡诈，趁机把整壶酒倒在地上，来洗脱自己的嫌疑。整壶酒中都被下毒，说明是公子府的人企图谋害他们所有人，因为，他们喝的是同一壶酒。

简歌玩弄心机的本事，只怕比他们任何一个都高深。顾雍这点计谋他自然明白——这老狐狸真是老狐狸，他恐怕提前想到了如果事迹败露，为保万无一失，解除自己的防备，就在整壶酒中下毒以示清白；而河西王他们几个的酒杯，却早涂上了解药。

如果不是虎贲卫行刺、兵变，他，恐怕早就死在了顾雍的毒酒之下。

简歌微笑起来，眼睛里有了一层雾气一般，而眼角那颗鲜红的泪痣，格外凄艳。

每个人都要杀他，每个人都不曾信任他。他像一叶飘萍，四处投主，却只是一次次的背弃与被背弃。从云梦到梁国，从梁国到凉州，他踏遍万水千山，似乎，这九州三陆，却没有他简歌一丝一毫的立锥之地。

完全的孤独。

只有一个人，曾在这茫茫天地间，欲与那仓皇的鸿雁比翼，而他，背弃了她。

很空，仿佛一切都是空的。他终于大仇得报了，如同摧枯拉朽，那位不可一世的河西铁翼一夜之间全军覆没、孤身被俘，昔日煌煌的公子府轰然倒塌。这撑起河西之地半壁天空的铁翼一倒，再无重新站起来的可能。

半壁河山倾颓，他凭一人之力，为故国复仇。可是为什么，此时此刻，尘埃落定，他依然觉得天地间茫然无依？

在苍水之畔被斩首的虎贲卫一名军众幕僚，临死之前，满脸血污地对着他破口大骂——

"简歌，你这不得好死的恶贼，千刀万剐的叛徒，你是凉州的罪人，河西之地的罪人，九州天下的罪人！你会被万世唾骂！……"

他的马车走在凉州城的街上，会有村妇老翁冲出来，将污秽之物泼到马车上，在侍卫拳打脚踢的阻拦下撕心裂肺地怒骂哭号，恨不能与他同归于尽。

他让她们的丈夫、儿子、兄弟的尸骨永远留在了朔方胡人的马蹄之下，他让凉州百姓依仗的擎柱轰然倒塌，让河西走廊八年来用虎贲武士鲜血维护的和平岌岌可危……

他猛地闭上眼睛。

他几乎要麻木了，这不是第一次背负起千夫所指的骂名。当初大梁城破，他同样是千夫所指；还记得在破败的梁侯宫中、公子怀璧马前，那满身血污，用破碎的琴要与他玉石俱焚的梁国琴师施夜白，他最后那被削去一半的头颅上赤红怒亮的眼睛，与之前咬牙切齿的破口大骂："简歌！你这不得好死的懦夫！叛贼！"

简歌狠狠咬住牙齿，握紧了拳头。

他以为自己可以忍得住，可是，那些声音、那些眼睛、那些悲愤，依然像毒针一样，狠狠地刺入他的心脏。

公子怀璧手上，沾满了云梦人的鲜血。他简歌的手上，沾满了多少天下人的鲜血！

"大夫，大夫……"他沉默不语，童子害怕起来。

简歌恍然回神，蓦地看向小童惊慌失措的眼睛，夜已经深了，雪后的天依然阴沉，不知是寒冷还是害怕，小童的身体有些发抖。

简歌深吸一口气，脱下披着的棉布大氅给小童披上，柔声说："你叫什么名字？"

小童看着他，激动得脸红，又有些羞涩："我没有名字，爹娘就叫我小名小山，谢小山。"

穷人家识字的就不多，孩子取名都很随意，小时候都叫小名，有时一叫就是一辈子。

"谢？"简歌怔了一下，在河西，谢不是个常见的姓氏，而是南陆的大姓，"你是凉州人？"

小童咬了咬嘴唇，怯怯道："我是云梦人。"

简歌一把牢牢抓住了小童的手臂，不可思议地盯着他："你是云梦人？"

"是啊。"小童忍着痛，"我们家是前年才从别处搬到这里的，我哥哥参了军，加入了虎贲卫，威风得很。我爹爹做木工，大家都夸爹爹的活儿最细致。本来我们家很好，可是，我哥哥去朔方打仗，打了大败仗，大家都说十有八九是活不了啦。我娘一下子就病倒了，家里钱不够，所以就送我来了这里……"

小童忍住泪水："我娘叮嘱我不要告诉别人我是哪里人，说云梦人大家都看不起，我家本来就很穷，只要能安安生生过日子就行。但是，大夫，您是好人，您会看不起我吗？您还会让我来听琴吗？"

简歌一句话也说不出来。

他突然想起，就在今晨，他随同顾雍去清算公子府，拿下公子府中那些幕僚门客的时候，那名冰湖般的孤高女子，沉静安然地在琅嬛阁前抚琴，对他如是说——

"简大夫，你知道自己在做什么吗？"

第四十八章　云中雁（下）

那时，顾雍解决完留在城中誓与公子怀璧共存亡的虎贲卫，决定立即着手解决公子怀璧集团的核心——公子府。公子府号称门客三千，以河西凤雏王览为首、多贤才智谋之士，那是公子怀璧的智囊团，也是顾雍最大的心腹大患。

铁甲军重兵围困公子府多日，里面的人一个都没有放出来过。而顾雍大军进去后，却震惊地发现，里面干干净净的，居然没有一个人。

偌大恢宏的公子府，寂静得如同阴森地狱。

只有悠然沉静的琴声，从西面琅嬛阁所在的方向传了过来。

那名一身宽袍大袖的女子在琅嬛阁正前面，端然而坐，面前是一架五弦琴。简歌在公子府多日，从未听过她弹琴，却对这名琅嬛女史弹得一手清华高古的好琴，一点都不感觉意外。

短短时日，她似乎消瘦了很多，脸色也略显苍白，但这丝毫不影响她旷然的名士风度。她长发绾成松松的髻，一身白色宽袍却是儒生打扮；面对杀气腾腾的铁甲重兵，广袖垂膝的女子安然抚琴，视而不见，如同身在花前月下，面对的是青山绿水。

"琅嬛女史江一雪？"顾雍有些吃惊地挑挑眉，高深莫测地微笑，"终得一见，勉强算得个美人儿啊。是你把人都藏了起来？快让开！"

这名深藏在公子府中的女子，一向很神秘。她很少出府，因为传说只有在琅嬛阁中才能保得她性命周全。她的来历也很神秘，有人说来自海外，也有人说来自昆仑，种种说法不一而足，知道真相的，似乎也只有公子府中的寥寥几人。

女史浅浅一笑，琴声低回，依旧未停："我若是不让呢？"
顾雍阴阴低笑："那就别怪老朽不懂得怜香惜玉了。"
"只怕都督心有余而力不足啊。"女史微笑低语，"都督要与我东海为敌吗？"
她慢慢抬起头来，沉静地微笑着看向顾雍。那些随行的人吃惊地发现，她的眼睛，那双乌黑如子夜一般的眼睛，一点一点地变化，变成了如此深邃的碧蓝，像无限博大深沉的大海——
那是海的颜色！

顾雍忍不住向后退出一步，惊声道："你是……"
长衣广袖的女子放下抚琴的双手，站起身来与他对视，长衣广袖，旷然有林下之风："东海鲛澜族，女族长阿兰若之姊，江一雪。"
她笑容娴静，却微微仰起脸，有种不屑的高傲："顾都督，一雪承蒙公子府庇护多年，却无力救主于危急之中，已是羞惭万分；今同僚有难，一雪当誓死效命，以报主公！"
她柔声道："顾都督，一雪誓与诸友同生共死！"

简歌绝对没有想到，江女史居然是东海人。
当初公子怀璧伐梁，先破城，再破关，自东海上岸奇兵突袭，打了极其漂亮的阳谷关一战。那时谁也不曾想到远在河西的公子怀璧是如何与东海有所来往的，原来，是这样紧密的渊源——鲛澜族欠公子怀璧一个人情。

这遗世独立的写史者，终于卷入了乱世的风云之中。

凉州城如今动荡不安，这么快树立一个新的敌人，实在不明智。

顾雍悻悻而去，但女史恐怕也只能保得琅嬛阁与众门客这么一次了。毕竟，今日之事事发突然，让顾雍措手不及；但是对于这种政客老狐狸，既不沾惹东海鲛澜族又能除去公子府的方法，实在是太多了。

毕竟，那只是一名弱女子。

但，那是可以羞煞无数卑琐男儿的女子！

简歌深深看她一眼，转身欲离去，却听她出声叫住——

"简大夫，你知道自己在做什么吗？"

简歌停住脚步，却没有回头。

女史一声幽幽长叹："简大夫，你空负绝世之才！"

简歌啊简歌，你知道自己在做什么吗？

眼前的小童那双清澈的眼睛还闪烁着泪光，定定地瞅着他。简歌一笑，笑容里有一抹沧桑："当然，你可以来这里听琴，我更不会看不起你，因为，我也是云梦人啊！"

这是他第一次，把自己的故国之名说出来。

云梦人四海飘零，他们是无根的浮萍，在哪里都不被承认，在哪里都会被欺凌。家国，唇齿相依，没有了国，如何有家？

看看他费尽心机复仇，即使国仇得报、仇敌被诛，又能给云梦人带来什么？飘零的依旧飘零，艰辛的依旧艰辛。不是每个人都对当年的往事知道得一清二楚，朔方之战中，像小童的哥哥一样参战的云梦男子又有多少？他们隐藏来历、流浪在凉州，参军也许只是为了在乱世之中混口饭吃，但此时与虎贲武士一起，把尸骨永远留在了朔方！

云梦人依然是四海飘零的浮萍，也许等胡人铁蹄踏上河西之地，挥师南下、饮马黄河，九州三陆的云梦人，只能更凄惨。

"你知道自己在做什么吗？简大夫，你空负绝世之才！"

这名女子一定是恨他的。公子的命捏在了顾雍手里，虎贲卫主力与凉州切断了联系；公子府的谣言，他自然听说过，那三名与她最亲近的男子，因为他，一名生死一线，另外两名生死不明，也许已经永远留在了朔方。

但她在大局之前，丝毫没有流露出一点点的个人感情。偌大的公子府，精英尽去、主公倒台，只有她一人苦力支撑，拼死保护。也许她在夜深人静的时候也会哭得肝肠寸断，但是天亮之后擦干眼泪，站起来，她依然是公子府的琅嬛女史。

也许谁也想不到，最后保护公子府门客幕僚的，居然是最没有野心、不涉权力争斗的写史者，她只是寄居在公子府的遗世独立的人。

"谢小山……"简歌摸着小孩子的头，微笑道，"我云梦人多风雅之士，你又有天赋，日后必然在琴道上有所成就。"

他站起来，抱起自己的琴，眷恋地细细抚摸一遍，交到了小童手里："这把琴，名叫'绿绮'，是古时我们云梦的国手谢宓用云梦泽翠微山上的梧桐所制。我把它送给你，你要把云梦的琴声传承下去。"

谢小山简直不敢相信自己的耳朵，双手在衣服上蹭了又蹭，才颤抖地接过了古琴，几乎是虔诚地轻轻抚摸。

"小山，谢小山……"简歌柔声道，"你没有大名，我就为你取个名字吧……不如叫羽，就叫谢羽吧！"

谢小山脸上兴奋的红潮还没退去："为什么叫羽呢？"

"羽是翅膀，"简歌抚摸着孩子的头，抬起眼睛，凝视着遥远的夜空，那茫茫的东南的方向，"有了翅膀，就可以飞回去，飞回我们的故国，那三千里烟波浩渺的云梦泽，那青崖白鹿泉水淙淙的翠微山啊……"

看不清，看不清，太远了。在这西北戈壁，哪怕望断长空，也看不到那遥远的故国。

谢羽，谢羽，你要记住，我们的故国，是九州大陆上，最美最美的地方……

多年后，已经成名的一代国手、琴师谢羽对每个人都这么说："我唯一的老师，是一个叫简歌的人。虽然他在琴道上没有留下名字，但他是我见过的最好的琴师，最美丽的人……"

其实，这位老师只教过他一句话——

"不要让你的琴声，被权力与政治污染！"

茅亭里，一大一小两个身影相对而坐，灯火阑珊，古调悠悠。谁也不曾在意，凉州城上空的乌云，再一次悄悄地凝结，酝酿着新一轮的风云动荡。

此时，凉州七百里外，朔方城。

一高大一瘦削两个身影登在朔方城高高的城头，在他们脚下，千军万马的兵阵迅速集结，像钢铁一样坚固而强悍，急促却没有丝毫喧嚣。

"凉州城的城墙，据说与长安城一样高。当年的嬴氏公子昭阳野心勃勃，筑那座城墙就是要与天下诸侯抗衡。"一身胡服皮甲的人在千万支火把光芒中，眯着眼睛看向凉州城的方向，"我曾踏上去过，可是自从嬴怀璧出现，河西走廊几乎再也没有我立足之地了。"

他自言自语般叹息："嬴怀璧！可惜如此少年枭雄……可惜，可惜啊！"

他叹息中有一丝掩不去的惋惜。英雄总是相惜，更何况是可以与如此自信的漠北枭雄八年相持的强敌。

绵延的火把形成蜿蜒巨龙，向茫茫原野延伸，直到消失在黑夜的尽头。

"王爷总有一日，会再踏上凉州的。"一身中州武士打扮的人抚着腰间的剑柄，微笑答道，"就像此刻登上朔方城墙一样。也许很快，河西走廊的半壁江山，已经在我们脚下了！"

左贤王没有说话，静静地看着眼前广袤的原野，烽火尚未熄灭干净，这座城池在血色中沉寂。但它的生命力是顽强的，数年的休养生息之后，它依然会是商旅鼎盛、繁华无比的丝路重镇、军事枢纽。

"我们来到这里多久了？快要大半年了吧！不知王庭那边，局势如何。"

"今日才有消息传来，本来王爷久滞河西，其余四部开始蠢蠢欲动，想要召开放马大会，要联手将我伏日部驱逐出漠北草原。但朔方一战，我联军大获全胜，消息传到王庭，四部震恐。河西大捷，如今王爷之名如日中天，四部生怕王爷大军打回去，自己落得个死无全尸。"晏仲玄微笑道，"王庭一切安稳，王爷不必有后顾之忧。"

"倒都是聪明人！"左贤王笑了一声，望着苍茫夜色，叹息道，"从秋天打到了春天，草原的牧草黄了又绿了。我还真是有些想念草原了……"

晏仲玄轻轻一笑："恐怕王爷想的，是草原上的人吧！"

看来因为朔方大捷，两位心情都甚好。晏仲玄开起了左贤王的玩笑，左贤王倒也不恼，挑了挑眉："晏将军倒是有心情谈起儿女风月了。回到草原，我为你物色几名我羌胡的美人如何？个个热情奔放，像小豹子一样，一点不比你们中州的女人差！"

晏仲玄一笑，不再说话。虎须可以拔一次，第二次就危险了，尤其还是猛虎。

一声沉沉号角骤然打破夜色的寂静，像压抑已久的沉寂陡然爆发，城头下千军万马之中，无数熊熊燃烧的火炬一时高举，伊衍缇横刀立马，在城下大喝禀报："王爷！兵马点毕，整装待发！"

左贤王高大的身体陡然挺立，一挥手臂，貂皮大氅像苍鹰的羽翼，呼地掀起。他高声道："牵马！"

突然之间，羌胡大军的号角之声四边齐响，金鼓大作，铁骑军队咆哮的声音震动了朔方夜色，那高高立在城头的统帅，振臂一呼，群起四应："饮马黄河，投鞭江水！大军齐发！"

晋隐帝昭元十二年，三月初七，左贤王单方撕毁与凉州安西都护府的秘密盟约，拒绝了河西王与大都督顾雍"朔方西北三十六城"的割地进献，率二十余万五胡联军，趁朔方大捷之势挥师东进，直逼凉州。胡骑一路势如破竹，七日连破二十城，沿途坚壁清野，遇到抵抗强烈的，破城之后便大肆屠城。

当年被血洗屠城的记忆从人们逐渐淡忘的脑海中挖了出来，整个河西走廊震动了。

顾雍被左贤王狠狠要了一把，愤怒得欲噬其血肉。这时他才终于明白，当日在密室之中，公子怀璧那句话究竟是什么意思——你杀了我，自己还能活多久？我不杀你，自有时局杀你！

这漠北的雄鹰怎么可能会是与他温顺合作的羔羊！

河西之地，再次陷入一片血雨腥风中。这一次，烽火越过河西屏障，更指向茫茫北陆的神州河山。

真正的王者，怎么会满足于区区一隅？这是烽烟四起的乱世，所有的英雄与热血男儿，都是——志在天下！

第四十九章　君子别

密室的门从外面被缓缓推开，发出沉闷的响声。大风呼啸，裹着雪片呼地吹了进来。凉州的风雪，从来都是暴虐的。

武士们拥簇着几个身影踏下昏暗的楼梯。他们都披着带有厚厚风帽的宽大雪氅，内里镶着温暖的狐毛，把全身都裹进去，几乎只露出一双眼睛，温暖得很。是啊，再冷的鬼天气，也冻不着权贵们。

火把呼地被点燃，黑得像地狱的密室终于有了火光。这里面冷得像冰窖，悄无声息，几乎没有人气，让人疑心，被铁链锁在这里的人是不是还活着。

“顾都督，”纱帐中被铁链锁住的人嘶哑地笑了，“又让你失望了，嬴某还活着。”

外面的脚步声骤然停住。

“都督放心，黄泉路上，嬴某会慢慢等着你。”帐中人轻轻低笑，“只是可惜，嬴某不能亲眼看到都督会有什么样的死法，是被胡人生生噬去血肉，还是被铁蹄踏成一摊烂泥？左贤王拿都督头颅盛酒庆功的时候，嬴某只恨不能分一杯羹啊！”

他随意自然的口气，简直像老友寒暄问候，甚至还低低地轻笑。但那一字一句间的狠毒，让听的人忍不住脊背发寒，这阴冷的囚室似乎更冷了。

帐中人的声音突然停住。他慢慢道："来者何人？"

顾雍没有这么能忍的功夫，听了这段问候恐怕早已勃然大怒，怎么可能沉得住气？来人不是顾雍！

那人低低道："阿若，是我！"

武士上前拉开了纱帐，公子怀璧蓦地抬头，不可思议地看过去，前方一身黑色狐裘雪氅的人、峨冠博带、腰佩长剑，身形挺拔，如同肃肃孤松。在纱帐被掀起的一刹那，他俊秀而从来喜怒不形于色的脸上，闪过一丝震惊。

他急促地迈出一步："阿若！"

公子比他还要吃惊，他的目光飞速掠过四周，形势已了然于胸。这间密室地处王府正殿清和殿正下方，深十七尺，不见天日，与世隔绝，甚至连嬴怀璧自己都从不知道王府中还有这么一个囚室，虎贲卫殚精竭虑的营救更是毫无用处。帝都特使不可能自己找来，那么只有一种可能，他是在顾雍允许之下才得以进来。

特使身后，一列扈卫全部一身重甲，戒备森严。

顾雍必有严密防备。

公子怀璧的目光慢慢冷了起来，微微冷笑："尊使可是奉顾都督之命前来，亲眼看一看嬴某惨状，好秉笔直书，上报天子诸侯？现在你看到了，可以走了，恕嬴某不能远送！"

姬骧喉间滚动，声音微微沙哑："这些都是我的人，你不用装作不认得我！"

他的兄弟是在保护他，这里是河西，是顾雍一手遮天的地盘，不是楚侯爱孙、公子骧呼风唤雨的江左与帝都。公子怀璧是顾雍的眼中钉、肉中刺，恨不能将他的一切党羽处之而后快，如果顾雍知道了帝都使者与公子怀璧是旧识，即使有所忌惮，恐怕也会采取一些什么手段。

天子都没有了威慑力，天子使者又怎么能号令诸侯？

如果他够聪明，就应该立刻起身离开凉州，回到帝都。

他大步走到胡床前，对狰狞的蛊虫与一片暗红的腥膻视而不见，半跪于地，盯着兄弟苍白瘦削的脸，脸颊的肌肉微微颤动，却终于短促一笑，突然对着公子的肩膀就是一拳："嬴怀璧，你小子也有今天！"

这一拳力道不轻不重，公子嘶哑地微笑："尊使，多日不见，别来无恙！"

"左贤王已经打到金城了。"姬骧为他讲述军情，叹息道，"七日拔二十城，没有虎贲卫，凉州城对于左贤王，就是口边的肥肉，吃掉它只是时间早晚的问题。只要踏破河西屏障，帝国北陆就是被拔去毛刺的刺猬，左贤王大军挥师南下、饮马黄河，更是指日可待啊！"

"虎贲铁骑，不能马革裹尸，却死在自己人的手里。"公子怀璧低低地笑，"我嬴怀璧一心镇守河西，却最终是被河西的权贵算计，真是讽刺！"

"你已经尽力了。"姬骧慢慢道，"河西的局势云谲波诡，你一人撑到如今，已经尽力了！"

这小小的河西之地，权力角逐的激烈丝毫不亚于帝都。五胡随时在边陲伸出利爪，凉州权贵们更是虎视眈眈，更有北陆诸侯日渐明显的压制与忌惮。外有强敌环伺、内惧后庭失火，政治犹军事、权场如战场，钩心斗角、内忧外患，在这信仰倒塌、礼崩乐坏的时代，要想生，就要准备随时赴死！

铁血与权谋，是生存的不二法则。

那铁腕雷霆的领导者做得太久了，久得以至于很多人都忘了，他是如此年轻，才只有二十七岁。

"阿若，"姬骧低声道，"我已拟好回复天子的奏表，只等拿了你的公子府玉印文牒，近日便可返回帝都了。"

他笑了笑："可惜，你那琅嬛女史，虽是蒲柳弱质，却有松柏节操，她收起你的印信拒不交出，誓与公子府共生死，连顾雍也无计可施啊！"

"原来……"公子微微垂下眼睑，冷笑道，"尊使今日，是为我的印信而来啊！"

想来也是，老奸巨猾的顾雍，怎么可能轻易让人来这处绝密的囚室？他恨不得将这里围得滴水不漏。那么特使来这里，肯定是有重要的目的。不过没想到居然是要他的印信回帝都复命，公子怀璧本来以为，他们早已拿到手了。

那名风雅卓绝的女子，居然还在为他力保公子府！

"是啊，就像你说的，想杀我的人太多了，多得我都数不过来了。"公子怀璧抬起头来看着特使，"可惜，这一局到最终，真正的胜利者是谁？顾雍？左贤王？还是你，帝都特使，姬骧？"

他慢慢道："你完美地完成帝都的使命了，尊使，坐山观虎斗，借顾雍之手除掉我嬴怀璧，看我河西两败俱伤、实力崩毁，最好让那些对晋室天子有不臣之心的乱臣贼子，死个干干净净！"

"阿若！"帝都特使脸色骤变！

"事到如今，姬骧，我们就坦诚相见吧。"公子深深凝视他一眼，嘲讽地低笑，眼睛里竟有一丝凄凉，"今日一会，也许就是诀别。此生此世，你我兄弟一场，今日，正好也可以做个了结了！"

公子看着他，微笑："我说得没错吧，姬骧？你从梁国追随我来到河西，是为兄弟旧情而来的吗？你以为，这样的理由我会相信吗？"

特使震惊地看着他，一句话也说不出来。

是的，这一点公子怀璧没有说错。他以收回梁侯印信为由出使公子怀璧，再在五胡犯境的情况下代表天子随行河西，他身负帝都赋予的使命，只有一个——除掉公子怀璧！

这是个乱世，礼崩乐坏、诸侯四起，晋天子甚至无力号令诸侯，只能坐看烽烟四起。但那真的只是因为晋室衰微，天子势单力薄吗？不，晋室在等，等那些有不臣之心的诸侯互相残杀，相持间消耗彼此实力。

这局山河之棋，执棋手要乱中求稳。

这种在烽烟四起间艰难维持的微妙均衡，终于被打破。苍穹之上，西北方向，破军之星骤然绽放剧烈的光焰，压倒了半壁星河，直冲帝座！

一战定梁侯，锋芒压五胡，破军之星野心勃勃，山河之局的乱中之稳岌岌可危，棋局崩摧的最后，就是要换新的一任执棋手。

那，就趁这颗星尚未中天、羽翼未丰之时，让它陨灭。

"每隔三日，都有一封记述我行踪的信笺秘密递往帝都；顾雍私下拜访你三次，希望你与他合作，借帝都的手除掉我，并对你许以每年凉州赋税的一成，作为你麾下兵马的辎费。"公子微笑地看着他，"姬骧，我说得对不对？"

"原来，你一直都知道。"特使眼睛里风云变幻，他慢慢站起来，看着公子怀璧，向后退了一步，"你一直都在我身边安排有细作！"

也许，从一开始，怀璧就从来没有相信过他！

"在凉州城，如果我要杀你，易如反掌。"公子依然带着笑意，眼睛里越来越冷，几乎要凝结，"哪怕你是天子使。"

可是我从没有参与过顾雍的计谋……姬骧想大吼着辩解，但终于只是张了张口，说不出一句话。

这时候，这样的辩解多么苍白无力。

一时间无人开口。阴暗的内室里，入骨的冰寒慢慢地弥漫。

他们早已不是没有任何秘密的兄弟，他在江左与帝都的权力场中角斗的时候，他的兄弟在凉州向着河西权力的巅峰攀爬，他们早已被命运的巨手推向了权力斗争的旋涡。

姬骧忽然有点想笑，嬴怀璧从来没有相信过他；而他递往帝都的密信，与顾雍的秘密会晤，这一切，他不是也从来没有想过要让怀璧知道吗？他是不知道顾雍这个扭转乾坤的计谋，但他真的从没有对公子怀璧起过杀心？顾雍对他拉拢试探的时候，他不是暗示过帝都坐视不管的意思？这难道不是他在潜意识里，挑拨怂恿顾雍放心下手？

只是他未料到，顾雍这一局会如此庞大如此惊人，一夕之间，天翻地覆。

是啊，昔日的兄弟，都已经太习惯玩弄心机，甚至是在不知不觉间，自己也没有意识的时候。那少年的热血，再也回不来了。

哪怕只是身不由己。

尽管自从在梁国重逢，他们就一直在钩心斗角，明里暗里针锋相对，但那种暗潮汹涌，始终被压制在心照不宣或者是双方刻意维持的平静表面下。而两人都没有想到，摊牌来得如此突然，就在这囚室之中，甚至在两个人都毫无防备的情况下。

至少，姬骧自己并不是为了摊牌而来的。

沉默的特使慢慢开口，声音却听不出起伏："那么，你为什么一直没有对我下手？"

他们从最初重逢，便一直互相较量，公子怀璧无数次对他明示或者暗示——过去的都已经过去了，当年的兄弟情义早已一笔勾销，还留在回忆中的，只有他姬骧一个。

就是这样，公子怀璧，这样一个凶暴寡恩、城府深沉的人，却把那么危险而强大的威胁留在身边，甚至还派了细作对他严密监视，但为什么一直到最后，都没有动他分毫？

还有他自己，帝都新秀公子骧，温文尔雅、高深莫测，这在帝都钩心斗角的角逐场上磨砺出来的权谋人物，公子怀璧安插在他身边的细作，他竟从未发现过？

那是因为，他相信怀璧，也许在他的心底，他坚信自己的兄弟无论做什么，都不会对自己下手。

"我为什么没有对你下手……"公子的眼神微微恍惚悠远起来，他低低一笑，"问得好……"

"好了，现在说这些，又有什么意思？"他蓦地仰首，那怅惘的神色眨眼间消失无踪，眉宇间又是一派嘲讽的狂傲，"尊使，你今日来不是为了要我公子府的印信吗？我信你，可我信不过顾雍！顾雍派了谁与你一同前来？我可以授书女史，让她把印信给你，但你让顾雍的人过来，我亲自与他讲条件！"

顾雍这老狐狸居然答应让特使来这个囚室，即使特使是要拿到公子府印信面圣复命，但顾雍是绝对要派人随行监视的。

"公子如今已是笼中困兽，还有什么资格与我谈条件？"淡淡的声音听不出起伏，一个瘦削挺拔的身影，旁若无人地慢慢走了进来。

公子微微怔忡，突然大笑起来，眼睛里锋芒闪烁："好！很好！简大夫，我等你很久了！"

"我也是。"这大雪天，权贵们锦帽貂裘，个个裹在密不透风的华贵雪氅里，这清癯的谋士，却只是一身青布棉袍，他白玉般的脸，甚至比囚禁中的公子怀璧还要苍白。他神色淡漠，棉布长袖下的十指却慢慢收紧："我国破家亡，受尽欺凌的云梦人，也等公子很久了！"

云梦人啊！

在刻意封存的心底，记忆的包裹被一刀划开，那些风云动荡的往事汹涌而出。多少年了，终究有了这一天！

"很好，很好！……"公子怀璧嘶哑地大笑，挣动铁链哗哗作响，他的脸微微扭曲，眼睛里光芒惊人，张狂的笑声里隐隐有一抹悲怆，"我小看了你，千防万防，没有防到'美人恩'这一步。简歌，简歌，死在你云梦人手里，我也不至于太过遗憾了！"

在梁侯宫室遇到他的时候，他就已经设定好整个杀局了吧？当时，他问这位献关投敌的大夫为何一身素衣，苍白的谋士如是说："这一身素衣，为国，为民，为简歌，为黍离之悲！"

那不仅仅是为了梁国，更是为了云梦啊！

从云梦到梁国，从梁国到凉州，忍辱负重，背负起无数骂名，只为了他那惨烈地湮灭在烽火中的故国，那遥远的云梦。

为了这一场倾国杀局，他甚至将自己的心上人拱手送至仇人的床上。

美人恩！

眼前的谋士，似乎比之前更加瘦削，脸色苍白，那眼角一点朱砂便格外鲜艳。他半生流离，呕心沥血布下这场颠覆之局，真的已经筋疲力尽了。

"那公子应该知道，我不会与你讲任何条件。"他深深看了公子怀璧一眼，十指紧握，像在拼命克制着什么汹涌的恨意，却终于淡淡地转向特使，"特使，时间到了，请快一些。"

姬骧看着公子怀璧，慢慢道："阿若，我已向顾都督讲明，河西局势紧急，恐久误有失，我今日拿到印信，会一刻不停地连夜离开凉州，回到帝都。"

"一切我都已经安排好了，万无一失。公子府的印信，我必须拿到。"他停下来，凝视着公子怀璧，突然拢袖拱手，深深一揖，"你我兄弟，就此别过！"

晋隐帝昭元十二年三月十五，左贤王铁骑踏破河西，凉州城危在旦夕。战况危急之下，帝都特使拿到公子府印信，连夜离开凉州，直奔帝都而去。

凉州城上空风起云涌，这一场铁血博弈，终于到了最后一局。

第 五 十 章　　惊 世 谋

"这里的风比凉州都厉害。"

几名当值的武士抱着枪，围着一处小火堆蜷缩在城墙一角，希望为自己挡去一些刀割一样的寒风。边上一名是年轻武士，不过二十出头的样子，持枪的手冻得裂开血口子，里衣的棉絮从皮甲各个裂缝处跑出来的。他缩着脖子仰首往嘴里倒了一口酒，骂道："他祖奶奶的，马尿都没这么淡！"

围在中间的是一名年纪稍大的武士，骂了一句："挑什么？这光景，有酒就该烧香了！"

"是啊。晌午我亲眼看见的，咱们吃的是粗饼裹干苜蓿，传到将军大帐的也一样。"又一名武士咂咂嘴，叹气，"前些日子至少还见肉……"

凉州繁华，虎贲卫的军中饮食规格并不低，多是面食与肉，还有菜粥。而现在只能有粗粮窝头，能有干苜蓿佐饭，就很不错了。尽管军中严禁流言，以防动摇军心，但人们还是在蛛丝马迹间嗅到了一些紧张的气息——餐饭质量不断下降，数量也在不断减少。

左贤王二十一万大军兵分两路，一路围困孤军苦守在陇勒城的虎贲残余主力；一路挥师东进，沿途势如破竹，直逼凉州。

陇勒城只是一座只有朔方一半大小的城池，左贤王铁蹄之下，周围的城池已经纷纷被攻破，仅剩下这一座孤城顽抗，这就好像——他们被困在了满目汪洋中的一座孤岛上。

"陇勒城原先人口只有数万，要养活我们八万兵马已经很不容易了，还不断有难民涌进来。"那老兵长长地叹一口气，灌了一口酒，"大将军一再强调，粮草无忧，陇勒城中储备丰足，如果省用，扛个一年半年不是问题。但这么下去，总不是办法。"

他恨恨咒骂："铁图尔这狗贼！"

从城墙看下去，一堆堆流民露宿荒野，生着火，三三两两挤成一团，在夜色里麻木而寂静。狮子受了伤也依然是狮子，胡人死死守着向着凉州城方向的东线，以防虎贲卫突围。但他们却不轻举妄动，陇勒城周围的城池都已经被攻破，城中的难民逃出来无路可去，胡人便将方圆数百里的难民和俘虏大批大批赶入陇勒城，用他们来消耗陇勒，耗到他们弹尽粮绝、饿死空城，那就能轻而易举拿下陇勒与虎贲主力，而不费一兵一卒。

云渊与王览慨然长叹，好一条釜底抽薪的毒计！左贤王铁图尔·翰罗，深谙中州兵家诡道啊，堪称"不战而屈人之兵"。

城外烽烟越来越烈，难民越来越多。虎贲卫军粮的一半，都要消耗在难民身上。

但那些，同样都是他们的兄弟姊妹啊！

所有人都沉默下来。扛个一年半年不是问题……他们还有这一年半年吗？

任谁都可以察觉，这整个河西之地的局势，已是千钧一发。也许下一刻，就是头颅挂上马鞍的时候。

一名武士抱着枪，眯起眼睛凝视夜色里东南方向："不知道凉州城怎么样了……"

大战惨败，孤军被困陇勒孤城，与凉州完全切断。危局之下，军中各种流言早已四起了。

一人慢慢道："有传言说，凉州城好像出事了。顾雍那老浑球下黑手，不知公子现在如何……"

"闭嘴，这话你也信？大将军说了这是谣言，谁敢再说就要军法处置！"

"还瞒！有什么好瞒的！瞒得住吗？凉州城一定出事了！要是公子没有事，胡人怎么可能赢得这么快！咱们什么时候打过败仗？！老子要是有命回到凉州，要一刀一刀活剐了那老匹夫！"

顿时无人再言语了。八年来数次大战，公子怀璧铁腕之下，他们何曾败过？哪怕是最惨烈的敦煌之战，也是以与左贤王分庭抗礼而告终。

"要是……要是公子真的出了什么事，咱们怎么办？"

这名说话的武士年纪还小，只有十七八岁，黝黑的脸上已依稀有着虎贲武士的坚毅，声音里却带着微微的惶恐。不止他一人这么想，整个陇勒城的虎贲卫，都在压抑着这种不知真假的震动不安。

如果他们的领袖倒在了阴谋下，他们这些孤军困守陇勒的残兵，该何去何从？

这一战，难道真的是凉州虎贲卫的末日之战？

武士们沉默地低下头。一名武士突然用枪柄狠狠地一砸地面："浑蛋！"

这一砸用尽了全力，抱着铁皮铜钉的枪柄嘭的一声，居然将青砖地面砸得一震。他一枪接一枪地砸向地面，身边的兄弟们看着他却无人阻止，一双双被长枪、斩马刀磨出了老茧的大手慢慢握紧了拳头，一股难言的愤怒和悲凉悄悄弥漫。

这是一种发泄。他们的兄弟在朔方城胡人铁蹄之下义无反顾地送死，用自己的命为他们劈开了一条突围的血路；而他们此刻，手中空有铁血长枪，却不能刺进胡人的胸膛，空怀杀敌雄心，却只能畏缩一隅。

这片浸透了他们鲜血的土地，今日，居然没有了他们的立足之地！

夜色浓重，大风呼啸，一片苍茫。

"诸位请看，这便是燕支山。朔方城在沿着燕支山以东，我们此刻，是在沿燕支山以西，"云渊的大手啪地按在羊皮地图鲜红的"凉州"二字之上，"距离朔方城二百七十里、凉州九百三十里，陇勒。"

他抬眼看着眼前的诸位同僚："目前局势，我也不必多说了。城中粮草说是可以支撑一年，事实上最多再坚持三个月，而军中流言更是四起，恐怕时间越久，军心越动荡了。"

这是一座军帐，列有一张长几，点一盏灯烛。虎贲卫诸位将军列席而坐，听云渊这么一说，吃惊地抬起头，看到云渊身边的太傅一脸默然——粮草最多支撑三个月，这是真的。

而各城的难民，还在被胡人不断赶进来。

"好恶毒的计谋。"一名老将军愤然道，"他想不费一兵一卒拿下陇勒！"

"我们所处这西北半壁，只剩我们这一座孤城未破。想必诸位已经很清楚了，想从别的城池得到援军是不可能的，而如果五胡联军行动足够快的话，左贤王此刻恐怕离兵临凉州城下也不远了。"云渊缓缓看过诸位将军，"而凉州城，顾雍或许未必敢对公子下手，但若是左贤王攻破凉州，城破之日，就是顾雍与公子同归于尽之时。自然，前提是假如顾雍此时还没有对公子下手。"

他慢慢道："我们此刻处境，正是孤军作战、腹背受敌。诸位有什么看法？"

他的声音冷静，而诸位将军却已经激愤难抑，一位年轻的将军拍案怒道："杀回凉州！末将要手刃顾雍与左贤王这两个老贼！"

居然一片愤怒的唾骂响应之声。

顾琼摇头道："我们杀不出去，此处距离凉州近九百里，即使冲出了围困我们的这部分胡人，还有左贤王主力大军等着我们长途跋涉，正好以逸待劳。"

"那我们就乖乖在陇勒城中等死，然后看着顾雍对凉州城中的公子和兄弟们下手！"一名将军冷笑道，"顺着胡人的意思，让他们大摇大摆占我河西、杀我兄弟，如此甚好！"

顿时各方争吵声响起一片。

云渊皱眉，沉沉地扫他们一眼，诸位将军一下子安静下来。他看着沉默不言的白璧晖："白将军，你有什么意见？"

白璧晖沉默片刻，抬起头拱手道："正如大将军所言，我们此刻孤军作战、腹背受敌，既不可轻易涉险，也不能坐以待毙。"

席间有人轻轻嗤笑一声。

虎贲帐下有大将之才的不下二十人，这些将军多以军功显赫自居，资格老的狂狷之士也不少，女将军虽然声名日隆，但心中不服者也是大有人在。

白璧晖恍若未闻，沉静道："公子如果倒下，凉州必然震动。况且顾雍之前若是有所忌惮，不曾对公子下手，如今左贤王大军东进，战局危急之下更不会冒险使河西百姓不安。若是凉州城破，正如大将军所言，那才是顾雍与公子玉石俱焚的时候。末将以为，既然胡人想要我们坐以待毙，我们就偏不如他所愿，时而出击，时而防守，虚实结合，让胡人防不胜防。其二，我们可以陇勒为据点，夺回四周胡人防守薄弱的城池，第一可资内需，也可拖住胡人东进的脚步，为营救公子、一朝突围寻找时机。"

这席话层层深入，而这一计也颇为稳妥。女将军小小年纪能有如此不躁不进的沉稳风度，也颇让众人吃惊，诸位将军一时都沉思起来。

王览摇头道："白将军思虑周全，可敬可佩！这一招自是稳妥，但就是太稳了，我八万兵力恐怕还来不及与胡人对峙，另一边左贤王早已攻破凉州了——我们此处，与凉州城，整整相距九百三十里。"

他轻轻一声长叹，不再言语。

相距九百里，战线太长；八万对二十万，实力悬殊。孤军守孤城，腹背受敌，白璧晖这一计保虎贲主力，已是上上之计了。

诸位将军一时沉默。

王览的意思很清楚。他们目前，无力派兵救凉州！

悲愤的无力感袭来，压在每一位将军心头。他们的主公被困凉州，而他们却只能坐困孤城，无力回天！

帐外突然一阵喧闹，一名武士大步流星来不及通报便直接闯了进来，扑身拜倒："将军，太傅！东南方向，有大军攻过来了！"

诸位将军悚然立起："难道羌胡突袭？"

云渊沉声喝道："披甲！"

陇勒城外夜色沉沉，远远一线火把长龙般蔓延，便是十里外的胡人的防线。他们用这一招釜底抽薪，就是要以逸待劳，坐看虎贲卫消耗而死，而自己不费一兵一卒。夜袭也不是不可能，只是云渊、王览都不明白，既然他们已做好了釜底抽薪的打算，如此一来岂不是反复了吗？

还是，胡人另有打算？

但无论如何，现在这些猜测都不重要。虎贲卫的紧急号角陡然在寂静的夜空凄厉吹响。各营的武士闪电般戒备起来，穿上战袍——他们都已经太过习惯在一刹那投入战斗，甚至不需要任何反应时间——那是战士的本能！

急促的排兵布阵低喝声中，战马咆哮，火把燃起。云渊与王览站在陇勒城头，在火光下可以清楚看到，十里外的胡人营寨方向如同风雷滚滚，杀声震天，飞扬的烽火尘沙甚至在夜色里也能依稀看到。

滚雷声声，直向陇勒城逼近。那千军万马，攻过来了！

"重骑一营、二营、三营整军完毕！"

"轻骑六营全部整军完毕！"

"步兵营整军待发！"

……

急促的军报闪电般传来，虎贲卫诸将军已经身披铁甲，整整齐齐立于各军阵前，蓄势待发！

传令官飞奔前来："将军，六军待发，请下令出城迎战！"

云渊与王览牢牢盯住胡人阵营，头都不回，齐声喝道："慢着！"

二人蓦地对视，飞快地交换过眼光，都在彼此眼中看到了震惊的神色。

是的，他们都注意到了，不对劲。

越来越近了，万马奔腾，杀伐震耳，烽火照亮了东南的天空，可是那不是冲锋，那是混战！

十里的距离并不很远，冲天的火光中可以看到胡人各方的兵马在飞快地向陇勒城前汇聚，来回奔腾，一片混乱——他们不是在冲锋，是在一边阻截一边向陇勒城的方向退。

是的，他们在阻截一支军队，一支向陇勒城飞驰突进的铁甲军团！

那黑色的军团，深夜突袭，像惊雷利箭，恶狠狠地撕裂了胡人的防线！

王览与云渊疾步向前，大步走向城墙最边缘举目望去，几乎不敢相信自己的眼睛。

城墙上的武士激动得声音都抖了起来："是，是我们的人，是我们的人！"

他蓦地转身："大将军，快开城门接应吧！"

那是虎贲援军啊！虎贲援军！

凉州倾覆，虎贲卫大本营已然全部被掌控在顾雍手中；奚子楚的重骑营精锐在朔方城中全军覆没；而他们这批虎贲主力，此刻退守陇勒，孤军苦守——

是谁？来救他们的人，是谁？

云渊蓦地挥手打断，厉声道："不可！忘了朔方城的教训吗？"

当日朔方城破，正是由于河西王府一万铁甲军手持公子怀璧亲持虎符前来，连夜叫开了朔方大门，大军深入，却突然倒戈相向，引领胡人入城。朔方城四万虎贲精锐，就折在这一场阴谋之中。

王览喃喃道："同样的方法，胡人会这么快用第二次吗？"

远处奔腾的战场，突然传来一声长喝，那是虎贲武士们齐声高呼——

"热血何所在？"

"在我铁甲中！"

"还记得自己的使命吗？"

"马革裹尸，护我河西！"

那是铁血咆哮的声音！

在这震彻天地的咆哮声中，那铁甲军团里，一名一身玄黑重甲的武士高高站立在战车之上，他身着虎贲重骑的精钢甲胄，寻常的流矢落在铁甲上就像蝗虫扑落，几乎不留痕迹。

他在战车之上慢慢挽起长弓，如同一轮满月。而对应着的天上一弯冷月下，他微眯起双眼，从身后箭囊里抽出一支长箭，搭上弓弦。

一支流矢向他的眼前飞射而来，逼近眼前的一刹那，他一箭射出！

那支雁翎精钢长箭一箭射破那支射到眼前的流矢，在乱军一片厮杀混战中飞驰，如乘风破浪，目标是整整七百步外，那名羌胡领兵将军的脑袋。"咻"的一声，鸣镝呼啸，长箭从他眉心射入，穿颅而过，而余力不竭，钉入身后百步的地面，箭尾颤动。

漆黑的长箭箭杆上，雕着两个古篆字迹——"穿云"。

足有七百余步！

羌胡将军瞠目，眉心一缕鲜血蜿蜒流下，身体从马背上轰然倒下。

众人尚未反应过来，第二箭，第三箭……呼啸而至。

他明明是一箭一箭地射出去的，看起来却像是天空乍然一阵箭雨。五箭射程之内，那半空的风沙，似乎都被这长箭带起的凌厉气流所扼，在天空止了一止。第二箭，他一箭射落飞扑过来的羌胡武士；第三箭，一箭射翻前后两名胡人骑射手；第四箭追上拍马转身逃脱的将领，射穿他的背心；直到第五箭，一箭射断了胡人高高飞扬的帅旗。

那面苍鹰怒翅的大旗，齐腰折断，轰然倒地。

每一箭都是不可能的距离！

在他身边，一身银甲的年轻武士骑在雪白的战马之上，乱军之中如玉树临风，指挥若定，手握雪亮的一丈二尺梨花戟。

那是左千城！

王览与云渊对视，看到了对方眼睛里震惊激昂的神色。身旁武士激动得声音都变了："那是……公子！是公子！公子和左千城将军啊！"

这种箭势，九州三陆加上云梦、东海，只有一个人可以做到，那是公子怀璧！

穿云裂日，九珠连弩！虽然，这一次他只射了五箭。

云渊大喝一声："开城门！内外夹击，接应公子！"

晋隐帝昭元十二年三月二十，公子怀璧与虎贲兵变之时逃出凉州的左千城、风无逸等将军会合，召集旧部五千，自燕支山小路暗兵突进，奔赴陇勒，突袭围城胡兵。云渊开城接应，里应外合，大破胡兵。

乾坤倒转之下，血雨腥风之中，凉州虎贲卫的核心人物与主力，冲破了重重硝烟封锁，终于重逢。

此时，云渊与王览终于知道为什么这一次，九珠连弩只有五箭了。

陇勒城中虎贲大帐，从战车上走下来的公子脸色苍白，英俊的脸瘦削得凹陷进去。他身着重甲，可露出的手却瘦得青筋迸出，十指尖上，隐隐有十个细小血洞，已经结痂。

可是微微一笑间，依然眉间睥睨。

带着血腥味的风吹过每个人的面容，这一段日子天翻地覆、步步惊心，每个人每一步都走在刀刃上。血雨腥风中，几乎每个人的潜意识里都已经做好了全盘倾覆的准备；而此刻，这些前一刻还生死不明的兄弟就站在眼前，恍惚之间，这一切竟不像真的。

"公子！……"诸位将军齐齐拱手，单膝跪地，这些身经百战的将军一时间竟微微哽咽，无法言语。

几乎每个人都在心底默默接受了，此生，也许再也见不到这些八年来朝夕相处、同生共死的人了，他们的伙伴，他们的兄弟，他们的领袖。

王览与公子怀璧微微含笑的眼睛对视，又默默转过头去，眼睛里一片晶亮。

云渊眼角微亮，沉声道："末将丢了朔方，害四万兄弟埋骨荒野，辜负了公子，请公子责罚！"

公子怀璧既不言语，也不阻止，他缓缓看过诸位将军，双手交握，深深一揖："此战之责，在嬴某而不在诸位将军。诸将军，请受嬴某一拜！"

后世史家每每看到陇勒城之会这一段，无不慨然叹息。这场名垂青史的朔方之战让无数名字被后世铭记，而这场战争本身的波澜起伏、云谲波诡，更是让后人津津乐道。

是啊，就在这座小小的孤城之中，这一场不起眼的"君臣"之会，为史书上浓墨重彩的一战，再一次写下了转折的一笔。

不要小看历史任何一小处转折，这小小的变化，都有可能是这条长河猝不及防的浩然回转。

而此时虎贲卫军中，正是群情激昂，争论不休。

左千城道："我们八万兵力，与五胡联军实力固然悬殊，但依末将之见，也未尝不可一搏！"

顿时群起四应："是啊，怕什么！公子没有事，我们还顾虑什么！打回凉州去！"

"是啊！打回凉州去！"

一片激昂澎湃之声。

云渊骂道："打仗就像吃饭那么容易？都打了多少年的仗了，还能说出这么毛躁的话！"他转向公子，拱了拱手："在下倒是以为，应该从长计议才是。"

公子怀璧微微一笑，抬手，众人顿时停住了声音。他缓缓扫过众人，一字一顿道："不打回凉州。"

不打回凉州？

诸位将军一时面面相觑，皆露惊愕之色。

公子不置可否地站起身来，转过身去，负手而立。在他面前，是一幅巨大的羊皮地图，是由王览亲手所绘，城池地形，巨细靡遗。上面用朱笔标出三处——自西向东，依次为陇勒、朔方、凉州。

河西之地的心脏与灵魂所在，凉州城。

他微微仰首，巡视着这片河山，手指在"陇勒""朔方""凉州"三个地名上依次滑过，胡人的兵马大举东进，越往凉州城的方向，兵力越强大。

公子扬眉慢慢道："我这一次，偏要反其道而行之。"

他眼睛里突然锋芒凌厉，手指陡然一划，逆向而行，掠过凉州、朔方、陇勒，越过河西走廊，直向西北，啪地牢牢按在四个黑色的大字上："直捣王庭！"

那是"羌胡王庭"！

晋隐帝昭元十二年三月二十一，公子怀璧惊世一谋，率虎贲卫铁甲三万剑走偏锋，将胡人东部重兵防线抛在脑后，轻易越过燕支山，大军西进，直捣羌胡王庭。

正全力攻打凉州城的左贤王闻报大惊失色，立即班师回王庭，率兵相救。回师王庭的五胡大军途经燕支山下之时，正遇左千城、顾琼三万兵马等待已久的伏击，虎贲卫以逸待劳，斩首胡人数万。

五胡联军伤亡惨重，联盟顿时崩摧，羯、戎、西狄、北蛮四族各自奔逃。羌胡主力不惜一切代价，继续向王庭疾进。左贤王率精锐主力日夜奔驰，终于在燕支山北麓与静候此处的公子怀璧赫然相遇。

英雄的相逢，总是出人意料。

终于到了王见王的时候。

而此时，虎贲卫剩余数万大军以云渊为主帅，与诸位将军一起快速奔赴凉州，以最快的速度收拾残局。因为，那里有公子怀璧不惜一切代价要救的人，还在顾雍手中。

孤军深入，直捣王庭，这惊世一谋，真正让公子怀璧的名字，彪炳史册。

历史的发展总是变幻莫测，谁才是最终的执棋手？一局倾覆山河！

第五十一章　惊鸿影

这里是燕支山北麓，苍水之畔。燕支山为界，以南为河西走廊，以北是漠北草原。茫茫苍水从昆仑发源，流经此处，蜿蜒向东南流去。

燕支山北麓的山脚下，是一片荒原。天苍苍，野茫茫，风吹草低却没有牛羊，而是静静矗立的铁骑军队在茫茫枯草间掩映乍现。

在大队铁骑的最前方，矗立着一匹赤红的战马，马背上骑士同样火红的大氅在风中猎猎掀起，像莽莽荒原间一团骤起的火焰。在他两侧略后退的地方，是两名与他一起策马而立的骑士，一人皮甲胡服，一人却是中州武士的打扮。

三匹骏马静静地立在那里，像是在等待着什么。

"他会来吗？"

为首的骑士沉声道："会。"

"为什么？"

"他是一个很清楚自己目标所在的人。"

"此话怎讲？"

高大的男子沉默片刻，慢慢道："他与我争锋河西，是为站稳脚跟；出兵伐梁，是为巩固实力。此时，即使得到我漠北草原又有何用？此子之心，从来不在漠北，而在南向！"

中州武士默然无语，良久道："王爷可引嬴怀璧为知己了。"

"不。"左贤王眼眸沉沉，勾了勾唇角，"我们只是一类人。"

晏仲玄低声叹息："我只是不明白，这明明是万无一失的必胜之局，已经到了最后。我们究竟是怎么输的？"乱世之局云谲波诡，稍微棋差一着，便是全盘皆输。只是这一着，究竟是在哪里？

"这不重要。重要的是，我们败了！"左贤王凝目远眺，目光沉沉，让人看不清他在想些什么，"也许，这就是天意。"

天意！

左贤王身后，三千铁骑在荒原上沉默地矗立，野风呼啸，斜阳在他们身后画出暗红的背景。

晏仲玄突然低声急促道："来了！"

铁蹄奔腾的声音从远处滚滚而来，越来越近，左贤王神色不动，执辔的手指慢慢收紧。

迎面而来的大军仿佛从地平面上一跃而出，急速扑近，在距离胡骑十丈处勒马停下，兵阵精整、战马嘶鸣，踏起一片烟尘。长长的丝绦与战旗凌空飞舞，虎贲大旗呼地举了起来，上面如蟠龙肆卷，大书一个赤字——嬴！

左侧的胡服将军蓦地举起大旗，苍鹰的图案迎风飞舞，打出紧急戒备的旗语，身后三千铁骑立刻严阵以待。

"两翼各有一千，中央轻骑重骑足有三千。"晏仲玄低声道，"王爷，来人至少五千！"

那是一色精钢铁甲的虎贲卫重骑精锐，像黑色的飓风瞬间席卷了燕支山脚下的草原。那些武士全身罩在钢甲之中，森林般的斩马刀冷冷丛立。铁骑奔腾停止后，他们就像几千尊黑色的雕像般骤然静默，不动如山，一股压力像山一样，从铁甲军团处无形地压了过来。

天地在强大的压力下寂静，晏仲玄也倏然心惊。

左贤王微眯起双眼，没有说话，对面一道清朗的声音突然破空传来："可是左贤王阁下？"

胯下的坐骑感觉到了主人的情绪，它突然低低咆哮。左贤王轻轻抚摸战马的脖颈，让暴躁的野兽安静下来，沉声道："可是河西王府公子怀璧？"

无论公子府与王府如何势同水火，外交政令上依然从属于王府辖下。

对面的人一声轻笑："正是在下。"

左贤王眸中暗芒一闪而逝，沉声道："久等了！"

他一勒马缰，骏马长嘶，向前缓缓出列。对面虎贲卫两翼的骑射手策马奔出，张弓引箭，形成两扇雁翅大阵，角弓齐齐对准了左贤王的方向。而与此同时，胡骑三千武士迅然而动，同样的射手飞奔出列，铁弓针锋相对，对准了虎贲卫的方向。

晏仲玄蓦地低喝："王爷！"

他按在腰间剑柄上的手骤然握紧，此时他才察觉，掌心渗出的汗水湿滑得几乎握不住剑柄，剧烈的心跳几乎冲破胸腔。

对面被虎贲卫拥簇在中央的人忽地高举右臂，身后的虎贲武士按捺下来。

他身边跟随的是一名一身白衣的谋士，晏仲玄看到那谋士同样似乎欲阻止公子怀璧，但那人同样毫不理会，他一夹马腹，同样一马独骑，缓缓而出。

漠北的雄鹰与河西的枭雄，终于直面相遇。

两匹战马在相距一步的时候停下。对面一袭战袍、腰佩长剑的人目光深邃，微微一笑，竟拱手一揖："河西嬴怀璧，觐见左贤王阁下！"

这是左贤王第一次见到这位一生中最年轻也是最强大的对手。原来，这让他龙困浅滩、一世雄心不得施展的年轻人，是这个样子。

他很英俊，轮廓比一般中州人要深邃几分，有一双不同于中州人的墨蓝的瞳仁，似乎印证了出身卑微、生母是胡姬的传言。

但这英挺的年轻人却是苍白的，苍白而憔悴，有一种大病初愈的疲惫。想来是他身受重创，却来不及稍做休憩便千里疾行奔赴陇勒、直捣王庭，率虎贲铁骑扭转战局。连番征战下来，居然还没有倒下去，恐怕也是全靠一股意气支撑至今。

左贤王心中长长一叹，就是这还一脸病容的年轻人，在所有人都以为他在那固若金汤的囚室之中必死无疑、河西绝境再无力回天的时候，他一举力挽狂澜，颠覆了全部战局。

而他单骑来会，只着一身玄黑织锦的战袍、腰佩长剑，竟没有披甲。

"年轻人，你不曾披甲前来，难道不怕我下手杀你？"

公子怀璧轻轻一笑："我铁骑踏遍千里王庭，难道还怕眼前王爷一柄利器？"

是了，就这展眉一笑间，明明是苍白憔悴面容，眉宇间却一抹雄霸之气陡起，让人不敢逼视。

左贤王眼睛里露出一抹极淡的笑意。这样的人，才配做他的对手。

"很好，本王喜欢势均力敌的人。"左贤王冷冷道，"这一战，本王输给你了。你如何才能从我草原退兵？开出你的条件吧。"

他说"输了"的时候，就像说自己"胜了"一样。

公子微笑道："王爷似乎忘了，现在谁才是掌控着主动权的人。"

"年轻人，既然你已经前来赴约，就有与我和谈的意思，何必惺惺作态？不如挑明了讲。"左贤王声音传来，沉冷如刀锋，"其一，我羌胡地处漠北，而你志在南向。占我漠北草原，除了为你每年提供一些不断北逃的奴隶也没有什么更大的用处，只能拉长你的战线，更累你分神镇压治理，拖你脚步。其二，年轻人，你固然已占尽上风，但你我双方耗损都不算轻，只是我羌胡更严重而已。若是继续打下去，对你我都没有太大好处。其间利弊，你比本王更清楚吧，这难道不是你前来赴约的原因吗？"

公子大笑："王爷爽快！既然如此，我也不须客气。我要你漠北草原，确实还不是时候；但我河西之地，对王爷来说却是重要得很。王爷让我退兵也容易，答应我三个条件即可。"

"什么条件？"

公子怀璧一字一顿道："第一，西起敦煌，北起燕支，接连昆仑、苍水一线为界，王爷有生之年，羌胡军队不得踏入我河西走廊半步！"

左贤王目光骤然一沉。公子怀璧毫不退缩，目光如剑。

这场五胡伐河西本是左贤王孤注一掷的一战，没想到，这一战压上了羌胡几乎全部精锐，却一败涂地。五胡联盟崩摧、兵马折损极重不说，草原更要因此面临一场羌胡五部的夺权内乱。

还会有下一次的重整河山、再战河西吗？

"如何？"

左贤王深深凝视着眼前的年轻人，他羽翼初成、锋芒初露，正是旭日东升的时刻啊……

久久，他沉沉道："可以。"

"很好。"公子怀璧微微一笑，"第二，恢复我河西与羌胡的边界互市，维护贸易秩序，不得无礼挑起争端。"

左贤王颔首道："可以。"

"第三。"公子怀璧慢慢道，"请王爷交换我虎贲卫羽卫上将军奚子楚，与被俘的数千武士。"

左贤王一怔，冷笑："哦，你知道了奚将军未死？消息很灵通。不过，若是本王把这些俘虏拱手还你，如何对我战死的勇士交代，对我伏日部、对我羌胡百姓交代？战功是勇士的荣耀，胜过勇士的生命。除非你用另一名声名相当的将军来换，否则，这一条，恕本王难以从命！"

草原上的勇士重视荣誉胜过自己的生命，战俘就是勋章。从来都是以俘换俘，或以物换俘，绝没有拱手送还的道理。

况且，左贤王没有说出来的是，这名震北陆的第一名将前途无量，若是归还河西，无异于纵虎归山；若为己用，则必是伏日部的股肱之臣，日后重整河山，当是左膀右臂！

乱世争霸，人才是根本。

公子不动声色微笑道："我愿出金帛珍宝换回我的武士，无论多少。"

"金帛值几？"左贤王慢慢道，"将才无价！"

公子眼中陡然锋芒凌厉："那王爷是不打算合作了？！"

左贤王冷笑："年轻人，不要欺人太甚！"

公子瞳仁骤然紧缩，手已按向腰间佩剑"湛卢"；左贤王眯起眼眸，回雪刀冷光在日色下一闪而过。

两人锋芒相对，目光对峙间，似有金戈铁马之色飞快交错。

双方的气氛霎时间紧绷欲断，直向四周辐射出去。虎贲卫与胡骑同时动作，两翼射手角弓拉满搭上羽箭，只待一声令下，箭雨齐发。

"王爷！"晏仲玄心急如焚，第一名将固然重要，但再重要也比不了大局。他了解左贤王的性格，他是个英雄，比公子怀璧多了一分豪迈雄浑的英雄气，但心机城府却稍逊一筹。在他们伤亡惨重、屈居下风的情况下，这场和谈来之不易，若是谈判破裂，双方战端又起，公子怀璧不怕失去一名将军，而羌胡却害怕再耗损实力！

虎贲卫这边，王览同样心急如焚。凉州大局尚未稳定，拔除顾雍一党势必会动摇凉州数百年权力纠缠的根基，如果双方和谈破裂、烽烟再起，河西极可能又是一片动荡。而虎贲卫消耗本来也不小，这对需要休养生息的他们，并没有什么好处。而公子怀璧大病初愈居然冒险单骑赴会，若是有所闪失，后果更不堪设想。

"如果用我来换回奚将军呢？"

一个女子清幽的声音传来，像一颗石子投入到镜面般的湖水，晏仲玄不可思议地瞪大眼睛，左贤王蓦地转过头去——

一辆战车从虎贲大军后面隆隆地被两匹战马拉着驶向前来，所过之处，虎贲武士纷纷让开一条通道。公子怀璧眼睛一沉，冷冷看左贤王一眼，立刻拨马回转。

左贤王眼睛里闪过震惊的神色，脸色陡然大变，翻身下马就要大步奔来，前方虎贲卫雷动，呼的一声，所有的铁弓立刻对准了左贤王。

公子毫不理会，在战车前亲自下马，拱手一礼："白姑姑，您怎么来了？"

一时之间，两方的羌胡武士与虎贲武士全部把目光转向了虎贲战车上的女子，王览也忍不住微微失神。

公子怀璧直捣王庭的时候，在乱军之中找到这名女子。自从她被带到虎贲大营，因为身份特殊，公子怀璧对她礼遇有加，而本人又深居简出，故而很少有人可以见到她。今天也是王览第一次如此清楚地看到她的样子，看到了，心头却微微一震。

"无妨。"那女子对公子怀璧微微一笑，却并不下车。

她大约三十岁，并不很年轻了，但是依然美丽，而且那种美丽让很多人似曾相识——她眼睛呈深碧色，长眉微向两鬓斜飞，仰首顾盼之间有种逼人的明艳，像荒原上的野蔷薇。

只是另一朵野蔷薇方才初绽，这一朵野蔷薇的锋芒已经在岁月中沉淀。

她久居漠北草原，身份高贵，却依然是宽袍襦裙的凉州女子打扮，无论与胡人共居多久，从来没有变过。只是那双惯于握剑的手，却再也没有握起过长剑了。

左贤王的脸色都变了。

这是他最害怕的事情。自从公子怀璧直捣王庭，他一直存在心底的隐隐担忧，终于还是发生了。

"嬴怀璧，"左贤王深邃的眼中如有风暴凝聚，一字一顿道，"你踏我王庭，私藏我王妃，如此卑鄙无耻，本王岂能容你！"

"左贤王！"公子怀璧勃然大怒，蓦地回头，冷笑道，"十二年前你私藏我虎贲卫羽卫上将军，十二年后的今天，还想扣留我另一位羽卫上将军！如此手段，我岂能容你才是！"

左贤王的目光紧紧盯住战车上的女子，那女子却始终侧着面容，不与他对视。

他十指慢慢握紧，沉声道："你想怎么样？"

"我岂能看我河西血脉，"公子目光如剑，"流落异族！"

"很好。"左贤王的目光沉了下去，居然微微一笑，"那就问我手中回雪同不同意吧！"

公子怀璧厉声喝道："虎贲听令！"

霎时间，两边人马再一次轰然雷动，一触即发！

"咻"的一声，鸣镝呼啸，一支令箭飞射天空，尖锐刺耳。两方人马同时一怔，公子怀璧转首看去，战车上的女子眉目冷凝，慢慢放下手中的长弓，看着公子怀璧："公子，可否听我一言？"

她挽弓射出令箭，气势天成，依稀还可见当年那千军阵前的白氏名将、火焰蔷薇的风采。

公子依然冷冷道："姑姑被左贤王私自扣留漠北十余年，让我们都以为第一名将白汀舟已在当年凉州一战殉城了。如今你我姑侄重逢，怀璧绝无可能再送你回羌胡！"

女子微笑了，凝视着公子怀璧，有一丝慈爱，也有一丝凄凉："傻孩子。我再回凉州，也没有什么用处了，可是奚将军年少有为，前途无量啊。十几年来你们都以为我不在了，就还这么以为吧！虽然我白氏满门凋零，但今日河西终于有你撑起大局，我已死而无憾。没想到有生之年还能见你一面，你已经这么大了，没有辜负我兄长的教诲……余愿足矣！"

她突然转首看向左贤王："王爷，用我来换奚将军，你意下如何？"

公子怀璧低喝："姑姑！"

她不为所动，昂然迎向左贤王暴烈如火的目光："以俘换俘，我身为羌胡王妃，难道换不回一个虎贲卫的将军吗？汀舟言尽于此，请王爷定夺！"

"王爷！"晏仲玄拍马赶上，急道，"王爷请三思！当前局势紧张，其余四部对我伏日部虎视眈眈，这是与虎贲卫再起战火的时候吗？而且，王妃落到虎贲卫手中，这是何等奇耻大辱，以后被其余四部耻笑，我伏日部颜面何存？再说那第一名将奚子楚，是好相与之人吗？此子高傲不驯，一心向着凉州，安知留在身边是不是养虎为患！"

晏仲玄苦口婆心："王爷，这不是意气之争的时候啊！"

左贤王十指收紧又松开，紧紧盯着女子的面容，眼睛里如雷霆翻涌。

那双眼睛，那双任何时候都不曾屈服过的眼睛，多少年过去，依然一如最初相逢的时候。千军阵前，那火焰蔷薇一剑涅槃、力压羌胡名将时的惊艳；无数次交手，对那妙龄少女坚守危城、昂然不屈的震撼；孤城月下，他巡营时无意听她寂寞吹箫，从而夜夜流连不去的留恋……最终凉州一战，那个腐烂的城池在强大的羌胡铁蹄下轰然坍塌，凉州城破，主帅白烈兵败逃走，第一名将、虎贲卫羽卫上将军白汀舟殉城——

南方的鸿雁折断了双翅，他将她带去遥远的北方，彻底斩断了故土的牵绊。

他折翼的蔷薇啊……

左贤王蓦地转首，对公子厉声喝道："我答应你！"

公子叹道："白姑姑，您主意已决？"

白汀舟深深凝视着他："这算我为凉州所做的最后一件事吧！"

她转身，捧出一只颜色古沉的长匣，长有四尺余，似乎颇有重量。她一字一顿道："请公子替我将这把'涅槃之剑'交给白璧晖白将军，告诉她，白氏名将之血，将要由她延续下去！"

白氏涅槃之剑，既是剑诀，又是剑名，为白氏名将历代传承，上一代是白汀舟所有。

公子悚然震动，双手接过："怀璧当不负所托！"

白汀舟微微一笑，目光看向左贤王。

左贤王大步走来，晏仲玄似乎要拦，但被他甩袖挥开。他对虎贲武士视若无睹，走到战车前，上去将王妃一把拦腰抱起。

公子怀璧默然看着他们，眼中有丝恻然。

这名震漠北的火焰蔷薇，昔日的凉州第一名将，为什么久久滞留羌胡，思恋故土而无法归来？

她成了一个废人。

当年凉州一战，名将白汀舟没有死，她身受重伤，被左贤王救走，保住了性命，但她双腿皆断，再无法站起来。

昔日的名将再也不能策马舞剑。

河西的鸿雁被折断了双翼，落在了仇敌手里，被牢牢锁在了漠北的草原。

白汀舟在左贤王的怀抱里扬起面容，努力看向东南的方向。万里迢迢，黄云隔断。

左贤王凝视着她的脸，低声问："你看什么？"

她闭上眼睛，转过头去，不与他讲话，也不看他。

这漫长的十二年啊……从绝望、希望再到绝望，短短数日，也是半生。此后，还有漫长的多少年？

左贤王将她的脸压回怀抱，低声一字一字道："你可以一直恨我，但永远别想离开！"

晋隐帝昭元十二年四月，公子怀璧与左贤王在燕支山下、苍水之畔缔结盟约。公子怀璧撤兵王庭；左贤王送还虎贲战俘，开放边界互市，大军撤回漠北草原三千里，有生之年再不踏入河西走廊一步。

"八年相持，终于尘埃落定。"

王览驱马行至公子身边，与他一起看向羌胡大军消失的方向，慨然长叹。与这河西第一强敌的八年杀伐对峙，终于烟消云散。无数次出生入死，无数次绝境逢生，此刻回想，恍然如梦一般。

"是啊！八年了，这西北边陲，终于尘埃落定。"公子怀璧策马立于苍水之畔，仰首看着水流滚滚东去。这已经是积雪融化的时候，苍水上涨，正是河西农田灌溉的时节。

这八年相持，烽火动荡，多少武士的尸骨埋在了苍水边？多少英雄的碧血洒在了大漠里？残阳铺遍，那一定是无数英灵的鲜血染红。

一将功成万骨枯！

公子怀璧遥遥东望，那天地开阔，苍云舒卷，像历史的卷册在时空里翻动。

这一页，终于要翻过去了。

"如释重负，简直不像真的。"王览长长吐出一口气，笑道，"我回到凉州，要大睡三日，叫一班最美妙的女乐与我演奏，诗酒歌舞，至死方休！"

公子挑了挑眉，笑道："不用叫，到时公子府中的女乐，你随便挑。不过在此之前……"

"如何？"

公子阴狠一笑："我们还是先去拜访一下顾雍顾都督吧！"

第五十二章　归去来（上）

这是一座高三层的八角楼阁，斗拱飞檐衔着古老的铜铃，被风一吹，泠泠响动。

晨光初起，天际还是青蒙蒙的颜色。残烛跳动几下，熄灭了。风掀起在案几上平铺的纸，一双干净修长的手轻轻将它抚平。不知何处有缕缕丝竹管弦之声，断断续续随风飞来，若有若无，让在案几前披衣跪坐的谋士微微恍惚，执起的狼毫笔尖一抖，滴下一滴墨渍，在纸上氤氲开来。

这座城市在刀尖上惊恐万状地悬了多日，已很久不曾听到过管弦之音了。

居然是《雪月四弄》。

当日新春，公子府寿宴上梁国鸾姬公主三首曲子惊艳四座，与她孤弱女子胆敢行刺公子怀璧的壮举一起在坊间暗传颇盛，无非河西公子如何为梁国公主琴曲风姿所慑，竟丝毫不追究她行刺之罪，反而爱宠有加。公子公主，爱恨纠葛，为坊间津津乐道，倒成了香艳旖旎的情事传奇。其中这半首来自云梦的《雪月四弄》更是被好事者记下曲谱带出府去，一时间习者甚众，尤其是女子，无论名门闺秀抑或乐坊女伎，大有风行之势。

可惜这首古调太难，如果能这么容易习成，也不会几乎失传了。

不知是谁家的女子，在如此早的清晨苦心练习这曲古调。虽然生涩断续，却终于可以稍稍连贯了，雪月交辉的意境颇见端倪，琴声刚好弹奏到他笔下书写的曲谱部分。

雪月四弄……

月下人似月，雪中人如雪。泠泠五指拂，清音寂长夜。

"大夫又是一夜未眠？"

家童谢羽轻手轻脚走进来，为简歌卷起窗上竹帘。简歌恍然回神，才发觉自己执笔出神了。他微笑一下，将小狼毫轻轻搁在砚台之上，温和地说："阿羽，你过来。"

小童赶紧放下手上的活计，走过去，在简歌面前坐下。简歌将案上摆放的卷册与刚刚书写完的放在一起，居然有厚厚的一摞。

小童奇异道："这是什么？"

"是琴谱。"简歌温和地说，"是我所记下的所有云梦琴谱，有《遏云》《九韶》，以及你最喜欢的《雪月四弄》，还有很多别的在战火中已经失传的古曲，我能记下来的，已经全部在这里了。"

"大夫，您这些天夙兴夜寐，就是在修写这些曲谱吗？"小童老气横秋地皱起了眉头，看着简歌越发苍白瘦削的脸与熬得血丝通红的眼睛，"琴谱可以以后再写，您怎么可以不睡觉呢？"

他还小，不能完全明白简歌的意思，不明白这些被他一字一字通宵熬夜写在这简朴纸张上的东西，是多么珍贵。在多少年的战火烽烟的动荡之后，就是这一摞手书中的古曲音谱，很多都已经是这世上绝无仅有的一份了。就是此刻不起眼的这些手书，被存放在一只古旧的木匣之中，被后来的琴师国手谢羽保存下来，成了后世琴师无比尊崇的珍贵资料。

它们是被一名叫简歌的寂寂无名的琴师一笔一笔书写下来的。

但小童谢羽现在只是心疼他家大夫常常彻夜不眠，越来越沉默，越来越瘦削。

这些日子以来，大夫的房中时常彻夜灯火通明，常常半夜醒来，还可以看到他在窗前披衣伏案的身影，偶尔剧烈地咳嗽。他像在和时间抢夺一样忙于做什么事，孜孜不倦。小童不懂政治，但他知道他家大夫是十分了不起的人，这段日子凉州城接连发生天翻地覆的大事，他一直以为大夫是在忙于这些政要，原来是在整理琴谱。

简歌慈爱地抚摸着小童的头，轻轻叹口气，低低道："时间不多了啊……"

小童没有听清："您说什么？"

简歌微笑不语，将这些东西抚得整整齐齐，放在一只色泽古旧的木匣中，交到谢羽手里，温和道："阿羽，来。"

小童懵懂地伸出双手接过，好奇地看着他。

"我这一生，兜兜转转，汲汲营营，机关算尽，到头来一切不过是一场空。"简歌的目光沉沉地望向窗外，低声道，"现在蓦然回想，原来平生功业，到最后可以流传下去的，只有这一卷琴谱了……"

简歌柔声道："阿羽，你记着，如果有一天我走了没有回来，你要代替我好好收藏它们。"

小童一怔，急道："大夫，您要往哪里去？"

简歌笑了笑："我漂泊太久，该找一找回去的路了。"

"您要回哪里？回云梦吗？"

简歌拢了拢衣袖要站起身，但由于久跪，双腿麻木，踉跄一下。小童急忙上前扶住，他微笑着摇摇手："无妨。"

站起身来。窗外，晨曦初起，天光青白。

时令已是四月，凉州城春日迟迟，比南方要晚，此时正是暮春时节。

他眺望着窗外清晨的薄雾，越来越浓了，遮蔽住视线。从此处望去，这座城市像是浮动在一片云海之中，苍茫无限。

他眼中闪烁过一种悠远的神采："是啊，云梦。"

谋士回过头来，在晨光中，他鬓边的白发又多了几根。小童一阵心酸，轻轻咬住下唇。他不想离开大夫，一点都不想。

简歌温和地抚摸着他的头："不要难过，孩子，这只是暂别。你也会回去的，所有的云梦人都要回去的。云梦泽，翠微山，那是我们的家啊。"

"我也可以回去吗？"

"是的，所有流落九州的云梦人，总有一天，都会回去的。"简歌的声音温和，却有着毋庸置疑的坚定，"我还要在云梦泽的小舟上，等着听你抚琴呢。"

这句话，谢羽记了一生。

他日后成名，终于辗转回到故国，一生未曾踏出云梦一步。他始终都记得，那个谪仙般美丽而寂寞的人，他的老师，会在那云梦泽不知何处的一叶小舟上，听他抚琴。

而此时，初生的旭日挣脱了大地的束缚，跳出地平线。红光陡然撕开晨雾，带着一种侵略性的霸气，天地间轮廓终于渐渐清晰。

一只不知名的鸟儿发出清越的长鸣，婉转而悠长，掠过已经绿意渐浓的花木，疾飞而去。

小童露出欢喜的神色，问道："大夫，这是什么鸟儿？"

简歌微微一笑，正要回答，远处西面的城外一阵骤起的喧嚣，撕裂了凉州城的寂静。

那是一种杀气逼人的张力，殷雷滚滚声中，凉州城门轰然洞开，番舍被惊动，酒楼被惊动，坊间被惊动，虎贲卫西山大营的方向也被惊动了，无数铁甲武士策马从街市中奔过，武士们一队队蜂拥而出，百姓们向城门涌去，一路听人高声大呼："公子回城！公子回城！"

凉州城沸腾了。

晋隐帝昭元十二年，四月二十一，公子怀璧伐胡归来，率数万大军日夜疾驰，回到了凉州城。此时凉州城早已在顾琼、左千城的控制之下，凉州百姓与城中虎贲卫大开城门迎接，欢欣雷动。

羌胡铁骑兵临凉州城下的时候，传来了公子怀璧直捣王庭的消息。这座在顾雍手里命悬一线的城市，终于在战火中得以保全。

这一次的和平，希望是长远的和平。

城中商旅、百姓用狂欢来表达激动之情，凉州城中、苍水之畔，歌舞狂欢、火树银花，七日不绝。

当然，欢庆是后话，琐事还是要解决的。

凉州城短短数月之间，数次易主。之前分明已经胜券在握、大权独揽的安西都护府大都督顾雍，一夕之间成了阶下囚。不光是他，几乎所有人都不太明白这个转折是怎么发生的。

为什么左贤王兵临城下之时，应该身陷囹圄的公子怀璧会如神兵天降、现身漠北？他如何走出顾雍固若金汤的地下囚室？谁为他解开了"美人恩"的蛊毒？他又是怎么避过铁甲军重重耳目，离开了生死一线的凉州，奔赴陇勒，率领大军直捣王庭？

最重要的是，从他在自己眼皮子底下溜走到直捣王庭的消息传来，中间这些日子公子怀璧早已不在凉州，而顾雍居然毫无察觉。

顾雍想破了脑袋都没有想明白这是怎么回事，也没有机会让他想明白。因为公子怀璧直捣王庭的消息传到凉州，他还没有从不可思议的震惊中反应过来，云渊的大军已经从陇勒城的方向疾奔而来，直逼凉州城下。而他们甚至不用攻城，凉州百姓已经轰然雷动，从里面为他们打开了城门。

顾雍在爱妾身上还没有反应过来，就被云渊拖下了床榻，扔进了囚室。

"顾都督，暌违多日，别来无恙啊。"

顾雍被押着的两名虎贲卫百夫长推了一把，跌跌撞撞走进厅堂，差点摔倒。听到这个声音，他倒抽一口气，抬起头来，就看到王览似笑非笑的脸。

此处是公子府，千仞堂。

广阔的厅堂，全身重甲的将军们分列两侧，看到顾雍进来，一些年轻气盛的几乎要冲出去噬他血肉。

"亚父啊！"

一旁惴惴不安地坐在高座上的人一看到他就全身发起抖来，想要跌跌撞撞地站起来。

"王爷。"王览皱眉，低喝一声，河西王急忙收住站起的姿势战战兢兢地坐了回去，颤抖不安的目光时时瞟向地上的大都督。在他身边，站着不言不语的谋士简歌。他一身布袍，目光悠远，仿佛完全置身事外，眼睛穿过虚空，似乎在看着什么，又似乎什么也没看。

顾雍花白的头发披散在肩后，双手被缚，挣扎着要站起来，被身后的武士猛地重新压下去。他将目光投向厅堂正中胡榻上静静坐着的身影，声音微微颤抖："嬴……嬴怀璧！"

胡榻上的人举袖掩口，轻咳了几声。他半倚在胡榻上，神色苍白疲惫，睁开眼睛懒懒地看了顾雍一眼，笑一笑："顾都督，没想到你我还有如此重逢的一日吧。当日我怎么说？即使我不杀你，自有时局杀你。没想到时局还是把你交给了嬴某，实在是天意啊。"

"嬴怀璧，你想怎么样？"顾雍挣扎着抬起头来。

公子冷冷道："顾都督私通外敌，为一己私利几乎亡我河西，只此一条，其罪当诛！"

"嬴怀璧，你这卑鄙小人！"顾雍气急败坏，"你目无纲常，僭越君侯，不臣之心，尽人皆知！今日你对付老夫，就是为了扫清政敌、公报私仇。你这叛逆，你这乱臣贼子，自有人看得明白！"

武士们勃然大怒，就要动手，公子挥手制止，淡淡道："算了，不必与将死之人计较。"

"嬴怀璧，胜为王，败为寇，今日老夫落到你手中，要杀要剐悉听尊便。"顾雍挣扎吼道，"只是老夫不服，老夫这一局精心筹谋、天衣无缝，究竟是在何处差你一着？"

公子轻叹："对，你这一局，真的是精心筹谋、天衣无缝。为你筹谋者，其经天纬地之才，嬴某也由衷叹服！"

"那老夫究竟疏忽了什么地方？"顾雍嘶声道，"明明在帝都特使手持你公子府印信、离开凉州之时，你还身在王府之中、重兵把守之下！"

"是啊，嬴某还记得，那晚风雪大作、滴水成冰。左贤王直奔凉州而来，战事紧急，帝都特使不顾风雪，手持印信连夜离开凉州，回往帝都。"公子怀璧微笑了，眼睛里闪过一抹看不透的光，慢慢道，"只是，那晚离开凉州城的，真的是帝都特使吗？"

第五十三章　归去来（下）

那晚手持印信离开凉州的，真的是帝都特使吗？

顾雍陡然震撼，简直不敢相信自己的耳朵。

"从那一晚开始，被你囚禁在密室的人，就不是嬴某了。"公子微笑道，"嬴某手持公子府印信，连夜离开凉州，在奔赴帝都的中途回转，改道西行，先与兵变离开凉州的左千城、风无逸诸将军会合，再率大军抄燕支山中小路西去，直奔陇勒，与城中主力重逢。之后的事情，都督已经知道了。"

之后便是大军兵分三路，一路是云渊率军直奔凉州，一路是顾琼、左千城率军于中途伏击左贤王，一路便是公子怀璧亲率主力，直捣王庭。

好一招偷梁换柱，好一招明修栈道、暗度陈仓！好精妙的计谋！

那晚风雪呼啸，随行的人都身披大氅、裹住全身，如果其中一个人被换掉，不是刻意盘查的话，在大风雪中实在难以察觉。

原来是这样，原来竟是这样……

顾雍慢慢道："那囚室中的人，是谁？"

囚室中不是公子怀璧，那会是谁？他代替公子怀璧被囚，是冒着剑锋架在脖颈上的危险的。虽然囚室中有帷帐遮挡，但一旦被顾雍发觉，绝对只有死路一条。而且，若是公子怀璧没有一举拿下左贤王的雄才与魄力，没有这陇勒城中用兵如神的惊世一谋，哪怕只是一日耽搁，顾雍在云渊打回凉州之前得知了囚室中已非公子的消息，此人也必死无疑。

他代替公子留在凉州，几乎就是决定了代他去死。

那是怎样的情义与信任？情深义重到他可以替公子怀璧深陷龙潭虎穴，信任到他可以用自己的命来一赌，赌公子怀璧有此雄才大略，可以一举扭转乾坤！

他是谁？！

顾雍惊悚地想到了一个人，只是不敢相信。

"是帝都特使。"公子慢慢地，一字一顿道，"姬骧。"

顾雍不可置信地瞪大眼睛，又重新闭上，身体一软，委顿于地。

是帝都特使，真的是帝都特使姬骧！他是什么时候与公子怀璧开始联手？他与公子怀璧是对手，他代表帝都站在公子怀璧的对立面，他为什么要帮怀璧？

他千算万算，不曾算到帝都特使身上。

"原来如此，原来如此……"顾雍喃喃自语，"千里之堤，溃于蚁穴！"

"好了。"公子有些疲倦地挥挥手，"顾都督，你可以瞑目了。来人啊，把他拖下去。"

顾雍大吼起来："王爷，救我啊，王爷救我！我是你的亚父，我们是一条船上的啊，王爷！"

河西王举袖遮住了自己的脸，簌簌发抖。公子冷笑："王爷受你这小人巧言哄骗，险些铸成大错。王爷如今幡然悔悟，看到嬴某清君侯之侧，高兴尚且不及，岂会再受你蒙骗？"

顾雍蓦地看到河西王旁边静静地如置身事外的谋士，大吼起来："嬴怀璧！此人才是主谋！就是他背叛与你，为我运筹帷幄，你怎么不把他拿下！"

他的脸狰狞起来，怪笑："莫不是你也看上了这个妖孽，想留着他做脔宠？嬴怀璧，嬴怀璧！原来你也是个荒淫无道之徒啊！……"

公子挑了挑眉，冷笑："简大夫救嬴某一命，助嬴某力挽狂澜，功过相抵，嬴某为何要拿他？"

顾雍再次被震住，破口大骂被堵在了喉咙。

公子冷笑："嬴某身陷绝境，凉州城被都督一手掌控；特使身在河西，势单力孤，他有心相救，恐怕也无计可施吧！都督也不想想，是谁为特使想出了这一条明修栈道、暗度陈仓之计，又为嬴某解了"美人恩"的蛊？"

只有一个人。

简歌。

"如果我没有猜错，简大夫，你从梁国就开始筹划这个杀局了吧？"公子怀璧在胡榻之上问道。

他的脸色依然苍白而疲惫，憔悴更胜前日，大约是没有好好修养之故。他十指指尖的细小血洞已经不太明显，那是当日特使姬骧与他在囚室互换之时，精于机械之术的简歌打开了铁链，为他解蛊时留下的伤痕。

简歌用一枚银色长针将他十指指尖刺破，蛊毒就是从这里，以不中蛊之人的新鲜血液与香草混合为饵，一点一点被诱出来。

顾雍被拖了下去，居然没有再破口大骂。也许是震惊，也许是绝望。他可以想到帝都特使出手的可能，但无论如何都想不到会是简歌为公子怀璧布了这最后一局。

这个人设下了整个天衣无缝的天罗地网，把自己的心上人送到了仇人的床上，他机关算尽，让公子怀璧命悬一线、虎贲卫几乎全军覆没、凉州城危在旦夕……他费尽心机做了这一切，为什么又要在最后翻盘？

这个答案，不光顾雍，所有人都想知道，公子也想知道。

简歌淡然道："是。"

"从梁国战败，你决定追随我来凉州？"

"不，"谋士静静道，"从你决定出兵梁国，我就开始计划了。"

"哦？"公子奇异地挑了挑眉。

"梁国就像一颗果子，表皮或许尚且完好，可是里面已经烂到了根子上。虎贲卫号称虎狼之师，梁国的公卿贵族又怎能抵挡得住？"谋士依旧平静，听不出喜怒。

"你又是何时与顾雍牵上线？"

"公子府寿宴之后，盘马坡失利，凉州震动之时。"

那个时候，所有人的注意力都放在了与五胡联军的紧急战况上面，谁还注意一个小小的亡国谋士？

王览轻声叹息，就是那时候，他有一次深夜前去拜访简歌，偶尔在他书案上读到那首七律，对他种下了疑虑的种子。

之后，这沉默的谋士在所有人专注于羌胡之时，他一面与顾雍谋划、暗通左贤王，一面为梁国公主种下"美人恩"的蛊虫，毒箭直指公子怀璧。左贤王五胡联军势压朔方，虎贲卫主力被一点一点调往朔方，凉州城北渐渐掏空。而与此同时，梁国公主将"美人恩"种到了公子怀璧身上。

从此，朔方为一条线，凉州为一条线，两条线索绵延交织、环环相扣；一方与左贤王暗通款曲，一方顾雍暗中筹划，步步追随，两条线终于交织到一起，只等凉州城中公子怀璧美人恩发作之日，便是朔方城中虎贲卫全军覆没之时。

好一场疏而不漏、天衣无缝的大局啊！

厅堂中的诸位将军忍不住倒抽一口冷气。

这场生死翻覆的大劫，九死一生，命悬一线，无数同伴葬身胡人铁蹄之下，公子怀璧几乎命丧顾雍之手，凉州大权被都督府掏空控制，左贤王大军势如破竹，几乎踏破河西……

都是这个沉默的谋士，一手所筹划。

公子怀璧抬起手，堂下不知多少已经出鞘的剑收了回去。寂静的厅堂内，刺耳的还剑之声清晰地传入耳内，空气里有一种压抑的杀机。

"你眼看我虎贲将士埋骨黄沙，无数无辜百姓生灵涂炭，"公子广袖下的十指慢慢握紧，一字一顿道，"你不曾有过一丝愧疚吗？"

谋士蓦地抬起头来，目光如火，直逼公子怀璧。

"当日公子引领大司马十万大军踏上'水云堤'、踏破翠微山，眼睁睁地看我云梦生灵涂炭、我云梦武士战斗到最后一刻的时候，看我三千里云梦泽变成一片火海焦土的时候，公子的心中，可曾有过一丝一毫的慈悲！"

他白玉般的脸通红，平静的面具陡然破碎，恸声嘶喊。

"公子看我无数无辜云梦百姓国破家亡、四海飘零的时候，我云梦美貌女子男子尽被欺辱、云梦老弱被烧杀驱逐的时候；我云梦人饥不得食、寒不得衣，居无处所、九州零落，受尽屈辱的时候，公子的心中，可有一丝慈悲！"

那九州三陆最美丽最神秘的国度，永远消失在了烽火铁蹄之下；那个最智慧、美丽，却是最柔弱的民族，从此再没有了可以庇护他们的家国。

公子怀璧重重地一把按住了胡榻，本来苍白的脸更是毫无血色。知道这些内情的人，并不太多，而且他们大多已经死在了云梦破国的时候。

他紧紧盯住谋士："你不是普通的云梦人，你是谁？"

"'风云西昆，不留一人'。"谋士怆然一笑，"那场屠杀是要把我们屠戮殆尽的，可是，我活下来了。在下西昆馆馆主简朝牧之子，简歌。"

风云骑、西昆馆，是云梦王族的左膀右臂。而西昆馆更胜一筹，据称他们掌控云梦秘术、古籍，故而掌控云梦王脉，历代西昆馆主都与云梦王族结亲。最后一代西昆馆馆主的妻子，是云梦侯的姑母。

他居然有如此尊贵的身份……

而这些，如今只是讽刺。他做过男宠，做过琴师，受尽屈辱，他被无数人利用，再去利用别人，甚至利用自己，付出了多少常人难以想象的代价，才在这个乱世中一步一步挣扎到现在。

谁还在乎他曾经是什么尊贵的身份？所有人都记得他只是从贵族的玩物一步一步爬上去的脔宠，又是反复背主的阴险小人。

他半生汲汲营营、机关算尽，为的到底是什么？又得到了什么？

这苍白而沉默的谋士啊，他年不过三十，但看那鬓边，早生华发！

一时间，偌大的厅堂针落可闻。虽然不是十分清楚，但至少可以猜到一半。公子怀璧与云梦人的仇恨，居然是真的。

一声尖锐的金铁之声，公子蓦地大喝："慢着！"

云渊与左千城的剑同时出鞘，已经劈上了简歌的脖子。

谋士淡然，脸上的神色都没有变一下。

云渊冷静道："公子，此人阴险诡诈、城府深沉，留下是祸害！"

这一次放了他，谁知道会不会有下一次的阴谋？他是云梦人！

厅堂中一片愤然应和之声。

谋士突然轻轻一笑。

公子皱眉："你笑什么？"

"公子本来也并不打算留我，难道不是吗？"他轻轻道，"像我这样屡次三番背主的人，有谁会想留下呢？"

公子怀璧默然无语。他说得很对，像他这样的人，永远让人无法信任。他就像一把淬过剧毒的双刃剑，握剑的人永远害怕一不小心，便伤自身。

"你为什么，要在最后救我？"公子慢慢道。

谋士低低道："我不是救你，我只是，不愿成为历史的罪人。"

他声音很低，公子疑惑道："什么？"

"没什么。"谋士叹息般道，"这已经不重要了。"

简歌已经站起身来，微微仰首，大殿之外东南方向，茫茫苍穹之上，层云万里，正翻涌不息。

已经是暮春时节了。这大漠戈壁的胡杨树已经一片浓绿，那遥远的江左，早已是杂花生树、群莺乱飞了吧？

殿外的天空有鸟儿飞过，留下悠远的清啼。它在喊——不如归去，不如归去！

他转身面对王览，拢袖拱手，深深一揖："王太傅。"

简歌看着他，眼睛里闪过一丝愉悦的光彩："生平得王太傅两度琴箫合奏，得遇知音，简歌虽死无憾了。"

王览对他还礼："览亦如是！"

简歌微笑道："简歌对太傅也有一事相求，太傅可愿相助？"

王览道："大夫但说无妨！"

"若何时天下平定，太傅重游江左，"谋士轻声叹息，"请将在下的棺木带回云梦，沉在云梦泽中吧！"

落叶归根。

王览悚然震动，目光与他对视，却发现谋士那双子夜般漆黑幽深的眸子，竟从未像此时这般淡然而纯净，深深地凝望着他，带着由衷的惺惺相惜的光彩。

惊鸿一会，不成知己，便是死敌……

王览低低道："好。"

他突然转身，身后顿时又是一片刀剑之声。谋士恍如未闻，对公子怀璧居然施了一礼，静静道："我对公子，也有一事相求。"

公子道："讲。"

他默默地垂下眼睑，低低道："简歌愿用自己一命，换公主一命。"

公子忙道："或许不至于此！……"

他并不一定要杀他，他有经天纬地的之才，而且……他是云梦人。

谋士慢慢道："我救你，背弃了故国，背弃了云梦人，所以该死。但云梦人是不会放弃的，会有人接替我的位置，总有一天，九州三陆的云梦人会报此灭国大仇，重新回到故国。"

他一字一顿道："这一天，一定不远了。因为，东南方向，云梦泽上空的那颗星，已经升起来了。云梦王族的血脉并没有断绝，云梦的王女，就要归来了！"

他摘冠于地，跪下身去，对着东南的方向深深一拜，久久伏地不起。

公子一怔，猛然呼地立起："什么星要升起？是谁要归来？！"

谋士伏地不语，公子脸色大变，突然急不可待地要大步下去，被王览拱手拦住，静静道："他已经死了。"

谋士伏地的身体下，暗红的血慢慢地流了出来。他面对故国的方向，用一把匕首，刺向了心脏。

西斜的日光在他的身体上铺上一层淡淡的金色，一时间，厅堂之上寂然无声，只听殿外那高高的苍穹之上有飞鸟掠过绿树黄云，声声长啼，回声不绝——

不如归去！不如归去！

晋隐帝昭元十二年四月，公子怀璧平定羌胡，草原大乱，羌胡五部分裂、自相残杀，实力大损，最终远遁大漠，五十年间不曾再踏入河西走廊一步。

同年，五月，凉州城内乱平复，大都督顾雍以私通羌胡的罪名处以枭首之刑，受牵连者有五十人之多，公子怀璧趁机大肆贬黜各豪族世家势力，河西旧贵族从此一蹶不振。河西王不久出于体弱之故，将河西大权殷殷托付与王弟公子怀璧，自己终日深居简出、醉心享乐，再不过问政事。

一切，终于尘埃落定了。

大风起漠北，落日满燕山。

一队马车停在凉州城外的官道上，身后是两队武士紧紧跟随。

为首的骏马上，峨冠博带的帝都特使一手执辔，身边与他策马缓缓并行的，是一身玄黑织锦战袍的公子怀璧。

"这一次凉州一行，真是意想不到的风云动荡。"

公子凝视着前方滚滚黄沙："若不是你，我差一点就死在顾雍那老匹夫手里，真是窝囊。"

"若不是你，早在十几年前，我就死多少次了。"姬骧截住他的话，"但我从来不觉得我欠你，该算计你的时候，照样算计。所以你也不必觉得欠我，我们是对手、兄弟，但谁也不欠谁什么。"

不是不欠，而是他们谁欠谁，谁又不欠谁，也许早已分不清了。

"胡说，你欠我那么多，想赖账不成？"公子怀璧大笑，勒马停下，看着眼前的兄弟，"回到帝都，豺狼环伺，要小心应对，活着等到我兵临长安城下的一天！"

姬骧扬眉，眼中暗芒一闪而过，大笑道："我倒要看看，只要有我在一天，你如何兵临长安、投鞭江水！"

二人相视而笑，但一笑之间，依然有锋芒一闪而逝。

无论如何，他们的位置已经与当年不同，而且是相背而驰，越走越远。

他们是兄弟，如今，更是对手。

公子怀璧慢慢道："好，那你就在帝都等我，等我有朝一日，与你争天下。"

"一言为定。"姬骧敛起笑容，牢牢看着公子怀璧的眼睛，举起右手，"我等你，与我争天下！"

公子与他对视，同样伸出右手，与特使"啪"地击在一起。

击掌为誓。

大风吹起狂沙，遮蔽了茫茫官道，那归去帝都的队伍越来越远，终于不见。

公子怀璧依然策马而立，抬首凝望苍穹。有南飞的鸿雁啼鸣着振翅飞过。

谋士简歌已经死去多日，而他死去的当天，竹下馆中的鸾姬公主在床榻上闭上眼睛，一睡再也没有醒过来。

但是谋士临死之前留下的那一句话，让公子怀璧在午夜梦回的时候，突然警醒。那个声音一遍一遍在耳边回荡，心口处的伤口又要隐隐作痛，可是深藏那里的血嫁衣，却再也找不回来了。

"云梦泽上空的那颗星，已经升起来了，云梦的王女，就要归来了！"

云梦王族的血脉，已经在翠微城的烈火中消磨殆尽。这是谁？是哪一位王女要归来？！

琅嬛阁中的女史静静看着星盘，突然一震。

在东南方向，一颗星星绽放着淡蓝色的光芒，冉冉升起，渐渐明亮，把周围无数暗淡的星子都压了下去。

重光。

这是王气之星，重光！

王女归来，云梦复国。

苍穹上，风云翻涌不息。这是一个黎明与黑暗交替的时刻，无数过时的星子要坠落，无数新星要升起。古老的礼乐制度要崩溃，腐朽的老贵族要在堕落中被淘汰，而新的掌权者正在从各个角落崛起，新的秩序在等待着建立。

这将是一个痛苦而漫长的过程，因为，文明的每一次进步，都要付出道德与鲜血的惨痛代价。

历史的光影交错间，有人离去，有人归来，往来不息；还有人站在原处，静静地等待。

离开者，是为了迎接重逢；归来者，是为了延续开始。但无论如何，所有人都在期待着，期待历史的卷册，翻开新的一页。

但这个故事，已经结束了。

关注"天河世纪"公众号，领取更多好书福利

山河策

图书出版｜长江出版社　选题策划｜天河世纪图书

产品经理｜易涵辰　责任编辑｜陈辉

装帧设计｜刘兆芹　责任印制｜楠萍

官方微博：@天河世纪 @长江出版社官博

图书在版编目（ＣＩＰ）数据

山河策／江一雪著．
—武汉：长江出版社，2020.8
ISBN 978-7-5492-7111-5

Ⅰ．①江… Ⅱ．①江… Ⅲ．①长篇小说—中国—当代
Ⅳ．① I247.5

中国版本图书馆 CIP 数据核字 (2020) 第 138797 号

山河策　　江一雪著

出　　版	长江出版社	
	（武汉市解放路大道 1863 号　　邮政编码：430010）	
选题策划	天河世纪	
市场发行	长江出版社发行部	
网　　址	http://www.cjpress.com.cn	
责任编辑	陈辉	
印　　刷	三河市元兴印务有限公司	
版　　次	2020 年 8 月第 1 版	
印　　次	2024 年 1 月第 2 次印刷	
开　　本	710mm×1000mm 1/16	
印　　张	23.5	
字　　数	375 千字	
书　　号	ISBN 978-7-5492-7111-5	
定　　价	59.80 元	